M. E. BRADDON

LA CHANTEUSE DES RUES

ROMAN TRADUIT DE L'ANGLAIS

PAR

CHARLES BERNARD-DEROSNE

TOME SECOND

PARIS
LIBRAIRIE HACHETTE ET Cie
79, BOULEVARD SAINT-GERMAIN, 79

LA CHANTEUSE DES RUES

2

ROMANS DE M. E. BRADDON

TRADUITS PAR

CHARLES BERNARD-DEROSNE

ET EN VENTE CHEZ LES MÊMES ÉDITEURS

(à 1 franc 25 centimes le volume)

Le Capitaine du Vautour. — 1 volume.
L'Intendant Ralph. — 1 volume.
Lady Lisle. — 1 volume.
La Trace du Serpent. — 2 volumes.
Le Secret de Lady Audley. — 2 volumes.
Aurora Floyd. — 2 volumes.
Le Triomphe d'Éléanor. — 2 volumes.
Le Testament de John Marchmont. — 2 volumes.
Rupert Godwin. — 2 volumes.
Henry Dunbar. — 2 volumes.
La Femme du Docteur. — 2 volumes.
Le Locataire de Sir Gaspard. — 2 volumes.
L'Allée des Dames. — 2 volumes.
Le Brosseur du Lieutenant. — 2 volumes.
Les Oiseaux de Proie. — 2 volumes.
L'héritage de Charlotte. — 2 volumes.

Coulommiers. — Typogr. A. MOUSSIN.

M. E. BRADDON

LA
CHANTEUSE DES RUES

ROMAN TRADUIT DE L'ANGLAIS

PAR

CHARLES BERNARD-DEROSNE

TOME SECOND

PARIS
LIBRAIRIE HACHETTE ET Cie
79, BOULEVARD SAINT-GERMAIN, 79

1874

LA CHANTEUSE DES RUES

I

UNE ÉTRANGE DÉCOUVERTE

Duncombe était parti depuis un mois à peine et la vie des habitants du cottage suivait son cours paisible. Les nouveaux époux ne recherchaient pas la société et se suffisaient amplement. Les jours se passaient sans laisser après eux d'autre souvenir que celui des joies calmes d'un intérieur heureux.

Ce fut par une journée humide, triste et incertaine de juillet que Rosemonde vit un changement subit s'opérer dans sa vie, triste changement dont les causes restèrent un mystère pour elle.

Après être resté oisif pendant une partie de la matinée, le capitaine Jernam s'était rappelé qu'il avait une lettre d'affaires très-importante à écrire au capitaine du *Pizarre*.

En ouvrant son buvard le capitaine s'aperçut qu'il ne lui restait plus une seule feuille de papier employé aux correspondances avec les pays d'outre-mer. Il dit naturellement son embarras à sa femme, et la trouva prête à venir à son aide.

« Il y a toujours une provision de ce papier dans le pupitre de mon père, dit-elle, tu peux t'en servir.

— Mais, ma chère Rosemonde, je ne puis me permettre d'ouvrir le pupitre de ton père en son absence.

— Et pourquoi pas? s'écria Rosemonde en riant. Penses-tu que mon père ait là quelques secrets cachés, ou qu'il y renferme de vieilles lettres d'amour, nouées avec un ruban bleu, qu'il voudrait cacher à tes yeux indiscrets ? Tu peux ouvrir le pupitre, mon cher George, et si mon père n'est pas content, je prendrai le blâme pour moi. »

Le pupitre était lourd, peu facile à remuer, et placé sur une table dans un coin du salon.

« Mais comment ouvrir ce lourd pupitre, demanda George, il a l'air d'être fermé ?

— Il est fermé, répondit sa femme, mais j'ai heureusement une clé qui doit ouvrir la serrure. Tenez, monsieur, la voici, et maintenant je te laisse tout à tes affaires, pendant ce temps-là je vais donner un coup d'œil au dîner. »

Elle avança ses lèvres rosées pour obtenir un baiser qui ne se fit pas attendre, et elle s'enfuit légère comme un oiseau, laissant au capitaine toute liberté pour s'acquitter d'un devoir qui ne semblait pas fort de son goût.

Il ouvrit le pupitre et y trouva une énorme quantité de papier à lettre, il choisit une plume, la trempa dans l'encre, l'essaya, et se mit à écrire.

« Londres, le 20 juillet....

« *Mon cher Boys...* »

Et après ce grand effort il s'arrêta. La partie la plus facile de sa lettre était terminée.

Le capitaine était assis, les coudes appuyés sur la table et regardant devant lui d'un air distrait. Ses yeux s'arrêtèrent tout-à-coup sur un objet jeté négligemment au milieu de plumes et de crayons, dans un petit plateau qui se trouvait devant lui.

Cet objet était une pièce d'or légèrement pliée.

Son visage pâlit. C'était une petite pièce de monnaie brésilienne usée et tordue ; sur l'un des côtés se trouvait, gravée avec un canif, l'initiale G.

Cette petite pièce était trop connue de George pour qu'on pût s'étonner de la pâleur qui envahit soudain son visage et le rendit livide.

Cette petite pièce était un souvenir qu'il avait donné à son frère assassiné, la veille de leur dernière séparation.

Et il la trouvait là, dans le pupitre de Duncombe !

Pendant quelques instants il resta immobile, comme frappé de stupeur, et même incapable de penser. Il ne pouvait se rendre un compte exact de l'importance de cette étrange découverte. Il ne lui revenait à l'esprit en ce moment que le souvenir d'une chaude nuit des tropiques, de la brise qui se jouait sur son front quand son frère et lui s'étaient dit adieu, et des étoiles brillantes qui scintillaient au-dessus de leurs têtes quand ils s'étaient séparés.

Il en vint naturellement à se demander comment ce cadeau d'adieu, cette pièce d'or qu'il avait prise dans sa poche au moment de cette séparation, et sur laquelle il avait gravé l'initiale de son nom, se trouvait en la possession de Duncombe.

Il n'était pas mondain, et n'était pas susceptible de

raisonner avec calme et logique sur la mort prématurée de son frère. Il partageait l'idée enracinée chez Harker, que l'assassin de Valentin n'échappait que momentanément à l'action de la justice et que tôt ou tard le hasard devait faire découvrir le criminel.

Il semblait maintenant que le moment fût venu. Là, dans ce lieu, près de l'endroit où son frère avait disparu, sa main tombait sur ce gage, sur cette relique qui indiquait que Valentin d'une façon ou d'une autre s'était trouvé en relation avec Duncombe.

Et pourtant Duncombe et George s'étaient souvent entretenus ensemble de la triste fin du marin, et dans ces conversations Duncombe n'avait jamais fait mention de ces relations d'une façon circonstanciée.

C'était étrange.

Ce qui était encore plus incompréhensible pour George, c'est que Valentin eût consenti à se séparer vivant de ce souvenir, car lorsqu'ils s'étaient quittés, voici quelles avaient été ses dernières paroles.

« Je garderai ce petit morceau d'or, George, jusqu'au jour de ma mort, en mémoire de ta fidélité et de ton amour fraternel. »

Il existait entre ces deux hommes plus qu'une amitié de frère, il y avait entre eux le lien d'une enfance triste et malheureuse, et l'affection qui les unissait n'était pas ordinaire.

« Je ne puis croire qu'il ait jamais consenti à se séparer de cette pièce d'or, s'écria George, alors même qu'il se serait trouvé sans un denier, et il était riche. C'est l'argent qu'il portait sur lui qui a tenté son ennemi. C'est près d'ici qu'il a trouvé la mort, dans ce lieu même, peut-être. Harker m'a bien dit qu'il existait sur cet emplacement avant que mon beau-père y fît construire cette maison, une masure en ruines et qui était habitée par un des plus grands scélérats de Londres. Mais comment cette pièce de monnaie se trouve-t-elle dans le pupitre de Duncombe ? Comment expliquer ce fait à moins qu'il n'ait trempé dans l'assassinat de mon frère ? »

Une fois que cette idée eut pris naissance dans l'esprit de George, il ne devait plus être en son pouvoir de l'en chasser. Elle semblait trop affreuse pour être réelle, mais elle s'était emparée de son cerveau, et seul, assis devant la table, il essayait de repousser cette horrible pensée, mais ce fut sans résultat.

Il se rappelait la richesse de Duncombe. Toute cette fortune avait-elle été honnêtement gagnée ?

Il se rappelait l'impatience du capitaine, son désir fébrile de s'éloigner d'une maison où tout devait contribuer à lui faire la vie heureuse.

Ce désir ardent de reprendre la vie rude et aventureuse des marins n'était-il pas puisé dans les tourments d'une conscience troublée par un crime ?

« Sa bonté même pour moi, se disait-il, ne lui était-elle pas suggérée par un but indéfini de réparer ainsi misérablement le forfait dont mon frère avait été la victime ? »

Il se rappelait l'apparente bonté de cœur de Duncombe et il s'étonnait qu'un pareil homme eût pu se rendre coupable du plus horrible crime dont un homme puisse souiller ses mains. Mais il se rappelait aussi que les hommes les plus méchants et les plus vils sont souvent hypocrites et assez habiles pour se maintenir à l'abri de tout soupçon, jusqu'au moment où un hasard vient révéler leur iniquité.

« C'est peut-être le cas de cet homme, pensa George.

Cet air de franchise et de bonté peut n'être qu'un masque. Je sais quelle passion indomptable est l'amour du gain chez quelques hommes; c'est probablement le mobile qui se cache au fond du cœur de celui-ci. Les misérables qui ont attiré Valentin dans cette maison n'étaient que les instruments de Duncombe. Comment expliquer autrement sa possession de cette pièce de monnaie ? »

Il essaya de trouver une autre solution à cette énigme, mais sans succès. Cette petite pièce d'or semblait faire retomber la responsabilité d'un crime odieux sur le propriétaire absent de la maison qu'habitait George.

« Et j'ai serré la main de cet homme ?... s'écriait-il. Et je suis le mari de sa fille ?... Je vis sous son toit, dans cette maison qui, peut-être a été achetée avec le sang de mon frère ! Grand Dieu ! c'est trop horrible !... »

Pendant deux longues heures, George resta assis, méditant sur l'étrange découverte qui était ainsi venue changer tout le cours de sa vie. Rosemonde vint et regarda par la porte entr'ouverte.

« Encore au travail, George ? demanda-t-elle.

— Oui, répondit-il avec une étrange dureté d'intonation, je suis très-occupé. »

Ce changement alarma l'épouse aimante. Elle pénétra dans la chambre et vint se placer derrière la chaise de son mari.

« George, dit-elle, ta voix m'a fait un effet curieux tout à l'heure, tu n'es pas malade n'est-ce pas, mon George chéri ?

— Non, non. Seulement j'ai besoin d'être seul. Va, Rosemonde, laisse-moi. »

La jeune femme ne put se défendre d'être un peu froissée des manières de son mari. Ses lèvres rosées se contractèrent et des larmes vinrent mouiller ses yeux.

George avait la tête appuyée sur sa main et ne remarqua pas son chagrin. Elle ne pouvait cependant le quitter sans lui exprimer son inquiétude par une autre question.

« T'est-il arrivé quelque chose de fâcheux, George ? demanda-t-elle.

— Rien qui puisse t'inquiéter. »

La sécheresse de son ton, la froideur de ses manières la blessèrent au cœur. Elle n'ajouta rien de plus et sortit doucement de la chambre.

Jamais, avant ce jour, son George bien-aimé ne lui avait parlé avec dureté, jamais un nuage n'était venu obscurcir l'horizon de son intérieur conjugal.

A partir de ce moment, le nuage sombre qui s'était formé au-dessus de cette heureuse demeure ne se dissipa plus, le soleil ne vint plus l'éclairer de ses chauds rayons.

La jeune femme essaya de pénétrer le secret de ce changement soudain, mais elle ne put y parvenir. Elle n'aurait pu d'ailleurs formuler un sérieux reproche car, jamais depuis ce jour, son mari ne lui avait parlé avec brutalité. Ses manières étaient douces et indulgentes, mais son amour semblait s'être éteint ne laissant après lui qu'une tendresse compatissante, qui était un mélange singulier de tristesse et de peine.

Il adressa de nombreuses questions à Rosemonde concernant la vie passée de son père, mais il ne put tirer d'elle que fort peu de renseignements. Elle n'avait vécu avec Duncombe que depuis l'époque où ils étaient venus s'établir dans cette villa, et elle ne savait rien de son existence précédente, si ce n'est qu'il ne venait à

Londres qu'à de longs intervalles et que dès qu'il avait un moment de libre, il venait toujours la voir à sa pension.

« C'est le meilleur et le plus tendre des pères, » dit-elle d'un ton affectueux.

George demanda si le capitaine était venu en Angleterre à l'époque où Valentin avait trouvé la mort.

Après un moment de réflexion, Rosemonde répondit affirmativement.

« C'était au printemps, dit-elle, je me souviens qu'il est venu me voir. Oui, il est venu dans le commencement de mars, puis il est revenu en avril, et c'est alors qu'il a parlé pour la première fois de s'établir en Angleterre. »

A cette déclaration, la dernière espérance de George s'évanouit.

Il avait fait cette question avec le faible espoir d'apprendre que Duncombe était loin de l'Angleterre à l'époque de l'assassinat.

Une quinzaine de jours après la découverte de la pièce brésilienne, George annonça à sa femme qu'il allait la quitter. Il se rendait, disait-il, sur les côtes d'Afrique. Il avait essayé de se réconcilier avec la vie sur la terre ferme, mais sans pouvoir y parvenir, il la trouvait intolérable.

Le coup fut dur pour le cœur aimant de la pauvre Rosemonde.

« Tu semblais si heureux, George, il y a quinze jours à peine, lui dit-elle.

— Oui, j'essayais d'être heureux mais, vois-tu, cette vie-là ne me convient pas. Ton père n'a pu rester chez lui, malgré tout ce qu'il avait fait pour se créer un un intérieur agréable. Je ne puis y rester davantage.

Peut-être y a-t-il une malédiction sur cette maison, » ajouta-t-il avec un rire amer.

Rosemonde fondit en larmes.

« Oh ! George, ton départ me brisera le cœur, s'écria-t-elle, je trouvais notre vie si heureuse ; et maintenant tout notre bonheur s'évanouit brusquement, comme un rêve interrompu. C'est parce que tu es las de moi et de mon amour que tu pars. Tu avais promis à mon père de rester avec moi, jusqu'à son retour.

— Oui, répondit George gravement, et aussi vrai que je suis un honnête homme, mon intention était de tenir mon serment ! Je ne suis pas las de ton amour qui m'est aussi précieux que jamais. Mais tu ne dois pas continuer à vivre sous ce toit. Je te dis qu'il y a une malédiction sur cette maison, Rosemonde, et que ceux qui l'habitent ne peuvent avoir ni paix ni bonheur. Tu iras à Allanbay où tu trouveras de bons amis, et là tu pourras être heureuse pendant mon absence.

— Mais George, quel est donc ce mystère ?

— Ne me questionne pas, Rosemonde, car je ne pourrais te répondre. Crois-moi, quand je te dis que tu n'es pour rien dans le changement qui s'est opéré en moi. Mes sentiments pour toi restent les mêmes, mais j'ai fait une découverte il y a quelque temps qui a porté un coup mortel à mon bonheur. Je reprends ma vie errante, parce que le calme de la vie domestique m'est devenu insupportable. J'ai besoin de mouvement, de danger, et de rudes travaux. J'ai besoin d'échapper à mes pensées. »

Ce fut en vain que Rosemonde implora son mari d'être plus explicite, lui, qui autrefois cédait si facilement à sa voix, se montra inflexible.

Avant que les feuilles eussent commencé à tomber

sous l'influence de l'automne, l'*Albatros* était prêt pour un nouveau voyage. Le premier lieutenant en prit le commandement pour le conduire à Plymouth où il devait attendre l'arrivée de son capitaine qui avait pris la diligence pour conduire Rosemonde à sa future demeure.

Dans tout autre temps Rosemonde eût été charmée des beautés pittoresques du village où son mari lui avait choisi une jolie petite maison près de la demeure de sa tante, mais une profonde mélancolie s'était emparée de cette jeune femme naguère si joyeuse. Elle avait constamment médité sur le changement de conduite de son mari et elle en était arrivée finalement à cette terrible conclusion.

Elle croyait son mari fou! c'était la seule raison plausible d'un si grand changement auquel il était impossible d'assigner une autre cause.

« S'il m'avait quittée pendant quelque temps pour revenir ainsi, un tout autre homme, j'aurais été moins étonnée de ce changement, se dit Rosemonde, mais la transformation s'est opérée en une heure. Il n'a reçu aucune visite étrangère, il ne lui est arrivé aucune lettre, aucune nouvelle ne lui est parvenue. Il est entré dans le salon de mon père le cœur léger comme celui d'un homme heureux, il en est sorti malheureux et triste. Puis-je hésiter à croire qu'il y a là quelque chose de plus qu'un simple changement de sentiments ou de caractère? »

La pauvre Rosemonde avait entendu parler des terribles effets d'un coup de soleil, effets qui ne se produisent quelquefois que longtemps après, et elle se dit que le changement survenu dans la nature de George ne pouvait être que le résultat d'une calamité de ce genre.

Elle supplia son mari de consulter un éminent médecin sur l'état de sa santé, mais elle n'osa pas insister, tant il reçut froidement sa prière.

« Qui t'a dit que je fusse malade? demanda-t-il. Je ne suis pas malade et tous les médecins de la chretienté ne peuvent rien pour moi. »

Après cela Rosemonde ne pouvait plus insister, car, pour rien au monde elle n'aurait voulu révéler à un étranger le soupçon qu'elle entretenait sur l'état d'insanité de George. Elle ne pouvait que prier Dieu de le protéger et de le garder dans sa vie vagabonde.

« L'excitation et le rude travail de la vie de bord peuvent le guérir, se dit-elle en cherchant à se rattacher à une espérance, il est très-possible que le calme monotone de la vie à terre ait produit un mauvais effet sur son cerveau. Je ne puis que mettre ma confiance en Dieu et prier nuit et jour pour le bonheur de celui que j'aime si profondément. »

C'est ainsi qu'ils se séparèrent. George quitta sa femme le cœur serré et triste mais c'était un genre de tristesse auquel l'amour n'avait que peu de part.

« J'ai trop pensé à mon bonheur personnel, se dit-il, et j'ai laissé la mort de mon frère sans vengeance. Ai-je oublié le temps où il me portait avec amour dans ses bras, le long de la plage solitaire? Ai-je oublié les années pendant lesquelles il était tout pour moi : père, mère, famille? Non, j'en prends le ciel à témoin, je ne l'ai pas oublié. Le temps est venu où l'unique pensée de ma vie doit être une pensée de vengeance contre l'assassin de mon frère, quel qu'il soit; et je fais serment de le retrouver! »

II

GARDE A VOUS!

Larkspur, l'agent de police, vint établir sa résidence dans Percy Street, huit jours après son entrevue avec Lady Eversleigh.

Il occupait depuis quinze jours son nouveau logement et Honoria n'avait pas eu de ses nouvelles. Elle savait qu'il sortait de grand matin chaque jour, qu'il rentrait fort tard dans la nuit, et c'était tout ce qu'elle connaissait de ses faits et gestes.

A l'expiration de la quinzaine, il vint un soir fort tard et sollicita une entrevue.

« Je vous demanderai au moins deux heures de votre temps, madame, et peut-être trouverez-vous fatigant de m'écouter à une heure aussi avancée de la nuit; préférez-vous renvoyer l'affaire à demain matin?

— J'aime bien mieux ne pas remettre l'entretien, répondit Lady Eversleigh. Je suis prête à vous entendre aussi longtemps qu'il vous conviendra. Je suis impatiente de savoir ce que vous avez fait.

— Cela me paraît très-naturel, madame, dit Larkspur froidement, je sais que les dames se livrent généralement à l'impatience, comme à la tapisserie, à la broderie, au piano, et autres choses analogues. Mais voyez-vous, madame, il n'y a rien qui ressemble moins à un cheval de course qu'un agent de police. Et toutes les dames s'attendent à trouver dans un agent de police.

une sorte de machine électrique. J'ai travaillé dur dans mon temps, madame, mais jamais avec plus d'ardeur et avec plus d'entrain que je ne l'ai fait pendant cette dernière quinzaine, et je peux dire que si je n'ai pas succombé à la peine, c'est que je suis rudement trempé. »

Lady Eversleigh écouta tranquillement cet exorde, mais une légère contraction de ses lèvres trahissait par moments son impatience.

« J'attends vos nouvelles, dit-elle alors.

— Et je vais vous les faire connaître, madame, en leur temps, répondit l'agent de police en tirant un vieil agenda graisseux de sa poche, et en l'ouvrant sans se presser. J'ai inscrit ici chaque chose dans son ordre. En premier lieu et tout d'abord le baronnet, ce n'est pas grand chose de bon que ce baronnet.

— Je n'avais pas besoin que vous me le disiez.

— C'est très-probable, madame. Mais si vous me chargez de surveiller un homme, vous devez vous attendre à ce que je vous donne mon opinion sur lui. Le baronnet demeure dans Williers Street, et c'est un assez pauvre logis. Je m'y suis rendu et j'ai bien examiné l'homme et le logement, en m'y présentant porteur d'une paire de bottes destinée à un M. Everfield ; Everfield et Eversleigh sont à peu près le même nom et cela suffisait pour expliquer mon erreur. En ma prétendue qualité de bottier, M. Eversleigh m'a invité à sortir de chez lui et cela dans des termes qu'il ne convient pas de répéter devant une dame. Toujours comme bottier j'ai lié conversation avec une jeune servante de la maison, qui s'est montrée très-disposée à répondre aux questions que je pouvais désirer lui adresser. D'après les renseignements fournis par cette jeune personne, j'ai établi mon plan sur les habitudes du baronnet, à commencer par son déjeuner à une heure avancée de la matinée et qui se compose principalement de thé noir et de poivre de Cayenne, pour finir par le bruit de son passe-partout qu'on entend tourner dans la serrure vers deux heures du matin. J'ai su par les renseignements de la jeune servante qu'il passe toutes ses soirées hors de chez lui et qu'il fait de constantes visites à une dame qui demeure à Fulham, et avec laquelle il vit, à ce que suppose la jeune servante. De cette même jeune personne, j'ai appris l'adresse de cette dame, qu'elle avait apprise en portant à la poste les lettres du locataire de la maison. L'adresse de cette dame est Hilton House à Fulham. Le nom de la dame n'était pas resté dans la mémoire de la jeune fille, mais elle se rappelait qu'il commençait par un *D.* »

Larkspur s'arrêta pour reprendre haleine et consulter son agenda.

« Ayant appris tout cela, ma besogne avec la jeune servante était terminée pour le moment, continua-t-il, et je compris que ma première visite devait être pour Hilton House. Je m'y présentai sous les traits d'un facteur, mais je trouvai des domestiques étrangers et si réservés, que j'aurais pu avec autant de résultat, m'adresser à des statues de marbre. Ayant échoué auprès des domestiques, je me rabattis sur les voisins et les marchands des environs et par eux j'appris que le nom de la dame était Durski, qu'elle recevait tous les soirs une société composée exclusivement d'hommes. Voilà qui est tout au moins étrange pensai-je, une dame qui reçoit tous les soirs des hommes seulement, il y a là quelque chose qui n'est pas ordinaire. Ce que je venais d'apprendre m'avait mis l'eau à la bouche et donné le vif désir d'en apprendre davantage, car un homme qui est corps et âme tout à sa profession, prend plaisir à son travail et vous lui offririez le double d'argent pour ne rien faire, qu'il ne serait pas satisfait. J'interrogeai les voisins, puis les marchands, et quels que fussent mes efforts je ne pus en tirer davantage. C'est que voyez-vous, madame, à peine y a-t-il une habitation humaine dans le parcours de plus d'un mille, et quand je dis les voisins, c'est une manière de parler, on pourrait assassiner tous les soirs à Hilton House, sans être découvert, car il n'y a pas d'habitants assez près pour entendre les gémissements, et s'il y avait quelque part une fabrique de pâtés de chair humaine. Hilton House serait un endroit très-bien choisi pour se livrer à cette fabrication. Je commençais presque à perdre patience, quand je m'assis pour me reposer dans la boutique d'un marchand d'articles de fantaisie. J'étais entré là bien plus pour me reposer que dans l'espoir d'apprendre du nouveau, car j'étais trop loin de Hilton House pour m'attendre à tirer un renseignement utile de ce marchand qui était installé derrière son comptoir. Néanmoins quand un homme a consacré sa vie à faire des recherches, c'est passé à l'état d'habitude, c'est plus fort que lui, et je me pris naturellement à interroger le marchand. « Madame Durski, cette dame qui habite là-bas à Hilton House, est une femme d'une rare beauté, dis-je pour entamer la conversation. » « Elle est en effet d'une beauté peu commune, » répondit mon marchand, ce qui me prouva que la dame lui était connue. « C'est une de vos pratiques peut-être? » dis-je d'un air indifférent. « Oui, » répondit-il. « Et une bonne pratique, je le parierais? » ajoutai-je pour entretenir la conversation. Le marchand sourit et ayant fait une étude des sourires, je compris qu'il y avait une signification au sourire de mon marchand. « Une très-bonne pratique pour certaines choses, » répondit-il, en appuyant sur le mot. « Oh! » dis-je, « du papier doré et de la cire à cacheter, aux couleurs à la mode par exemple. » « Je ne lui vends pas une main de papier dans un mois, » répondit le boutiquier. « Si elle aimait autant à écrire des lettres, qu'elle aime à jouer aux cartes, je pense que ce serait encore une meilleure cliente pour moi. » « Oh! elle aime donc bien à jouer aux cartes? » demandai-je. « Oui, ou plutôt je le crois, vos cheveux se dresseraient sur votre tête si je vous disais le nombre de jeux de cartes que j'ai vendus à sa dame de compagnie, dans ces trois derniers mois. Cette dame vient ici à la brune, avec un voile épais sur son visage et elle croit que je ne sais pas qui elle est, mais je la connais, je sais où elle habite et avec qui elle habite. » Après cela j'achetai une main de papier dont je n'avais que faire, et je souhaitai le bonjour à mon boutiquier. « Oh! oh! » me dis-je à moi-même quand je fus dehors, « je sais maintenant le but des réceptions de Mme Durski. Sa maison est une maison de jeu clandestine et tous ces beaux messieurs qui arrivent en équipages, en voitures particulières et de louage, y viennent pour jouer.

— La maîtresse d'une maison de jeu! s'écria Honoria, une digne compagne pour M. Eversleigh!

— Précisément, madame, et digne aussi d'être la compagne de M. Carrington.

— Avez-vous découvert quelque chose sur lui? s'écria vivement Lady Eversleigh.

— Non, madame, je n'ai rien découvert, du moins jusqu'à présent, j'ai sondé ses voisins, ses fournisseurs, je me suis encore déguisé en facteur, position respectable et faite pour inspirer confiance, mais, je n'ai rien pu tirer de plus des commerçants que l'assurance que c'est un très-digne jeune homme qui paie régulièrement ses dettes, et qui pour sa très-respectable mère est le meilleur des fils. Comme vous voyez, madame, il n'y a pas grand chose à déduire de ces renseignements.

— L'hypocrite! murmura Lady Eversleigh. Et si savant dans l'art de l'hypocrisie, qu'il s'arrange de façon à avoir toujours l'opinion du monde pour lui. C'est là tout ce que vous avez pu recueillir?

— Oui madame, quant à présent, mais je vis d'espoir; car j'ai obtenu un petit renseignement sur le baronnet qui vous étonnera, je pense. Depuis quinze jours j'ai cultivé la connaissance de la jeune servante de la maison de Williers Street, et j'ai appris par elle que mon baronnet est dans les termes d'une amitié très-intime, avec son cousin germain, M. Dale, qui habite le Temple.

— En vérité! s'écria Honoria, ces deux hommes sont les derniers entre lesquels j'aurais pu croire un commerce d'amitié possible.

— Et pourtant madame, le fait est exact. M. Douglas Dale, l'avocat, a dîné deux fois avec son cousin durant la semaine dernière, et chaque fois les deux cousins sont partis ensemble en cab, entre huit et neuf heures du soir; mon amie, la petite servante s'est trouvée à portée d'entendre l'adresse donnée au cocher et à chaque fois cette adresse était, Hilton House, Fulham.

— Douglas Dale.... joueur! s'écria Honoria; lui... le compagnon de son infâme cousin! Sa ruine est certaine.

— J'avoue, madame, que cela ne promet pas une

bien agréable perspective pour mon ami Douglas Dale, répondit Larkspur avec son invincible penchant au bavardage.

— Ne savez-vous rien de plus, touchant cette intimité entre ces deux hommes? demanda Honoria.

— Non, madame, mais mon intention est de chercher à en savoir davantage.

— Surveillez-les! s'écria-t-elle, surveillez ces deux hommes, il y a danger pour M. Dale dans tout rapport avec son cousin. Ne l'oubliez pas. Il y a danger pour lui, danger de mort peut-être, surveillez-les, monsieur Larkspur, surveillez-les nuit et jour.

— Je ferai mon devoir, madame. Vous pouvez y compter, répliqua l'agent de police, et je le ferai bien. J'ai l'amour propre de ma profession, et pour moi, le devoir est un plaisir.

— Je me fie à vous.

— Et vous avez raison, madame. Ah! à propos, je dois vous dire que dans cette maison, mon nom est André, monsieur André, clerc d'homme de loi. Le nom de Larkspur sentait Bow Street de trop loin. »

Les informations obtenues par Larkspur étaient parfaitement exactes. Une intimité s'était formée entre Douglas et son cousin Reginald, et les deux jeunes gens passaient ensemble une grande partie de leur temps.

Douglas était toujours le simple et loyal jeune homme que nous connaissions avant que la mort de son oncle ne l'ait mis en possession d'un revenu de cinq mille livres. La fortune avait tué chez lui le goût du travail, et au lieu de se livrer avec ardeur à l'étude des lois, Douglas s'était rangé dans ce cercle restreint d'individus qui n'ont d'autre préoccupation que de satisfaire au caprice du moment, soit une excursion dans les Alpes, une visite aux pêcheurs de la Norvége, une paresse oisive dans les salons des clubs, quelques recherches de bibliophile, ou quelques essais littéraires.

Il occupait son logement au Temple, il continuait à se dire avocat, mais il n'avait plus le moindre désir de tenir sa place parmi les membres du barreau.

Son frère Lionel était devenu recteur de Hallgrove, village dans le comté de Dorset, où il avait une très-jolie église et un nombre très-restreint de paroissiens, c'était une vie de loisir qui ne semblait faite que pour les hommes riches.

Lionel avait les goûts d'un gentilhomme campagnard et il trouvait le temps nécessaire pour se livrer aux plaisirs de la chasse, après avoir scrupuleusement accompli ses devoirs.

Les pauvres de Hallgrove avaient de bonnes raisons pour se féliciter d'avoir pour recteur un homme riche. La charité de M. Dale envers ses paroissiens, semblait inépuisable.

Le presbytère était une vieille maison située dans un de ces lieux romanesques qu'on ne peut espérer trouver qu'en peinture. Des montagnes, des bois, et de l'eau ; tout contribuait à la beauté du paysage et, au milieu de ces bois et de ces prés verdoyants, la vieille maison en briques rouges, semblait être la perfection de l'habitation anglaise. C'était originairement un manoir seigneurial et une partie des bâtiments remontait à une date fort ancienne.

Lionel appelait Hallgrove l'heureuse vallée ! Ni l'un ni l'autre des deux frères n'était encore marié, et l'avocat faisait de fréquentes visites au recteur. Il était heureux d'aller se reposer en ce lieu des fatigues et des émotions de la ville. Comme son frère, il adorait les péripéties et les dangers cynégétiques, et il était rare qu'il fût absent de Hallgrove pendant la saison des chasses.

A Londres, il avait les cercles et les maisons de ses amis. Les ambitieuses mamans du monde élégant étaient enchantées d'avoir Douglas à leurs bals, et si tel avait été son goût, il aurait pu faire danser toutes les nuits les plus jolies filles à marier de Londres.

Pour un célibataire riche et inoccupé les plaisirs de la vie élégante deviennent facilement une fatigue, au bout d'un certain temps, ils sont vides et creux. Douglas commençait à être las des bals, des diners, des expositions de fleurs, et des concerts, quand le hasard lui fit rencontrer son cousin Eversleigh, à un club dont ils faisaient tous deux partie.

Eversleigh savait se rendre fort agréable quand il le voulait; et dans cette occasion il fit tous ses efforts pour produire une bonne impression sur l'esprit de Douglas. Jusqu'alors, celui-ci n'avait pas beaucoup aimé son cousin, mais il commença alors à penser qu'il avait eu des préjugés contre son parent. Il comprit que Reginald avait quelque raison de se trouver maltraité, et avec cet élan de bonté naturel à un cœur généreux, il se sentait disposé à tendre une main amie à celui qui avait eu le sort contraire dans la grande bataille de la vie.

Les deux jeunes gens dinèrent ensemble au club, ils s'y rencontrèrent fréquemment, quelquefois par hasard, quelquefois après avoir pris rendez-vous. Le club était un de ceux où l'on ne peut risquer qu'une partie tranquille entre savants joueurs de whist et jusqu'au moment de sa rencontre avec Reginald, Douglas n'avait jamais été tenté de s'asseoir à une table de jeu.

Ses habitudes changèrent petit à petit grâce à l'influence de son cousin et de Carrington. Il consentit un jour à faire une partie d'écarté, une autre fois il fit un quatrième au whist. Trois mois après sa première rencontre avec Reginald, il accompagnait le baronnet à Hilton House, où il fut présenté à la belle veuve autrichienne.

Reginald avait manœuvré avec une grande prudence. Ce ne fut qu'après avoir inoculé le goût du jeu à son cousin qu'il s'aventura à le présenter à Mme Durski.

Cette présentation devait exercer une sinistre influence sur sa destinée. Il avait passé impunément à travers la fournaise de la vie de Londres; plus d'une femme avait essayé son empire sur lui, mais il était encore maître de son cœur le jour où il franchit le seuil de Hilton House.

Il vit Pauline Durski et l'aima. Il l'aima dès le premier jour, d'une affection profonde et loyale, qui était à l'égoïste caprice de Reginald, ce que le ciel est à la terre.

Mais son cœur n'était plus libre. Elle l'avait donné à un homme dont elle connaissait la bassesse, mais qu'elle aimait en dépit de sa raison.

Reginald ne tarda pas à découvrir l'état des sentiments de son cousin. Il avait dressé ses plans en vue de ce résultat. Douglas, esclave aimant de Mme Durski, était destiné à être facilement pris pour dupe, et une grande partie de la fortune de Sir Oswald pouvait encore ainsi enrichir le neveu déshérité. Carrington veillait sur l'opération, et partageait les dépouilles, mais il regardait les plans de Reginald avec un air presque dédaigneux.

« Vous pensez accomplir des merveilles, mon cher Reginald, dit-il ; et évidemment, au moyen des pertes de M. Dale, vous pouvez arriver à vivre, sans parler de notre chère Mme Durski qui intervient aussi pour réclamer sa part du butin. Maïs après tout, qu'est-ce que cela?.... quelques centaines de livres de plus ou de moins. Je pense que vous devriez jouer un jeu plus profond et meilleur, et je crois pouvoir vous en montrer la marche.

— Je n'ai pas besoin de me mêler davantage à vos projets, répondit Reginald, j'en ai assez. De quel avantage ont-ils été pour moi ? »

Les deux amis étaient assis dans l'obscur salon de Reginald, quand cette conversation s'établit entre eux.

Ils étaient assis en face l'un de l'autre, une petite table les séparait. Victor avait les bras croisés et appuyés sur la table, et la tête penchée en avant il regardait son compagnon en plein visage.

« Écoutez-moi, Reginald, dit-il, parce que j'ai échoué une fois, ce n'est pas une raison pour que j'échoue toujours. Le diable lui-même a conspiré contre moi la dernière fois, mais un jour viendra où il sera de mon côté. Il est encore dans les choses possibles, que vous deveniez possesseur d'une fortune de dix mille livres de rentes, et mes efforts doivent tendre à vous assurer ce revenu.

— Arrêtez, Carrington, croyez-vous que je voudrais permettre.....

— Je ne vous demande aucune permission. Je sais que vous êtes un lâche, que votre caractère est faible et hésitant, et que réduit à l'effort de votre seule volonté vous ne vous élèveriez jamais au-dessus du niveau d'un prodigue ruiné et d'un vagabond sans le sou. Vous oubliez peut-être que j'ai un engagement signé de vous qui me donne un intérêt dans votre fortune à venir. Je ne l'oublie pas, moi. Quand ma sagesse me conseillera d'agir, j'agirai et sans prendre votre avis. Si je réussis vous me remercierez, si j'échoue vous me reprocherez ma stupidité. C'est ainsi que les choses se passent en ce monde. Et maintenant laissons là cet entretien. Quand partez-vous pour le comté de Dorset, avec votre cousin Douglas ?

— Pourquoi me faites-vous cette question ?

— Ma curiosité n'a pas d'autre stimulant que l'intérêt que je vous porte à vous et à vos parents. Vous y allez ouvrir les chasses chez votre cousin Lionel, n'est-ce pas ?

— Oui, il m'a invité à aller passer chez lui le reste de la saison.

— Sur la demande de son frère, je crois ?

— Précisément. Je n'ai pas vu Lionel, vous le savez bien, depuis les funérailles de mon oncle. »

Reginald prononça ces paroles avec une hésitation marquée.

« Douglas va passer les fêtes de Noël avec son frère et il désire que je l'accompagne. Afin que je satisfasse à ce désir, Lionel m'a écrit une lettre fort amicale en me priant de venir au presbytère de Hallgrove et j'ai accepté l'invitation.

— Rien de plus naturel. J'ai entendu parler d'un cheval de chasse que vous deviez acheter pour Lionel, le fait est-il exact ?

— Oui, on sait que je m'y connais assez en chevaux, et Douglas désire donner à son frère pour cet hiver, une bonne monture.

— Quand l'animal doit-il être choisi? demanda Victor d'un air insouciant.

— Immédiatement. Nous partons pour Hallgrove la semaine prochaine. Je choisirai le cheval quand Douglas pourra venir avec moi chez le marchand et nous l'enverrons là-bas pour qu'il s'habitue à sa nouvelle demeure avant de commencer son rude travail.

— Bien. Faites-moi savoir quand vous irez chez le marchand de chevaux; mais si vous m'y apercevez n'ayez pas l'air de me voir et ayez soin de ne pas attirer sur moi l'attention de Douglas et de ne pas me présenter à lui.

— Que signifient ces recommandations? demanda Reginald en jetant un regard soupçonneux sur son ami.

— Que voulez-vous qu'elles signifient en dehors de leur sens naturel? Je ne sais même pas comment votre imagination peut chercher quelque intention cachée dans le désir bien simple de passer une après-midi à visiter les écuries d'un marchand de chevaux.

— Pardonnez-moi, mon cher Carrington, s'écria Reginald, je suis irritable et impatient. Je ne puis oublier les malheurs qui ont marqué les derniers jours de mon séjour à Raynham.

— Oui, répondit Victor, surtout le malheur de n'avoir pas réussi. »

Rien de plus ne fut dit entre ces deux hommes. L'empire exercé par la puissante intelligence du médecin sur la nature faible de son ami, était irrésistible. Reginald craignait Victor; et il y avait en plus de la crainte qu'il lui inspirait, certain espoir indéfini que par suite des combinaisons de Carrington, il pouvait encore reconquérir la fortune qu'il avait perdue.

La conversation que nous venons de rapporter avait lieu le lendemain du jour de l'entrevue d'Honoria et de Larkspur.

Trois jours après Reginald et son cousin se rencontraient à leur club avec l'intention d'aller voir ensemble des chevaux de chasse à vendre dans l'établissement de Spavin, dans Brompton Road.

Le phaéton de Dale, attendait devant la porte du club et conduisit les deux cousins chez le marchand de chevaux.

Spavin était un des marchands de chevaux les plus en renom du moment. Un homme ne pouvant payer un beau prix avait peu de chance de trouver quelque chose à sa convenance dans l'établissement de Spavin, car pour les acheteurs pauvres, ce dernier n'avait que du dédain.

Cinq ou six hommes d'écurie sortirent dans la cour pour offrir leurs services aux deux gentlemen dont le phaéton et le groom de grand style, commandaient le respect. Spavin lui-même quitta son bureau pour venir s'informer du bon plaisir de ses clients.

« Des chevaux de carrosse ou de selle, monsieur ? demanda-t-il. Voici une belle paire de chevaux à ce break là-bas, si vous avez besoin de quelque chose qui fasse figure attelé à un phaéton. On vient de les exercer dans le parc, tout sang, monsieur, et pas une once de trop comme os, une paire de chevaux qui ferait honneur à un duc. »

Reginald demanda à voir les chevaux de chasse, et aussitôt grooms et garçons d'écurie s'empressèrent de courir aux boxes pour soumettre les nobles animaux à l'inspection de ces messieurs. Il y avait un terrain d'essai au fond de la cour, on y fit caracoler les animaux qui avaient été amenés.

Douglas attachait une grande importance au choix du cheval qu'il voulait offrir à son frère, et il discuta les mérites des différents animaux avec Reginald, dont l'œil s'était arrêté un instant à leur entrée sur Carrington. Le médecin se tenait à une petite distance, absorbé par ce qui se passait devant lui, mais on aurait pu remarquer que son attention se portait moins sur les chevaux que sur les hommes qui les amenaient.

Son regard s'attachait sur un de ces hommes.

Cet homme n'était pas fait pour attirer l'attention par aucun avantage personnel, il était petit, il avait les cheveux rouges, une tête ronde, et des petits yeux de rat.

Cet homme s'était peu mêlé de faire parader les chevaux, mais à un moment de repos, il ouvrit la porte d'une stalle, y pénétra, et sortit bientôt conduisant un magnifique cheval bai dont la belle tête se recula avec défiance quand son fier regard se promena dans la cour.

— N'est-ce pas *Buffalo?* demanda Spavin.

— Oui, monsieur.

— Alors vous devriez mieux connaître votre affaire, et ne pas amener cet animal, s'écria le marchand de chevaux avec colère. Ces messieurs veulent un cheval qu'un chrétien puisse monter, et *Buffalo* n'est pas un cheval à donner à monter à un chrétien ; quant à présent du moins. Je veux faire partir le diable qu'il a dans le corps avant de me défaire de lui, ajouta Spavin, en lançant un regard vindicatif au cheval.

— C'est un bel animal, dit Reginald.

— Oh ! oui, il est assez beau, répondit le marchand. Il paie de mine, mais est beau qui fait bien, voilà ma devise, et si j'avais connu le tempérament de cette bête quand le capitaine Chesterly me l'a offerte, j'aurais laissé aller le capitaine bien loin, avant de consentir à le lui acheter. Néanmoins le voilà, il est à moi, et il faut que j'en tire le meilleur parti possible. Mais Jack Spavin n'est pas homme à vendre un pareil animal à un client avant de lui avoir fait perdre la méchanceté qui est en lui. Quand j'en aurai triomphé il sera à votre service, messieurs, avec les meilleurs souhaits de Jack Spavin. »

Le cheval fut reconduit à sa stalle, Victor suivit d'un regard attentif l'homme et le cheval, jusqu'au moment où ils eurent disparu à sa vue.

« Il a un air singulier, ce groom, dit Reginald au marchand de chevaux.

— Qui, Hawkins,.... Jim Hawkins? oui, son air ne fera pas sa fortune, néanmoins c'est un rude travailleur dans son genre, mais il est un peu comme le cheval, il a un vice de tempérament. Je crois pourtant lui avoir fait partir le diable qu'il avait dans le corps, » dit Spavin, en faisant claquer son fouet d'une façon significative.

Plusieurs autres chevaux furent amenés, essayés, examinés, et reconduits à leurs stalles. Spavin savait qu'il avait affaire à un bon client, et il était disposé à lui montrer toutes les ressources de son écurie,

« Amenez *Niagara,* » dit-il alors.

Quelques minutes après un groom sortait de l'écurie conduisant un superbe cheval bai.

« Cet animal, dit Spavin, est frère de *Buffalo*, et si je n'avais pas connu les mérites de cet animal, jamais je n'aurais acheté *Buffalo*. Il y a souvent une grande différence entre les êtres humains de la même famille, mais peut-être ne pourrez-vous vous rendre compte de la différence qui peut exister entre des chevaux du même sang. Cet animal a le caractère aussi doux qu'on peut le désirer dans un cheval et *Buffalo* est un diable; pourtant si vous voyiez les deux bêtes ensemble, vous auriez de la peine à les distinguer l'une de l'autre.

— En vérité! s'écria Reginald, je voudrais pour la curiosité du fait, voir ces deux animaux à côté l'un de l'autre. »

Spavin donna ses ordres et Hawkins, le groom à l'air singulier, amena *Buffalo*.

Les deux chevaux étaient en réalité semblables en tous points, et celui qui aurait distingué l'un de l'autre, aurait eu des yeux bien subtils.

« Les voici, messieurs, aussi semblables que deux pois et sans un petit bouquet de poils blancs que *Buffalo* a sous le jarret gauche, peu d'hommes dans mon écurie pourraient les distinguer. »

Carrington s'apercevant que Dale, causait avec le marchand de chevaux, s'approcha de l'animal de l'air d'un étranger intéressé par la ressemblance des deux chevaux, il se baissa pour examiner le bouquet de poils blancs, c'était une petite place large comme une pièce de cinq francs.

« *Niagara* me paraît être une belle bête, dit-il.

— Oui, répondit le groom, et je ne pense pas qu'il y ait dans toute l'écurie un meilleur cheval que *Niagara*. »

Quand Douglas revint examiner les deux chevaux, Carrington s'approcha de Reginald et le tira à l'écart sans avoir été remarqué par Dale.

« J'ai besoin que votre choix s'arrête sur *Niagara*, comme cheval destiné à Lionel, dit Victor, quand ils furent à une distance suffisante pour ne pas être entendus par Douglas.

— Pourquoi ce cheval plutôt qu'un autre?

— Ne demandez donc jamais pourquoi, répliqua Victor avec impatience. Vous pouvez bien certainement faire cela pour m'obliger.

— Soit, répondit Reginald avec une apparente indifférence. Le cheval me paraît bon. »

La consultation dura encore quelques instants, après quoi Douglas demanda à Reginald quel était celui qui lui convenait le mieux de tous les chevaux qu'il avait vus.

« Eh bien! si vous me demandez mon opinion, je pense qu'il n'y a pas de meilleur cheval que celui qu'on appelle *Niagara*, et si vous et Spavin tombez d'accord sur le prix, vous pouvez conclure le marché sans hésitation. »

Douglas agit immédiatement d'après le conseil de Reginald ; il alla dans le petit bureau de Spavin et écrivit immédiatement un chèque pour le montant du prix du cheval, à l'entière satisfaction du marchand. Pendant que Douglas écrivait son chèque, Carrington attendait dans la cour sur laquelle ouvrait le bureau. Il saisit l'occasion pour adresser la parole à Hawkins, le groom.

« J'ai une petite affaire à vous proposer qui rentre dans vos attributions, et je pense que vous êtes l'homme qu'il me faut pour la conduire à bien. Avez-vous quelques instants de liberté?

— J'ai une heure ou deux de temps en temps, le soir après ma besogne faite, répondit l'homme.

— A quelle heure et où puis-je vous voir après votre travail?

— Dame, monsieur, ma demeure est trop pauvre pour y recevoir un gentleman comme vous, mais si vous n'avez pas d'objection à faire contre un établissement public, une maison respectable dans son genre, nous avons la taverne de *La Chèvre*, la troisième porte dans la petite rue à gauche en sortant de la cour dans la direction de Londres.

— Oui, oui, interrompit Victor avec impatience, on peut vous trouver à la taverne de *La Chèvre*.

— C'est là où je suis le plus souvent le soir, après neuf heures, hiver comme été.

— Cela suffit, s'écria Victor en jetant un regard du côté du bureau du marchand de chevaux, j'irai vous trouver à la taverne de *La Chèvre*, ce soir, à neuf heures, chut! »

Eversleigh et son cousin venaient juste de sortir du bureau, quand Victor imposa silence au groom.

« On sera muet! » murmura l'homme.

Reginald et Douglas reprirent leurs places dans le phaéton qui s'éloigna rapidement.

Carrington arriva à huit heures et demie à la taverne de *La Chèvre*, petit cabaret assez sale, dans une petite rue plus sale encore. Là il trouva Hawkins, établi devant le comptoir et occupé, en l'attendant, à consommer un verre de gin.

« Il n'y a personne dans le petit salon, monsieur, dit Hawkins lorsqu'il reconnut Carrington, et si vous voulez y entrer nous serons tout à fait comme chez nous. Je suppose que vous ne voyez aucune objection à ce que j'entre dans le parloir avec ce monsieur, Maria? demanda Hawkins à une jeune femme dont la tête était coiffée d'un bonnet coquet, et qui remplissait les fonctions de demoiselle de comptoir.

— Dame, vous n'êtes pas un client pour le salon, monsieur Hawkins, mais si ce monsieur a à vous parler je ne vois pas pourquoi vous n'y entreriez pas, répondit la demoiselle avec un air de suprême condescendance. Si monsieur a des ordres à donner, je suis prête à recevoir sa commande, » ajouta-t-elle d'un ton dégagé.

Carrington commanda une bouteille d'eau-de-vie.

Le salon était une petite pièce enfumée dont les murailles étaient ornées de gravures enluminées représentant des courses de chevaux. Carrington s'assit et dit à son compagnon de prendre place en face de lui.

« Remplissez votre verre, » dit-il.

Hawkins ne perdit pas de temps pour profiter de la permission.

« Maintenant, je suis un homme qui n'aime pas à prendre par le plus long, mon ami Hawkins, dit Victor, ainsi donc nous allons aborder l'affaire tout de suite. J'ai un caprice pour ce cheval bai que vous nommez *Buffalo* et je voudrais l'avoir ; mais je ne suis pas riche et je ne puis mettre un bien haut prix à mes fantaisies. C'est pourquoi j'ai pensé, Hawkins, qu'avec votre aide, je pourrais avoir *Buffalo* à bon marché.

— Dame, j'ose me flatter qui je pourrai vous aider à faire un très-bon ou un très-mauvais marché, selon les circonstances, dit le groom froidement ; mais entre amis, en supposant que vous soyiez moi et moi vous, je ne voudrais de ce cheval à aucun prix, quand bien même M. Spavin me le donnerait pour rien, avec le mors et la bride par dessus le marché. »

Hawkins avait pris un second verre d'eau-de-vie, qui joint au gin qu'il s'était déjà offert commençait à produire leur effet sur la tête du groom.

« Ce cheval est dangereux à manier, alors? demanda Victor.

— Quand vous pourrez enfourcher un éclair et le tenir en mains vous pourrez monter *Buffalo*, monsieur;

répondit sentencieusement le groom. Mais tant que vous ne serez pas de force à manier un éclair, je ne vous conseille pas de passer votre jambe sur les reins de *Buffalo*.

— Allons, allons, riposta Victor, un bon écuyer pourrait certainement venir à bout de cet animal ?

— Le particulier qui conduisit un char attelé dans les cieux et qui fut justement puni de son audace, celui-là même ne parviendrait pas à se tenir sur *Buffalo*. Il a une bouche de fer, et il n'y a pas de gourmette quelque forte qu'elle soit, qui serait plus pour lui que le ruban d'un bonnet de femme. Il s'est fait un nom comme coureur de steeple chase, mais quand il a eu tué trois jockeys et deux gentlemen-riders, on a commencé à avoir assez de ses prouesses, et c'est alors que le capitaine Chesterly est venu le vendre à mon patron qui a été assez fou pour le prendre à un prix quelconque. Et maintenant, monsieur, je me suis montré votre ami et je vous ai donné un honnête conseil. Peut-être pourai-je aller jusqu'à dire que je vous ai sauvé la vie. Aussi j'espère que vous considérerez que je suis un pauvre homme, chargé de famille, et que je ne puis perdre mon temps à donner de bons conseils à des étrangers pour rien. »

Carrington tira sa bourse et tendit à Hawkins un souverain ; un air de ravissement se mêla alors visiblement à l'expression habituelle de ruse empreinte sur la physionomie du groom.

« Voilà ce que j'appelle faire grandement les choses, patron, s'écria-t-il, et je n'hésite pas à le déclarer.

— Prenez un autre verre d'eau-de-vie, Hawkins.

— Je vous remercie bien, monsieur, cela ne me fait pas peur. »

Il remplit de nouveau son verre jusqu'au bord.

« Je vous ai donné ce souverain parce que je crois que vous êtes un honnête garçon, dit le médecin. Mais en dépit de la mauvaise réputation que vous faites à *Buffalo*, je persiste toujours dans mon envie de l'acquérir.

— Eh ! bien vous m'étonnez, s'écria Hawkins, et pourtant vous n'avez pas l'air d'un homme de cheval, patron.

— Je ne suis pas homme de cheval. Ce n'est pas pour moi que je désire avoir *Buffalo*. J'en ai besoin pour un ami grand chasseur. Si vous pouvez m'avoir cet animal à bon marché, par exemple pour vingt livres, et si vous pouvez obtenir un congé de huit jours, vous l'amèneriez chez mon ami à la campagne, et je vous donnerais un billet de cinq livres, pour votre peine. »

Les yeux de Hawkins brillèrent de cupidité à ces paroles, mais tout désireux qu'il était de s'assurer cette séduisante récompense, il ne répondit pas tout de suite.

« Dame, voyez-vous, patron, je ne pense pas que M. Spavin consentirait à vendre *Buffalo*, quant à présent. Il craint qu'il arrive un malheur, vous comprenez. C'est un homme fort raide que M, Spavin et il tient énormément à sa réputation. Je ne crois réellement pas qu'il vende *Buffalo*, avant qu'il ait été rompu, et le diable sait le temps qu'il faudra pour venir à bout de lui.

— Oh ! c'est absurde ; Spavin sera enchanté d'être débarrassé de lui, croyez-moi. Vous n'avez qu'à dire que vous désirez l'avoir pour un de vos amis qui saura le dompter mieux qu'aucun des hommes de M. Spavin. »

Hawkins se frotta le menton d'un air pensif.

« Eh ! bien, oui ; peut-être en présentant les choses de cette façon, obtiendrai-je une bonne réponse, dit-il après un moment de réflexion. Je pense que Spavin consentirait à le vendre à un jockey, mais qu'il ne voudrait jamais le céder à un bourgeois. Je sais qu'au fond il sera très-content d'être débarrassé de l'animal.

— Très-bien, alors, reprit Carrington ; menez bien l'affaire et vous gagnerez votre commission. Ayez bien soin de ne pas donner lieu à Spavin de penser que c'est un gentleman qui a envie de ce cheval : croyez-vous pouvoir vous tirer convenablement de cette affaire?

— J'en ai traité de plus difficiles que celle-là, patron, répondit le groom ; quand voulez-vous le cheval?

— Immédiatement.

— Pourriez-vous vous arranger pour venir ici demain soir, ou aimez-vous mieux que je me présente chez vous?

— Je serai ici demain soir, à neuf heures.

— Très-bien, monsieur, et j'aurai des nouvelles à vous donner de *Buffalo*. Mais tout ce que j'espère, c'est qu'en offrant ce cheval à votre ami, vous lui indiquerez en même temps l'adresse d'un bon entrepreneur de pompes funèbres.

— Je n'ai pas peur de cela.

— Comme il vous plaira, monsieur. Vous savez ce que vous faites et vous êtes d'âge à prendre une résolution. »

Carrington vit bien que l'eau-de-vie exerçait maintenant sa puissante influence sur la tête du groom, mais il avait jugé l'homme et le savait parfaitement apte à faire ce qu'il attendait de lui. Hawkins avait cette astuce de bas étage qui fait d'un coquin ordinaire un fort utile instrument entre les mains d'un scélérat plus habile.

Le lendemain à neuf heures du soir, les deux hommes se retrouvèrent à la taverne de *La Chèvre;* cette fois leur entretien fut très-court.

« Avez-vous réussi? demanda Victor.

— J'ai réussi. M. Spavin acceptera vingt-cinq guinées de mon ami le jockey, mais à aucun prix il ne consentirait à vendre le cheval à un gentleman.

— Voici l'argent, répondit Victor en remettant au groom cinq banknotes de cinq livres et vingt-cinq shillings en or et en monnaie d'argent. Avez-vous demandé un congé?

— Non, patron, parce que, entre nous, je doute qu'il me l'eût accordé si je le lui avais demandé. Je saurai bien le prendre. Je feindrai d'être malade et j'enverrai ma femme prévenir que je suis au lit et hors d'état de travailler.

— Hawkins, vous êtes un diplomate, s'écria Victor, et maintenant je vais vous donner en peu de mots mes instructions. Voici un morceau de papier portant le nom de l'endroit où vous devez conduire l'animal. Frimley Common, dans le comté de Dorset. Vous partirez demain à la pointe du jour et vous voyagerez aussi vite que vous pourrez le faire, sans abattre l'ardeur du cheval. Je veux qu'il soit frais quand il arrivera chez mon ami. »

Hawkins fit entendre un éclat de rire sinistre.

« N'ayez pas peur de cela, monsieur, *Buffalo* sera toujours assez frais, vous pouvez y compter, dit-il.

— Je l'espère, répliqua Carrington avec calme. Quand vous arriverez à Frimley Common, qui n'est pas autre chose qu'un village, rendez-vous à la meilleure auberge que vous pourrez trouver, et attendez ou mon arrivée ou des nouvelles de moi, vous comprenez?

— Oui, patron.

— C'est bien ; maintenant bonsoir. »

Sur ces mots Carrington quitta la taverne de *La Chèvre*. Au moment où il sortait du cabaret, un vieillard, en costume d'ouvrier, qui était devant le comptoir le suivit dans la rue et se tint derrière lui jusqu'au moment où il entra dans Hyde Park pour se rendre à Edgeware Road. Là l'homme s'arrêta et le laissa partir.

« Il se rend chez lui, je suppose, murmura l'homme. Pour ce soir il n'y a plus rien à faire. »

III

DANS LE COMTÉ DE DORSET.

Il y avait deux auberges dans la grande rue de Frimley. Le règne des diligences n'était pas encore terminé et la splendeur des auberges de province ne s'était pas entièrement éclipsée. Plusieurs voitures publiques passaient par Frimley dans le cours de la journée et un assez grand nombre de voyageurs s'arrêtaient pour manger, boire, et prendre du repos dans ces bonnes vieilles hôtelleries, mais il n'arrivait pas souvent que les antiques chambres à coucher fussent occupées même pour une nuit, si ce n'est par des commis voyageurs, mais ce qui se voyait bien rarement c'est qu'un simple voyageur vînt s'établir pendant quelque temps à Frimley.

Il n'y avait rien à voir dans la petite ville et ceux

qui faisaient un voyage d'agrément, se seraient bien plutôt arrêtés dans le pittoresque petit village de Hallgrove.

Ce fut donc un grand sujet de surprise pour la propriétaire de *La Rose et la Couronne*, quand une dame, accompagnée de sa femme de chambre descendit de la diligence, et demanda un appartement qu'elle avait l'intention d'occuper pendant plusieurs jours.

La dame était si simplement mise, avec sa robe et son manteau de sombre étoffe de laine, coiffée d'un chapeau de velours noir, que ce fut seulement à ses manières distinguées et surtout à sa démarche gracieuse que Mme Tippets, la digne aubergiste, put arriver à distinguer la maîtresse de la femme de chambre.

« Je voyage pour ma santé, dit la dame, qui n'était autre qu'Honoria, et le calme de cette petite ville me convient. Vous serez assez bonne pour préparer des chambres pour moi et pour ma femme de chambre.

— Vous seriez probablement bien aise que la chambre de votre domestique fût contiguë à la vôtre, madame? fit observer l'hôtesse.

— Non, répondit Honoria, je n'y tiens nullement, je préfère même être complétement chez moi dans mon appartement.

— Comme il vous plaira, madame, nous avons quantité de chambres disponibles. »

L'hôtesse de *la Rose et la Couronne* introduisit les voyageuses dans le plus beau salon de sa maison. Une chambre de vieux style, avec une grande cheminée dont le haut manteau était en bois sculpté; le plafond de la chambre était traversé par de lourdes poutres en saillie.

Lady Eversleigh s'assit près de la table d'un air

pensif. Pendant qu'on allumait le feu et qu'on apportait sur un plateau tous les accessoires d'un thé, ce rafraîchissement si précieux pour tout bon anglais, Jane s'était assise à l'autre coin de la cheminée dans une attitude presque aussi pensive que celle d'Honoria.

C'était vers la fin d'une journée d'hiver que les deux voyageuses étaient arrivées à Frimley. Jane s'approcha de l'une des étroites fenêtres et regarda dans la rue où de rares lumières apparaissaient de loin en loin.

« Que cette vieille ville est curieuse, madame! » dit-elle.

Honoria avait défendu à sa femme de chambre de l'appeler milady, depuis leur départ du château de Raynham.

« Oui, répondit sa maîtresse d'un air distrait! C'est une vieille ville oubliée dans un coin du monde.

— Mais le repos et le changement d'air feront sans doute du bien à madame, dit Jane du ton le plus insinuant, et il est certain qu'elle devait avoir besoin de changer de résidence et de venir respirer l'air de la campagne après son long séjour dans une des rues de Londres. »

Lady Eversleigh fit un effort pour secouer sa préoccupation et tournant vers sa femme de chambre un regard calme et plein de gravité, elle lui dit :

« J'ai besoin de changer de place et de respirer l'air pur de la campagne, Jane, mais ce n'est pas cela que je suis venue chercher à Frimley, et vous le savez bien. A quoi bon alors essayer de nous tromper toutes deux? Le but de ma vie est des plus sérieux, le secret de ma venue ici est une tristesse et s'il ne me convient pas de vous le confier, je ne vous dissimule rien de ce que vous avez besoin de connaître. Laissez-moi jouer mon rôle sans être observée ou questionnée. Vous serez un jour bien récompensée de votre discrétion et de votre dévouement. Soyez-moi fidèle, comme une bonne fille que vous êtes, sans essayer de découvrir le mobile de mes actions, et croyez qu'alors même qu'elles vous paraissent des plus étranges, elles sont justifiées par le but important que je me propose. »

Les paupières de Jane se baissèrent sous le regard sérieux et pénétrant de sa maîtresse.

« Vous pouvez être assurée de ma fidélité, madame, répondit-elle vivement, et je serais la dernière des créatures, si j'essayais de pénétrer vos secrets. »

Honoria laissa ces protestations sans réponse. Elle prit son thé en silence et semblait comme accablée par de graves et pénibles réflexions. Après le thé, elle renvoya Jane, qui se retira dans la chambre qui avait été préparée pour elle, et qu'on s'était appliqué à rendre confortable en l'égayant par un bon feu qui brûlait joyeusement dans la grille.

La chambre à coucher de Jane ouvrait sur un corridor, à l'extrémité duquel était la porte du salon occupé par Honoria. Jane était donc bien placée pour épier tous ceux qui allaient du salon aux autres parties de la maison, et dans cette intention elle s'était assise en laissant sa porte entr'ouverte.

« Milady attend quelqu'un ce soir, je le sais, » se dit-elle en s'asseyant devant une petite table, un ouvrage de broderie à la main.

Elle avait remarqué que, pendant le thé, Lady Eversleigh avait deux ou trois fois regardé à sa montre. Pourquoi s'inquiéterait-elle tant de l'heure, si elle n'attendait pas une visite, ou une lettre ?

Pendant un assez longtemps, Jane attendit, épia, écouta, sans résultat. Personne n'avait traversé le corridor pour se rendre dans le salon bleu, sauf le garçon d'auberge qui était venu desservir le thé.

Jane regarda à sa montre et vit qu'elle marquait neuf heures et demie.

« Bien sûr Milady ne recevra pas de visite ce soir, » se dit-elle.

Un quart d'heure après, elle tressaillit en entendant des pas. Elle se leva vivement de sa chaise, et sans bruit, s'approcha de la porte entr'ouverte, pour jeter un regard dans le corridor. Elle vit alors un homme vêtu d'un costume campagnard, d'une veste de gros drap, le menton enveloppé dans une grosse cravatte de laine, et avec un chapeau tellement rabattu sur ses yeux qu'il n'y avait de visible dans tout son visage que l'extrémité d'un long nez.

Ce long nez, en forme de bec d'oiseau, sembla singulièrement familier à Jane, sans qu'elle pût se rappeler cependant où elle l'avait vu.

Le campagnard se dirigea directement vers le salon bleu, ouvrit la porte, et entra. La porte se referma derrière lui et alors Jane entendit un faible bruit de voix partant de l'intérieur de l'appartement.

Il était évident que ce campagnard était le visiteur attendu par Lady Eversleigh.

L'étonnement de Jane s'accrut en présence de cet étrange incident.

« Qu'est-ce que tout cela signifie? Cet homme serait-il un parent pauvre de Milady ? Tout le monde sait qu'elle est de naissance obscure, mais personne ne sait d'où elle vient. Peut-être est-elle née dans cette ville, et est-ce pour voir sa famille qu'elle y est venue.

Jane fut obligée de se contenter de ces conjectures, car elle ne pouvait mieux faire, mais elles ne satisfaisaient que médiocrement sa curiosité. L'entrevue entre Lady Eversleigh et son visiteur fut longue, il était plus de dix heures et demie quand l'étrange paysan quitta le salon bleu.

Ceci se passait trois jours avant Noël. Le lendemain la diligence qui traversait cette petite ville tranquille vers sept heures du soir amena un autre voyageur.

Celui-là n'honora pas de sa clientèle l'auberge de *La Rose et la Couronne,* bien qu'on changeât les chevaux à cette hôtellerie. Il descendit de l'intérieur de la voiture, pendant qu'elle stationnait devant l'auberge, attendit qu'on lui eût remis une petite valise qui était sous la bâche, et partit malgré la neige qui tombait, portant à la main la valise qui composait tout son bagage.

Il marcha d'un pas rapide jusqu'à l'extrémité de la longue rue où une plus modeste auberge avait pour enseigne des *Clés en Croix.* Ce fut là qu'il entra et demanda une chambre à coucher, avec un bon feu et de quoi souper.

A peine avait-il pénétré dans sa chambre que le voyageur se débarrassa du lourd pardessus dont le collet relevé cachait presque entièrement son visage; cette action révéla le pâle visage de Carrington dont les yeux noirs brillaient ce soir-là d'un éclat tout particulier.

Après avoir soupé à la hâte, il descendit dans la cour de l'auberge, malgré la neige qui tombait abondamment, pour fumer un cigare, dit-il, à l'une des servantes qu'il rencontra sur son chemin.

Il n'y avait pas longtemps qu'il était dans la cour, lorsqu'un homme sortit d'un des bâtiments adjacents et s'approcha de lui à pas lents et d'un air mystérieux.

« Tout va bien, patron, dit l'homme à voix basse j'attends votre arrivée depuis deux jours. »

Cet homme était Hawkins, le groom de Spavin.

« *Buffalo* est ici?

— Oui, monsieur, aussi bien portant et aussi confortablement installé que s'il y était né.

— Et il n'a pas souffert du voyage?

— Pas le moins du monde, monsieur. Je l'ai amené à petites journées sachant que vous teniez à ce qu'il arrivât frais, et il est joliment frais, je vous en réponds. Peut-être seriez-vous bien aise de le voir?

— Oui. »

Le groom conduisit Carrington dans une écurie, et le chirurgien eut le plaisir de voir le cheval bai, à la lumière incertaine d'une lanterne.

L'animal était véritablement un beau specimen de sa race.

C'était seulement dans ses yeux à fleur de tête, dans ses narines dilatées, et dans le port défiant de sa tête que se trahissait son mauvais caractère. Carrington s'arrêta à une petite distance et le contempla silencieusement pendant quelques minutes.

« Avez-vous jamais remarqué cette tache? demanda Victor en désignant le bouquet de poils blancs sous le jarret de l'animal.

— Parfaitement, monsieur, on ne peut manquer de la remarquer quand on sait où la chercher, bien qu'un étranger pourrait ne pas la voir : cette place blanche, à mon avis, est un défaut, car sans elle l'animal n'aurait pas un seul poil blanc dans toute sa robe.

— C'est justement ce que je pensais, répondit Victor.

mon ami est homme justement à faire la grimace s'il aperçoit un défaut à un cheval, surtout s'il le découvre avant d'avoir essayé l'animal et d'avoir reconnu ses mérites. Mais j'ai une idée pour tirer le meilleur parti possible de *Buffalo* et j'ai besoin de vous pour la mettre à exécution.

— Je suis votre homme, patron, de quoi qu'il s'agisse. »

Le médecin tira une fiole de sa poche, ainsi qu'un petit pinceau.

« Dans cette bouteille il y a une teinture brune, dit-il, et je désire que vous appliquiez cette teinture brune sur la place blanche, après que vous aurez étrillé le cheval, de manière à ce qu'il soit prêt à être présenté à mon ami quand il viendra le réclamer. Il faut appliquer cette teinture trois ou quatre fois à de courts intervalles. Elle opère très-vite et il faudrait de nombreux seaux d'eau pour la faire disparaître. »

Hawkins rit de bon cœur à l'idée de cette ingénieuse manœuvre.

« Vous êtes un habile homme, patron, s'écria-t-il, c'est le tour qu'on exécute pour les canaris et qui est si bien pratiqué au carrefour des Sept Cadrans. Vous prenez votre moineau, vous le peignez d'une belle couleur jaune et vous le vendez à l'innocente pratique pour le plus beau canari du monde. Peut-être sera-t-il un peu maussade tout d'abord, dites-vous, mais vous garantissez qu'il chantera admirablement aussitôt qu'il sera habitué à son nouveau maître ou à sa nouvelle maîtresse, et non-seulement il ne chante pas admirablement, mais il ne chante pas du tout.

— Voici la fiole, Hawkins, et voici le pinceau. Vous savez ce que vous avez à faire?

— Parfaitement, patron.

— Bonsoir, alors, » dit Victor.

Il ne resta pas dans la cour pour finir son cigare, exposé à la neige qui continuait à tomber, mais il remonta dans sa chambre, où il dormit d'un sommeil profond.

Il était debout le lendemain de très-grand matin. Il descendit après avoir déjeuné dans sa chambre ; il vit l'aubergiste et lui loua un bon et fort cheval dont se servait le propriétaire des *Clés en Croix* pour se rendre au marché de la ville et pour toute autre excursion dans les villages des environs.

Carrington monta ce cheval et se rendit au village de Hallgrove.

Il s'arrêta devant la porte d'une auberge du village et pendant que son cheval buvait, il adressa quelques questions à l'aubergiste.

« Où se trouve le presbytère de Hallgrove ? demanda-t-il.

— A cinq cents pas d'ici, monsieur, répondit l'homme, vous ne pouvez manquer d'y arriver en suivant cette route tout droit. C'est une grande maison en briques rouges, située sur le bord de la rivière.

— Merci. C'est un bon pays pour la chasse, n'est-ce pas ?

— Oh ! oui, monsieur, les amateurs de la chasse au renard ont presque toutes leurs réunions dans les environs.

— Quand doivent-ils se réunir ?

— Après demain, monsieur, ils doivent se réunir dans les champs de Hallgrove, à un mille du presbytère, à dix heures du matin. On se promet un grand plaisir de cette partie, à ce que j'ai entendu dire. Notre recteur doit monter un nouveau cheval, qui lui a été donné par son frère.

— En vérité !

— Oui, monsieur, j'ai été aux écuries du presbytère, hier, dans l'après-midi et j'ai vu l'animal, un superbe cheval bai, mesurant seize paumes de hauteur. »

Carrington tourna la tête de son cheval dans la direction du presbytère. Il connaissait assez le caractère de Lionel, pour savoir qu'il ne serait fait aucune opposition à ce qu'il visitât sa maison. Il s'arrêta hardiment devant la porte et demanda à voir le recteur.

« Il est sorti, dit le domestique, mais monsieur peut entrer et l'attendre, ou me dire son nom. M. Dale rentrera bientôt, il est sorti avec le capitaine et Mlle Graham. »

Carrington sourit involontairement en entendant le nom de Lydia.

« Ah ! vous êtes ici, la belle, pensa-t-il, il vaut mieux que vous ne me voyiez pas, car je ne viens pas aider votre jeu cette fois, comme je l'ai fait chez Sir Oswald, mais je viens pour vous faire perdre la partie. »

Victor remercia le domestique et lui dit qu'il n'attendrait pas pour voir M. Dale (il avait eu soin de s'assurer qu'il était sorti, avant de se présenter chez lui) ; mais il demanda à cet homme de lui indiquer le chemin, vu qu'il désirait gagner la route d'en bas et qu'on lui avait assuré que la propriété de M. Dale avait une issue sur cette route, à une petite distance de la maison.

« Rien de plus aisé, dit le domestique, si monsieur veut prendre l'allée à gauche, tourner par les bosquets, il arrivera aux écuries et la route d'en bas sera devant lui. »

Victor suivit cet itinéraire, mais il ne mit pas dans son opération la précipitation que semblaient avancer ses paroles au domestique ; il s'était passé au moins une heure depuis ce colloque, quand Victor après avoir pris une connaissance topographique fort exacte de la propriété du recteur, sortit par la porte donnant sur la route d'en bas, qu'il prit alors pour revenir à Frimley.

Il alla droit à la cour de l'écurie de son auberge, il vit le groom de Spavin, et le congédia.

« Je conduirai *Buffalo* chez mon ami dans l'après-midi, dit-il à Hawkins ; voilà votre argent et vous pouvez retourner à Londres quand il vous plaira. Je pense que mon ami sera enchanté de son marché.

— Oui, oui, dit Hawkins, que ses fréquentes absorptions d'eau-de-vie avaient rendu assez indifférent à tout ce qui se passait autour de lui et qui n'avait d'autre désir que de s'assurer pour l'avenir les faveurs d'un généreux patron. Il n'a qu'à prendre garde à lui, nous avons pris soin de nos intérêts, voilà tout ce que j'y vois. »

Sur ce, Hawkins après avoir reçu un petit supplément à la récompense convenue, et s'être muni d'une bouteille d'eau-de-vie pour se rafraîchir pendant la route, tourna le dos à l'auberge et Carrington ne le revit plus. Les gens de l'auberge voyaient fort peu Carrington, mais ce fut avec quelque surprise que le palefrenier reçût de lui l'ordre de seller le cheval qui était à l'écurie, au moment où les dernières lueurs du soleil s'éteignaient à l'horizon le jour même de Noël. Carrington n'avait pas bougé de l'intérieur de l'auberge de toute la matinée et de toute l'après-midi. Cette grande fête chrétienne ne paraissait émouvoir cet étrange visiteur ni par ses réjouissances, ni par ses offices religieux. Il était seul, assis dans sa petite chambre, méditant tantôt sur un petit carnet de poche couvert d'annotations, de sa petite écriture nette et serrée, tantôt sur ses desseins qui touchaient de si près à leur exécution, et il se livrait entièrement au cynisme qui était le caractère distinctif de son esprit. Il prenait en mépris ces pauvres idiots pour qui les fêtes de Noël ont une signification quelconque, et il revenait secrètement à ses seules idoles : la puissance et l'argent.

Le cheval lui fut amené, Carrington le monta sans difficulté, et s'éloigna dans l'obscurité. Il n'eut aucune peine à conduire *Buffalo* et déjà il commençait à concevoir certains doutes sur la nature vicieuse qu'on prêtait à l'animal. S'il n'était pas ce diable ingouvernable qu'on avait prétendu, si tous ses beaux plans allaient échouer misérablement, qu'arriverait-il ? Eh ! bien, il y avait d'autres moyens de se débarrasser de Lionel, et il n'en serait plus pauvre que de la somme payée pour l'achat du cheval. D'un autre côté, *Buffalo* ayant à marcher sur du pavé, au milieu d'une obscurité presque complète, et soumis depuis quelques jours au régime peu fortifiant d'une écurie d'auberge, sans qu'on eut veillé à ce qu'il fût bien traité, était sans doute bien différent de ce qu'il se montrerait en plaine au milieu des excitations de la chasse. Tout en discutant intérieurement ces probabilités, il avançait lentement vers le village de Hallgrove. Il avait soigneusement dressé ses plans, et habilement calculé les questions de temps et de lieu. Tous les domestiques et tous les gens du village étaient réunis sous le toit hospitalier de Lionel. Aux festins avaient succédé les jeux et les histoires qu'on raconte, et tous les absorbants commérages qui caractérisent ces réunions. Ce que Victor avait à faire s'accomplit avec succès et quand il revint à l'auberge et qu'il remit son cheval aux soins du garçon d'écurie, nul autre que lui pas même l'homme qui écoutait tout ce qui se disait dans la société des domestiques réunis au presbytère en étudiant avec soin chaque visage, ne savait que *Niagara* était dans l'écurie de l'auberge, tandis que *Buffalo* occupait sa stalle à Hallgrove.

IV

UN TRAITRE DANS LA PLACE, UN ENNEMI DEHORS.

Les hôtes du presbytère de Hallgrove pendant les fêtes de Noël, étaient Douglas, Reginald, un M. Mordaunt, sa femme, leurs deux filles blondes et jolies, puis deux autres anciens amis du recteur que nous connaissons déjà : Gordon Graham et sa sœur Lydia, celle dont l'envieuse haine avait si subitement détruit le bonheur de Sir Oswald. Les frères Dale et Graham avaient été intimement liés depuis leur enfance, alors qu'ils étaient ensemble au collége d'Eton. Depuis que la mort de Sir Oswald avait enrichi les deux frères, Gordon avait eu grand soin de ne pas laisser refroidir les liens qui les unissaient et de faire en sorte au contraire de les resserrer d'avantage. C'était par suite de ses manœuvres qu'une invitation pour les fêtes de Noël leur avait été envoyée à lui et à sa sœur et qu'ils se trouvaient tous deux installés, pour la saison d'hiver, sous le toit hospitalier du recteur.

Graham n'avait rien négligé pour s'assurer cette invitation. Chaque jour qui s'écoulait le rendait plus impatient de voir sa sœur faire un bon mariage. Sa trentième année approchait d'une façon alarmante; toute soigneuse qu'elle fût de la conservation de ses charmes, le moment arrivait où sa beauté se fanerait et où elle se trouverait définitivement reléguée au rang des vieilles filles.

Si Graham trouvait qu'elle était déjà une charge pour lui, combien le fardeau lui semblerait plus pesant alors ! A mesure que les cruelles années passaient sans amener son triomphe, son caractère devenait plus impérieux, et les querelles qui troublaient la bonne harmonie entre le frère et la sœur devenaient plus fréquentes et plus violentes.

Outre cette raison déjà très-suffisante en elle-même Gordon avait d'autres motifs personnels pour désirer que sa sœur fît la conquête d'un riche mari. La bourse d'un opulent beau-frère serait naturellement plus ou moins ouverte pour lui et il n'était pas homme à s'abstenir de puiser à cette source tout ce qu'il pourrait en tirer.

Il voyait dans Lionel une victime facile pour les fascinations d'une femme, une dupe dont la générosité pouvait être exploitée par un habile intrigant. Lionel était donc la conquête qui devait être le but des efforts de Lydia.

Le frère et la sœur étaient dans l'habitude de se parler librement quand ils étaient entre eux.

« Cette fois, Lydia, dit le capitaine après avoir donné à sa sœur lecture de la lettre de Lionel, ce sera de votre faute si vous ne revenez pas de Hallgrove fiancée avec cet homme. Il fut un temps où vous aviez de plus hautes visées, mais à trente ans, un mari ayant cinq mille livres de revenu n'est pas à mépriser.

— Qu'avez-vous besoin de me rappeler mon âge? répliqua Lydia d'un air courroucé, vous semblez oublier que vous êtes mon aîné de cinq ans.

— Je n'oublie rien, ma chère sœur, mais il n'y a pas de parallèle à établir entre votre cas et le mien. Pour un homme, l'âge n'est rien, c'est tout pour une femme, et je regrette d'être obligé de vous rappeler que vous approchez de votre trentième anniversaire; heureusement que vous ne paraissez pas plus de vingt-sept ans, et je crois sincèrement, que si vous jouez bien votre partie, vous pourrez vous assurer la conquête de ce recteur de province. C'est peu en vérité pour une femme qui avait visé un duc, mais cela vaut mieux que rien, et comme votre cas devient décidément désespéré, je vous engage à jouer votre jeu avec plus d'habileté que de coutume, Lydia.... il le faut véritablement.

— Je suis fatiguée de tenir les cartes, répondit Mlle Graham avec impatience. Il semble que la vie soit pour moi un jeu où je doive perdre toujours, quelque habileté que j'y apporte. Je commence à croire qu'il y a une malédiction sur moi, et que, quoi que je fasse, je ne réussirai jamais. Quel était cet homme de vos tragédies grecques, qui avait deviné je ne sais quelle niaise énigme et qui après se trouva jeté au milieu de mille embarras? Je commence réellement à croire qu'il y a de la fatalité dans toutes ces choses. »

Elle quitta son frère avec humeur et elle alla s'asseoir à son piano. Elle joua quelques mesures de valse d'un air distrait, pendant que le capitaine allumait un cigare et se mettait à un petit balcon qui faisait saillie au-dessus d'une rue triste et envahie par un épais brouillard.

Le frère et la sœur occupaient un logement dans une des rues étroites de Mayfair. L'appartement était petit, pauvrement meublé, incommode, et sa location était d'un prix assez élevé, mais sa situation était irréprochable, et la fière Lydia ne pouvait vivre que dans un quartier irréprochable.

Le capitaine Graham finit son cigare et s'en alla à son club, laissant sa sœur seule, mécontente, triste, et soucieuse, passer la journée de son mieux.

A une certaine époque la perspective d'une visite au presbytère de Hallgrove lui eut été fort agréable ; mais ce temps était passé. Son esprit hautain était aigri par les désappointements, sa nature égoïste ressentait avec amertume l'humiliation de ses défaites.

Il y avait une glace au-dessus de la cheminée. Lydia s'accouda sur la tablette de marbre et contempla le sombre visage que reflétait cette glace.

C'était un beau visage, mais un nuage de tristesse en obscurcissait la beauté.

« Je ne réussirai jamais ! dit-elle en se regardant ; il y a une mystérieuse malédiction sur moi et sur ma beauté. Toute ma vie, j'ai dû céder la victoire à des femmes qui m'étaient inférieures sous tous les points. Si je n'ai pas été aimée quand j'étais dans toute la fraîcheur de la jeunesse et de la beauté, comment espérer l'être maintenant que ma jeunesse est passée et que ma beauté se fane ? Et pourtant mon frère compte que je vais remonter sur les planches, dans le vain espoir de conquérir un riche mari !.... »

Elle haussa les épaules d'un air dédaigneux et tourna le dos à la glace : mais, tout en affectant de mépriser les projets de son frère, elle ne tarda pas à s'y prêter. Elle sortit le matin même et se rendit chez sa marchande de modes. Un long et désagréable colloque s'établit entre la marchande de modes et sa cliente, car Lydia s'était endettée de plus en plus chaque année et ce n'était qu'en donnant de loin en loin quelques à-compte qu'elle parvenait à obtenir un peu de répit de la part de ses fournisseurs.

Le résultat de l'entrevue de ce jour fut le même que dans les précédentes occasions. Mme Sophie, la marchande de modes, consentit à livrer quelques jolies toilettes à Mlle Graham pour sa visite de Noël, et Mlle Graham s'engagea à payer le montant d'une facture fort peu raisonnable, sans examen et sans objection.

Dans la matinée neigeuse du jour de Noël, Mlle Graham était debout près de son hôte, vêtue d'un élégant costume de popeline grise et son charmant visage ressortait sous un chapeau de velours bleu orné de plumes grises. On était encore au temps où le chapeau était tout à la fois l'égide et le sanctuaire de la beauté. Si vous offensiez une belle, elle se réfugiait sous son chapeau. Il était aussi terrifiant que le casque de Minerve, et aussi inviolable que le ceste de Diane. Ce n'était pas non plus une coiffure déplaisante que le chapeau d'il y a trente ans, un beau visage ne paraissait jamais plus joli que lorsqu'il était vu dans l'ombre vaporeuse projetée par la passe du chapeau.

Mlle Graham était ravissante sous cette coiffure maintenant oubliée ; la richesse du velours et des plumes faisait ressortir l'éclat de sa beauté, et Laura et Ellen Mordaunt dans toute la fraîcheur de leur jeunesse et de leurs simples toilettes perdaient beaucoup au contact de cette élégance aristocratique.

Les pauvres de la paroisse de Hallgrove attendaient avec impatience la venue des fêtes de Noël.

Les paroissiens de Lionel savaient qu'ils avaient une ample moisson de bienfaits à attendre de leur généreux et riche recteur.

Jeunes et vieux étaient les bien-venus dans la grande salle à manger de sa maison, pièce élevée et spacieuse qui faisait partie de ce qui restait du vieux château seigneurial qu'on avait converti, depuis quelques années, en presbytère. Il aimait à les voir tous vêtus de bons habits bien chauds fournis par sa bourse ; les vieilles femmes avec leurs robes de laine grise et leurs mantelets écarlates, les jeunes enfants dans leurs beaux habits et la tête couverte d'une capeline rouge.

C'était véritablement un charmant coup d'œil et les yeux du recteur étaient légèrement humides quand il prit place au haut de la longue table, lorsque sonna deux heures et que le *benedicite* fut dit par lui pour ses humbles hôtes.

Tous les pauvres de la paroisse avaient été invités à dîner avec leur pasteur le jour de Noël et ce dîner de deux heures était un plaisir plus grand pour le recteur que celui qui devait être servi à sept heures, pour lui et les personnes de son rang.

Il y avait des gens dans le village de Hallgrove et ses environs, qui prétendaient que Lionel menait une existence plus gaie que ne devrait le faire un ecclésiastique et un bon chrétien ; mais bien certainement ceux qui l'avaient vu au chevet des malades, ou portant ses consolations aux affligés, n'étaient guère disposés à lui reprocher l'innocente distraction des moments de repos qu'il se permettait. La seule chose pour laquelle il trouvait qu'on pouvait peut-être le blâmer, c'était sa passion pour les plaisirs de la chasse.

Tout individu qui se serait trouvé dans le petit groupe de personnes réunies au haut bout de la longue table du presbytère pendant cette matinée de Noël, aurait été convaincu que le cœur de Lionel était profondément sincère et bon.

Il n'était pas seul au milieu de ses pauvres paroissiens; ses hôtes avaient demandé la permission d'assister au repas de deux heures dans le réfectoire. Lydia s'était tout particulièrement montrée désireuse d'obtenir cette faveur.

« J'ai un si grand désir de voir ces braves gens manger leur pudding! » dit-elle avec un enthousiasme presque enfantin.

Lydia déclara qu'elle n'avait jamais rien vu qui lui eût fait autant de plaisir que cette humble réunion.

« Je donnerais tout une saison de dîners fastueux pour un banquet semblable, s'écria-t-elle avec un regard éloquent adressé au recteur. Que votre vie doit être heureuse, et comme ces braves gens doivent se trouver privilégiés!

— Je ne vois pas cela, Mlle Graham, répondit Lionel. Je considère que le privilége est tout de mon côté, c'est le plaisir du riche de pourvoir aux besoins du pauvre. »

Lydia ne répondit rien, mais ses yeux exprimèrent une admiration que la réserve imposée à une femme, n'aurait pu lui permettre d'exprimer en paroles.

Pendant que ses invités mangeaient leur pudding, Dale circulait autour de ses hôtes en échangeant quelques bonnes paroles avec eux, en leur pressant la main, en caressant les têtes blondes des jeunes enfants, et en s'informant avec bonté des malades et des absents.

Pendant qu'il était arrêté à parler à un de ses paroissiens, son attention fut attirée par un visage inconnu. C'était un vieillard, assis de l'autre côté de la table, et qui semblait complètement absorbé par l'agréable tâche de faire disparaître une tranche formidable de plum-pudding.

« Qui est ce vieillard, en face de nous? demanda Lionel au laboureur avec lequel il causait. Je ne crois pas que son visage me soit connu.

— Non, monsieur, répondit le laboureur, il n'est pas de nos pays, Hayfield l'a amené. Je suppose que c'est un de ses parents. C'est peut-être prendre un peu trop de liberté, monsieur, mais Hayfield est un peu sans gêne.

— Non, William, je ne trouve pas que ce soit prendre trop de liberté, si cet homme est un parent de Hayfield, il n'y a pas de raison pour qu'il ne soit pas ici avec lui, répondit Lionel avec bonne humeur. Je suis enchanté de voir qu'il fait fête à son dîner.

— Oui, monsieur, répliqua William, avec un sourire. Il paraît avoir un fameux appétit de quelque endroit qu'il vienne. »

Rien de plus ne fut dit sur cet étranger, qui était un vieillard avec d'épais cheveux gris tombant jusque sur ses sourcils, et de gros favoris qui lui couvraient presque entièrement les joues. Il avait une étrange physionomie, une mine d'oiseau, et un bec pointu comme celui des corbeaux qui croassaient perchés sur les ormes de Hallgrove.

Après le dîner dans la vieille salle, Lionel et ses

hôtes retournèrent dans leurs salons. Mme Mordaunt et les trois jeunes filles, se promenèrent dans les jardins, ayant pour cavaliers Douglas et Reginald.

Mlle Graham n'était pas femme à oublier que la fortune de Douglas était presque égale à celle de son frère, le recteur, et que pour l'instant elle avait deux cordes à son arc. Elle s'arrangea pour rester près de Douglas pendant la promenade dans les bosquets, et elle s'arrêta avec lui sur le pont rustique jeté sur la rivière, mais il ne lui fallut pas beaucoup de temps pour s'apercevoir que tous ses charmes étaient sans effet sur lui, et que tout attentif et tout poli qu'il se montrât, son cœur était occupé ailleurs.

C'était la vérité. Dans ce charmant jardin, dont les arbres verts s'empourpraient aux rayons du soleil couchant, les pensées de Douglas s'envolaient loin de ce qui se passait devant lui pour se reporter vers la belle veuve autrichienne, dont la vie était un mystère si étrange pour lui, cette femme pour laquelle il ne pouvait avoir ni respect, ni confiance, mais qu'il préférait malgré lui à toutes les femmes de la terre.

« J'aimerais mieux être auprès d'elle qu'ici, se dit-il. Comment passe-t-elle ces fêtes qui pourraient être si heureuses? Peut-être dans un complet isolement, ou au milieu de cette gaîté factice, plus triste encore que la solitude. »

* * * * *

Le recteur et ses hôtes se réunirent à sept heures dans l'antique salon du presbytère. La neige tombait à gros flocons et les ombres de la nuit enveloppaient le jardin, la rivière, et les montagnes qui se dessinaient majestueusement à l'horizon.

Le salon du recteur, éclairé par des bougies, et orné

de mille fleurs aux brillantes couleurs, offrait un charmant tableau qu'embellissaient encore les jeunes femmes qui en occupaient les premiers plans.

Parmi elles était Lydia, radieuse de beauté et dans les meilleures dispositions d'esprit.

Elle avait réussi à attirer Lionel auprès d'elle. Elle était assise auprès d'une table couverte de livres de gravures et il se penchait sur elle pendant qu'elle tournait les feuillets.

Ses sourires, ses flatteries, l'intérêt simulé qu'elle avait montré pour les charités du recteur et pour ceux qui en étaient l'objet, avaient excercé une grande influence sur lui et cette influence augmentait à tout instant. Il y avait dans les manières des demoiselles Mordaunt une simplicité et une douceur fort de son goût, mais les jeunes provinciales avaient tout à perdre au contraste qui existait entre elle et la brillante Lydia.

« J'espère M. Dale que vous nous préparez une vraie soirée de Noël du bon vieux temps? dit Mlle Graham.

— Je ne sais pas trop ce que vous entendez par une soirée de Noël du bon vieux temps.

— Et je ne suis pas bien sûre de me comprendre parfaitement moi-même, dit gaîment la jeune femme. Je pense qu'après le dîner nous nous réunirons autour de cette grande et imposante cheminée, et qu'on racontera des histoires, n'est-ce pas cela ?

— Oui, je crois que c'est ainsi que cela se passe d'ordinaire, répondit le recteur. Pour ma part, je suis tout disposé à me faire l'esclave de Mlle Graham pour toute la soirée, et comme tel je m'engage à me conformer à ses ordres, quelque tyranniques qu'ils puissent être. »

Quand le dîner fut annoncé, Lionel fut obligé de quitter la séduisante Lydia pour offrir son bras à

Mme Mordaunt, pendant que la jeune dame devait se contenter d'avoir pour cavalier Reginald.

A table, néanmoins, elle se trouva placée à la gauche de son hôte et elle eut soin d'accaparer pendant tout le dîner la plus grande part de ses attentions.

Gordon observait les habiles manœuvres de sa sœur et se réjouissait fort de son succès.

« Si elle joue bien son jeu, elle trônera au haut bout de la table aux fêtes de Noël de l'an prochain, » se dit-il.

Après un intervalle de moins d'une demi-heure, les hommes suivirent les dames au salon, et la soirée musicale commença. Lydia n'avait rien à craindre comme comparaison avec les demoiselles Mordaunt. Elles étaient assez bonnes musiciennes, mais Lydia était une véritable artiste et elle eut la satisfaction de remarquer què Lionel reconnaissait et appréciait sa supériorité. Il lui fut donc facile de se montrer aussi aimable pour les jeunes filles, que charmante et séduisante pour les hommes.

Les demoiselles chantaient un duo, quand un domestique entra et s'approcha de Lionel.

« Il y a dans la grande salle une personne qui demande à vous voir, monsieur, dit cet homme, pour une affaire toute particulière.

— Quelle sorte de personne? demanda le recteur.

— Dame, monsieur, elle a l'apparence d'une vieille bohémienne.

— Une bohémienne! Les bohémiens ne jouissent pas ici d'une bien bonne réputation.

— Non, monsieur, répondit le domestique, c'est ce que je me suis dit en songeant à l'argenterie, aussi ai-je recommandé à John d'avoir les yeux sur elle, pendant que je viendrais vous parler, et pour le moment John l'observe, monsieur.

— Très-bien, Jackson. Vous pouvez dire à cette bohémienne, que si elle a un besoin immédiat de secours, elle peut s'adresser dans le village à Rawlins, mais que je ne puis la voir en ce moment.

— Oui, monsieur. »

Le domestique partit et les demoiselles Mordaunt finirent leur duo, et quittèrent le piano pour aller, selon l'usage, recevoir les remerciements et les compliments de leurs auditeurs.

Mlle Graham fut invitée de nouveau à chanter et elle alla reprendre place devant l'instrument, certaine de l'emporter sur les timides jeunes filles qui venaient de se faire entendre.

Mais cette fois Lionel ne vint pas se placer près du piano. Il resta près de la porte pour se tenir prêt à recevoir le domestique s'il revenait avec un autre message de la part de la bohémienne.

Le domestique revint et cette fois il pria son maître de sortir. Lionel se rendit à sa demande et fit quelques pas dans le corridor.

« J'avais presque peur de parler dans le salon, monsieur, dit l'homme avec un air d'effroi. Il y a des gens qui ont l'oreille si fine. La femme dit qu'il faut qu'elle vous voie ce soir même ; c'est une question de vie ou de mort, dit-elle.

— Dans ce cas, je verrai cette femme. Entrez au salon, Jackson, et dites, de ma part, à Mme Mordaunt, que je me vois forcé de recevoir une de mes paroissiennes, et qu'elle veuille bien être assez bonne pour excuser mon absence pendant une demi-heure et se charger de mes excuses auprès des autres dames.

— Oui, monsieur. »

Le recteur se rendit à la grande salle, où, accroupie près du feu, il vit une vieille bohémienne.

Elle était si enveloppée de la tête aux pieds dans ses vêtements d'étoffe de laine de couleurs et de formes si bizarres, qu'il était presque impossible de voir ce qu'elle était réellement. Ses épaules semblaient courbées et voutées par son grand âge, de longues mèches de cheveux gris tombaient autour de son front, sa peau était brune et tannée, et contrastait étrangement avec ses cheveux gris et ses yeux noirs et brillants.

La bohémienne se leva à l'entrée de Lionel. Elle s'inclina pour répondre à son salut plein de bonté, mais il n'y avait dans sa révérence rien qui ressemblât à un hommage rendu à un supérieur comme rang et comme position.

« Venez avec moi, ma bonne femme, dit le recteur; et communiquez-moi cette importante affaire dont vous désirez m'entretenir. »

Il la conduisit à sa bibliothèque, chambre basse de plafond mais spacieuse et entièrement garnie de rayons surchargés de livres. Une grande lampe, couverte d'un abat-jour, était posée sur une table près du feu et répandait une lumière douce sur les objets les plus proches en laissant le reste de la pièce dans l'obscurité. De grandes bûches de bois brûlaient gaîment dans l'âtre. A l'un des côtés de la cheminée était le fauteuil habituel du recteur, de l'autre côté un grand siége fort ancien.

« Asseyez-vous, ma bonne femme, dit le recteur, en désignant le dernier fauteuil, je suppose que vous avez une longue histoire à me raconter. »

Il s'était assis lui-même tout en parlant et le coude appuyé sur la table, il jouait négligemment avec un couteau à papier en ivoire sculpté.

« J'ai beaucoup de choses à vous dire, M. Dale, répondit la vieille femme, d'une voix grave et harmonieuse qui impressionna vivement le recteur sans qu'il pût s'en défendre. J'ai beaucoup de choses à vous dire et vous ferez bien de prendre en sérieuse considération ce que je vous dirai et d'y voir un avertissement. »

Le recteur regarda attentivement celle qui lui parlait, mais avec un sourire légèrement dédaigneux. Elle était assise dans l'ombre et il ne pouvait voir que ses yeux noirs quand les jets de flamme du foyer venaient s'y refléter.

Il y avait quelque chose de presque surnaturel, à ce qu'il lui semblait, dans l'éclat de ces yeux.

Il rit en lui-même de sa folie, lorsque cette idée se présenta à son esprit. Qui pouvait être cette femme, si ce n'est quelque intrigante vulgaire, qui espérait spéculer sur sa frayeur et en tirer parti ?

« Vous êtes donc venue ici pour me donner quelque utile avertissement ? demanda-t-il après un moment de réflexion.

— J'ai un avis à vous donner, qui peut vous sauver la vie, si vous m'écoutez avec patience et si vous obéissez après m'avoir entendue.

— C'est le langage ordinaire des gens de votre classe, ma bonne femme, et vous ne devez guère vous attendre à me voir prêter l'oreille à de pareils discours. Si vous êtes venue espérant me tromper par les contes que vous débitez aux gens de la campagne, dans les foires et les marchés, sous prétexte de bonne aventure, vous ferez bien de quitter cette maison le plus tôt possible. Je suis prêt à vous écouter avec patience, mais c'est du temps et de la peine perdus que d'avoir recours avec moi au jargon ordinaire des bohémiennes.

— Je n'attends aucun secours de vous, s'écria la bohémienne avec dédain, je vous le répète encore, je viens ici pour vous être utile.

— De quelle manière pouvez-vous m'être utile? Parlez et parlez vite! dit Lionel. Il faut que je retourne auprès de mes hôtes.

— Vos hôtes! s'écria la bohémienne avec un rire moqueur. De bien agréables hôtes que ceux qui sont réunis devant votre foyer pour ces fêtes de Noël. Sir Reginald Eversleigh est du nombre, je suppose?

— Oui, son nom vous est bien connu, il paraît.

— Il m'est connu.

— Le connaissez-vous personnellement?

— Le connaissez-vous vous-même, M. Dale? demanda la vieille femme d'un ton sérieux.

— J'ai de bonnes raisons pour le connaître, il est mon cousin germain, répondit le recteur.

— Vous avez une bonne raison pour le connaître, mais cette raison vous l'ignorez. Dois-je vous la dire, M. Dale?

— Je suis prêt à écouter ce que vous avez à me dire, mais vous ne devez pas espérer me voir bien impressionné par vos paroles.

— Gardez-vous de considérer mes avertissements, comme les divagations d'une folle. C'est votre vie qui est en jeu, M. Dale, votre vie, entendez-vous? La raison pour laquelle vous devriez connaître Sir Reginald Eversleigh, c'est que vous avez en lui un ennemi mortel.

— Un ennemi! mon cousin Reginald, un homme que je n'ai jamais offensé ni par un acte, ni par une parole! A-t-il jamais essayé de me faire du mal?

— Oui.

— Comment ?

— Il a intrigué et comploté contre vous et contre d'autres, avant la mort de votre oncle. Son plus cher espoir était d'arriver à obtenir la destruction du testament qui vous laissait une fortune de cinq mille livres de revenu.

— En vérité, vous semblez bien au fait de l'histoire de ma famille ! s'écria Lionel.

— Je connais les secrets de votre famille, aussi bien que ceux de la mienne.

— Alors, vous prétendez être sorcière ?

— Je n'ai d'autre prétention que d'être votre amie. Sir Reginald est votre ennemi depuis le jour qui l'a déshérité et qui vous a fait riche. Votre mort le mettrait en possession de la fortune dont vous jouissez. Votre mort lui donnerait fortune et position dans le monde, tout ce qu'il convoite. Pouvez-vous douter, alors, qu'il désire votre mort?

— Je ne puis le croire ! s'écria Lionel, c'est trop horrible. Quoi, lui, mon cousin germain ! Lui qui me témoigne la plus vive amitié, il désirerait s'enrichir par ma mort !

— Il est capable de faire plus que cela, dit la bohémienne avec énergie. Il est capable de comploter votre mort.

— Non.... non.... c'est impossible ! s'écria le recteur.

— C'est vrai. Sir Reginald est un lâche, mais il est aidé par un homme qui ne connaît aucune des faiblesses humaines, dont le cœur cruel n'a jamais été adouci par un semblant de pitié, dont la main de fer n'hésite jamais. Sir Reginald n'est guère plus que l'instrument de cet homme, mais l'association de ces deux hommes, est votre perte.

— Vos paroles ont l'accent de la vérité, dit le recteur après un long silence. Et pourtant leur portée est si terrible que je ne puis me décider à y croire. Comment se fait-il que vous, étrangère, vous soyez si au courant des détails privés de ma vie ?

— Ne me demandez pas cela, M. Dale, répliqua la bohémienne d'un ton sévère. Quand un étranger vient à vous pour vous avertir d'un grand danger, acceptez l'avis et laissez partir votre ami inconnu sans le questionner. Je vous ai dit qu'un danger vous menace. Je ne sais pas exactement la forme de ce danger. Demain, j'espère en savoir davantage.

— Je ne puis m'engager à rien.

— Comme il vous plaira, répondit fièrement la bohémienne, j'ai fait mon devoir. Le reste est entre les mains de la Providence. Si, dans votre entêtement aveugle, vous méprisez mes avis, je n'y puis rien. Voulez-vous, dans votre intérêt, et non dans le mien, me permettre de vous voir demain, ou voulez-vous promettre de recevoir toute personne, qui demandera à vous parler au nom de la bohémienne qui est venue ici ce soir ? Promettez-moi cela, je vous en prie. Je n'ai rien à vous demander, rien à gagner à ma prière, mais je vous prie et très-instamment de me faire cette promesse. Je marche dans les ténèbres, jusqu'à un certain point. Je sais quelque chose, mais je ne sais pas tout, et il se peut que j'en apprenne beaucoup plus demain. Je vous apporterai ou je vous enverrai des informations qui vous convaincront que je vous ai dit la vérité. Voulez-vous me faire cette promesse, par considération pour moi, par amour pour la justice, vous y consentez, je sais que vous y consentez, monsieur Dale, car vous êtes un homme juste et bon. Vous me soupçonnez de vouloir pratiquer sur vous quelque vulgaire tromperie. Demain, il se peut que j'aie les moyens de vous convaincre qu'il n'en est rien. Vous m'en fournirez l'occasion, M. Dale?... »

L'accent sérieux de cette suppliante, l'expression triste des yeux qui étaient fixés sur lui, émurent étrangement le cœur de Lionel. Son instinct le poussait à ajouter foi à la sincérité de cette femme, la curiosité même le portait à demander dans des termes assez pressants pour qu'elle ne pût se refuser d'y répondre l'explication de sa mystérieuse conduite. Mais il lutta contre son instinct, il imposa silence à sa curiosité, sacrifiant tout au sentiment toujours présent à son esprit de la dignité de son ministère. Pendant que cette lutte s'établissait en lui, la bohémienne en suivait les phases sur son visage, et quand il eut pris son parti le recteur lui dit froidement :

« Je ferai ce que vous demandez. Je n'attache aucune importance à la déclaration que vous m'avez faite, mais vous êtes en droit de me demander de vous donner les moyens de l'appuyer par des preuves. Je vous verrai demain, vous ou toute personne que vous pourrez m'envoyer.

— Serez-vous chez vous? demanda-t-elle avec anxiété. La chasse...

— Il est peu probable que la chasse ait lieu, le temps est trop peu favorable répondit Lionel. A moins d'un changement décisif dans le temps la chasse sera remise et je serai chez moi. »

Ceci dit, Lionel se leva avec l'air d'un homme qui veut rompre l'entretien, la bohémienne se leva également et se plaçant en face de lui, elle lui dit :

« Je me retire, bonne nuit. Vous pensez que je suis

folle, ou que je cherche à vous abuser par quelque imposture. C'est la seconde fois que vous vous trompez dans votre jugement à mon égard, M. Dale. »

Lorsque le recteur rencontra le regard sérieux de cette femme, un sentiment étrange s'empara de son esprit. Il lui sembla que déjà ses yeux avaient rencontré ce regard sérieux et profond.

« Je dois avoir vu ce visage dans un rêve, se dit-il à lui-même. Où l'aurais-je vu si ce n'était en rêve ? »

Cette idée exerçait une puissante influence sur lui et occupa son esprit pendant qu'il conduisait la bohémienne jusqu'à la porte de la grande salle qu'il ouvrit pour lui livrer passage.

La neige avait cessé de tomber. La lune suivait son parcours dans le ciel au milieu des nuages qui passaient rapidement sur son disque brillant. La lumière que répandait l'astre de la nuit permettait d'apercevoir la cime des montagnes couvertes d'une épaisse couche de neige.

Sur le seuil de la porte la bohémienne se retourna et dit à Lionel.

« Si ce temps continue, il n'y aura point de chasse ?

— Non.

— Et la grande partie organisée pour demain sera remise ?

— Oui, à moins que le temps ne change.

— Pour la seconde fois, bonne nuit, monsieur Dale.

— Bonsoir. »

Le recteur resta sur le seuil, suivant des yeux la bohémienne qui s'éloignait le long du sentier couvert de neige. Cette sombre figure qui marchait lentement et en silence, et dont la noire silhouette se détachait sur la neige, semblait presque aux yeux de Lionel être une vision de l'autre monde.

« Qu'est-ce que tout cela signifie? se demanda-t-il, en continuant de regarder la bohémienne qui s'éloignait. Cette femme doit-elle être considérée comme une intrigante vulgaire désirant de moi quelque grosse somme pour enrichir elle et sa tribu en spéculant sur ma terreur? Elle ne m'a rien demandé ce soir, mais c'est peut-être une habileté de son métier, pour tirer plus d'argent plus tard. Que peut-elle être, si ce n'est une voleuse initiée à toutes les fourberies de ceux de sa race? »

La question n'était pas facile à résoudre.

Il revint au salon. Son esprit avait été singulièrement troublé par cette entrevue extraordinaire, et il n'était guère en humeur de prendre part à la frivolité de la conversation; il n'était pas non plus disposé à se trouver en présence de Reginald après avoir reçu cette étrange dénonciation contre lui et qui, en apparence, était si dénuée de fondement.

Il essaya de secouer l'impression sous laquelle il était et dont il avait honte de reconnaître l'empire.

Il fit sa rentrée au salon et il vit le visage de Mlle Graham s'animer tout à coup à sa vue. Il n'avait pas une connaissance bien profonde du cœur des femmes, mais il fut flatté de ce regard joyeux qui accueillait son retour. Il était déjà à moitié pris dans le filet tendu à son intention, et ce charmant sourire avança beaucoup sa capture.

Il poussa un siége près de la séduisante Lydia. Une table supportant un échiquier se trouvait placée entre eux. Lydia posa sa main ornée de bagues sur l'une des pièces de l'échiquier.

« Trouveriez-vous qu'il y ait du mal à faire une partie d'échecs le soir de Noël, monsieur Dale? demanda-t-elle.

— Vraiment, non, mademoiselle Graham. Je suis de ceux qui ne voient aucun mal dans un innocent amusement.

— Nous allons faire une partie alors, s'écria-t-elle en disposant les pièces.

— Si cela vous est agréable.... »

Ils étaient forts tous deux, et la partie dura longtemps, mais par instant, pendant que Lydia réfléchissait à la façon de faire marcher une pièce, Lionel regardait du côté où se tenait Reginald, alors engagé dans une conversation avec Graham et Douglas.

Si le recteur n'avait rien su de préjudiciable au caractère de Reginald, les paroles de la bohémienne n'auraient été d'aucun poids à ses yeux, mais Lionel savait que la jeunesse de son cousin avait été orageuse et dissipée, et qu'après avoir été le fils adoptif et le bien-aimé de leur oncle, l'héritier du domaine de Raynham, il avait cependant été déshérité par Sir Oswald, qui était le meilleur et le plus juste des hommes.

Sachant cela, il n'était pas étonnant que Lionel se sentît jusqu'à un certain point influencé par l'avertissement donné par la bohémienne. Il étudia le visage de son cousin d'un regard scrutateur.

C'était un beau visage, presque parfait sous le rapport de la beauté des lignes, mais était-ce le visage d'un homme auquel on pouvait accorder toute sa confiance?

Ce visage était soucieux, quelque beau qu'il pût être, il y avait une inquiétude nerveuse dans les plis de la lèvre et un éclat fébrile dans ses yeux bleus.

Plus d'une fois pendant cette longue partie d'échecs, Reginald avait écarté le rideau d'une des fenêtres pour regarder au dehors.

Mordaunt amateur passionné des plaisirs de la chasse

se montrait aussi préoccupé et aussi inquiet du temps; à chaque instant il regardait le ciel et plus d'une fois il était venu annoncer avec désappointement que la gelée continuait.

Chez Mordaunt c'était un sentiment parfaitement naturel, mais Lionel savait que son cousin se souciait fort peu de la chasse. Pourquoi alors, paraissait-il si inquiet au sujet de la partie projetée pour le lendemain?

Son anxiété avait évidemment pour objet la partie de chasse du lendemain, car après avoir par trois fois regardé au dehors, il s'écria avec l'accent du triomphe :

« Je vous félicite, messieurs, vous pourrez courir à travers champs demain. Il ne gèle plus et la pluie tombe à torrents. »

Mordaunt se précipita hors du salon et revint cinq minutes après la face radieuse.

« J'ai été voir le baromètre dans la cour de l'écurie, dit-il, Sir Reginald avait complétement raison. Le vent a tourné au sud-ouest, il pleut très-fort et demain nous aurons notre chasse à courre. »

Les yeux de Lionel étaient fixés sur le visage de son cousin, lorsque le gentilhomme campagnard vint faire cette déclaration. A sa grande surprise il vit ce visage se couvrir d'une mortelle pâleur.

« Demain! » murmura Reginald, avec un soupir.

V

« RÉPONDS-MOI, FAUT-IL FAIRE CELA ? »

Une pluie torrentielle tomba toute la nuit et dans la matinée du 26. Quand tous les cavaliers du manoir allèrent à leurs fenêtres pour consulter le temps, ils eurent la satisfaction si douce au cœur du chasseur de voir que le vent soufflait du sud et que le ciel était nuageux.

A huit heures et demie, toute la société se réunit dans la salle à manger, où le déjeuner était préparé.

Un grand nombre de gentilshommes des environs avaient été invités à déjeuner au presbytère, et la grande cour carrée des écuries était pleine de grooms, de chevaux, de cabriolets, de phaétons, et cette foule affairée faisait entendre des clameurs qui retentissaient dans l'air.

Tout le monde semblait heureux, à l'exception de Reginald. Il était de ceux qui parlaient bien haut et qui riaient bien fort, mais le recteur qui l'observait attentivement, s'aperçut que son visage était pâle, ses yeux alourdis comme ceux d'une personne qui a passé une nuit sans sommeil, et que ses éclats de rire, comme ses éclats de voix, n'avaient rien de gai et de naturel.

« Quelque méchante pensée trouble le cœur de cet homme, se dit Lionel, serait-il possible qu'il y eût du vrai dans l'avis de la bohémienne ? »

Mais un instant après, il était prêt à se reprocher sa

faiblesse et à se croire dupe de son imagination surexcitée.

« Après tout, la manière d'être de mon cousin est ce qu'elle est toujours, se dit-il. Il a l'air fatigué d'un homme qui a abusé de sa jeunesse, qui a sacrifié toutes les brillantes espérances de sa vie, et qui même dans les heures de plaisir et d'agitation, est accablé par une mélancolie qu'il s'efforce en vain de secouer. »

C'était une brillante compagnie que celle qui était réunie pour le déjeuner.

Lydia était une superbe écuyère, et aucune toilette ne la rendait plus attrayante que l'amazone de drap bleu foncé qui dessinait ses formes exquises. L'heure matinale du déjeuner lui permettait d'y assister en costume de cheval, et elle s'était emparée avec joie de cetteexcuse. Elle fit donc son entrée en amazone, avec son petit chapeau d'homme sur la tête, une cravache élégante à la main.

Ses joues étaient animées par de vives couleurs, provoquées par l'attente du plaisir et par la conscience du succès. Les attentions de Lionel pendant la soirée précédente lui avaient fait pressentir sa conquête, et ce matin encore elle voyait l'admiration, sinon un sentiment plus tendre, se peindre dans son regard.

« Ainsi donc, vous avez réellement l'intention de suivre la chasse, Mlle Graham ? » demanda Mme Mordaunt en frissonnant.

Elle avait une horreur profonde pour les jeunes femmes à la mode et une aversion secrète pour Mlle Graham, dont les façons conquérantes et les charmes plus brillants éclipsaient presque les grâces de ses deux filles. Mme Mordaunt n'était nullement une mère faisant la chasse aux maris, mais elle eut été loin d'être fâchée de voir Lionel prendre de l'attachement pour une de ses deux filles.

« Si j'ai l'intention de suivre la chasse ? s'écria Lydia. Certainement, madame Mordaunt. Mlles Mordaunt ne montent-elles pas à cheval ?

— Jamais pour suivre des chasses à courre, répondit la mère. Elles ne montent à cheval qu'avec leur père et à Londres. Elles vont au parc, mais M. Mordaunt ne permettrait pas à ses filles de courir les champs pendant la chasse. »

Le visage de Lydia rougit de colère, mais cette colère, se changea en ravissement lorsque Lionel vint à son secours.

« Il n'y a que les écuyères accomplies, comme Mlle Graham, qui peuvent suivre une chasse avec sécurité, dit-il. Vos filles montent très-bien à cheval, Mme Mordaunt, mais ce ne sont pas des Diana Vernon.

— Je n'ai jamais eu une admiration bien grande pour le caractère de Diana Vernon, » répondit froidement Mme Mordaunt.

Lydia ne se sentit nullement offensée de cette observation peu polie, elle l'accepta comme un tribut indirect payé à son succès. La mère ne pouvait supporter l'idée de voir la riche conquête du recteur emportée par une autre que ses filles.

Douglas, n'était préoccupé que du nouveau cheval de son frère, *Niagara*, qu'on avait fait parader devant les fenêtres. Tous les hommes réunis l'avaient examiné attentivement et l'avaient déclaré superbe.

« L'avez-vous essayé la semaine dernière, Lionel, ainsi que je vous avais prié de le faire? demanda Douglas, quand les mérites du cheval eurent été bien et duement discutés.

— Je l'ai essayé et je l'ai trouvé aussi facile, que tous les chevaux que j'ai montés jusqu'ici. Je l'ai monté deux fois, c'est une bête magnifique.

— Et sûre, n'est-ce pas, Lionel? demanda Douglas.

— Spavin m'a assuré que c'était un cheval auquel on pouvait se fier, et Spavin est un honnête garçon ; mais il y a toujours quelque chose de délicat dans le choix d'un cheval de chasse pour un frère, et je serai heureux quand la journée d'aujourd'hui sera passée.

— N'ayez aucune crainte, Douglas, répondit le recteur. Je passe généralement pour un cavalier assez hardi mais je ne voudrais pas monter un cheval auquel je ne pourrais me fier complètement, car, dans mon opinion, un homme n'a pas le droit de tenter la Providence. »

Comme il disait cela, il lui arriva de regarder du côté où se trouvait Reginald. Les yeux des deux cousins se rencontrèrent et Lionel vit dans le regard du baronnet une expression inquiète, agitée, qui ne lui était pas habituelle.

« Il y a quelque chose de vrai dans les sombres avertissements de cette veille bohémienne, pensa-t-il, cela doit être..... jamais je n'ai vu dans les yeux de mon cousin l'expression que je viens d'y voir tout à l'heure. »

Les chevaux furent amenés devant la porte principale, une calèche avait été attelée pour Mme Mordaunt et les deux jeunes filles, qui n'avaient aucune raison pour refuser un plaisir qui leur fournissait l'occasion d'exhiber leurs plus jolis chapeaux d'hiver.

La neige était fondue, excepté dans certains endroits où elle résistait encore et formait de grandes plaques blanches sur la cîme des monts encore couverts de leurs blancs manteaux.

Les routes et les sentiers étaient couverts d'une boue

épaisse et les chevaux en piétinant dans ce dégel en éclaboussaient leurs cavaliers.

Une seule dame avec Lydia avait l'intention de suivre la chasse à cheval et cette dame était la jeune femme d'un officier de cavalerie en congé pour un mois, à Hallgrove chez ses parents.

Les chasseurs sortirent de la grille du presbytère par deux et par trois, tous étaient déjà sur la grande route avant que le recteur eût monté son nouveau cheval.

A son extrême surprise, il éprouva une grande difficulté à se rendre maître de cet animal. Il reculait, se cabrait, faisait des bonds de côté dans l'allée sablée, et couvrait de neige fondue, de terre et de gravier, le sombre habit de chasse du recteur.

« Là.... là.... *Niagara*, dit Lionel en caressant le nez busqué de l'animal, doucement, mon garçon, doucement. »

Sa voix et les caresses de sa main semblaient avoir produit quelque effet, car le cheval consentit à gagner la route au trot à la suite du reste de la compagnie, et Lionel eut bientôt rejoint ses amis. Il marchait à côté de Mordaunt, fin connaisseur en chevaux, qui examina le cheval du recteur, d'un regard curieux, pendant quelques instants.

« Voulez-vous que je vous dise mon sentiment, Dale, dit-il. Je ne crois pas que votre cheval soit doux.

— Vraiment ?

— Oui, il a quelque chose dans l'œil que je n'aime pas. Voyez comme il couche ses oreilles en arrière, par moments, et la vilaine agitation nerveuse de ses narines. J'aimerais à vous voir dire à votre domestique de vous amener un autre cheval, mon cher Dale. Nous aurons très-probablement des barrières à franchir aujourd'hui, et je vous assure que la bête que vous montez m'est suspecte.

— Mon cher Mordaunt, j'ai éprouvé le cheval avec le soin le plus extrême, répondit Lionel. Je puis vous assurer qu'il n'y a pas le moindre sujet d'appréhension. L'animal est un présent de mon frère, Douglas serait contrarié si je montais un autre cheval.

— Il serait bien plus chagrin s'il vous arrivait quelque malheur avec le cheval de son choix, répondit Mordaunt; néanmoins, je ne dis plus rien. Si vous connaissez l'animal cela suffit. Je sais que vous êtes aussi bon cavalier que fin connaisseur en chevaux.

— Je ne vous remercie pas moins du fond du cœur de votre avis, mon cher Mordaunt, reprit joyeusement Lionel, et maintenant je crois que je ferai bien de presser le pas pour rejoindre ces dames. »

Il partit au galop et fut bientôt à côté de Mlle Graham qui ne manqua pas de vanter la beauté de *Niagara*, dans des termes bien calculés pour gagner le cœur de celui qui le montait.

Dans l'animation joyeuse du départ, Lionel avait oublié et les sinistres avertissements de la bohémienne et les doutes que ces avertissements avaient fait naître dans son esprit à l'égard de son cousin. Il était tout au plaisir de l'heure présente, heureux de se voir entouré d'amis et enivré par la perspective d'une belle journée de chasse.

Le rendez-vous de chasse avait réuni une foule nombreuse de cavaliers et d'équipages, les gentilshommes campagnards et leurs fils, les riches fermiers sur de légers chevaux de chasse, les petits tenanciers sur leurs bidets, ainsi que les bouchers et les aubergistes, tous amateurs passionnés de la chasse. La vie, le mouvement, la gaîté régnaient partout. Les chiens par leurs aboiements contenus exprimaient leur impatience, les cavaliers faisaient claquer leurs fouets et morigénaient leurs chevaux dans des termes plus énergiques que polis. Les chevaux ardents frappaient la terre du pied, les cavaliers débitaient les compliments d'usage aux dames qui étaient venues pour voir découpler les chiens.

Enfin le moment si impatiemment attendu arriva, le cor sonna, les chiens s'élancèrent avec furie, et la chasse commença.

De nouveau le cheval du recteur se montra rétif et il eut besoin de toute sa science pour le maintenir. Un moins bon cavalier eût été jeté à terre pendant la courte lutte qui eut lieu entre l'animal et celui qui le montait; mais Lionel avait la main ferme et il triompha du mouvement rétif de sa monture, pour cette fois, du moins. Il partit en avant avec une telle impétuosité qu'il eut bientôt dépassé le gros des chasseurs.

Pendant qu'il volait comme un oiseau à travers la plaine, Lionel se dit que son nouveau cheval était une précieuse acquisition, malgré ses brusqueries et ses inégalités, dont il avait eu tant de peine à triompher au départ.

Un cavalier qui ne s'était pas mêlé au groupe des chasseurs, s'était habilement tenu à même de voir, et en s'abritant contre les regards curieux, de la lisière du bois qui couvrait la montagne voisine de l'endroit du rendez-vous, il surveillait toutes les évolutions du cheval de Lionel avec une lunette d'approche, et il s'aperçut bientôt que toute la science de l'écuyer ne serait pas à la hauteur de la méchanceté de l'animal. Le galop furieux qui avait rassuré Dale le conduisit bientôt hors de vue pour l'observateur, le gros de la chasse avait aussi disparu. L'inconnu sortit alors de l'abri qu'il s'était soigneusement choisi et coupa à travers champs dans une direction opposée.

Une heure ne s'était pas écoulée depuis que le cavalier épiant Lionel avait quitté son poste d'observation, quand un petit homme monté sur un vigoureux poney, dont il avait évidemment forcé l'allure, apparut sur la route qui tournait autour de cette même montagne. Cet individu portait un lourd vêtement de paysan, des guêtres de cuir, et il avait un mouchoir noué autour de son chapeau. Ce disgracieux accessoire était taché de sang du côté de la joue droite du personnage, dont les vêtements étaient mouillés et couverts de boue, son cheval était dans les mêmes conditions. Pendant qu'il pressait la marche de sa bête, son regard perçant et subtil veillait tout autour de lui, opération à laquelle son long nez en forme de bec d'oiseau semblait prendre une forte part. Mais rien ne vint récompenser l'anxieuse curiosité avec laquelle le petit homme interrogeait le pays sur lequel s'étendait son regard. Ce n'était partout que solitude et silence. Si le cavalier était venu pour voir l'un des chasseurs ou pour lui parler, il était venu trop tard. Il eut bientôt reconnu le fait et avec déplaisir. Sans être un aussi grand génie qu'il se croyait et se disait être, Larkspur était réellement un très-habile homme de police, et il avait rarement échoué dans un plan aussi bien conçu que celui qu'il exécutait ayant résolu de suivre Lionel pendant cette journée de chasse. Mais l'accident qui lui était arrivé, n'avait pas été prévu dans ses calculs, et quand son poney le jeta violemment à terre sur la route nouvellement réparée, sur un lit de durs cailloux, il fut tout à la fois rudement contusionné et très-furieux. Il ne lui fallut pas beaucoup de temps pour remettre son cheval sur ses jambes et remonter en selle, mais ce retard, quelque court qu'il ait été, fut fatal à son espérance de voir Lionel. La réunion des chasseurs avait eu lieu à l'endroit du rendez-vous, la chasse se continuait fort loin du point de départ, et Larkspur n'avait rien à faire qu'à s'arrêter un instant pour laisser reprendre haleine à son poney, tout en s'abandonnant à ses désagréables méditations, puis à reprendre tristement le chemin de Frimley.

Pendant ce temps Némésis qui s'était plu méchamment à contrarier les projets de Larkspur, avait singulièrement favorisé ceux de Carrington, qui marchaient vers leur accomplissement avec une incroyable rapidité. Il avait couru à toute vitesse dans une direction qui devait le mener en vue de la chasse et il venait de traverser un pont jeté sur une étroite mais rapide rivière, à trois mille de l'endroit où Larkspur s'était arrêté pour se consulter tristement sur ce qu'il devait faire, quand il entendit les pas d'un cheval qui approchait avec une rapidité foudroyante. La joie farouche du triomphe de ses espérances homicides vint colorer son pâle visage, quand il fit tourner son cheval devenu rétif, au bruit du galop furieux qu'il entendait dans un champ près de la route; il fut forcé de descendre et il attacha l'animal solidement à un arbre. La haie quoique dépourvue de feuilles était haute et épaisse et dans l'angle qu'elle formait avec l'arbre, la bête se trouvait complètement cachée.

Carrington accroupi à terre regardait à travers la haie, quand Lionel apparut emporté par son cheval furieux; lorsqu'il arriva sur la route il tenait bien encore la bride, mais il était sans force et sans respiration, il avait la tête nue et l'un de ses étriers était cassé. Le cœur de Carrington battit violemment et un nuage passa sur ses yeux, mais cela ne dura qu'un instant, sa vue s'éclaircit aussitôt, et il vit l'animal furieux effrayé par un brusque mouvement du cheval qui était attaché à l'arbre, abandonner tout à coup la route pour se diriger vers la rivière. L'animal se précipita dans l'eau un peu au-dessous du pont, le cavalier fut démonté; la tête, dans sa chute, porta sur le tronc d'un saule qui bordait la rivière, et son corps s'engloutit dans les eaux rendues bourbeuses par la violence du courant. Alors Carrington sortit de sa cachette et se précipita au bord de l'eau. On n'apercevait aucune trace du recteur, le cheval luttait avec vigueur au milieu de la rivière pour atteindre le bord. Alors Carrington, tout en courant, tira quelque chose de sa poitrine, il traversa le pont et se rendit à l'endroit où l'animal essayait de franchir le bord escarpé de la rivière. Lorsque Carrington arriva près de lui les pattes de devant n'étaient qu'à une petite distance du sommet de la berge et cherchaient un point d'appui solide pour ses pattes de derrière, mais le médecin debout près du bord, un peu à la droite de l'animal, se baissa et lui brûla la cervelle d'un coup de pistolet. La lourde carcasse retomba, fit un bruyant plongeon dans l'eau et fut emportée par le courant. Carrington remit le pistolet dans sa poitrine et resta pendant un instant immobile à regarder la rivière, puis il s'éloigna en disant :

« Il n'est guère probable qu'on vienne le chercher au-dessous du pont, le renard ayant dirigé sa course vers l'ouest. »

Et, tranquillement, il détacha son cheval, et s'étant

remis en selle il se dirigea, sans se hâter, dans la direction opposée à celle de Hallgrove.

Ses réflexions étaient d'une nature satisfaisante, il avait réussi et il n'avait souci de rien que du succès. Quand il pensa à Reginald un dédaigneux sourire plissa sa lèvre.

« Travailler pour un être pareil, se dit-il, c'est véritablement dégradant, mais il n'est que secondaire dans l'affaire, je ne travaille en réalité que pour moi. »

Le matin Carrington avait payé sa dépense à l'auberge et envoyé sa malle à Londres par la diligence. Quand la nuit fut venue, il retira de son cheval qui était le vrai *Niagara*, sa selle qu'il trempa dans la rivière, il la replaça sur le dos de l'animal qu'il laissa partir librement, l'abandonnant ainsi à sa destinée, et il se dirigea sur une petite taverne solitaire à une lieue de Hallgrove : c'est là qu'il avait donné une sorte de rendez-vous conditionnel à Reginald.

* * * * *

La nuit était venue quand les chasseurs se décidèrent à rentrer chez eux. Il n'y avait pas une étoile au ciel. La lune n'était pas encore levée. Les premières heures de cette nuit d'hiver étaient froides et tristes.

Mlle Graham, son frère, et Reginald s'avançaient sur une même ligne vers le presbytère, Lydia avait été frappée du silence obstiné de Reginald pendant la route, mais elle l'attribuait à la fatigue. Son frère aussi était muet, et elle n'avait elle-même nulle envie de parler. Elle songeait à son triomphe de la soirée précédente et à celui du matin. Elle songeait à la tendre pression de main de Lionel quand il lui avait souhaité le bonsoir, à l'expression de ses yeux quand ils s'étaient longuement reposés sur son visage. Elle se rappelait sa tendre sollicitude en l'aidant à se mettre en selle, au frémissement de sa main quand il lui avait donné les rênes. Pouvait-elle ne pas se sentir aimée ?

Elle n'en doutait pas ; un frémissement de bonheur courait dans ses veines en pensant à cette douce certitude, mais ce n'était pas la joie pure de la jeune fille simple qui aime et qui se sent aimée. C'était le triomphe d'une femme du monde, qui, ayant voué sa jeunesse à des rêves ambitieux, a tout sujet de croire enfin qu'elle va les voir se réaliser.

« Cinq mille livres par an, pensait-elle, c'est peu de chose en comparaison de la fortune que j'aurais pu avoir si j'avais réussi à captiver Sir Oswald, c'est peu de chose en comparaison de la fortune de cette créature sans nom.... la veuve de Sir Oswald. Mais c'est beaucoup pour une personne qui ainsi que moi a vidé la coupe de la pauvreté jusqu'à la lie, oui, jusqu'à la lie, car bien que je n'aie pas connu la privation des choses absolument nécessaires à la vie, j'ai connu des humiliations qu'il est au moins aussi cruel de supporter. »

Les nombreuses fenêtres du presbytère étaient toutes brillamment éclairées lorsque les chasseurs rentrèrent par les grilles ouvertes. Un feu joyeux brûlait dans les cheminées de toutes les chambres, et l'intérieur de cette confortable maison présentait un agréable contraste avec la sombre obscurité de la nuit, la boue qui couvrait les routes, et l'humidité glacée de l'atmosphère.

Le sommelier se tenait dans la grande salle pour veiller au retour des hôtes de son maître tandis que les domestiques d'un ordre inférieur s'empressaient à aller au-devant des besoins des chasseurs mouillés et couverts de boue.

« M. Dale est rentré je suppose ? dit Douglas en se chauffant les mains devant un grand feu.

— Rentré, monsieur ! s'écria le sommelier. Est-ce qu'il ne vient pas avec vous ?

— Non, nous ne l'avons pas revu depuis le moment où nous nous sommes trouvés au rendez-vous de chasse. J'imagine qu'il a été appelé quelque part pour les besoins de sa paroisse.

— Je l'ignore, monsieur, répondit le sommelier, ce qu'il y a de certain c'est que mon maître n'a pas reparu chez lui depuis ce matin. »

Un vague sentiment d'alarme s'empara de presque toutes les personnes présentes.

« C'est bien étrange ! s'écria Mordaunt. Il ne s'est présenté personne ce matin pour demander votre maître ?.

— Personne, monsieur, répondit le sommelier.

— Envoyez aux écuries voir si le cheval de mon frère n'a pas été ramené, s'écria Douglas avec une inquiétude mortelle peinte sur son visage. Ou, plutôt, arrêtez, j'y vais moi-même. »

Il se précipita hors de la grande salle où il rentra quelques minutes après.

« Le cheval n'a pas été ramené, s'écria-t-il, il doit être arrivé un malheur.

— Attendez, dit Mordaunt, je vous en prie, mon cher M. Douglas, ne nous abandonnons pas à une inquiétude inutile. Il n'y a aucun sujet de crainte ou d'alarme. Si M. Dale a été appelé loin de la chasse pour se rendre auprès du lit d'un mourant, ce n'est pas lui qui songerait ou à renvoyer son cheval ou à compter les heures employées à l'accomplissement d'un devoir.

— Mais il aurait certainement envoyé quelqu'un ici

pour prévenir l'inquiétude que son absence devait nécessairement nous causer à tous, répondit Douglas. N'essayons pas de nous tromper nous-mêmes, M. Mordaunt ; il y a quelque chose qui n'est pas naturel. Un accident doit être arrivé à mon frère. John, faites seller immédiatement des chevaux frais. Si vous voulez vous mettre en quête d'un côté, j'irai de l'autre, et nous prendrons d'abord tous les renseignements que nous pourrons nous procurer au village. Reginald, vous vous joindrez à nous, n'est-ce pas ?

— De tout cœur, » répondit Reginald avec énergie, mais avec une altération sensible dans la voix.

Douglas regarda son cousin et tressaillit même au milieu de son agitation, frappé par le son de voix étrange de Reginald.

« Grand Dieu ! comme vous êtes pâle, Reginald, s'écria-t-il. Craindriez-vous quelque grand malheur... quelque épouvantable accident ?

— Je ne sais, dit le baronnet d'une voix oppressée, mais j'avoue que je ressens une violente inquiétude. La... la rivière... le courant était si fort après le dégel... les eaux si gonflées par la neige fondue... si... si le cheval de Lionel avait essayé de traverser la rivière à la nage, et s'il avait échoué...

— Et nous perdons notre temps ici ! s'écria Douglas avec un élan de passion, nous restons là à parler, au lieu d'agir. Les chevaux sont-ils prêts ? » cria-t-il d'une voix tonnante en s'élançant dans le vestibule.

Sa voix fut entendue au dehors par les grooms qui se hâtèrent de faire sortir les chevaux frais de la cour.

« Gordon ! s'écria Lydia, vous allez partir avec ces messieurs, vous ferez tous vos efforts pour retrouver M. Lionel ! »

Elle dit cela d'une voix haute et vibrante, avec l'accent impérieux d'une femme habituée à commander. Elle était appuyée contre un des angles de la grande cheminée, pâle comme une morte, la respiration oppressée, maîtresse d'elle néanmoins. Pour elle, l'idée d'un malheur arrivé à Lionel était épouvantable, presque aussi épouvantable que pour le frère qui l'aimait avec tant de sincérité, car son intérêt était lié à la vie de cet homme et pour elle c'était une considération qui devait tout dominer.

Elle se sentait bien près de perdre connaissance, mais elle était trop femme du monde pour ne pas savoir que si elle avait cédé à son émotion en ce moment, elle aurait suscité plus d'ennui et de déplaisir que d'intérêt aux hommes qui se trouvaient là, elle le savait et elle désirait plaire à tout le monde, car plaire à tous est le secret d'une femme pour se faire aimer de quelques-uns.

Même dans ce moment de trouble et de confusion, l'intrigante jeune femme voulait se maintenir dans un jour favorable aux yeux de Douglas.

Lorsqu'elle apparut sur le seuil de la grande salle, elle s'avança doucement vers lui, la tête nue, le visage pâle, et elle posa sa main sur le bras du jeune homme.

« M. Dale, dit-elle, disposez de mon frère, il sera fier d'obéir à vos ordres. J'irais moi-même à la recherche de votre frère, si vous vouliez me le permettre. »

Douglas lui serra les mains dans les siennes avec une reconnaissante émotion.

« Vous êtes une noble fille, s'écria-t-il, mais vous ne pouvez m'aider en cette circonstance. Votre frère peut m'être utile et j'userai de son amitié sans réserve. Et maintenant, laissez-nous, Mlle Graham, le moment n'est pas bien choisi pour désirer la présence d'une femme. Venez, messieurs, s'écria-t-il, les chevaux sont prêts. Je vais au village et de là à la rivière, vous prendrez chacun une route différente et nous nous retrouverons sur le bord de l'eau, à l'endroit où nous l'avons traversée ce matin. »

En moins de cinq minutes tous étaient en selle et le bruit des sabots des chevaux annonçait leur départ. Reginald était au milieu du groupe, ayant à peine conscience de ce qui se passait et de la présence de ses compagnons.

La vue, l'ouïe, le sentiment de son individualité et de ce qui l'entourait, tout en lui semblait annihilé. Il avançait au milieu de l'obscurité sous un ciel plein de nuages qui semblaient couvrir la terre comme d'un linceul.

Comment s'était-il séparé de ses compagnons, il n'en savait rien, mais quand il s'éveilla de cette effrayante stupeur, il se trouva seul dans une plaine, et à une certaine distance il vit une faible lueur, qu'on distinguait à peine sous ce ciel sans étoiles.

Son cheval semblait connaître ce lieu désolé et se dirigea tout droit vers les lumières; ce cheval appartenait aux écuries du recteur et il était sans doute familier avec ce pays.

Reginald avait juste assez conscience des circonstances dans lesquelles il se trouvait pour se rappeler ce fait. Il n'essaya pas de diriger son cheval. Que lui importait où il allait? Il avait oublié la promesse de se retrouver avec les autres au bord de la rivière, il avait tout oublié, excepté que l'œuvre du démon avait suivi sa marche silencieuse et que son dénouement fatal allait éclater sur lui comme la foudre.

« Victor m'a dit que cette fortune serait à moi... qu'il avait échoué une fois, mais qu'il n'échouerait pas toujours !... » se disait-il à lui-même.

La disparition de Lionel avait frappé le baronnet comme d'un coup de foudre. Cependant ce coup de foudre il l'avait attendu avec une indicible horreur chaque jour et à toute heure, depuis son arrivée à Hallgrove.

Les lumières étaient devenues plus distinctes; c'étaient les lanternes éclairant les rues d'un village, et l'on voyait çà et là des chandelles à travers les fenêtres des chaumières. Le cheval, arrivé à la limite de la plaine, prit la grande route. Cinq minutes après Reginald arririvait aux premières maisons d'une petite ville.

Des lumières brillaient aux fenêtres d'une auberge; la porte était ouverte et des voix joyeuses retentissaient, au milieu de la nuit.

« Grand Dieu! que ces paysans sont heureux, s'écria Reginald, ils n'ont d'autre souci que de se procurer le pain de chaque jour ! »

Il leur portait envie, et dans ce moment il aurait changé son sort contre celui du plus humble des laboureurs qui buvaient dans la salle commune de cette petite auberge de village. Mais ce n'était que par instants que les tortures d'une conscience coupable se manifestaient chez lui sous cette forme. Il aimait les plaisirs et le luxe plus qu'il n'aimait la tranquillité d'esprit, plus qu'il n'aimait le salut de son âme.

Il arrêta son cheval devant la porte de l'auberge et appela ; un homme sortit et prit les rênes pendant qu'il mit pied à terre.

» Quel est le nom de cette vieille ville? demanda-t-il.

— Frimley, monsieur. Frimley Common, c'est son nom, mais on l'appelle Frimley tout court.

— A quelle distance suis-je du bord de la rivière au bas du Pic de Thorpe.

— A six bons milles, monsieur.

— Prenez mon cheval, étrillez-le, donnez lui un seau d'eau, du son, et un quart d'avoine. Je me remettrai en route avant une heure.

— C'est une rude besogne, monsieur, répondit le garçon d'écurie, car votre cheval semble déjà en avoir assez.

— Ce sera mon affaire, » dit Reginald avec hauteur.

Il entra dans l'auberge.

« Avez-vous une chambre dans laquelle je puisse faire sécher mes habits ? » demanda-t-il.

Il venait seulement de s'apercevoir qu'il avait plu et qu'il était tout trempé.

« Étiez-vous avec les chasseurs aujourd'hui, monsieur ? demanda l'aubergiste.

— Oui.

— La chasse a-t-elle été bonne, monsieur ?

— Non, répondit sèchement Reginald.

— Conduisez monsieur au salon, Mary, dit l'aubergiste à une servante, sorte de fille d'auberge ou de bonne à tout faire, qui sortait de la salle publique avec un plateau chargé de pots et de verres.

— Il y a déjà un monsieur, dit-elle, mais peut-être ne fera-t-il aucune objection.

— Aux fêtes de Noël on est affairé, ajouta l'aubergiste en s'adressant à Reginald, mais vous trouverez là un bon feu.

— Envoyez-moi de l'eau-de-vie, » reprit Reginald sans daigner répondre aux excuses de l'aubergiste.

Devant une grande cheminée ancienne, un homme était assis, le visage caché par le journal qu'il était en train de lire.

Reginald ne daigna pas jeter un regard sur cet étranger. Il marcha droit vers l'âtre, quitta son habit mouillé et l'étendit sur une chaise devant un grand feu de bois. Puis il s'assit sur une autre chaise, tout près de la cheminée et se mit à regarder le feu, avec un visage triste, laissant errer sa pensée bien loin de ces bûches que ses yeux semblaient considérer si attentivement.

Il resta pendant quelques instants dans la même attitude, muet et immobile comme une statue, et totalement inconscient de la présence de l'étranger qui l'observait abrité derrière son journal. La servante apporta un plateau sur lequel se trouvaient un petit flacon d'eau-de-vie et un verre. Mais le baronnet ne s'aperçut pas de son entrée et ne toucha pas à ce qu'il avait demandé.

Il continua à rester immobile jusqu'au moment où un bruit soudain, produit par le journal, le fit tressaillir d'impatience, mouvement qui fut suivi d'une exclamation de surprise.

« Vous êtes agité ce soir, Sir Reginald Eversleigh? » dit l'étranger dont le visage était toujours caché derrière le journal.

La voix qui avait fait entendre cette observation insignifiante était, en ce moment, de toutes les voix humaines, celle qui était la plus odieuse à Reginald.

« Vous ici !.... s'écria-t-il, j'aurais dû le deviner. »

Le journal s'abaissa pour la première fois et Reginald se trouva en face de Carrington.

« Sans doute, moi ici; je vous avais dit que vous me trouveriez ou que vous auriez de mes nouvelles, à la *Gerbe de Blé,* si vous désiriez me voir ou si j'avais besoin que vous vous y rendiez; et je présume que vous y êtes venu par hasard et non avec intention. Je ne croyais pas vous voir, surtout à une heure à laquelle vous deviez jouir de l'hospitalité de votre cousin le recteur.

— Victor, s'écria Reginald, êtes-vous le démon sous une forme humaine ? Bien certainement il n'y a qu'un démon qui puisse ainsi trouver des délices dans le crime.

— Je ne trouve pas de délices dans le crime, Reginald, et il n'y a qu'un homme d'une intelligence aussi étroite que la vôtre, pour dire de telles absurdités. Le crime, sous un autre nom, c'est le danger. Le criminel joue sa vie, et j'estime ma vie à un trop haut prix pour la risquer légèrement. Mais si je puis faire tourner un accident à mon profit, il faudrait que je fusse bien fou pour agir autrement. Il n'y a qu'une chose qui ait pour moi des délices, c'est le succès ! Et maintenant, dites-moi, pourquoi êtes-vous ici ce soir ?

— Je ne saurais vous le dire, répondit le baronnet. Je suis venu ici sans savoir où j'allais. Il semble qu'il y ait une étrange fatalité dans tout ceci. J'ai laissé mon cheval suivre la route qu'il lui plaisait de prendre et il m'a amené ici, vers vous, mon mauvais génie.

— Je vous en prie, Reginald, soyez assez bon pour descendre des hauteurs de ce ton tragique, dit Victor avec une extrême froideur. Il est bon de s'entendre appeler par vous démon, mauvais génie, une fois en passant, mais la répétition de ces sortes de choses devient fastidieuse. Vous ne m'avez pas dit pourquoi vous courez ainsi les champs, au lieu de manger tranquillement votre dîner de Noël dans la demeure du recteur.

— N'en savez-vous pas la raison, Victor ? demanda Reginald en regardant fixement son compagnon.

— Comment la saurais-je ?

— Parce que l'événement d'aujourd'hui a été votre œuvre, répondit Reginald avec véhémence. Parce que vous êtes mêlé au drame sombre d'aujourd'hui comme vous étiez mêlé à celui qui a eu pour théâtre le château de Raynham. Je sais maintenant pourquoi vous avez insisté pour que mon choix tombât sur *Niagara* et pour qu'il fût offert à mon cousin Lionel. Je sais maintenant pourquoi vous avez paru si intéressé à la vue de cet autre cheval qui avait déjà causé la mort de plus d'un de ses cavaliers ; je sais maintenant pourquoi vous êtes ici et pourquoi Lionel a disparu.

— Il a disparu !.... s'écria Carrington. Il n'est pas mort ?

— Je sais qu'il a disparu et rien de plus. Nous l'avons perdu pendant la chasse. Nous sommes rentrés au presbytère ce soir, espérant l'y trouver.

— L'espériez-vous en effet, Reginald ?

— D'autres l'espéraient, en tous cas.

— Et vous ne l'avez pas trouvé ?

— Non, nous avons quitté le presbytère, presque tout de suite pour nous mettre à sa recherche, moi et d'autres. Nous devions prendre des routes différentes, nous livrer à toutes les investigations possibles, puiser des renseignements à toutes les sources. Mais j'avais la tête perdue et je me suis laissé conduire par mon cheval.

— Imbécile !.... lâche !.... s'écria Carrington avec un mélange de mépris et de colère. Et vous avez abandonné votre tâche, et vous êtes venu ici perdre votre temps quand vous deviez paraître apporter la plus grande activité dans vos recherches, paraître plus désireux que les autres de retrouver l'absent ? Vous êtes un scélérat, mais vous êtes encore plus hypocrite. Vous voudriez recueillir le fruit du crime et jouer l'innocence, même devant moi, comme s'il était possible de tromper celui qui comme moi a su lire dans votre âme. Je suis fatigué de cette comédie, je suis las de cette prétendue innocence, et ce soir je vous demande, pour la dernière fois, quelle voie vous prétendez suivre, et cette voie choisie, j'exige que vous la suiviez d'un pas ferme, prêt à faire face au danger et à affronter la destinée. C'est à la minute même que je vous demande de vous prononcer, et d'une manière définitive. Voulez-vous pourrir dans la pauvreté, la pire des pauvretés, celle d'un homme de votre rang réduit à la portion congrue, ou voulez-vous reconquérir la fortune que votre oncle a léguée à d'autres ? Regardez-moi en face, Reginald, et répondez-moi en homme. Que voulez-vous, la richesse ou la pauvreté ?

— Il est trop tard pour répondre : la pauvreté ! répondit le baronnet avec un accent de sombre tristesse. Vous ne pouvez rendre la vie à mon oncle, vous ne pouvez revenir sur les faits accomplis.

— Je ne prétends pas rendre la vie au mort. Je ne parle pas du passé, mais bien de l'avenir.

— En supposant que je vous dise que je préfère la pauvreté plutôt que de me plonger plus avant dans l'abîme que vous avez creusé, qu'arrivera-t-il ?

— Dans ce cas, je vous souhaiterai bonne chance et je vous laisserai à votre pauvreté et à la paix de votre conscience, répondit froidement Victor. Je suis pauvre moi-même, mais j'aime que mes amis soient riches. Si vous ne vous souciez pas de ressaisir la fortune qui peut vous appartenir, je ne me soucie pas, moi, de conserver des relations avec vous. Ainsi nous n'avons qu'à nous souhaiter le bonsoir et à nous séparer. »

Il y eut un moment de silence. Reginald était resté

assis, les bras croisés, les yeux fixés sur le feu; Victor l'observait avec un sinistre sourire.

« Et si je choisis le parti de marcher en avant, dit enfin Reginald, si je me décide à avancer encore plus dans la sombre route que nous suivons depuis si longtemps, qu'arrivera-t-il ?.... Pouvez-vous m'assurer du succès, Victor ?

— Oui, répondit Carrington.

— Alors j'irai droit devant moi. Oui, je serai votre esclave, votre instrument, le complice volontaire de vos crimes et de vos perfidies ; je ferai tout pour obtenir enfin l'héritage dont j'ai été dépouillé.

— Assez, vous avez pris une décision. Désormais que je n'entende plus de jérémiades et d'hypocrites regrets! Et maintenant demandez votre cheval, regagnez au grand galop les environs de Hallgrove, et montrez-vous au premier rang de ceux qui sont à la recherche de Lionel.

— Oui.... oui.... je vous obéirai, je triompherai de cette misérable hésitation, j'endurcirai ma nature, comme vous avez endurci la vôtre. »

Reginald sonna et donna l'ordre d'amener son cheval devant la porte de l'auberge.

« Où et quand vous reverrai-je ? demanda-t-il à Victor en remettant son habit de chasse qu'il avait fait sécher au feu de la cheminée.

— A Londres, dès votre retour.

— Vous partez d'ici bientôt ?

— Demain matin. Vous m'écrirez par le courrier de demain soir pour m'apprendre ce qui se sera passé dans la journée.

— Oui, répondit Reginald.

— Bien, et maintenant partez. Vous êtes déjà resté

trop longtemps éloigné de ceux qui devaient remarquer votre affectueuse inquiétude au sujet de votre cousin. »

VI

« JE SUIS FATIGUÉ DE MON RÔLE ! »

Reginald remonta à cheval, s'informa auprès du garçon d'écurie du chemin qu'il devait suivre pour se rendre au bord de la rivière à l'endroit convenu, et partit au galop dans la direction indiquée. Il n'eut pas de peine à trouver le lieu du rendez-vous, la lueur des torches portées par ceux qui se livraient aux recherches fut suffisante pour le guider.

Il trouva tout le monde à cheval : les convives, les grooms, les chasseurs, et les fermiers. Tous inspectaient en tous sens les bords de la rivière. Ces torches, qui brillaient dans l'obscurité de la nuit et l'agitation générale, tout contribuait à donner un aspect saisissant à ce lieu.

Douglas vint au-devant de son cousin dès qu'il le vit s'approcher.

« Avez-vous quelques nouvelles, Reginald ? demanda-t-il d'une voix éteinte par la fatigue et l'émotion.

— Aucune, répondit Reginald, j'ai poussé mes recherches à plusieurs milles d'ici, questionnant partout, mais je n'ai rien pu découvrir. Et vous, n'avez-vous rien appris ?

— Rien de bon, répondit Douglas avec désespoir. Nous avons trouvé un chapeau défoncé sur le bord de la rivière, et ce chapeau a été reconnu par le valet de chambre de mon frère, comme étant celui que portait son maître. Nous craignons un malheur, le plus grand de tous. On s'est informé partout.... dans le village, dans les fermes des environs, même dans celles qui ne dépendent pas de la paroisse. On n'a vu mon frère nulle part. Depuis le moment où tous nous avons descendu la montagne, il semble qu'aucun regard humain ne se soit fixé sur lui, car c'est à partir de ce moment qu'il a disparu aussi complètement que si la terre s'était ouverte pour l'engloutir vivant.

— Que craignez-vous?

— Nous craignons qu'il n'ait essayé de traverser la rivière dans un endroit rendu dangereux par la fonte des neiges et que cheval et cavalier n'aient été emportés par le courant.

— Dans ce cas, on devrait retrouver le cheval et son cavalier, morts ou vivants.

— Peut-être y arrivera-t-on en fin de compte, mais ce n'est pas facile. Le lit de la rivière est couvert d'une masse d'herbes nouées les unes dans les autres. J'ai entendu dire à Lionel que des hommes s'y étaient noyés sans que jamais on ait pu retrouver leurs corps.

— C'est horrible! s'écria Reginald, mais gardons encore une meilleure espérance. Tout cela n'est peut-être qu'un malheur imaginaire.

— Je crains bien que non, Reginald, répondit Douglas. Mon frère n'est pas un homme assez insouciant pour donner de telles inquiétudes à ceux qui l'aiment.

— Je vais pousser mes recherches plus loin sur la rivière, dit Reginald, j'apprendrai peut-être quelque chose.

— Et moi j'attends ici, dit Douglas avec la sombre apathie du désespoir. La nouvelle de la mort de mon frère m'arrivera toujours assez tôt. »

Reginald chevaucha le long du bord de l'eau, à la suite d'un groupe de cavaliers qui portaient des torches. Douglas attendit l'oreille au guet, son cœur battait avec violence, torturé par la pensée cruelle qu'à chaque instant la nouvelle de la mort de son frère allait lui être apportée.

Quelque longs que lui parurent ces moments d'attente, ils n'avaient pas été en réalité d'une longue durée. Il ne sentait pas le froid de la nuit, tant était violente la fièvre qui le dévorait. Il eut bientôt perdu de vue la lumière des torches et les bruits de voix ne parvenaient plus à ses oreilles. Mais après un court silence il entendit un cri, puis un autre, et deux hommes vinrent à lui en courant. Bien que l'obscurité fût grande Douglas les reconnut tous deux.

« Qu'y a-t-il, Freeman, qu'est-il survenu, Carey ? Vous m'apportez de mauvaises nouvelles, j'en ai bien peur.

— Oui, M. Douglas, de mauvaises nouvelles. Nous avons trouvé le fouet de chasse du recteur.

— Où ?... balbutia Douglas.

— Au-dessous du pont, près d'un saule, et sur le bord de la rivière il y a un éboulement de terrain. J'ai bien peur que tout espoir soit perdu, monsieur, s'ils sont venus en cet endroit, ils ont dû être emportés tous deux. »

C'est en marchant comme un homme endormi, que Douglas accompagna les porteurs de ces mauvaises nouvelles à l'endroit où se trouvaient réunis ceux qui s'étaient mis à la recherche du recteur. Mordaunt tenait à la main un lourd fouet de chasse que toutes les personnes présentes reconnurent pour l'avoir vu le matin même dans la main du recteur. Tout le monde fit place à Douglas, le silence était lugubre maintenant qu'on se trouvait en face d'une conviction qui ne laissait plus le moindre espoir.

« Ceci rend la chose trop claire, Douglas, dit Mordaunt en remettant le fouet au frère du recteur. Supportez ce malheur avec tout votre courage, mon cher ami, il n'y a plus rien de possible à faire avant le jour.

— Rien ?.... dit Reginald, tandis que Douglas s'était couvert le visage avec ses mains et cherchait inutilement à étouffer ses sanglots. On pourrait certainement faire usage de la drague.

— Attendez, Sir Reginald, dit Mordaunt en faisant un signe de la main, votre impatience est toute naturelle, mais cette précipitation ne peut être que nuisible. Faire jouer le drague à la lumière des torches serait un travail aussi difficile qu'infructueux. Cette opération sera faite dès l'aube ; jusque là nous sommes impuissants, et notre premier soin doit être de ramener le pauvre Douglas au presbytère. »

Douglas n'opposa aucune résistance, il savait que Mordaunt était dans le vrai et que son avis était conforme à la raison. Le triste groupe se sépara ; ceux qui habitaient le presbytère retournèrent dans cette maison désolée, et Douglas s'enferma dans sa chambre, laissant à Reginald et à Mordaunt le soin de prendre toutes les dispositions pour le lendemain et d'annoncer aux dames la triste nouvelle.

De très-grand matin, Mordaunt se rendit à la chambre de Douglas. Il était étendu sur son lit tout habillé, il n'avait fait aucun changement à sa toilette et son intention évidente avait été de veiller jusqu'au jour, mais la nature avait été la plus forte, et cédant à l'épuisement Douglas s'était endormi. Son vieil ami sortit sans bruit de la chambre et après avoir recommandé aux domestiques de ne pas permettre qu'on vînt troubler le sommeil de celui qu'ils devaient considérer maintenant comme leur maître, il sortit du presbytère pour aller présider aux recherches.

Douglas ne s'éveilla qu'à neuf heures, et tressaillit au réveil de son chagrin et de sa conscience qui lui reprochaient de s'être endormi. Il trouva Mordaunt debout près de son lit. Le bon vieux gentilhomme lui prit la main et la lui pressa d'une façon significative.

Le corps défiguré de celui qui la veille était le maître aimé et honoré de cette maison, avait été déposé dans la bibliothèque où il avait reçu l'avertissement de la bohémienne, avertissement qu'il n'avait pas suivi. Pendant que Douglas contemplait le pâle et calme visage de son frère, souffrant d'une douleur inexprimable, un domestique frappa doucement à la porte et pria Mordaunt de venir.

« *Niagara* est revenu, monsieur, dit l'homme. On vient de le trouver dans la route d'en bas, broutant l'herbe, et sans coups ni blessures d'aucune sorte.

— Il est mouillé et tâché de boue, n'est-ce pas ?

— Oh ! oui, certainement, monsieur, la selle est encore trempée d'eau, mais l'animal est en parfait état.

— Et les sangles sont-elles rompues ?

— Non, monsieur, elles sont intactes.

— Très-bien, prenez soin du cheval et ne dites rien à M. Dale, quant à présent. »

C'est avec un profond chagrin que les visiteurs réunis au presbytère avaient reçu la triste nouvelle. Des arrangements avaient été faits pour le départ immédiat des Graham et de Mme Mordaunt et de ses filles. Mordaunt et Reginald devaient rester jusqu'à ce que les pénibles formalités de l'enquête et des funérailles fussent accomplies.

Douglas n'était pas un homme faible et personne moins que lui n'aimait les démonstrations sentimentales. Ce fut donc une rude tâche pour lui que d'entrer dans la salle à manger pour faire ses adieux aux hôtes de la maison, qui la veille était si heureuse et si gaie. Mais il devait le faire et il s'acquitta de son devoir. Quelques tristes paroles furent échangées entre lui et les Mordaunt. Les jeunes filles s'éloignèrent les yeux pleins de larmes. Puis, il s'avança vers Lydia, qui était assise dans un fauteuil près du feu, immobile et pâle comme une statue. Il n'y avait pas trace de larmes sur son visage, mais il y avait au fond de son cœur de la colère et de l'amertume et son désappointement allait presque jusqu'au désespoir.

Douglas ne put la regarder sans reconnaître que cet événement si douloureux pour lui, était également terrible pour elle, et son cœur fut pris de sympathie pour cette femme, à laquelle il n'avait guère pensé jusqu'alors, car peut-être avait-elle aimé son frère ; en tous cas elle éprouvait certainement une vive douleur de sa mort.

« Nous reverrons-nous, monsieur Dale ? dit-elle.

— Pourquoi ne nous reverrions-nous pas ?

— Le séjour de l'Angleterre ne sera peut-être pas supportable pour vous, après cette terrible calamité. Vous voyagerez. Vous chercherez des distractions dans le changement d'air et de pays ; les hommes de nos jours aiment beaucoup les voyages.

— Je ne quitterai pas l'Angleterre, mademoiselle Graham, dit-il tranquillement, je suis homme du monde, mais j'espère être également chrétien et je m'efforcerai de porter ma douleur en homme et en chrétien. La mort de mon frère n'apportera aucun changement dans la façon dont j'avais arrangé ma vie. Je retournerai à Londres presque aussitôt après l'enterrement.

— Et nous pouvons espérer vous voir à Londres ?

— Le capitaine Graham et moi sommes membres du même club. Nous aurons très-certainement occasion de nous rencontrer.

— Et moi, ne dois-je pas espérer vous voir aussi bien que mon frère ? demanda Lydia à voix basse.

— Avez-vous réellement le désir de me voir ?

— Pouvez-vous vous en étonner si vous avez la mémoire du passé ? Rappelez-vous, monsieur Dale, que notre amitié date de longues années.

— Oui, répondit Douglas avec une gravité étrange, nous nous connaissons depuis longtemps. »

Le capitaine Graham entra à ce moment.

« La voiture qui doit nous conduire à Frimley est prête, Lydia, dit-il; toutes vos caisses sont chargées et il ne vous reste plus qu'à dire adieu à M. Dale.

— Ce sont de tristes adieux, murmura Mlle Graham, je ne puis que faire des vœux pour que nous nous rencontrions dans des circonstances moins pénibles.

— Espérons-le, » répondit Douglas d'un ton sérieux.

Mlle Graham avait son chapeau et son manteau de voyage. Elle s'était habillée tout en noir, par respect pour les douloureuses circonstances qui causaient son départ, sans oublier toutefois que les couleurs sombres convenaient particulièrement à son genre de beauté. Elle portait une robe de soie noire, un grand manteau de velours garni de fourrure, et un élégant chapeau de velours noir, orné d'une plume, qui retombait avec grâce sur ses épaules.

Douglas conduisit ses hôtes jusqu'à leur voiture et vit Mlle Graham commodément installée; ses châles et ses bagages étaient sur la banquette en face d'elle.

Ce fut avec un regard plein de tendresse que Mlle Graham lui adressa son dernier adieu, mais les yeux de Douglas n'y répondirent pas, ses manières étaient tristes et sérieuses, ses sentiments n'étaient pas faciles à pénétrer.

Graham se jeta dans un coin de la voiture avec un soupir de désespoir.

« Eh! bien, Lydia, dit-il, ce maudit accident de chasse a été la ruine de toutes vos espérances. Je crois sérieusement que vous êtes la femme la moins chanceuse du monde. Après avoir tendu vos filets pendant dix ans dans les pêcheries matrimoniales, vous étiez sur le point de prendre un poisson d'une certaine valeur et voilà qu'au dernier moment votre futur se noie au milieu d'une partie de plaisir.

— Que diriez-vous si cet accident, qui vous semble malheureux, finissait par tourner à notre avantage? demanda Lydia.

— Que diable voulez-vous dire?

— Comme vous avez la compréhension difficile aujourd'hui, Gordon! s'écria Lydia avec impatience. Le revenu de Lionel n'était que de cinq mille livres, ce qui est fort peu de chose, après tout, pour une femme ayant mes idées sur la vie.

— Et qui a, jusque par-dessus les épaules, le génie particulier de se plonger dans les dettes, murmura son frère.

— Avez-vous par hasard gardé le souvenir des termes du testament de Sir Oswald?

— Je le crois, pardieu bien ! on a assez parlé de ce testament à l'époque de la mort de Sir Oswald.

— Ce testament laisse cinq mille livres de revenu à chacun des deux frères. Si l'un des deux meurt sans avoir été marié, la fortune passe au survivant. La mort de Lionel double celle de Douglas. Un mari avec dix mille livres de revenu me conviendrait fort, en vérité. Et pourquoi ne ferais-je pas la conquête de Douglas aussi aisément que j'avais fait celle de Lionel ?

— Parce que vous ne retrouverez probablement pas la même occasion favorable.

— J'ai demandé à Douglas de venir nous rendre visite à Londres.

— Invitation certainement très-flatteuse pour lui, mais dont il peut profiter ou ne pas profiter. Néanmoins, ma chère Lydia, j'ai le plus profond respect pour votre courage et votre persévérance, et si vous pouvez conquérir un mari avec dix mille livres de revenu, au lieu de cinq, cela n'en vaudra que mieux pour vous et pour moi, attendu que j'aurai un beau-frère plus riche à qui m'adresser dans mes embarras. »

La voiture avait atteint Frimley, et le frère et la sœur prirent place dans la diligence qui devait les ramener à Londres.

Lydia abaissa son voile et s'installa dans un coin pour chercher dans le sommeil un remède aux ennuis du voyage.

A trente ans une femme du caractère de Mlle Graham sait prendre soin de sa beauté, et Lydia sentait qu'elle avait besoin de repos après l'agitation fébrile de sa visite au presbytère.

Reginald joua fort bien son rôle pendant le peu de jours qu'il passa chez Douglas. Nul ne parut plus affligé que lui et chacun s'accorda à dire que le prodigue baronnet montrait un chagrin sincère de la triste destinée de son cousin, ce qui prouvait chez lui un bon et noble cœur, malgré toutes les vilaines histoires qu'on racontait sur sa jeunesse.

Avant de quitter Hallgrove, Reginald prit soin de s'informer de tous les projets de son cousin pour l'avenir. Douglas, avec un revenu de dix mille livres, était une connaissance plus utile à cultiver que lorsque son revenu était moins considérable de moitié, alors même qu'il n'y aurait pas eu de sombres trames auxquelles lui et son complice devaient se livrer secrètement.

« Vous reviendrez bientôt, je pense, reprendre votre ancienne vie à Londres, Douglas ? dit Reginald. Là, vous oublierez plus vite le triste malheur qui vient de fondre sur vous. Dans le tourbillon de la vie moderne, il ne reste que peu de temps à donner au chagrin.

— Oui, j'irai à Londres, répondit Douglas.

— Et vous habiterez votre ancien appartement?

— Oui.

— Et nous nous verrons aussi souvent qu'autrefois, n'est-ce pas, Douglas? Il ne faut pas vous laisser accabler par la triste destinée de ce pauvre Lionel, vous pourriez vous en ressentir moralement et physiquement. Il faut retourner à Hilton House et vous joindre à la société qui s'y réunit. Cela vous distraira un peu.

— Oui, je sais quel fonds je puis faire sur votre amitié, Reginald ; je me remettrai entièrement entre vos mains.

— Mon cher ami, vous ne me trouverez pas indigne de cette confiance.

— Je n'ai pas lieu de le supposer, Reginald. »

Reginald regarda son parent pendant un instant,

s'imaginant qu'il y avait quelque sens caché sous ses paroles. Mais leur accent était naturel, aussi les soupçons du baronnet furent-ils bientôt dissipés par l'expression de franchise empreinte sur le visage de Douglas.

Reginald quitta Hallgrove quelques jours après le fatal accident de chasse et s'en retourna à son appartement de Londres qui lui sembla triste et misérable après le luxe du presbytère. Il ne se souciait guère de passer ses soirées à Hilton House, de peur d'avoir à entendre les plaintes de Pauline sur sa solitude et sur sa pauvreté. La saison de Londres n'avait pas encore commencé, et il y avait peu de dupes que le joueur pût espérer prendre pour victimes des habiles manœuvres qui lui avaient si souvent réussi. Il se pouvait que quelques-unes de ces victimes se fussent plaintes de leurs pertes et que la villa habitée par l'élégante veuve commençât à être signalée comme un lieu qu'on devait fuir.

Telles furent les craintes qui s'étaient emparées de Reginald, quand il trouva les quelques rares gens qu'il rencontrait à son club, si peu disposés à profiter de l'hospitalité de Mme Durski.

« Avez-vous été à Fulham depuis peu, Caversham ? demanda-t-il à un jeune lord qui jouissait d'une fortune de plusieurs mille livres de revenu, mais qui n'était pas le plus intelligent des mortels.

— Fulham !... s'écria Lord Caversham, qu'est-ce que Fulham ?... ah ! oui, je me rappelle, un petit pays près de la rivière, jolies villas, courses en bateaux, et autres divertissements de ce genre. Laissez-moi chercher. Il y a des évêques et des gens d'Église qui vivent à Fulham, n'est-ce pas ?

— J'aurais cru que vous vous seriez souvenu d'une

personne qui habite Fulham, une très-belle femme qui avait fait une vive impression sur vous.

— Vraiment! s'écria le vicomte, et pourtant, sur mon honneur, je ne me la rappelle pas. Mais voyez-vous, je connais beaucoup de belles femmes, et les belles femmes font toutes une aussi vive impression sur moi que celle que je leur produis moi-même. L'effet est mutuel et réciproque, Eversleigh, tout à fait réciproque. Et dites-moi, quelle est la dame en question?

— La belle Viennoise, Pauline Durski. »

Le lord fit la grimace.

« Pauline Durski!... Oui, c'est une très-belle femme, murmura-t-il d'un air langoureux. Une très-jolie femme et vous avez raison, Eversleigh, elle a produit une très-grande impression sur moi. Mais, voyez-vous, j'ai trouvé que cette impression me coûtait trop cher. Hilton House est une maison ravissante à visiter, mais quand un homme s'aperçoit qu'il y perd deux ou trois cents livres chaque fois qu'il en franchit le seuil, vous ne devez pas vous étonner qu'il préfère passer ses soirées dans des endroits où il peut s'amuser à meilleur compte. Peut-être aurez-vous quelque difficulté à partager mon sentiment à ce sujet, Eversleigh, car, si j'ai bonne mémoire, c'était toujours vous qui étiez le gagnant, quand je jouais chez Mme Durski.

— En vérité?... » dit Reginald, de l'air d'une personne qui cherche à se rappeler une chose complétement oubliée.

Le jeune lord n'était pas sans une certaine connaissance du monde et des hommes, et il y avait un sens caché dans ses paroles qui embarrassa fort le baronnet.

« Ai-je gagné quand vous y êtes venu? demanda-t-il d'un air indifférent. Je vous donne ma parole que je l'ai complétement oublié.

— Il n'en est pas ainsi de moi, répondit Caversham, j'ai été saigné vigoureusement, et à plusieurs reprises, quand nous avons joué à l'écarté, et je n'ai pas oublié le chiffre total des chèques que j'ai eu le plaisir de signer à votre profit ; non, mon cher Reginald, tout en trouvant Mme Durski charmante, je n'éprouve aucun besoin de retourner à Hilton House.

— Allons ! dit Reginald d'un ton railleur, bien peu de gens savent perdre avec grâce. Nous n'avons plus de Stavardales de nos jours. Il pouvait gagner mille livres d'un coup et regretter de n'avoir pas joué plus cher, car il aurait alors gagné des millions.... la race de ces hommes est complétement éteinte.

— Il n'est pas douteux, mon cher, que l'art de perdre avec calme disparaît de jour en jour, et j'avoue, pour ma part, préférer gagner, » répondit froidement Lord Caversham.

Cette conversation fut très-désagréable à Reginald. Elle l'avertissait que sa carrière de joueur tirait à sa fin et qu'il se trouverait classé un beau jour parmi ces coquins perdus d'honneur, qui étaient fuis et méprisés par ceux qu'il appelait encore aujourd'hui ses amis.

Il était évident que Caversham se doutait qu'il avait volé, et il n'était pas probable qu'il gardât le secret vis-à-vis des personnes de son cercle. Une fois émis ce soupçon ne manquerait pas d'être répété par d'autres ayant également perdu leur argent dans les salons de Mme Durski. Ces propos murmurés à voix basse deviendraient bientôt un cri général et Reginald serait déshonoré.

La perspective qu'il avait devant lui était bien sombre et n'était éclairée que par les sinistres promesses de Carrington.

« Il est temps pour moi d'en finir avec la pauvreté, se dit-il. Les insolentes insinuations de Caversham seraient réduites au silence, si j'avais dix mille livres de revenu. Il est clair que c'en est fait du jeu à Hilton House. Pauline peut maintenant retourner à Paris ou à Vienne. Les pigeons sont effrayés et les oiseaux de proie peuvent chercher leur pâture ailleurs. »

Reginald se rendit directement de son club à la petite maison situé au-delà de Maida Hill. Il n'avait qu'un faible espoir d'y trouver celui qu'il avait vu pour la dernière fois, à la petite auberge du comté de Dorset; mais, à sa grande surprise, il fut immédiatement conduit au laboratoire où il surprit Victor penché sur un alambic placé sur un petit fourneau.

Le médecin releva la tête en tressaillant, et Reginald s'aperçut qu'il portait sur son visage le masque de métal qu'il lui avait vu déjà à l'une de ses visites précédentes.

« Qui vous amène ici? demanda-t-il avec impatience.

— La servante qui m'a reçu, répondit Reginald. Je lui ai dit que j'étais votre intime ami et que j'avais besoin de vous voir immédiatement, c'est pourquoi elle m'a amené.

— Elle n'en avait pas le droit. Mais peu importe. Depuis quand êtes-vous de retour? Je n'espérais pas vous voir sitôt à Londres.

— Je n'espérais guère non plus vous trouver ici, après notre rencontre à Frimley, reprit le baronnet.

— Rien ne me retenait plus en province. Je suis de retour depuis quelques jours et j'ai repris activement mes études chimiques.

— Vous manipulez encore des poisons, à ce que je

vois? dit Reginald en montrant du doigt le masque que Victor avait déposé près de lui.

— Tout chimiste opère sur les poisons, puisque les poisons sont un élément de toute médecine, répliqua Carrington. Et maintenant, dites-moi quel nouvel embarras personnel me vaut l'honneur de votre visite? Vous ne paraissez guère ici que lorsque vous avez un besoin désespéré de mes humbles services; quel est votre dernier malheur ?

— J'arrive du club, où j'ai trouvé Caversham. Je pensais pouvoir lui gagner une centaine de livres à l'écarté ce soir, mais le jeu est fini de ce côté.

— Il soupçonne qu'il a été *singulièrement* malheureux ?

— Il le sait. Un homme qui ne serait pas certain du fait n'aurait pas osé dire ce qu'il m'a dit. Il m'a insulté, Carrington, insulté grossièrement et il m'a fallu paraître ne pas comprendre son insolence.

— Ne vous préoccupez pas de cela, répondit Victor, dans six mois votre position sera telle que nul n'osera vous insulter. Ainsi le jeu est fini à Hilton House, n'est-ce pas? Je pensais bien que vous alliez un peu trop vite. Et maintenant qu'allons-nous faire?

— Que pouvons-nous faire ? Les créanciers de Pauline se montrent impatients et elle a bien peu d'argent à leur donner. Mes dettes personnelles sont trop pressantes pour que je puisse l'aider et les choses en sont à un point où le mieux qu'elle pourrait faire serait de retourner à l'étranger aussi vite que possible.

— Sous aucun prétexte, mon cher Reginald, s'écria Carrington, il ne faut que Pauline quitte Hilton House.

— Pourquoi ?

— Ne vous inquiétez donc jamais du pourquoi des choses. Je vous dis, Reginald, qu'il faut qu'elle reste où elle est. Vous et moi nous lui trouverons bien l'argent nécessaire pour faire patienter les créanciers les plus acharnés.

— Je n'ai pas un sou à lui donner, répondit le baronnet. C'est à peine si j'ai de quoi payer le logement qui m'abrite, à plus forte raison ne puis-je pas prêter de l'argent aux autres.

— Pas même à la femme qui vous aime et que vous prétendez aimer? dit Victor d'un ton railleur. Vous êtes décidément un être noble, Reginald, un modèle de chevalerie et de dévoûment! Il faut que Mme Durski reste en Angleterre. C'est essentiellement nécessaire à la mise à exécution de mes projets. Si vous ne pouvez pas lui trouver d'argent, je connais quelqu'un qui lui en trouvera.

— Et quel est, je vous prie, le généreux chevalier si prompt à voler au secours d'une beauté dans la gêne?

— Douglas. Il a la tête perdue d'amour pour la belle veuve et il lui prêtera l'argent dont elle a besoin. Je vais me rendre à l'instant auprès de Mme Durski pour lui tracer son plan de conduite. »

Il y eut un long silence pendant lequel Reginald sembla réfléchir profondément.

« Vous pensez que c'est là un parti prudent à prendre? demanda Reginald.

— Qu'entendez-vous par ces paroles? riposta son ami.

— Je demande si la ligne de conduite que vous proposez est prudente. Vous dites que Douglas aime Pauline; j'en ai assez vu pour être convaincu que vous ne vous trompez pas. Si en effet il en est amoureux il est homme à tout sacrifier pour elle. Et si cela allait jusqu'à l'épouser?.... eh bien, cela ne serait-il pas désastreux pour nous?

— Vous êtes un niais, Reginald! dit Victor d'un ton méprisant. Vous devriez me connaître assez pour ne pas craindre une imprudence de ma part. Douglas aime Pauline, et il est homme à tout sacrifier pour elle, il est homme à l'épouser, lors même qu'elle serait encore plus indigne de lui. Mais néanmoins, il ne l'épousera jamais.

— Comment empêcherez-vous ce mariage?

— C'est mon secret. Soyez sûr que je l'empêcherai. Vous vous rappelez nos conventions de l'autre soir, à Frimley?

— Je me les rappelle, répondit Reginald d'une voix étranglée.

— Très-bien! Pour ma part, je remplirai mes engagements, vous pouvez y compter; vous serez riche avant que l'année qui commence ne soit terminée.

— J'ai bien besoin d'être riche, Victor, répondit Reginald avec plus d'énergie. J'en ai grand besoin. Il y a des hommes qui peuvent supporter la pauvreté, mais je ne suis pas de ceux-là. Si ma position ne change pas promptement, je serai déshonoré et mis au ban de la société. Il faut que je sois riche à tout prix... à tout prix, m'entendez-vous, Victor?

— Vous m'avez dit cela déjà, répondit froidement le chirurgien, et je vous ai promis que vous seriez riche. Mais si je tiens ma promesse, il faut que vous vous laissiez guider par moi avec une foi entière. Si le chemin que nous devons suivre ensemble est sombre, marchez-y en aveugle, le succès est au bout de ce chemin. Et maintenant quand espérez-vous que Douglas sera de retour à Londres? »

Reginald expliqua à Victor les projets de son cousin et quitta la maison du docteur. Il entendit les oiseaux de Mme Carrington saluer de leurs plus beaux chants le froid soleil de janvier, et un coup d'œil jeté en passant à la porte du salon lui révéla l'exquise propreté de cette pièce qui, même en cette saison, était ornée de fleurs.

« C'est étrange! se dit-il en sortant de la maison. Pour tout étranger qui pénétrerait dans cette demeure, ce serait l'asile privilégié de la paix domestique et du bonheur, et pourtant c'est un démon qui l'habite. »

Il revint à Londres. Il dîna seul dans son triste logis, osant à peine se montrer à son club. Lord Caversham lui avait parlé très-clairement, et il devait avoir été encore plus net vis-à-vis des autres. La rougeur monta au visage de Reginald quand il se rappela les injures qu'il avait été obligé de supporter sans avoir l'air de les comprendre.

Il craignait de rencontrer d'autres individus ayant aussi perdu à Hilton House et pouvant lui parler d'une manière aussi significative que le vicomte. Cet homme, qui violait toutes les lois du ciel et de la terre sans craindre la vengeance divine, redoutait par-dessus tout d'être répudié par les hommes de son monde.

C'est un esclavage que se crée l'homme à la mode, ce sont des chaînes que des hommes, comme Reginald, forgent pour leurs âmes.

Mais avant de suivre Reginald pas à pas dans sa terrible carrière, il nous faut revenir aux étranges visiteurs établis à Frimley.

Jane n'était en aucune façon satisfaite de passer les fêtes de Noël enfermée dans une mauvaise auberge de village, n'ayant pour toute perspective de joie qu'un dîner, commandé avec soin mais mangé solitairement, et pour toute distraction que le seul spectacle que pouvait offrir l'intérieur d'une cour d'auberge. Quant à sortir par un temps pareil, elle n'en aurait eu aucune envie alors même qu'elle aurait eu quelqu'un pour se promener avec elle ; mais seule, ce genre d'amusement était loin d'être de son goût. La journée avait été particulièrement insipide pour la femme de chambre, sa maîtresse ayant été fort occupée d'affaires dont elle n'avait pas connaissance et cette ignorance, déjà faite pour l'exaspérer un peu quand elle était à Londres, lui devenait intolérable avec la vie oisive et monotone qu'elle menait à Frimley. Quand Lady Eversleigh sortit à la nuit, accompagnée du mystérieux personnage dans lequel Jane avait reconnu le locataire de leur maison de Londres, l'étonnement qu'elle en éprouva produisit une agréable variété dans ses sensations, et le fait que l'homme au bec de vautour portait un sac de voyage ne fit qu'augmenter encore son étonnement.

« Je suis presque sûre à présent qu'il lui est quelque chose et qu'elle est venue ici pour voir ses parents, se dit Jane à elle-même, en s'asseyant auprès du feu dans la chambre de sa maîtresse, un roman ouvert négligemment sur ses genoux, et elle a la petitesse d'avoir honte de sa famille. Eh ! bien, je ne pense pas que je renierais ceux de ma chair et de mon sang si jamais je me trouvais dans une position aussi élevée que la sienne. Je présume que ce fameux sac de voyage est rempli de présents. Elle aurait bien pu me dire si elle avait des effets qu'elle ne voulait plus mettre, je ne les aurais pas disputés à ces pauvres gens. »

En grommelant beaucoup, en s'étonnant encore plus, et en s'amusant un peu, Jane réussit à tuer le temps jusqu'au retour de sa maîtresse. Mais malgré ses maussaderies et ses soupçons, cette fille s'attachait de plus en plus à Honoria, et son respect pour elle s'augmentait avec son attachement. Lady Eversleigh revint seule à l'auberge à une heure assez avancée. Elle semblait soucieuse, troublée, fatiguée. Après quelques bonnes paroles dites à Jane, elle la congédia et se mit au lit accablée de lassitude et l'esprit inquiet.

« Comment prouver ce que j'avance?... se demanda-t-elle, quand elle fut couchée, mais sans songer à dormir. Comment le prouver?... Mon caractère d'emprunt me rend suspecte, et moi, on ne me croirait pas, et l'on se refuserait même à m'écouter. Ce Lionel est un brave et honnête homme mais son arrêt est prononcé, je le crains bien. »

Dans la matinée du 26, Larkspur eut avec Lady Eversleigh une longue conférence dont le résultat immédiat fut son départ sur le poney avec lequel nous avons vu ses différends alors qu'il cherchait vainement à rejoindre Lionel à la chasse. Quand Larkspur arriva à la triste conviction que ses efforts étaient inutiles et qu'il valait mieux pour lui retourner à Frimley pour concerter un nouveau plan d'action avec Lady Eversleigh, il s'aperçut que sa chute l'avait plus gravement blessé et plus fatigué qu'il ne l'avait supposé. Quand il arriva à Frimley il se sentit excessivement souffrant et fut obligé de dire à sa cliente inquiète et malheureuse, qu'il fallait qu'il se mît au lit, s'il voulait être en état de faire quelque chose dans la soirée ou le lendemain matin.

« Je verrai M. Dale, ce soir, si nous sommes en vie, lui et moi, dit Larkspur, mais il serait devant moi en ce moment que je ne serais pas en état de lui dire deux mots. Il m'est arrivé plus d'une fois dans ma vie d'attraper de mauvais coups, mais jamais, je dois le dire, je n'ai été aussi complétement abruti. »

C'est ainsi qu'il se fit que l'astucieux Larkspur se trouva hors de combat, juste au moment où son habileté eût trouvé une plus grande occasion de se déployer et quand les projets de vengeance de Lady Eversleigh reçurent un premier échec. Les représailles devaient avoir leur jour, mais non par son fait : la Providence devait se charger de les exercer, mais avec le temps. En attendant, Honoria faisait tous ses efforts pour exécuter ses décrets.

La nouvelle de la soudaine disparition de Lionel ne tarda pas à parvenir à Frimley, mais elle n'arriva que plus tard à la dame qui vivait solitaire à l'auberge. Lady Eversleigh avait réfléchi mûrement après la retraite de Larkspur et elle avait résolu de dire toute la vérité à Lionel. Elle prit le parti de lui écrire un exposé complet de toutes les circonstances de sa vie, de lui révéler tout ce qu'elle savait et tout ce qu'elle soupçonnait concernant Reginald, et de l'instruire de la présence de Carrington dans les environs, en même temps que des desseins qu'elle lui supposait. Elle se dit que le parent du mari qu'elle avait perdu pourrait difficilement se refuser à croire ses déclarations, en se rendant bien compte qu'elle n'avait d'autre intérêt que de faire triompher la vérité et de marquer son respect pour le mémoire de celui qui n'était plus. Lionel aurait pu la réhabiliter dans l'opinion publique en prenant son parti, il ne l'avait pas fait. Il était trop tard maintenant ; tout ce qu'il pourrait faire ne détruirait pas l'effet produit et il ne pouvait donc penser qu'en agissant ainsi elle ait cherché à le rendre favorable à ses intérêts. Après avoir intérieurement débattu la question pendant quelque temps, elle se décida à écrire une lettre que Larkspur devait porter au presbytère.

Cette lettre demanda beaucoup de temps et la nuit était venue avant que Lady Eversleigh l'eût achevée. Quand elle sonna pour avoir de la lumière, elle ne fit aucune attention à la personne qui lui apporta des bougies allumées, et elle se contenta de dire qu'on attendît qu'elle sonnât pour servir le dîner. C'est ainsi qu'elle poursuivit sa tâche sans interruption jusqu'au moment où Larkspur, qui était en bien meilleur état depuis qu'il avait pris du repos, se présenta devant elle. Lady Eversleigh commença à lui dire ce qu'elle avait fait, mais il l'interrompit en lui disant d'un ton qui aurait fort surpris ses amis intimes, tant il était profondément ému et en dehors de ses habitudes :

« Je crains que nous n'arrivions trop tard. J'ai grand peur que Carrington ait été trop habile pour nous et que son tour ne soit joué.

— Que voulez-vous dire? demanda Lady Eversleigh en se levant dans une extrême agitation et en devenant d'une pâleur excessive. Serait-il arrivé quelque malheur à M. Dale? »

Larkspur fit part à Lady Eversleigh des bruits qui circulaient dans la petite ville et qu'un secret instinct à tous deux leur faisait paraître trop conformes à la vérité. Ils étaient maintenant désarmés. L'ennemi avait été pour eux trop fort, trop adroit et trop actif. Larkspur ne resta que quelques instants avec Lady Eversleigh. Après lui avoir conseillé de garder le silence le plus absolu, de n'adresser aucune question, et de conserver la lettre qu'elle avait écrite et que pour des raisons personnelles il avait le plus grand désir de connaître, il la quitta et se rendit au presbytère. Il y arriva avant le retour de ceux qui s'étaient mis à la recherche de Lionel. Il se mêla, sans être remarqué, aux domestiques et aux paysans réunis autour de la maison, et tout ce qu'il entendit le confirma dans la croyance qu'un événement fatal avait eu lieu, que Lionel avait trouvé la mort soit par le fait de Carrington, soit par quelque accident extraordinaire et coïncidant avec les mauvais desseins de son ennemi. Larkspur adressa de nombreuses questions à différentes personnes, et comme ces conversations avec un étranger contribuaient à tuer le temps pour ceux qui attendaient le résultat des recherches avec une appréhension réelle, tandis que quelques-uns n'étaient émus que par la simple curiosité, ses questions ne furent mal reçues par personne. Mais elles ne lui fournirent aucun renseignement de valeur. On n'avait remarqué aucun étranger se joignant aux chasseurs ou rôdant dans les environs pendant toute la matinée, et Larkspur s'était assuré de ses propres yeux que Carrington ne se trouvait pas parmi ceux qui avaient accepté l'hospitalité du recteur, pendant les fêtes de Noël. Le domestique qui avait indiqué à Carrington le chemin des écuries pour se rendre à la route d'en bas, ne se souvint pas de cette circonstance, qui n'arriva pas à la connaissance de Larkspur. Quand ceux qui étaient partis à la recherche de Lionel furent de retour et que les tristes nouvelles furent connues, Larkspur s'éloigna, après s'être arrangé avec un petit garçon qui jardinait un peu à Hallgrove, moyennant une livre qu'il lui avait promise, pour qu'il vînt immédiatement à l'auberge de Frimley demander M. Bennett si le corps du recteur était rapporté au presbytère dans la matinée.

« Rien de ce qu'on déciderait pour la marche ultérieure à suivre n'aurait le sens commun avant que le corps ait été retrouvé et que l'enquête soit terminée, se disait Larkspur. Je ne vois donc rien à faire maintenant, et il est inutile de se creuser la tête ce soir à chercher un parti à prendre. Aussi vais-je aller le dire à Milady, puis ensuite me mettre tout bonnement au lit. Que le diable emporte ce damné poney. »

Le lendemain matin, à une heure assez matinale, le jeune messager arrivait de Hallgrove et demandait M. Bennett; il fut introduit auprès de Larkspur. La nouvelle qu'il apportait était brève, mais importante. Le corps du recteur avait été retrouvé très-défiguré. Sa tête avait porté contre un arbre, en tombant dans la rivière, disaient les médecins, et il avait été tué avant que d'être noyé, ajouta l'enfant, avec quelques observations de son cru. Le corps est déposé dans la bibliothèque, dit-il. Tout le beau monde allait partir ou était déjà parti, excepté M. Mordaunt et Sir Reginald, le cousin du recteur. M. Douglas est terriblement affecté. Le cheval bai est revenu à la maison, avec la selle mouillée, mais sans aucune blessure, du moins à ce que l'enfant pouvait en savoir. Voilà tout ce qu'il avait à dire.

Larkspur congédia le petit bonhomme, après lui avoir fidèlement payé la livre stipulée. Après quoi il se rendit immédiatement auprès de Lady Eversleigh. La réalisation de toutes ses appréhensions fut très-profondément ressentie par elle, et devant la gravité de cet effroyable événement, elle oublia presque ses projets qui s'effaçaient devant une aussi affreuse calamité. Mais Larkspur était d'une nature plus ferme et plus pratique. Il exposa à sa cliente l'état des choses la concernant, ainsi que le but qui l'avait amené à Frimley, où son séjour devenait maintenant inutile. Larkspur n'avait pas le moins du monde douté que Carrington fût pour quelque chose dans la mort de Lionel, mais les circonstances l'avaient tellement favorisé, qu'il semblait impossible de pénétrer son crime et de le prouver.

« Si je vous disais tout ce que je sais concernant le cheval et l'homme, poursuivit Larskpur, quel bien en résulterait-il ? L'homme a acheté un cheval pareil à celui de M. Dale et il est sorti, monté sur ce cheval, le jour même où M. Dale s'est noyé. Je suppose qu'il y a eu un changement de cheval dans l'écurie du recteur, mais il n'y en a aucune preuve. Je ne saurais dire la manière employée par lui pour arriver à ce résultat, car personne ne l'a vu ni au presbytère, ni à la chasse, et tout le monde jurerait que le cheval que M. Dale montait, est celui qui est en ce moment sain et sauf au presbytère après être sorti de la rivière. Comme nous ne pouvons rien prouver, mon avis est que nous ne devons en rien nous mêler de cette affaire, d'autant plus que tout ce que nous pourrions établir ne pourrait faire aucun mal à Reginald Eversleigh, et que s'il faut qu'un de ces deux scélérats échappe au châtiment, vous n'avez nul désir que ce soit lui.

— Oh !.... non, non !.... dit Lady Eversleigh. Il est plus coupable que son complice, car sa lâcheté ajoute encore à ses crimes.

— Précisément. Eh ! bien donc, si vous voulez le punir, lui et Carrington, l'occasion ne me paraît nullement bien choisie. Quand on ne peut gagner la partie, il n'y a rien de plus profitable que de savoir reconnaître qu'on est battu ; et nous avons été battus, c'est incontestable. Examinons, maintenant, si nous n'avons pas chance de gagner bientôt. Si je comprends bien l'affaire, M. Douglas est l'héritier de son frère ?

— Oui, dit Lady Eversleigh, sa vie seule maintenant est entre Reginald et la fortune qu'il convoite.

— Alors il le tuera en faisant agir Carrington, comme cela a dû se passer pour M. Lionel, dit Larkspur. Mon opinion est de partir d'ici avant lui. Nous n'avons plus rien de bon à y faire, car ce que nous tenterions ne pourrait que tourner contre nous en le mettant sur ses gardes et en lui apprenant qu'on a l'œil sur lui, il vaut donc mieux aller à Londres pour surveiller les opérations de Carrington.

— Pourquoi à Londres ? Comment savez-vous qu'il est à Londres ? »

Larskpur sourit.

« Bienheureuse innocence ! s'écria-t-il. Comment je sais qu'il est à Londres ? Mais Londres n'est-il pas le lieu naturel où il doit se rendre?... La ville de Londres n'est-elle pas l'endroit où tout homme qui a fait un mauvais coup va jouir de son succès, où tout homme qui a échoué va se cacher ?... Je parierais ma tête que Carrington est de retour à Londres, où il vit avec sa mère, tranquille comme un petit saint. »

Lady Eversleigh et Jane retournèrent à Londres, ou elles s'établirent dans leur ancienne demeure. Larkspur revint également reprendre sa chambre et ses anciennes habitudes. Mais il était à peine arrivé depuis quelques heures qu'il s'était assuré *de visu* que Carrington, ainsi qu'il l'avait prévu, était tranquillement à Londres avec sa mère, et qu'il y vivait tranquille comme un petit saint.

VII

DANGEREUSE ALLIANCE

Dans l'après-midi du jour qui suivit la visite de Reginald à Victor, celui-ci se présenta à la porte de Hilton House. Le froid avait augmenté et était devenu très-rigoureux. La neige avait tombé avec abondance et les beaux jardins qui environnaient la maison de Mme Durski offraient un aspect pittoresque avec leurs arbres dépouillés de feuilles dont les branches couvertes de la brillante cristallisation du givre dessinaient leurs gracieux méandres sur un tapis de neige d'une éblouissante blancheur.

Il sonna et fut contraint d'attendre à la porte car le concierge lui dit qu'il était peu probable que Mme Durski consentît à le voir à cette heure de la journée, mais il avait néanmoins continué son chemin du côté de la maison.

Il était près de quatre heures, mais il était rare que Pauline quittât sa chambre à coucher avant ce moment.

Carrington savait cela tout aussi bien que le concierge, mais il avait à parler à une autre qu'à Mme Durski. Cette autre personne était l'humble dame de compagnie de la belle veuve.

La porte fut ouverte par Carlo, le courrier de confiance et le sommelier de Pauline. Cet homme jeta un regard soupçonneux sur Victor.

« Ma maîtresse ne reçoit personne à cette heure, dit-il.

— Je sais qu'elle n'a pas coutume de recevoir des visites d'aussi bonne heure, répliqua Carrington ; mais comme je viens pour une affaire particulière et que j'ai fait une longue course pour la voir, peut-être consentira-t-elle à faire une exception en ma faveur. »

Il prit son agenda et remit à cet homme une carte sur laquelle il avait écrit au crayon ce qui suit :

« *Consentez à me recevoir, chère madame. Je viens pour une affaire importante qui ne souffre pas de retard. Si vous ne pouvez pas me voir avant votre dîner, j'attendrai.* »

L'Espagnol introduisit Victor dans un des salons de réception qui, au grand jour, avait un aspect froid et glacial. A l'exception du piano à queue, il n'y avait rien qui annonçât la présence d'une femme. C'était un salon destiné à recevoir les visiteurs, mais dans lequel on ne sentait pas le confort si doux d'une vie d'intérieur.

Victor attendit pendant quelque temps et commença à penser que son message n'était pas parvenu jusqu'à la maîtresse de la maison, quand la porte s'ouvrit. Mlle Brewer parut. Elle regarda le visiteur d'un œil scrutateur et s'avança doucement vers lui en continuant à fixer sur son visage ses yeux d'un gris fauve.

« Mme Durski a été souffrante toute la journée d'une violente migraine, et elle n'est pas encore levée. Son dîner est à six heures et demie. Si l'affaire qui vous amène est réellement importante et si vous voulez bien attendre, elle sera heureuse de vous voir.

— L'affaire qui m'amène est d'une importance réelle, et je serai heureux d'attendre, répondit Victor. Mais puisque Mme Durski est malheureusement indisposée, je profiterai avec plaisir de l'occasion qui m'est offerte d'avoir une petite conversation avec vous, mademoiselle Brewer, ajouta-t-il avec politesse, en supposant toutefois que vous n'ayez pas d'autre occupation.

— Je n'ai rien qui m'appelle ailleurs, répondit-elle d'un ton froid et mesuré.

— Je désire vous parler de choses sérieuses, continua Victor, et je crois que je puis m'expliquer avec une entière franchise. L'affaire dont je veux vous entretenir concerne les intérêts de Mme Durski et j'ai tout lieu de vous supposer complétement dévouée à ses intérêts.

— A qui pourrais-je m'intéresser ? répliqua Mlle Brewer avec un sourire amer. Mme Durski est ma seule amie sur terre. Je la connais depuis son enfance, et si je crois à un bon sentiment chez une personne de mon sexe, ce qui n'est pas chose facile pour moi, je crois qu'elle se soucie de moi autant que d'un vieux meuble qu'elle est habituée à voir depuis son enfance et qui lui manquerait s'il était changé.

— Vous êtes injuste envers votre amie, dit Victor, elle a tout sujet de vous être sincèrement attachée et je n'ai pas le moindre doute qu'il n'en soit ainsi.

— Quel droit avez-vous d'avoir plus ou moins de doute à ce sujet ? s'écria Mlle Brewer d'un air dédaigneux, et pourquoi essayez-vous de me débiter ces paroles oiseuses que les gens sans discernement se croient obligés de dire pour alimenter une conversation banale ? Vous ne connaissez pas Pauline, moi je la connais. C'est une femme qui n'a eu toute sa vie souci que de deux choses.

— Et ces deux choses sont ?

— Le jeu et les émotions qu'il donne et son amour pour votre indigne ami, Sir Reginald Eversleigh.

— Aime-t-elle réellement mon ami ?

— Oui, elle l'aime comme peu d'hommes méritent d'être aimés ou tout au moins celui-là. Elle l'aime quoiqu'elle sache bien que son amour n'est ni payé de retour, ni apprécié à sa valeur. Pour lui elle sacrifierait son bonheur, sa fortune. Les femmes sont de sottes créatures, monsieur Carrington, et vous autres hommes, vous avez bien raison de les mépriser.

— Je ne veux pas entrer dans la discussion des mérites de mon ami, dit Victor ; mais je sais que Mme Durski a conquis l'amour d'un homme digne de l'affection d'une femme, d'un homme qui est riche et qui peut la tirer de la position fausse et précaire dans laquelle elle se trouve en ce moment. »

Carrington avait prononcé ces dernières paroles avec un certain embarras et une hésitation visible.

« Dites de sa misérable position, s'écria Mlle Brewer, car la position de Pauline est la plus dégradante pour une femme dont la vie a été relativement exempte de fautes.

— Et chaque jour la dégradation de cette existence deviendra plus profonde, dit Victor. A moins que Mme Durski ne consente à suivre mes avis, elle ne pourra plus longtemps rester en Angleterre. Elle a peu de chose à espérer dans son pays. A Paris son nom n'est pas en odeur de sainteté. Quel avenir lui est réservé ?

— La ruine, s'écria brusquement Mlle Brewer, et peut-être la plus affreuse des misères. Je sais, monsieur, que nous touchons au terme de notre carrière. Vous n'avez pas besoin de nous rappeler nos malheurs.

— Si je vous les rappelle, ce n'est que parce que j'ai l'espoir de pouvoir vous servir, répondit Victor. J'ai connu toutes les amertumes de la pauvreté, mademoiselle Brewer. Pardonnez-moi de vous demander si, vous aussi, vous n'avez pas senti les durs aiguillons de la faim ?

— Si je les ai sentis ?... s'écria la pauvre créature. Qui donc a jamais senti plus cruellement que moi les dents de serpent de la misère ? Elles ont pénétré jusqu'à mon cœur. Depuis ma plus tendre enfance je n'ai connu que la pauvreté. Dois-je vous conter mon histoire, monsieur Carrington ? Je n'aime pas à parler de moi et de ma jeunesse, mais vous avez évoqué le démon qui s'appelle la mémoire, et j'éprouve une sorte de soulagement à parler de ces temps si loin déjà de nous.

— Je prends le plus vif intérêt à tout ce que vous dites, mademoiselle Brewer, et quoique étranger pour vous, croyez que cet intérêt est sincère. »

Lorsque Carrington prononça ces paroles, Mlle Brewer arrêta sur lui un regard vif et pénétrant. Elle n'était pas femme à être dupe d'une vaine hypocrisie. Le jour commençait à tomber, mais même à la clarté douteuse de la fin d'une journée d'hiver, Victor vit l'expression soupçonneuse de son visage flétri.

« Pourquoi vous intéresseriez-vous à moi ? demanda-t-elle brusquement.

— Parce que je crois que vous pouvez m'être utile, répondit hardiment Victor. Je n'ai pas besoin de vous tromper, mademoiselle Brewer. De grands triomphes ont été obtenus par l'union de deux esprits énergiques. Je sais que vous possédez une puissante intelligence, je vous sais une femme au-dessus des préjugés vulgaires et j'ai besoin de votre aide, comme je suis prêt à vous prêter mon secours. Mais vous alliez me dire l'histoire de votre jeunesse...

— Elle sera dite en peu de mots, fit Mlle Brewer avec une rapidité et une énergie qui offraient un contraste frappant avec la façon calme et mesurée avec laquelle elle avait coutume de s'exprimer. Je suis fille d'un homme déshonoré qui était né gentilhomme. Mais j'ai oublié ce temps, comme lui-même l'avait oublié longtemps avant de mourir. Mon père passa les dix dernières années de sa vie en prison. Il y mourut et c'est dans ces tristes murailles enfumées que s'écoula mon enfance, sans joie, sans espoir, sans rêves d'avenir, poursuivie sans relâche par le noir fantôme de la pauvreté. Je sortis de ce cachot pour trouver d'autres chaînes, car j'entrai comme sous-maîtresse dans un riche pensionnat de Londres. Là, je devins le souffre-douleurs des filles de riches marchands de chandelles et de charbon. Pendant six ans j'ai subi mon sort avec patience et sans me plaindre. Dans cette immense maison personne ne m'aimait, on ne s'inquiétait pas si j'étais heureuse ou malheureuse. Je travaillais comme une esclave, me levant de grand matin, me couchant tard, je donnais ma jeunesse, ma santé, ma beauté. Vous allez rire à ce mot sans doute, monsieur Carrington, mais dans ce temps-là je comptais parmi les jolies filles, et je faisais tout cela... pourquoi?... pour le pain de chaque jour et pour l'éducation que je pouvais acquérir et qui me mettrait en état de gagner ma vie plus tard. Une parente éloignée s'était chargée des frais de ma toilette, et à cette époque j'étais vêtue aussi mesquinement que je l'ai toujours été depuis. Dans tout le cours de ma vie je n'ai pas connu l'innocent plaisir qu'éprouve toute femme à se sentir en possession d'une belle toilette. A dix-huit ans, je quittai la pension pour aller à l'étranger comme institutrice... c'est dans la maison du père de Pauline qu'on m'avait procuré cet emploi. Pauline avait alors dix ans et je devais remplir auprès d'elle les fonctions de gouvernante et de demoiselle de compagnie. Depuis ce jour jusqu'à présent je ne l'ai jamais quittée, je l'aime, autant qu'il m'est possible d'aimer quelqu'un. Mais mon esprit a été aigri par les malheurs de ma jeunesse, et je ne me prétends pas capable d'avoir beaucoup en moi des sentiments tendres de la femme.

— Je vous remercie de votre franchise, dit Victor. Il est important pour moi de bien comprendre votre position, car fixé sur ce point, je serai plus à même de vous venir en aide. Je puis donc croire qu'il n'y a au monde qu'une seule personne à laquelle vous vous intéressiez, et que cette personne est Mme Duski.

— Oui.

— Et je croirais également aussi, que vous, qui avez vidé jusqu'à la lie la coupe de la pauvreté, vous feriez et risqueriez beaucoup pour être riche.

— Oh ! oui.... pour cela vous croyez juste.

— Alors Mlle Brewer, laissez-moi vous parler à cœur ouvert, comme une personne qui s'intéresse sincèrement à vous et qui a le désir de vous servir vous et votre charmante mais folle amie. Puis-je espérer que nous ne serons pas interrompus pendant quelque temps, car je veux m'expliquer à l'instant et nettement puisque l'occasion m'en est offerte.

— Il n'est pas probable que quelqu'un entre dans ce salon, à moins d'y avoir été appelé par moi, dit Mlle Brewer. Vous pouvez donc parler franchement et aussi longuement qu'il vous plaira, M. Carrington, mais je vous avertis que vous vous adressez à une personne qui n'ajoute aucune foi aux protestations de désintéressement. »

Tout en parlant, Mlle Brewer s'était renversée sur le dossier de sa chaise, elle avait croisé les bras et son visage avait pris une expression de complète impassibilité. Il n'était pas possible de montrer moins de disposition à accueillir une ouverture confidentielle, mais Carrington n'en parut pas le moins du monde découragé.

« Je le sais parfaitement, mademoiselle Brewer, et pour ma part, il faudrait que je n'eusse pas l'estime réelle que je ressens pour vous, si je vous croyais assez dépourvue de sens et d'expérience, pour voir les choses d'un autre œil. Je ne m'offre pas à vous sous le déguisement ridicule d'un preux chevalier, désireux d'embrasser, sans profit, la cause de deux femmes sans protecteur, dans une position équivoque et presque désespérée. »

En ce moment Carrington regarda sa compagne, il voulait s'assurer si le trait avait porté. Mais Mlle Brewer parut aussi insensible à ce qu'il pouvait y avoir d'insultant dans ces paroles, qu'elle s'était montrée insensible aux protestations d'intérêt que renfermait son exorde. Elle resta muette et immobile. Il continua :

« J'ai un but que j'ai résolu d'atteindre. Deux voies me sont ouvertes pour m'y conduire... l'une serait ruineuse pour vous et Mme Durski, l'autre vous serait éminemment profitable. Je m'intéresse à vous... Mme Durski me plaît tout particulièrement, quoique je ne fasse pas nombre dans la légion d'admirateurs avoués qui forme son entourage. »

Mlle Brewer secoua tristement la tête. Cette légion s'était singulièrement amoindrie dans ces derniers temps.

« Par conséquent, continua Victor, sans prêter aucune attention à ce mouvement, je préfère prendre cette dernière voie et assurer vos intérêts en même temps que les miens. J'espère, mademoiselle Brewer, que vous croirez à la sincérité de mes intentions alors qu'elles vous sont aussi franchement exposées ?

— Oui, dit-elle. C'est possible... Ce n'est pas improbable... Toutefois, d'ailleurs nous verrons bien.

— Mes explications ne seront pas trop ennuyeuses, j'espère, mais il est nécessaire qu'elles soient complètes. Vous savez, mademoiselle Brewer, que Reginald et moi nous sommes intimement liés ? »

Mlle Brewer sourit, mais ce sourire avait une expression déplaisante, puis elle répliqua d'un ton délibéré :

« Je ne sais rien de cela, monsieur Carrington. Je sais que vous êtes souvent ensemble et qu'il paraît exister entre vous une sorte de familiarité, que les hommes du monde appellent amitié, ceux de *votre* monde, principalement. »

La sécheresse de cette observation et le ton décidé dont elle lui fut décochée, auraient découragé beaucoup d'hommes, mais Victor n'en fut ni ému ni découragé.

« Interprétez mes paroles de la façon qui vous conviendra le mieux, répondit-il, mais reconnaissez les faits. Il existe une étroite alliance, si vous préférez cette manière de m'exprimer, entre Reginald et moi et son intimité actuelle avec Mme Durski, son semblant de dévouement à sa personne, l'empêchent de se renfermer strictement dans les termes du contrat qui nous lie. Je suis donc décidé à rompre cette intimité. Me comprenez-vous ?

— Oui, je comprends, répondit Mlle Brewer, je comprends parfaitement.

— Vu les sentiments de Mme Durski pour Reginald, sentiments dont, selon moi, il est complétement indigne, cette intimité ne pourra être rompue sans douleur pour elle, mais elle pourrait être brisée sans profit et même en entraînant sa ruine. Dans l'état présent, je ne puis que lui causer une douleur qui me semble indispensable pour son bien, et je ne tenterai pas de dissimuler que mon intérêt personnel exige cette détermination. Mais je puis m'arranger pour que cette douleur tourne absolument à son profit, et grâce à votre appui, la rendre assez fructueuse pour assurer à l'avenir la tranquillité et la prospérité de son existence. »

Il cessa de parler et Mlle Brewer le regarda bien en face, mais sans prononcer un seul mot.

« Reginald me doit de l'argent, mademoiselle Brewer, et je ne suis pas en position de lui permettre de rester mon débiteur. Je n'entends pas dire qu'il m'a emprunté de l'argent, n'en ayant jamais eu de façon à pouvoir lui en prêter, et dans le cas contraire je n'eusse jamais consenti à lui en prêter... »

Il vit que le ton qu'il avait pris convenait à l'esprit perverti de la femme à laquelle il s'adressait et il continua :

« Mais je lui ai rendu certains services qu'il s'est engagé à me payer et j'ai besoin d'argent. Il n'en a pas, et le seul moyen qu'il aurait de s'en procurer serait de faire un riche mariage. Ce mariage s'offre à lui, une des plus riches héritières de Londres peut être à lui s'il demande sa main, c'est la fille d'un marchand de fer qui soupire après le titre de Milady. Mais il hésite et perd son temps auprès de Mme Durski quand cela ne peut que faire leur malheur à tous deux, à elle qui continue ainsi à être abusée et encouragée dans ses illusions, à lui, parce que ce temps qu'il perd auprès d'elle peut lui faire tort dans l'esprit de la fille du marchand de fer. Les gens vulgaires donnent de vilaines qualifications et attachent une importance stupide aux relations du genre de celles de Reginald avec votre amie. Bref Mme Durski peut, selon toute probabilité, faire perdre la partie à Reginald. Eh bien! comme je suis intéressé à son jeu, vous comprendrez aisément qu'il ne me plaise pas que Mme Durski nous fasse perdre.

— Oui, je comprends cela, dit Mlle Brewer avec la même franchise que précédemment. Mais ce que je ne comprends pas c'est l'intérêt que peut avoir Pauline dans cette affaire, et le rôle que je puis y jouer.

— J'y arrive, dit-il. Vous n'ignorez pas l'impression produite par Mme Durski sur Douglas Dale, le cousin de Reginald?

— Je sais qu'il l'admire beaucoup, dit Mlle Brewer. Mais on ne l'a pas revu ici depuis la mort de son frère; il est riche à présent, n'est-ce pas?

— Oui, il est riche, mais cela ne changera rien à ses sentiments. Douglas est un fou, et fou il restera toujours. Mme Durski l'a complétement captivé, et je suis sûr qu'il l'épouserait dès demain, si elle pouvait prendre sur elle d'y consentir.

— Preuve frappante que M. Dale mérite la qualification que vous lui avez donnée, voilà évidemment ce que vous en concluez, n'est-il pas vrai, M. Carrington?

— Madame, je suis à la merci de votre perspicacité, dit Victor avec un salut railleur. Néanmoins, trêve au badinage; Douglas est riche, et il est fort épris de Mme Durski, mais ce serait le dernier homme qui songerait à entrer en rivalité avec son cousin, en cherchant à gagner l'affection de celle qu'il aime, au cas où il lui croirait de l'affection pour Reginald. C'est un fou pour certaines choses, comme je vous l'ai dit déjà, mais il serait homme, s'il pensait qu'il existe entre eux une passion désespérée, à donner beaucoup d'argent pour assurer une modeste aisance aux amoureux, plutôt que de se mettre sur les rangs. Le résultat modeste de cette hypothèse ne conviendrait ni à Reginald, ni à Mme Durski, ni à moi, tandis que l'autre arrangement serait chose superbe pour nous tous.

— C'est que, voyez-vous, elle aime réellement votre ami, dit Mlle Brewer.

— Bah ! s'écria dédaigneusement Carrington, je le sais bien, mais qu'importe ? Elle serait la plus misérable des femmes si Reginald l'épousait, à quoi il ne consentirait pas, après tout, et c'est là le grand point, il n'y consentira pas. Dale ferait au contraire un mariage de ce genre et laisserait à sa femme la disposition entière de sa fortune. Cette jolie position, qui ne serait pas suffisamment élevée pour provoquer une recherche trop minutieuse des antécédents de Mme Durski, lui fournirait amplement les moyens de vous assurer une bonne existence.

— Tout cela est possible, répliqua Mlle Brewer, toujours avec le même calme, mais que dois-je faire pour amener les affaires à cet état désirable ?

— Vous avez à employer l'influence que vous donne votre position auprès de Mme Durski : en lui mettant sans cesse sa position devant les yeux, en lui rappelant perpétuellement les dures nécessités de la vie, elles sont pressantes, n'est-ce pas ? Oui, elles deviennent de plus en plus pressantes. Exposez-lui sans relâche les tourments et les ennuis de la pauvreté, ne lui cachez rien des horreurs de la ruine. Elle est mauvaise ménagère, comme de raison, les femmes comme elles sont sans ordre. Ne lui venez pas en aide, faites en sorte que tout aille de mal en pis. Puis saisissez toutes les occasions de lui faire remarquer que Reginald la néglige, insistez sur la cruauté de sa conduite envers elle, dites qu'il est évident qu'il n'a jamais eu l'intention de l'épouser, que son égoïsme le rend indifférent à tous ses tourments et incapable de lui venir en aide. Blessez son orgueil, excitez sa jalousie, exploitez son amour du luxe et son horreur de la misère et des privations, tous ces moyens sont d'une grande puissance sur les femmes comme Mme Durski. Ne parlez pas beaucoup de M. Dale, tout d'abord, surtout tant qu'il ne sera pas de retour à Londres et qu'il n'aura pas repris ses visites ici, mais faites en sorte que les embarras la pressent de tous côtés et qu'elle soit bien convaincue qu'elle n'a rien à attendre ou à espérer de Reginald. Je ne doute pas que Douglas n'arrive à l'épouser.

— Mais si M. Dale ne reparaissait plus ici ? demanda Mlle Brewer. Il a perdu l'habitude d'y venir, et il se peut qu'il ait pris la résolution de n'y plus revenir.

— Lorsque après avoir tourné autour d'une bougie le papillon s'éloigne et va s'aventurer en plein air, ne peut-on prédire avec certitude qu'il reviendra à la flamme trompeuse et qu'il s'y brûlera. Il n'y a pas à douter un instant que Douglas ne revienne donner tête baissée dans le filet tendu à son intention. »

Un court silence suivit, il fut rompu par Mlle Brewer.

« Je suppose qu'il faut que tout cela se fasse très-vite, dit-elle, à cause de ce riche philistin, le marchand de fer ?

— A cause de mon pressant besoin d'argent, mademoiselle Brewer, et parce que Mme Durski se trouve dans la même position que moi. Plus les choses se précipiteront et mieux cela vaudra pour tout le monde. Et maintenant que je vous ai parlé clairement, laissez-moi me montrer encore plus explicite. Il est évidemment de votre intérêt que Mme Durski soit riche et honorée, au lieu d'être pauvre, et dans une position équivoque. Il n'est pas moins manifeste, que dans une certaine mesure vous avez avantage à ce que je rentre dans l'argent que me doit Reginald, vu que je vous remettrai aussitôt cinq cents livres à titre de gratification.

— S'il y avait un moyen légal de consacrer cet engagement ou cette promesse, monsieur Carrington, dit Mlle Brewer, je vous demanderais un écrit. Mais je sais que c'est chose impossible. J'accepte donc de suivre avec confiance le plan de conduite que vous avez tracé, non parce que je compte sur le paiement exact de la somme promise, mais parce qu'en assurant la fortune de Pauline, j'assure la mienne. Je dois ajouter, dit Mlle Brewer en se levant fièrement de son siége les joues légèrement colorées, que je voudrais n'être mêlée en rien à vos plans et à vos machinations si je ne croyais pas et si je ne voyais pas qu'ils peuvent amener une amélioration réelle dans la situation de Pauline. »

Carrington sourit en se disant :

« Voila encore un rare exemple de la nature humaine. Cette femme est satisfaite d'elle et se considère comme ayant sauvegardé sa dignité, parce qu'elle a réussi à se persuader qu'elle n'est guidée que par un bon motif. »

La conversation entre Mlle Brewer et Victor se prolongea encore pendant un certain temps, puis Mlle Brewer le quitta pour aller assister au lever de Mme Durski. Tout en marchant dans le salon, Victor souriait et se disait :

« Si Dale était ici, et si l'on pouvait persuader à

Mme Durski de lui emprunter de l'argent, tout irait bien. En attendant tout est en bonne voie et j'ai pris un bon parti. Ma devise est celle de Danton : *De l'audace, de l'audace, et toujours de l'audace.* »

* * * * *

Victor dîna avec Mme Durski et sa compagne. Le repas fut élégamment servi, mais le cachet de la pauvreté était trop visiblement empreint sur tout à Hilton House. Ce dîner servi en grande pompe n'était qu'un maigre banquet, les vins étaient médiocres, et Victor s'aperçut que la vaisselle plate qu'il avait vue précédemment sur la table de Mme Durski avait fait place à un service de porcelaine sans valeur.

Pauline elle-même était pâle et fatiguée. Elle avait l'air accablé d'une femme pour laquelle la vie est devenue un fardeau.

« J'ai consenti à vous voir ce soir, M. Carrington, par considération pour le message pressant que vous m'avez fait parvenir, dit Mme Durski quand elle se trouva seule avec Victor après le dîner, Mlle Brewer s'étant discrètement retirée, mais je ne puis m'expliquer la nature de l'affaire que vous pouvez avoir à traiter avec moi.

— Ne fouillez pas trop mes motifs, madame Durski, dit Victor, il existe toujours quelque secret enfoui dans l'existence de tout homme. Croyez-moi, quand je vous assure que je prends un réel intérêt à votre bonheur, et que je ne suis venu ici, ce soir, que dans l'espoir de vous être utile. Voulez-vous me permettre de vous parler en ami ?

— J'ai si peu d'amis que je serais la dernière à repousser une amitié loyale et honnête, répondit Pauline en soupirant, vous êtes l'ami de Reginald. Ce fait seul vous donne quelque droit à mon estime. »

La veuve avait admis Carrington à une intimité plus grande que le reste de ses visiteurs et il était parfaitement entendu entre eux qu'il connaissait l'attachement qui existait entre elle et Reginald.

« Reginald est mon ami, reprit Victor, mais ne me jugez pas traître à l'amitié, madame Durski, quand je vous dis qu'il n'est pas digne de votre estime. Il serait ici en ce moment que je vous tiendrais le même langage. Il est profondément égoïste. C'est à son seul intérêt qu'il songe et si les chances d'un riche mariage s'offraient à lui, je suis intimement convaincu qu'il les saisirait, oui, quand bien même en agissant ainsi il saurait devoir vous briser le cœur. Je pense que vous savez que je vous dis la vérité, madame Durski ?

— Oui, répondit Pauline avec une tristesse voisine du désespoir, que le ciel me prenne en pitié ! Je sais que c'est la vérité, et il y a longtemps qu'elle m'est connue. Nous autres femmes, nous sommes capables de pousser la folie à l'extrême. Ma folie à moi est mon attachement excessif pour votre ami.

— Que votre orgueil vous guérisse de ce dévouement mal placé, madame, dit Victor d'un ton sérieux, ne soyez pas plus longtemps la dupe et l'instrument de cet homme. Vous ne savez pas ce que vous coûte déjà votre sacrifice. Non, vous en êtes absolument ignorante. Vous ne savez pas que déjà on commence à parler de cette maison comme d'un lieu qu'on doit fuir. Vous avez sans doute remarqué combien étaient peu nombreuses les visites que vous avez reçues dans ces derniers temps, vos visiteurs deviendront plus rares de jour en jour. Cette maison est signalée ; on en parle dans les clubs, et Reginald ne trouvera plus longtemps moyen de vivre des dépouilles de ses dupes et de ses victimes. Le jeu est fini, madame Durski, et maintenant que vous ne pouvez plus être utile à Reginald, vous saurez bientôt ce que vaut son amour.

— Je crois qu'il m'aime à sa manière, murmura Pauline.

— Oui, madame, à sa façon, qui n'est pas la meilleure, et qui est tout au moins une étrange façon d'aimer. Puis-je vous demander comment vous avez passé les fêtes de Noël ?

— Bien triste et bien seule ! cette maison semblait horriblement désolée. Personne n'est venu me voir. Je n'ai reçu ni félicitations ni présents de Noël. Ah ! monsieur Carrington, c'est une triste chose que d'être seule au monde.

— Et Reginald, l'homme que vous aimez, celui qui devait être auprès de vous, il était au presbytère de Hallgrove, au milieu d'un cercle de visiteurs papillonnant auprès de la coquette la plus fieffée, Mlle Graham, une ancienne amie de sa jeunesse. »

Victor regardait Pauline bien en face et il vit que ce trait lancé au hasard avait porté. Sa pâleur devint plus grande encore, et un tremblement nerveux qui agitait ses lèvres trahit son agitation.

« Il y avait donc des dames, parmi les hôtes réunis à Hallgrove ? demanda-t-elle.

— Oui, madame, il y avait des dames. Est-ce que vous n'en étiez pas instruite ?

— Non, répondit Pauline, Reginald m'avait dit que c'était une partie entre hommes, entre chasseurs. »

Victor s'aperçut que ce petit mensonge de la part de son amant, avait été cruellement sensible à Pauline. Elle s'était trouvée profondément blessée de la politique froide et égoïste de Reginald ; mais jusqu'alors elle n'avait jamais senti l'aiguillon de la jalousie.

« Ainsi donc, il faisait la cour à l'une de vos coquettes anglaises, pendant que j'étais seule dans un pays étranger et sans un ami ! Vous avez raison, monsieur Carrington, votre ami est indigne d'occuper ma pensée et désormais je ne veux plus songer à lui.

— Vous agirez sagement, et vous recevrez avant peu, de la bouche même de Reginald, la preuve de ce que je vous ai dit. Avouez-moi la vérité, chère madame, vos embarras d'argent ne deviennent-ils pas plus pressants chaque jour ?

— Si pressants, répondit Pauline, que si Reginald ne me prête pas d'argent tout de suite, je serai forcée de me sauver de ce pays comme une voleuse, en laissant derrière moi le peu que je possède. Déjà j'ai dû me séparer de mon argenterie, ainsi que vous avez pu vous en apercevoir. Mon seul espoir est en Reginald.

— C'est à une branche morte que vous vous rattachez, madame. Reginald ne vous prêtera pas d'argent ; parce que cette maison étant mal famée et signalée comme bonne à éviter pour ceux qui ont de l'argent à perdre, vous ne pouvez plus être d'aucune utilité pour Reginald. Il ne vous prêtera pas d'argent. Au contraire, il vous pressera de fuir l'Angleterre et quand vous serez partie.....

— Qu'arrivera-t-il alors ?

— Un obstacle aura été écarté de sa route et s'il se présente une chance de faire un riche mariage, il sera libre de la saisir.

— Oh ! quelle bassesse ! murmura Pauline, quelle infamie !

— Un égoïste peut être très-vil et très-infâme, ajouta Victor, mais ne nous appesantissons pas plus longtemps sur ce triste sujet, chère madame. Je vous ai fait entendre des vérités cruelles, mais j'ai agi en médecin qui doit jouer hardiment du bistouri pour extirper la partie malade qui peut communiquer le poison à la masse du sang. Je vous ai montré la maladie, la fatale passion, le dévouement mal placé auxquels vous sacrifiez votre vie, mon devoir maintenant est de vous montrer où est la guérison.

— Vous pouvez être un très-habile médecin, répliqua Pauline avec dédain, mais dans le cas présent votre science ne peut être d'aucun secours. Mon mal est sans remède.

— Non, madame, c'est le cri désespéré d'une jeune fille romanesque, et il est indigne des lèvres d'une femme accomplie. Vous vous plaigniez tout à l'heure de votre isolement. Vous disiez qu'il était fort triste de ne pas avoir un ami. Si je vous démontrais que vous possédez un ami sincère et dévoué prêt à se sacrifier à vos intérêts, comme vous étiez prête à vous dévouer à Reginald?

— Quel est cet ami?

— Douglas.

— Douglas! s'écria Pauline; oui, je sais que M. Dale a quelque admiration pour moi et que c'est un homme bon et honorable, mais puis-je tirer avantage de son admiration? Puis-je exploiter son amour? moi qui n'ai pas un cœur à donner, une affection à offrir en échange du noble dévouement d'un honnête homme? Ne me demandez pas de descendre à une telle bassesse, à une telle dégradation,

— Je ne vous demande rien que de raisonnable, répondit Victor avec impatience. Au lieu de perdre votre amour en le conservant à Reginald qui ne mérite pas une de vos pensées, donnez au moins votre estime et votre respect au dévouement d'un homme honorable qui vous aime avec sincérité. Au lieu de quitter l'Angleterre, comme une femme ruinée et flétrie, comme une aventurière, restez-y en qualité de fiancée de Dale, restez-y pour prouver à Reginald qu'il existe au monde quelqu'un qui apprécie les mérites de la femme qu'il a dédaignée.

— Oui, il m'a dédaignée, murmura Pauline en se parlant à elle-même. Il me laisse seule dans cette triste maison, pendant les fêtes de Noël, à une époque où les amis et les amants épars dans toutes les parties du monde cherchent à se rapprocher ; il m'a laissée seule à ce foyer désolé, pendant qu'il menait joyeuse vie avec ses amis, qu'il s'épanouissait aux sourires de femmes plus heureuses. Quel droit a-t-il à ma constance, lui qui m'a si complétement trompée ? »

Elle garda le silence pendant quelque temps, les yeux fixés sur le feu et absorbée dans ses paroles. Victor ne chercha pas à l'arracher à cette rêverie. Il voyait s'accomplir rapidement l'œuvre qu'il poursuivait.

Il sentait qu'il pétrissait ainsi qu'une faible argile, cette femme fière et passionnée, qu'il voulait soumettre à l'influence de sa volonté.

Enfin elle reprit la parole :

« Je vous remercie de votre bon conseil, M. Carrington, dit-elle avec calme ; et j'aurai recours à votre expérience. Que me conseillez-vous de faire ?

— Je voudrais, quand Douglas sera de retour à Londres et qu'il viendra vous voir, que vous lui fissiez l'aveu des embarras dans lesquels vous vous trouvez et que vous lui demandassiez de vous prêter quelques centaines de livres. Sa réponse à cette demande sera pour vous une preuve du sérieux de son amour.

— Comment avez-vous été amené à soupçonner cet amour ? demanda Pauline. Jamais il ne s'est trahi par un seul mot. L'instinct de la femme lui dit généralement quand elle est sincèrement aimée, mais comment, simple spectateur, avez-vous pu découvrir cette affection ?

— Tout simplement parce que je suis quelque peu observateur, et que je perde mon nom, si je me trompe quant à l'issue de votre entrevue avec Dale !

— Soit, dit Pauline, je m'adresserai à lui, ce sera m'abaisser une fois de plus, mais qu'est-ce que cela peut faire à une femme dont la vie n'a été qu'une longue suite d'humiliations ? Et maintenant, M. Carrington, comme cet entretien a été très-pénible pour moi, je vous prierai de me pardonner, si je vous demande de me laisser un peu à mes réflexions. »

Victor, pour se conformer immédiatement à ce désir, prit congé de Mme Durski, en s'excusant beaucoup sur son indiscrétion. Avant de quitter la maison, il rencontra Mlle Brewer qui sortait d'un petit salon, juste au moment où il arrivait, lui, dans le grand vestibule.

« Vous partez, M. Carrington ? demanda-t-elle.

— Oui, mais je reviendrai dans un jour ou deux. En attendant, si M. Dale se présentait ici, faites-le-moi savoir immédiatement. J'ai eu une assez longue conversation avec votre amie, et sa docilité à se prêter à l'accomplissement de nos plans m'a étrangement surpris. Elle méprise déjà Reginald, il est certain que son amour pour lui ne durera plus longtemps. Sur ce, Mlle Brewer, j'ai *l'honneur* de vous souhaiter le bonsoir. »

VIII

UN PREMIER PAS

Quelques jours s'étaient écoulés pendant lesquels Victor avait mûri ses plans, tout en poursuivant le cours ordinaire de ses affaires, menant avec sa mère la vie journalière d'un calme et tranquille intérieur, lorsqu'il reçut une lettre d'une écriture inconnue, et qui était ainsi conçue :

« *Conformément à votre désir, et à ma promesse, je vous écris pour vous informer que D. D. a annoncé son retour à Londres et son intention de rendre visite à P. Il ne savait pas si elle était à Londres, et c'est pourquoi il a écrit avant de venir. Elle a semblé fort affectée par cette lettre, à laquelle elle a répondu, en fixant mercredi comme le jour où elle le recevrait, et en l'invitant à venir déjeuner avec elle. Pas de nouvelles de R. E., et ce silence est très-bien pris par elle. Si vous avez quelques avis, peut-être devrais-je dire, quelques instructions à me donner, vous feriez bien en ce cas de venir mardi matin, à une heure où je pourrais vous voir seule. L. B.* »

Victor eut un sourire de satisfaction en lisant ce billet, qui disait bien les sentiments qu'il éprouvait.

« Elle a juste assez d'habileté pour être utile, et la

dose d'intelligence suffisante pour comprendre la force exacte et la valeur d'un argument, mais elle n'est pas de force à découvrir qu'on se sert d'elle, dans un but étranger à celui pour lequel elle a vendu ses services. »

Victor répondit quelques lignes à Mlle Brewer pour la remercier de son billet et pour la préparer à sa visite pour le lendemain matin. Cette lettre écrite, il se promena quelque temps de long en large dans son laboratoire, absorbé dans de profondes réflexions, puis il se remit devant son bureau. Cette dernière lettre était adressée à Reginald et lui disait simplement de se rendre chez lui huit jours après la date de sa lettre.

« Ce grand imbécile me donnera plus d'ennui à lui tout seul que tous les autres, se dit Victor en cachetant sa lettre, et sa physionomie avait une expression de contrariété qui ne lui était pas habituelle. Sa vanité le fera se révolter à l'idée d'être quitté par Pauline, et il compromettra notre partie plutôt que de se soumettre à cette mortification. Mais je ferai en sorte qu'il s'y soumette, et qu'il ne brouille pas nos cartes. Non, non, Reginald, vous ne serez pas ma pierre d'achoppement en cette circonstance. Il a de moi une peur horrible, se dit Victor, et un sourire cruel de satisfaction, qui aurait parfaitement convenu à un démon, se dessina sur ses lèvres minces. Il meurt du désir de savoir exactement ce qu'il y a eu pour Dale l'aîné, il n'a qu'une vague idée des choses, mais il n'ose rien me demander. Et pourtant je ne suis que son agent, un agent qu'il doit payer, et devant moi il est dans ses petits souliers. Oui, j'entends être payé, richement payé, Reginald, non-seulement en argent, mais en puissance, la chose la plus enviable que puisse donner l'argent. »

Victor envoya ses lettres à la poste et rejoignit dans

la salle à manger sa mère, dont la vie s'écoulait paisible, se partageant entre ses oiseaux et ses fleurs. Mme Carrington n'avait rien de la vivacité de son fils. Elle aimait la vie tranquille et n'avait que peu de sympathie pour l'ambition inquiète de Victor, toujours mécontent de son sort. Froide, silencieuse, réservée, elle se renfermait dans le cercle de ses occupations, sans se créer d'autres soucis. Elle avait le goût et le talent des honnêtes femmes pour tous les travaux d'aiguille, et généralement en écoutant son fils, soit qu'il lui parlât ou qu'il lui fît la lecture, elle avait toujours un ouvrage compliqué de broderie à la main. Cette fois elle était occupée comme d'habitude, et Victor regardait l'ouvrage de sa mère en faisant, comme de coutume, l'éloge de son talent.

« Qu'est-ce que cela, ma mère? demanda-t-il.

— Un dessus d'autel, répondit-elle. Je ne puis donner de l'argent, tu le sais, Victor, aussi suis-je heureuse de donner mon ouvrage. »

Les yeux du jeune homme brillèrent lorsqu'il répliqua :

« C'est vrai, ma mère, mais le temps viendra, et il n'est pas loin maintenant, où nous serons tous deux délivrés de la pauvreté, où nous pourrons reprendre notre place et notre rang et vivre comme des Von Kreutzer en jetant bien loin cet odieux nom anglais, puis quitter notre misérable demeure sur le sol anglais pour retourner à l'antique splendeur du passé. »

En disant cela il s'était levé et marchait à travers la chambre. Un faible incarnat animait ses joues pâles et une lueur inaccoutumée brillait dans ses yeux noirs et profonds. Sa mère continuait à tirer l'aiguille sans relever la tête et son visage ne trahissait aucune sympathie pour son fils.

« L'intelligence et le talent sont de belles choses, mon Victor, dit-elle, et avec le temps ils doivent amener le bien-être ; mais je doute que tous les moyens que tu puisses déployer comme médecin dans Londres, arrivent jamais à te permettre de reprendre le rang des Von Kreutzer et de reconquérir les richesses de cette ancienne maison. »

Victor lança un regard irrité à sa mère et pendant un moment il se sentit pris du désir de lui dire que ce n'était pas par ces moyens simples et vulgaires qu'il espérait réaliser les nobles rêves de son ambition. Mais il se contint, et se contenta de dire, avec ce ton de déférence qu'il ne manquait pas de prendre quand il parlait à sa mère :

« Que me conseillerais-tu d'essayer, en dehors des moyens que j'emploie ?

— Épouse une femme riche, mon Victor, épouse une de ces jeunes filles anglaises qui pour la plupart ont la liberté de suivre leur seul penchant, tu n'as qu'à vouloir et cela ne peut te manquer. »

Mme Carrington avait dit cela du ton le plus calme.

« Me marier ! dit Victor d'un ton surpris dans lequel une oreille subtile aurait pu discerner un certain désappointement. Je pensais que jamais rien de semblable ne t'aurait plu. Un mariage, tu le sais, entraînerait notre séparation, alors que deviendrais-tu ?

— Le couvent me sera toujours ouvert, Victor, dit sa mère, le jour où tu n'aurais plus besoin de moi. »

Puis elle reprit son aiguille et commença une feuille délicate de sa broderie avec la plus grande attention.

Victor regarda sa mère avec surprise et avec un vague sentiment de peine. Elle pouvait se faire à l'idée de se séparer de lui, elle avait pensé à cette séparation, et sans trop de chagrin. Il prétexta en quelques mots une affaire qui l'appelait au dehors et quitta sa mère singulièrement ému, pendant qu'elle continuait à broder avec le calme le plus parfait.

IX

OURDIS TA TRAME

Carrington se présenta le lendemain à Hilton House et fut reçu par Mlle Brewer qui était seule. Elle était pâle, guindée, disgracieuse comme de coutume, et l'entente qui s'était établie entre elle et Victor, n'avait pas eu le pouvoir de donner plus de cordialité à son accueil.

« Mademoiselle Brewer, j'ai à vous remercier pour l'empressement que vous avez mis à vous conformer au désir exprimé par moi. »

Elle ne répondit rien, ne fit aucun signe d'encouragement et il continua :

« Depuis que je vous ai vue, une nouvelle complication est survenue qui rend notre jeu doublement sûr et sans danger. Pour bien vous expliquer cette complication, il faut que je vous demande la permission de vous faire subir une sorte d'interrogatoire. M'accordez-vous cette permission, mademoiselle Brewer ?

— Vous pouvez m'adresser autant de questions qu'il vous plaira, répondit Mlle Brewer, d'un ton sec et froid, et j'y répondrai aussi franchement qu'il me sera possible de le faire.

— Connaissez-vous quelques particularités sur la famille de Douglas Dale et sur ses antécédents ?

— Je sais que sa mère était la sœur de Sir Oswald Eversleigh et que lui et Lionel Dale, celui qui s'est noyé pendant les fêtes de Noël, avaient recueilli un legs considérable de leur oncle qui est venu augmenter la petite fortune dont ils avaient hérités de leur père, M. Melville Dale, un ancien homme de lois, qui n'a pas été, je crois, très-heureux dans sa carrière.

— Savez-vous quelque chose sur la famille de ce M. Melville Dale, père de Lionel et de Douglas ?

— Je n'ai jamais su que son nom et les détails que je viens de vous donner.

— Alors écoutez-moi. Melville Dale avait une sœur pour laquelle leur père, au dire général, se montra très-injuste et très-partial, quand ses enfants étaient encore fort jeunes. Cette sœur, Henriette Dale, épousa bien jeune encore un baronnet, un provincial qui avait une belle fortune, son nom était Sir Georges Verner. Le père fut enchanté de ce mariage qui augmenta encore la faveur dont sa fille jouissait auprès de lui. Melville Dale, au contraire, se mit en guerre ouverte avec le vieux gentleman et mit le comble à ses offenses en publiant un traité entaché de déisme qui à l'époque de sa publication produisit une grande sensation et provoqua l'expulsion de son auteur de Balliol, où il jouissait d'une mauvaise réputation à cause d'escapades du genre de celles de Shelley. Ce scandale courrouça tellement le père qu'il fit un testament, *ab irato*, par lequel il déshéritait Melville Dale et laissait toute sa fortune à sa fille, Lady Verner. S'il se repentit de cet acte de sévérité vindicative, c'est ce que ni moi ni d'autres ne sauraient dire. Le fils déshérité réforma sa vie.

Presque aussitôt sa rupture avec son père il fut assez heureux pour gagner l'affection de la sœur de Sir Oswald. Il avait trop de fierté pour solliciter le pardon de son père, et celui-ci mourut peu de temps après la naissance de Douglas sans voir connu Mme Dale et ses enfants. A l'époque de la mort de son père, Lady Verner était sans enfants et se montrait disposée à traiter généreusement son frère, mais c'était un homme entêté et opiniâtre dans ses idées, et il persista à la considérer comme l'auteur de l'injustice de son père. Il ne voulut pas la voir. Il refusa de rien accepter d'elle et ils restèrent complétement étrangers l'un à l'autre. Le frère et la sœur ne se sont jamais revus et ce ne fut que par les journaux que Lionel et Douglas, leur père était mort fort jeune, apprirent qu'un grand malheur était venu frapper leur tante, Lady Verner. La triste rupture du père et du fils et celle du frère et de la sœur ne devaient donc jamais cesser. Lionel et Douglas grandirent sans entendre parler de la famille de leur père, mais ils furent toujours traités avec une affectueuse bonté par leur oncle, Sir Oswald, qui avait insisté beaucoup pour qu'ils regardassent comme leur maison le château de Raynham.

— Leur acceptation eût, je crois, fort satisfait leur cousin Reginald, fit observer Mlle Brewer avec une froide ironie.

— Je le crois comme vous, dit Carrington. Il haïssait les Dale et je suppose qu'ils n'avaient pas pour lui une très-grande amitié. Il avait été recueilli fort jeune par Sir Oswald qui l'avait reconnu et traité comme son héritier. Vous savez, comme de raison, comment les affaires se sont gâtées et comment Sir Oswald a épousé une fille sans nom, à laquelle il a laissé la presque totalité de sa fortune.

— Oui, j'ai appris tout cela, dit Mlle Brewer, Sir Reginald ne nous a pas épargné les détails des injustices de Sir Oswald à son égard, ni l'expression de ses sentiments à ce sujet. Sir Reginald est l'homme le plus égoïste que je connaisse.

— Eh bien! puisque vous connaissez si bien tout cela, laissez-moi revenir à Lady Verner dont ses neveux avaient si peu entendu parler du vivant de leur père. Elle avait perdu son mari peu de temps après la naissance de son unique enfant, et continuait à vivre à Naples, où Sir George Verner avait été s'établir dans le vain espoir de prolonger ses jours. Peu de temps après la mort de Sir George, et quand sa fille était encore au berceau, la villa habitée par Lady Verner fut envahie par des voleurs, la petite fille disparut avec sa nourrice. L'opinion générale fut que la nourrice avait été de connivence avec les voleurs et qu'étant, comme toutes les nourrices italiennes, passionnément attachée à l'enfant qu'elle élevait, elle n'avait pas voulu s'en séparer. Quoi qu'il en soit on n'entendit plus jamais parler de la nourrice ni de l'enfant et bien que cette affaire ait été mise entre les mains des plus habiles agents de police de Paris et de Londres, on ne put rien découvrir. Lady Verner se laissa aller à un profond désespoir et à une sombre mélancolie qui durèrent plusieurs années, mais pendant ce temps, ses revenus se sont accumulés et sa fortune est devenue très-considérable. Je vois, à votre physionomie, Mlle Brewer, que vous devenez impatiente et que vous vous demandez en quoi l'histoire de la famille Dale et les chagrins de Lady Verner se rattachent à Pauline Durski et aux projets d'avenir que nous avons conçus pour elle. Ecoutez-moi pendant quelques instants et vous comprendrez l'importance de ce lien. »

Mlle Brewer fit un léger mouvement d'épaules pour témoigner de sa résignation et Victor continua.

« Le temps et les médecins ont rétabli la santé morale de Lady Verner et elle est venue à Londres pour s'occuper des affaires que lui suscite sa grande fortune. Elle a appris la mort de Lionel et par conséquent elle sait qu'il y a un compétiteur de moins sur les rangs en qualité d'héritier. Reginald a obtenu la permission d'être admis auprès d'elle et il a eu grand soin d'étouffer dans leur germe certains symptômes d'intérêt qui se trahissaient chez Lady Verner pour le sort de la veuve de Sir Oswald et de sa fille orpheline. Lady Verner est une femme très-fière et il faut que chez elle l'instinct maternel soit très-puissant pour que la perte de son enfant l'ait plongée pendant des années dans une mélancolie voisine de la folie. Mon habile ami s'est aperçu bien vite de ces particularités caractéristiques et il chercha à les exploiter. Lady Verner a été prévenue que la veuve de Sir Oswald était de basse extraction, d'une réputation douteuse, et qu'elle avait si peu de souci de son enfant qu'elle était partie à l'étranger depuis longtemps laissant sa fille au château de Raynham, livrée uniquement à des soins mercenaires. Le résultat de ces informations eut pour effet sur Lady Verner de lui inspirer un grand dégoût pour la veuve et elle exprima son contentement de ne s'être pas compromise par une démarche qu'elle voulait faire afin d'entrer en communication avec Lady Eversleigh. Ce danger a été ainsi écarté, et mon opinion est que Reginald s'en est habilement tiré, il s'est montré, à ce qu'il m'a dit, plein d'enthousiasme pour les vertus de son oncle et dans l'expression des regrets que lui cause la perte du bienfaiteur de sa jeunesse. »

Le froid sourire qui se dessina sur les lèvres de Mlle Brewer et l'expression de son regard attirèrent l'attention de Victor.

« Cette hypocrisie vous choque, Mlle Brewer, n'est-ce pas ? demanda-t-il.

— Me choquer, oh non ! j'y trouverais plutôt un certain intérêt. La bassesse en est si profonde, qu'elle me captive.

— C'est vrai, dit Carrington, avec un signe d'assentiment, surtout pour quelqu'un qui sait combien Reginal haïssait son oncle de son vivant et la rancune profonde qu'il garde à sa mémoire. Quoi qu'il en soit, il a fait cela et il a bien fait, mais sa tâche n'était encore qu'à moitié remplie. Lady Verner se gardera désormais de tous rapports avec Lady Eversleigh, mais il faut aussi qu'il trouve moyen de l'éloigner de Douglas.

— Ah ! je comprends maintenant ! fit Mlle Brewer, et il y eut un léger changement dans son attitude et dans l'expression de sa physionomie. Il faut l'éloigner au moyen de Pauline, pauvre Pauline ! Elle dit qu'elle lui est fatale, elle dit qu'il devrait la fuir. Tout cela me porte à croire qu'elle pourrait avoir raison.

— En effet, mademoiselle Brewer, dit Victor gravement. Vous avez deviné juste, c'est au moyen de Pauline que le tour a été joué. Mais tout en portant un véritable intérêt à Mme Durski, je vous assure que vous ni moi ne pouvons trouver à redire au moyen d'éloignement qui a été employé par Reginald. Il a donné à entendre à Lady Verner qu'en enrichissant Douglas, elle ne ferait qu'assurer ce mariage presque aussi déplaisant que celui contracté par Sir Oswald en lui donnant plus d'éclat. Ce moyen a réussi, et maintenant vient la troisième manche du jeu de Reginald, il faut qu'il se substitue au neveu évincé dans les bonnes grâces de Lady Verner. Dale lui a coupé l'herbe sous le pied dans l'esprit de son oncle, il lui rend le même service auprès de sa tante, ce n'est que justice. Vous comprenez maintenant notre programme, Mlle Brewer ?

— Oui, répondit-elle. Mais je ne vois pas pourquoi je lui prêterais mon appui ; il serait bien plus dans mes intérêts que Douglas héritât de la fortune de sa tante. Plus le mari de Pauline sera riche, et mieux cela vaudra pour moi.

— C'est indubitable, ma chère Mlle Brewer, dit Carrington. Mais Dale n'épousera pas Pauline, si Reginald se met en tête de l'en empêcher, et Douglas ne vous donnera pas cinq cents livres pour reconnaître vos services, car vous ne pouvez lui en rendre aucun, vous devez très-bien comprendre cela, Mlle Brewer. Vous comprendrez aussi, je présume, que pourvu que je reçoive mon argent d'Eversleigh, peu m'importe que ce soit lui ou Douglas qui recueille la fortune de Lady Verner. Le seul moyen que j'aie de rentrer dans mon argent, c'est de détacher Reginald de Pauline en lui faisant épouser la fille du marchand de fer. Quand ceci sera fait et que j'aurai été payé, il me sera parfaitement indifférent que cette fortune aille à Dale ; il me paraît même probable que c'est à lui qu'elle reviendra, mais je ne puis jouer mon jeu qu'en ayant l'air de jouer celui de Reginald.

— Mais Lady Verner considérera-t-elle l'héritière d'un marchand de fer comme un bon mariage pour Sir Reginald Eversleigh ? demanda Mlle Brewer avec une froide ironie.

— Comment pourra-t-elle être renseignée sur son origine ? répliqua Carrington assez déconcerté par cette question. Elle vit très-retirée, personne à l'exception de Reginald n'a accès auprès d'elle, et il lui fera croire tout ce que bon lui semblera.

— C'est heureux, répondit-elle sèchement, mais continuez, je vous prie.

— Mais il me semble que vous pouvez voir les choses aussi clairement que moi. Le premier point est d'assurer le mariage de Pauline avec Douglas.

— Je ne pense pas qu'il faille grand effort pour cela, dit Mlle Brewer. Ses manières avant son départ de Londres et le ton de sa lettre prouvaient que Pauline n'aurait qu'à l'encourager un peu pour amener une demande en mariage.

— Et consentira-t-elle à lui donner cet encouragement?

— Indubitablement. Je crois positivement qu'elle épousera M. Dale. Elle a appris à mépriser Sir Reginald et je crois que M. Dale a saisi sa cause au bond.

— Avez-vous suivi mes instructions en ramenant sans cesse ses pensées sur ses embarras d'argent; lui avez-vous présenté les choses sous un jour bien lugubre?

— Mais oui, répondit Mlle Brewer. Ce matin encore j'ai fait porter dans sa chambre plusieurs lettres pressantes et impertinentes, de ses fournisseurs, et hier au soir je lui ai fait le tableau le plus sinistre de sa situation. Elle est effroyablement tourmentée.

— Tout va donc bien. Si nous pouvons la décider à emprunter de l'argent à Douglas ce sera parfait; il regardera cette demande comme une preuve d'estime et de confiance, et il lui offrira sa main sur-le-champ. J'en suis convaincu, si convaincu que je regarde la chose comme faite. Et maintenant si les choses se passent ainsi et si Douglas est admis ici comme prétendu avoué de Pauline, il faut que j'aie un accès constant dans la maison et que je n'y sois pas sous mon nom de Carrington. Il ne m'a jamais vu, mais moi je le connais très-bien.

— Pourquoi pas sous votre nom ? demanda Mlle Brewer d'un ton soupçonneux et surpris.

— Je vous le dirai à l'occasion. Qu'il vous suffise de savoir pour le moment, qu'il faut qu'il en soit ainsi : et de plus, comme il ne conviendrait pas qu'un homme fût établi ici en ami de la maison, car ce n'est pas une chose qui plaise infiniment à un fiancé, sans qu'un lien de parenté vînt excuser le fait, vous me présenterez à Douglas comme votre cousin et sous le nom de Carton. Ce nom se rapproche assez du mien pour que les domestiques ne s'aperçoivent pas du changement, vu qu'ils ont l'habitude d'écorcher mon nom. Sous mon nom Douglas pourrait refuser de me voir sous mon véritable aspect, en tout cas il se refuserait certainement à toute intimité avec moi, et cette intimité est nécessaire à mes projets.

— Mais pourquoi ? dit Mlle Brewer, exactement du même ton que précédemment.

— Je vous ai dit que je vous le dirais quand le moment serait venu ? Consentez-vous oui ou non à vous rendre à mon désir ?

— Je n'en sais trop rien, répondit-elle, mais en supposant que j'y consente il faut encore consulter Pauline. Comment la décider à vous appeler du nom de Carton et à vous recevoir en qualité de mon cousin ?

— Je me charge de persuader à Mme Durski qu'il est de son intérêt d'y consentir, dit Carrington. Et maintenant venons à mon explication. Reginald est un homme auquel on ne peut se fier un seul moment, même quand ses plus chers intérêts sont en jeu. Il ne se soucie nullement de Pauline, il sait que ce qui peut lui arriver de plus heureux c'est qu'elle épouse Douglas, car il spéculera sur son ascendant sur la femme, comme chance d'obtenir une large part de l'argent du mari. Néanmoins, sa vanité est telle, et son caractère si ingouvernable, que s'il n'avait de moi une peur terrible, il suivrait ses mauvais penchants, au risque de renverser tous nos plans. S'il me savait absent, ou dans l'impossibilité de me présenter ici, il persécuterait Pauline, elle ne serait jamais débarrassée de lui. Il se compromettrait aux yeux de l'héritière, point essentiel pour moi, et il compromettrait Pauline aux yeux de Dale. En outre, je ne crains pas de vous avouer, Mlle Brewer, que je suis par tempérament prudent et soupçonneux, et quand je paie libéralement un agent comme mon intention est de faire avec vous, j'aime toujours à juger le travail par moi-même.

— Cet argument, au moins, est sans réplique, répondit-elle. Vous pourrez, autant que cela dépendra de moi, passer pour mon cousin, sous le nom de M. Carton et avoir vos entrées ici.

— Bien, dit Carrington en se levant. Je n'ai plus rien à vous dire maintenant.

— Pardonnez-moi, vous ne m'avez pas dit pourquoi une intimité avec M. Douglas Dale est nécessaire à vos projets.

— Parce qu'il faut que je surveille sa conduite, que je me rende compte de ses intentions, en un mot que je sache tout ce qui le concerne, afin de découvrir s'il est de mon intérêt de servir les desseins d'Eversleigh relativement à Lady Verner, ou de les trahir en faveur de Dale. »

Mlle Brewer le regarda avec un sentiment voisin de l'admiration. Elle pensait le comprendre si parfaitement à présent qu'elle n'avait plus de questions à lui adresser. Aussi se séparèrent-ils après qu'il fut convenu qu'elle lui écrirait le résultat de la visite de Douglas et que Carrington viendrait le lendemain voir Pauline dès qu'elle serait seule; Mlle Brewer se rappela que Carrington ne lui avait pas expliqué pourquoi Dale ne consentirait à aucune intimité avec Victor Carrington.

Victor de son côté en regagnant sa demeure se disait :

« Diable! quelle habile créature que cette femme. Je suis encore une fois sorti vainqueur de mon entretien avec elle, mais cela n'a été qu'à force d'audace. »

Les sentiments de Douglas alors qu'il était si impatient de se rendre à Hilton House, et cela le jour suivant celui où Carrington avait donné des explications si complètes et si franches à Mlle Brewer, étaient de ceux que la plus pure et la plus noble des femmes eût été fière d'inspirer. Ils étaient pleins d'amour, de confiance, de pitié et d'espoir. Douglas n'avait en rien oublié la perte de son frère. La mort de Lionel, et surtout ce genre de mort terrible, était l'objet constant de ses pensées et le poursuivait jusque dans ses rêves, mais le chagrin, l'isolement qu'il produit ne font qu'augmenter les sentiments affectueux d'un noble cœur, en leur donnant de plus profondes racines.

Il se fit conduire à Hilton House le cœur palpitant d'espoir, et ses yeux se voilèrent quand il fut introduit dans le salon où se tenait Pauline.

Les émotions qui agitaient Mme Durski en ce moment, étaient on ne peut plus pénibles. Mlle Brewer avait si bien joué son rôle qu'elle avait convaincu Pauline que sa seule chance d'échapper à une arrestation imminente, était d'emprunter de l'argent à Douglas et cela le jour même. L'orgueil de Pauline se révoltait contre cette nécessité cruelle, mais le besoin était pressant et la malheureuse femme fut forcée de céder.

Lorsqu'elle se leva pour répondre aux premières phrases de politesse de son visiteur, debout devant lui, éclairée par un pâle soleil de janvier, elle était, sous tous les rapports extérieurs, digne de l'admiration d'un homme.

Les remords et la souffrance avaient pâli ses joues, mais sans rien enlever à la perfection de son beau visage.

La blancheur d'ivoire de son teint était peut-être son plus grand charme et sa beauté n'aurait rien gagné aux teintes rosées si nécessaires au visage de certaines femmes.

Elle était merveilleusement habillée, sachant fort bien l'influence exercée par la toilette d'une femme sur le cœur de l'homme qui l'aime.

Une demi-heure se passa et la conversation roulait sur des généralités, puis on annonça le déjeuner. Quand Pauline et son hôte revinrent au salon, ils étaient seuls. Mlle Brewer s'était discrètement retirée.

« Ma chère madame Durski, s'écria Douglas, lorsque la veuve se fut assise et qu'il eut pris place en face d'elle, je ne saurais vous exprimer tout le plaisir que j'éprouve à vous revoir et ce qui rend ce plaisir plus grand encore, c'est que je crois que je puis vous servir en quelque chose. Je sais la vie retirée que vous avez menée depuis quelque temps et je pense que vous ne m'auriez pas fait ce sacrifice, si vous n'aviez pas un réel besoin de mes services. »

Ces paroles étaient dites pour rendre moins pénible la position de Pauline. Douglas avait depuis longtemps deviné sa pauvreté et plus qu'à moitié pressenti les motifs de sa lettre. Il était impatient d'atténuer autant qu'il était en son pouvoir, le côté pénible de la demande qu'il savait devoir lui être adressée.

« Votre cordialité pleine de bienveillance me touche profondément, M. Dale, dit Pauline, et son visage se couvrit d'une rougeur qui était celle de la honte. Vous avez raison, il faudrait que je fusse la dernière des femmes pour m'adresser ainsi à vous, si je n'avais un besoin cruel de votre appui. Je m'adresse à vous parce que je connais la bonté et la générosité de votre cœur, je m'adresse à vous comme une mendiante...

— Mme Durski, par pitié, ne parlez pas ainsi, s'écria Douglas en l'interrompant. Tout ce que je possède est à votre disposition. Je suis prêt à recommencer ma vie, à travailler pour gagner mon pain de chaque jour, plutôt que de souffrir que vous éprouviez une heure de peine, un moment d'humiliation, si je puis vous les épargner au prix de ma fortune entière.

— Vous êtes trop généreux, trop noble, s'écria Pauline d'une voix brisée par l'émotion. Je ne puis vous prouver ma reconnaissance pour votre délicatesse, que par une franchise absolue. Ma vie a été bien extraordinaire, M. Dale ; avec toutes les apparences du luxe, je n'ai connu réellement que la pauvreté. Avant que je fusse en âge de connaître la valeur de l'argent, j'étais dépouillée de tout ce qui devait m'appartenir, et dépouillée par mon père, par celui qui devait défendre mes intérêts. Depuis cette époque, je n'ai guère connu que les tourments. J'ai été mariée à un homme que je n'aimais pas, mariée pour complaire aux ordres de ce père qui m'avait volée. Si je ne suis pas tombée comme bien des femmes dans cette position, je n'ai pas l'orgueil de l'attribuer à la supériorité de mon intelligence. Il se peut que la tentation si forte pour beaucoup de femmes, n'ait pas cherché à me plonger dans certains abîmes. Depuis la mort de mon mari, ma vie, vous ne le savez que trop, a été une vie dégradante. Je suis devenue la compagne et l'amie de joueurs. Ce n'est que depuis que je suis en Angleterre, que j'ai cessé de jouer moi-même. Pourrez-vous vous rappeler tout cela, M. Dale, et me conserver encore votre pitié?

— Je ne puis que continuer à vous aimer, Pauline, répondit Douglas, avec émotion. Nous ne sommes pas maîtres de nos affections. Je vous ai aimée dès le premier moment où je vous ai vue, aimée en dépit de moi-même. J'avouerai que votre existence n'a pas été celle que j'eusse souhaité pour la femme dont j'ai fait mon idole et que le souvenir de votre passé sera toujours pénible pour moi. Mais, malgré tout, je vous demande de vouloir bien consentir à être ma femme, et le but de toute ma vie sera de bannir de votre mémoire le souvenir des chagrins et des humiliations du passé. Dites que vous consentez à être ma femme, Pauline.... Je vous aime comme peu de femmes ont été aimées. Je suis riche et j'ai les moyens de vous sauver de tous les ennuis qui vous assiégent. Dites que vous consentez à me confier le soin de veiller désormais sur votre existence. »

Pauline le regarda pendant quelques moments, avec une fixité étrange. Elle était profondément émue de ce grand dévouement, et elle ne pouvait s'empêcher d'établir une comparaison entre cet amour prêt à tous les sacrifices et l'affection vile et égoïste de Reginald.

« Vous ne me demandez pas si je puis répondre à votre affection, dit-elle après l'avoir regardé d'un air sérieux. Vous offrez de m'arracher à la dégradation et à la misère et vous ne demandez rien en retour.

— Non, Pauline, répondit Douglas, je ne voudrais pas faire un marché avec la femme que j'aime. Je sais que vous n'avez pas encore appris à m'aimer et pourtant je ne redoute rien de l'avenir, si vous consentez à devenir ma femme. Un amour sincère, comme le mien, manque rarement d'être payé de retour tôt ou tard. Je saurai attendre. Je trouverai un bonheur suffisant pour moi dans la pensée que j'ai pu vous sauver d'une position misérable et dégradante.

— Vous êtes trop généreux, murmura Pauline avec douceur, oui, trop généreux!

— Et maintenant dites-moi ce que vous vouliez quand vous avez eu la bienheureuse idée de m'appeler auprès de vous. Je ne vous presserai pas de répondre à l'offre de ma main, je compte sur le temps comme sur un ami. Dites-moi en quoi je puis vous servir et pourquoi vous m'avez invité à venir aujourd'hui?

— Je vous ai prié de venir pour vous demander de me prêter cinq cents livres, destinées à satisfaire mes créanciers les plus pressants et qui pourront me sauver de la nécessité d'une fuite honteuse.

— Je vais à l'instant vous écrire un chèque de cinq cents livres, dit Douglas, vous pouvez aller chez mon banquier qui vous remettra l'argent. Ou plutôt attendez, il ne serait pas convenable qu'il sût que je vous prête cette somme. Permettez-moi de revenir ce soir, et je vous l'apporterai, cela me servira d'excuse pour vous revoir une seconde fois.

— Comment vous remercier?

— Ne me remerciez pas. Mais laissez-moi vous aimer en attendant le jour heureux où vous répondrez à mon amour.

— Ce jour viendra certainement, et avant qu'il ne soit bien longtemps, dit Pauline d'un air pensif. Une gratitude aussi profonde que la mienne, une estime aussi sincère, n'ont pas besoin de temps pour se changer en de plus tendres sentiments.

— Oui, Pauline, dit Douglas, si votre cœur est libre. Pardonnez-moi si j'aborde un sujet pénible et pour vous et pour moi. Reginald, mon cousin, l'avez-vous vu souvent dans ces derniers temps?

— Je ne l'ai pas vu depuis qu'il a quitté Londres pour se rendre à Hallgrove, et l n'est pas probable que je le revoie.

— Je suis fort heureux de cela. Il n'y a qu'une crainte dans mon esprit quand je pense à notre avenir, Pauline.

— Laquelle?

— C'est que Reginald puisse s'interposer entre vous et moi.

— Vous n'avez pas sujet de conserver une pareille inquiétude, répondit Mme Durski, votre conduite envers moi a été si noble, si dévouée qu'il faudrait en vérité que je fusse la dernière des femmes, si j'hésitais à vous ouvrir mon cœur en toute sincérité. J'ai aimé votre cousin Reginald je l'ai aimé follement, aveuglément, mais il y a un terme à toute folie. Un jour vient où le bandeau tombe des yeux les plus obstinément fermés à la lumière. Ce jour est venu et Sir Reginald Eversleigh n'est plus désormais pour moi qu'un étranger.

— Merci, mille fois merci, chère amie, pour cette

bonne assurance, s'écria Douglas ; et maintenant mettez votre confiance en moi. Votre existence future sera si brillante et si heureuse que le passé ne vous semblera plus autre chose qu'un mauvais rêve. »

X

PRÉPARATION DU TERRAIN

Milsom fit sa seconde apparition au petit village de Raynham presque immédiatement après le départ de Lady Eversleigh du château. Mais cette fois il eût été fort difficile pour ceux qui l'avaient vu à l'époque de l'enterrement de Sir Oswald de reconnaître en cet homme bien mis et d'aspect honorable le voyageur déguenillé qui s'y était arrêté alors.

Pendant qu'Honoria vivait sous un faux nom dans Percy Street, l'homme qui se disait son père s'était établi dans une petite taverne au bord de la rivière, au-dessous du château de Raynham. La maison dont nous parlons n'avait jamais joui d'une bien bonne renommée et sa réputation ne s'était en rien améliorée, quand à la mort de son propriétaire elle passa entre les mains de Milsom qui vint à Raynham par une matinée de novembre et presque immédiatement après le départ de Lady Eversleigh. Quand Milsom vit que la taverne du *Chat et du Violon* était inoccupée il se rendit tout droit chez l'attorney chargé de la louer, et s'offrit en qualité de locataire sous le nom de Thomas Maunders.

Ce fut d'abord d'un air soupçonneux que l'attorney

examina celui qui s'était attiré le surnom sinistre du Sombre Milsom, mais quand l'aspirant locataire offrit de payer une année de loyer d'avance en bon argent comptant, l'attorney se radoucit et accepta le locataire et les écus.

Milsom ne perdit pas de temps pour prendre possession de sa nouvelle demeure. C'était un lieu de réunion pour les agriculteurs de la plus basse classe et les mariniers qui venaient souvent amarrer leurs barques au-dessous du château de Raynham, quand ils allaient passer quelques heures à la taverne du village.

Ceux qui auraient pris le soin d'étudier la physionomie et les façons de Milsom pendant son séjour à Raynham, auraient pu s'apercevoir que le genre de vie qu'il y menait ne lui plaisait guère. Il s'installait devant la porte de sa maison regardant le long de la grande rue du village, et son visage était sombre, maussade.

Il buvait beaucoup, jurait encore plus, et menait la vie la plus dissolue qu'il fût possible de mener dans ce paisible village.

Dès qu'il fut établi à Raynham, Milsom se fit un devoir de découvrir ce qui se passait exactement au château de Raynham. Il réussit à attirer dans son établissement un des hommes appartenant à la domesticité subalterne de Milady, il le régala si généreusement d'un vigoureux punch au rhum, qu'une vive amitié s'établit bien vite entre eux.

« Tout ce qui est chez moi est à votre disposition, Harwood, dit-il, vous ressemblez tant à un de mes frères qui était mon favori et qui est mort tout jeune encore de la rougeole, que je me suis pris d'une grande affection pour vous. Venez aussi souvent que cela vous plaira et demandez ce que vous voudrez, il ne sera jamais question d'argent entre nous. Je suis un ennemi redoutable, mais un ami sur qui on peut compter. Quand j'aime un homme, il n'est rien que je ne fasse pour lui prouver mon affection ; quand je hais... »

La voix de Milsom s'éteignit dans un grognement inarticulé, et Harwood, qui était d'une nature plutôt timide que résolue, sentit une sueur froide lui couler dans le dos. Mais le punch au rhum était très-bon et il ne vit pas de raison pour repousser l'offre amicale de Milsom.

Il revint souvent, ayant beaucoup de temps dans la soirée à consacrer à ses plaisirs, et ce fut par lui que Milsom se trouva initié aux événements qui se passaient au château.

« Vous n'avez pas de nouvelles de votre maîtresse, Harwood? dit Milsom pendant le cours de la soirée d'un dimanche de janvier. Elle ne revient pas encore?

— Non, M. Maunders, répondit le groom, du moins pas que je sache, et quant à des nouvelles nous n'en recevons pas plus que si Milady et Mlle Payland étaient parties pour le fin fond de l'Afrique, là, où quand on s'ennuie et qu'on éprouve le besoin d'un peu de société on n'a que le choix entre des tigres ou des serpents à sonnettes.

— Laissez donc là votre Afrique!.... que voulez-vous dire au sujet de votre maîtresse?

— Eh bien! quand vous m'avez coupé la parole d'une manière si peu convenable, répliqua le groom d'un air piqué, j'allais vous informer que, bien que nous n'ayons reçu aucune nouvelle directe de Milady, nous avons néanmoins appris certaine chose surprenante.

— Quoi donc?

— Eh bien! M. Maunders, dit Harwood d'un ton

solennel, on dit que Lady Eversleigh est partie pour l'étranger, ça doit être un bien beau pays, en quelque endroit qu'il soit situé, on dit aussi que Mlle Payland est partie avec elle.

— Oui. Eh bien! après?

— Je voudrais bien que vous n'eussiez pas cette mauvaise habitude de couper la parole aux gens, M. Maunders, fit observer le groom. J'étais sur le point de vous dire que notre premier cocher ayant eu son congé pour les fêtes de Pâques, il était allé voir ses parents à Londres. Une fois là il ne pouvait manquer d'aller au théâtre de Drury Lane. Voilà qu'en s'y rendant, qu'est-ce qu'il aperçoit? Mlle Payland, la femme de chambre de Lady Eversleigh, en chair et en os, au bras d'un vieux monsieur de mine respectable qui devait être son père. Notre premier cocher n'était pas assez près d'elle pour lui parler et bien qu'il ait fait tous ses efforts pour attirer ses regards, il n'a pu y parvenir, mais il serait prêt à jurer sur la Bible que la jeune femme qu'il a vue, était bien Mlle Payland, la femme de chambre de Lady Eversleigh. Eh, bien! n'est-ce pas là une histoire curieuse, qu'en dites-vous, M. Maunders?

— En effet, répondit l'aubergiste; mais il me semble à moi que votre maîtresse est une assez étrange personne. Il est singulier qu'une mère aille courir à l'étranger, et alors qu'elle s'y résout, il est plus étrange encore qu'elle n'emmène pas son enfant avec elle.

— Et un enfant qu'elle semblait idolâtrer.... c'est ce qu'il y a de plus extraordinaire dans toute cette affaire, dit le groom. Je suis sûr que si vous l'aviez vue quand elle était avec sa fille, vous auriez cru qu'aucune puissance humaine ne serait capable de les séparer, mais

Mlle Gertrude serait une princesse du sang royal qu'elle ne pourrait être mieux soignée et entourée avec plus de soins. Quand Mme Morden, sa gouvernante, la tient dans ses bras, on dirait qu'elle est en sucre et qu'une goutte d'eau peut la faire fondre, et quand le capitaine Copplestone veille sur elle, on dirait qu'il a la garde du plus précieux joyaux de la couronne d'Angleterre sur lequel tout le monde a les yeux pour saisir l'occasion de le voler. »

Milsom sourit à ces paroles du groom, mais son rire était déplaisant; Harwood n'étant pas observateur, regardait le punch au rhum d'un œil de convoitise se demandant si Milsom allait lui offrir un verre de ce délicieux breuvage.

« Dites-moi, quel homme est ce capitaine Copplestone? demanda Milsom d'un air pensif.

— C'est un rude homme, répliqua Harwood; voilà tout ce que j'en puis dire. N'était sa goutte, c'est un homme qui serait prêt à lutter contre le premier champion de l'Angleterre, tous les jours de la semaine. Il y a peu de choses dont le capitaine ne serait capable dans un combat loyal, mais voyez-vous, quelque habile que soit un homme, son adresse ne lui sert pas à grand chose quand il a les talons pris par la goutte ainsi que cela arrive fréquemment au capitaine.

— Ah! et qui prend soin de la jeune demoiselle alors?

— Mais, le capitaine. Il est comme un chien de garde et sa niche est installée à la porte de la petite fille. C'est ce qu'il dit lui-même dans son langage bizarre. Mlle Gertrude habite, avec la gouvernante, trois belles chambres dans l'aile sud du château, ces chambres dépendaient de l'appartement de Milady, on y arrive par un grand et large corridor. Qu'a fait le capitaine quand Milady est partie, il a commandé à Londres une forte grille avec laquelle il a fermé le corridor, et cette porte de fer est garnie de serrures et de verroux qui défieraient l'habileté des plus adroits voleurs.

— Comment les gens de la maison entrent-ils dans l'appartement de la petite fille ? demanda Milsom.

— Par une petite pièce destinée à servir de chambre à coucher à la femme de chambre de Milady et un petit cabinet de toilette dans lequel le capitaine a déposé ses bottes, ses malles, et son petit bagage. Ces chambres donnent sur l'escalier de service. Aussi qu'a fait le capitaine, il s'y est installé avec son domestique, Salomon Grundy, et une mince cloison vitrée sépare son modeste appartement des autres pièces ; aussi nuit et jour peut-il entendre le moindre bruit qui se produit dans la chambre de Mlle Gertrude. Que dites-vous de toutes ces bizarreries ?

— Je pense que le capitaine est aux trois quarts fou, » répondit Milsom.

Quelqu'un qui l'aurait observé se serait aperçu qu'il ne parlait que pour répondre quelque chose, mais que son esprit était ailleurs et qu'il semblait réfléchir profondément.

« Oh ! non il n'est pas fou, dit Harwood, je ne connais pas d'homme dont la tête soit plus solidement organisée. »

Et alors voyant que le propriétaire du *Chat et du Violon* n'offrait plus rien à boire, Harwood prit le parti de s'en aller.

On était au mois de janvier, ainsi que nous l'avons dit. La lune était dans son plein ; minuit sonnait ; dès que Milsom eut servi et éconduit le dernier chaland de son établissement, il ferma ses volets, éteignit les lumières, et sortit furtivement de sa maison ; il prit sans bruit la rue déserte et se dirigea vers le sommet de la montagne où le château se dressait comme une ancienne forteresse, dominant les humbles habitations groupées au-dessous de lui.

Il passa devant les portes gothiques de l'entrée principale, et se glissa le long du mur de clôture du parc dont les arbres couverts de neige et de givre offraient un tableau vraiment fantastique.

A un certain endroit le mur était couvert d'un épais tapis de lierre ; ce fut là qu'il se risqua à en faire l'escalade. Le mur lui offrait un sûr appui pour ses pieds : quand il eut atteint le faîte il se laissa tomber de l'autre côté sur un tas de neige qui pouvait suffisamment amortir sa chute.

« Je crois bien qu'il tombera encore de la neige avant que le jour ne paraisse, se dit-il, et la trace de mes pas ne pourra donner l'alarme. »

Il traversa le parc, sauta par-dessus la légère barrière qui le séparait des jardins, et se glissa avec précaution dans une allée bordée d'arbustes verts qui offrait un sûr abri.

Ainsi caché à tous les yeux, il réussit à atteindre l'extrémité des terrasses en pente qui formaient la façade du château. Ces terrasses étaient ornées de balustrades en pierre surmontées de vases également en pierre et, à l'abri de ces vases, il fut possible à Milsom de monter jusqu'à l'angle sud du grand corps de bâtiment.

Dans cette partie du château sept fenêtres éclairées indiquaient l'appartement occupé par l'héritière de Raynham et son excentrique gardien. La lumière en était faible et incertaine comme celle produite par une veilleuse, et Milsom avait appris d'une façon précise par Harwood qu'à onze heures au plus tard tous les domestiques se retiraient dans leurs chambres.

Les appartements occupés par la petite fille étaient au premier étage. Les murailles massives n'étaient pas ornées de lierre, il n'y avait aucune sculpture pour servir d'appui à ceux qui auraient été tentés de les escalader. La pierre nue en était aussi inaccessible que celle des murailles de Newgate, aussi n'offrit-elle pas à l'inspection de Milsom un aspect très-satisfaisant.

« Non, murmura-t-il, après un long et minutieux examen, aucun homme ne pourrait parvenir à cet appartement du dehors, non, quand même il aurait le pouvoir de se changer en chat ou en singe. Celui qui voudra se donner le plaisir de contempler la jeune héritière de Raynham, devra se résoudre à passer par la chambre de ce vaillant capitaine. Eh bien ! j'ai entendu parler de plus d'un tour joué à de fidèles chiens de garde. Il y a peu de choses dont un homme ne puisse venir à bout, s'il a le courage de l'entreprise sans reculer devant les difficultés, et je veux me venger de Lady Eversleigh. »

Il s'arrêta pendant quelques moments debout appuyé contre le mur du château, abrité par son ombre et regardant au-dessous de lui l'immense étendue du domaine de Raynham.

« Et tout cela lui appartient ! terres et maisons, chevaux et équipages, elle a des valets de pieds poudrés pour la servir, et des bijoux et des diamants tant qu'elle en veut, elle peut, si bon lui semble, manger dans de la vaisselle d'or et d'argent ! Tout cela est à elle ! Et elle me refuse quelques centaines de livres, et elle me brave ! nous verrons si elle a joué un jeu bien sûr. J'ai juré de me venger d'elle et je me vengerai, murmura-t-il en agitant son poing dans l'air, comme s'il avait quelqu'un devant lui à qui s'adressait cette menace. Je puis attendre, j'attendrai des années s'il le faut pour être sûr de ma vengeance, mais je l'aurai, quand même mes cheveux devraient blanchir à en chercher les moyens. Je serai patient comme le temps, mais j'atteindrai mon but. Ah ! elle m'a refusé de l'argent ! je la verrai se traîner à terre à mes pieds, comme un chien battu, m'offrant la moitié de sa fortune, toute sa fortune, sa vie même. J'humilierai son fier orgueil, je la ferai se coucher dans la poussière. Elle ne veut pas me reconnaître pour son père ! Eh bien ! si cela me plaît, elle marchera pieds nus dans la boue pour me suivre, chantant dans les rues par toutes les villes de l'Angleterre et recueillant dans un vieux chapeau l'offrande du passant. Je l'humilierai, oui, je briserai son orgueil, aussi sûr que la lune est dans les cieux. »

XI

AUX AGUETS

Tout confiant que fût Carrington dans le charme que Pauline exerçait sur Douglas, il n'était pas préparé cependant aux nouvelles que contenait la lettre promise par Mlle Brewer et qui lui parvint exactement quelques heures après que Pauline fut devenue la fiancée de Douglas. Ce succès dépassait véritablement ses espérances. Il ne s'attendait à ce résultat qu'au bout de quelques jours, et au reçu de cette nouvelle, sa surprise fut aussi grande que son plaisir. Carrington ne croyait pas au bien, il avait un mépris absolu pour l'espèce humaine dont il se défiait, et il ne songea pas un instant à attribuer à la conduite de Pauline d'autres motifs que l'inconstance et la coquetterie.

« La voilà lancée dans une nouvelle amourette, se dit-il, en lisant la lettre de Mlle Brewer, mais en a-t-elle fini avec son ancienne passion ?... Ceci est une autre question, et de lui plus que d'elle, dépend, je crois, la solution. »

La première démarche de Carrington fut de se présenter le lendemain chez Mme Durski, à l'heure où elle avait coutume de recevoir. Il reprit la conversation avec elle au point où il l'avait laissée à leur dernière entrevue, comme si elle n'avait pas été interrompue, et aborda immédiatement la question Douglas. Ce plan réussit admirablement ; Pauline était naturellement pénétrée de ce sujet et la glace avait été suffisamment rompue entre elle et Victor pour lui permettre de raconter son entretien avec Douglas, sans manquer aux convenances. Quand elle lui eut tout dit, Carrington commença à jouer son rôle. Il protesta du vif intérêt qu'il lui portait, il lui parla de l'influence qu'il possédait sur Reginald et lui exprima sa crainte qu'une perfidie de Reginald vînt la placer dans une position pénible.

« Reginald n'a pas un amour réel pour vous, dit Carrington, il n'hésiterait pas à vous sacrifier à son plus mince intérêt, mais sa vanité et son caractère sont tels qu'il est impossible de prévoir les sottises auxquelles il peut se livrer. »

Pauline était femme. Reginald entièrement chassé de son cœur, elle s'était étudiée à substituer le mépris à l'amour, et n'était pas éloignée, par conséquent, d'accueillir tous renseignements et opinions tendant à justifier, à ses propres yeux, le changement survenu dans ses sentiments.

« Quel mal pourrait-il me faire auprès de Douglas ? demanda Pauline avec inquiétude.

— Qui sait, madame ? répondit Carrington. Mais là n'est pas la question. Je ne prétends pas être complétement désintéressé en cette matière. Je vous le dis franchement, non, il est très-important pour moi que Reginald épouse une femme riche et refuse de s'unir à vous.

— Il n'a jamais eu l'intention de m'épouser, dit Pauline avec amertume.

— Non, je ne crois pas, mais il aurait aimé à vous compromettre aux yeux du monde, de façon que personne ne pût songer à vous épouser, se vantant de relations qui n'auraient jamais existé entre vous et lui, et vous perdant assez de réputation pour qu'il ne vous restât d'autres chances de fortune que celles du jeu. Maintenant je suis résolu à ce qu'il n'en soit rien et comme j'ai sur lui plus de pouvoir que qui que ce soit, c'est à moi à l'en empêcher. D'où me vient cet ascendant et comment l'ai-je exercé jusqu'ici, ce sont des questions qu'il serait inutile de m'adresser, madame Durski. Tout ce que je souhaite, c'est de vous bien convaincre que je ne fais usage de cette force que dans votre intérêt et pour vous protéger. »

Pauline murmura quelques vagues paroles d'assentiment, et Victor continua :

« Sir Reginald me sait ici, et parfaitement au courant de vos affaires, prêt au besoin à agir en votre faveur ; il n'osera pas y venir et vous compromettre par quelque scène de jalousie violente et déraisonnable. Il sera forcé, pour des raisons qu'il est inutile de vous expliquer maintenant, de contenir son envie et sa rage et de maîtriser l'inimitié qu'il portera à Douglas. Et laissez-moi vous dire, madame, que l'inimitié de Reginald n'est pas sans danger dans la vie d'un homme, et celui qui vous a engagé sa foi doit être sauvé de cette inimitié. »

Pauline devint très-pâle.

« Sauvez-le, M. Carrington, dit-elle d'une voix suppliante, sauvez-le, et faites s'il est possible que cette triste terre me donne quelque joie.

— Je le sauverai, madame, répondit Victor, vous avez déjà suivi mes conseils et vous n'avez pas eu sujet de vous en repentir. »

Un sourire doux et confiant éclaira le visage de Pauline.

« Permettez-moi de rester auprès de vous le plus possible et vous n'aurez rien à craindre de Reginald. Il est capable de tout, mais il a peur de moi, et s'il sait que j'ai résolu que votre mariage avec Douglas devait s'accomplir, il n'osera plus s'y opposer ouvertement. Mais je dois mettre une condition à ma présence constante dans cette maison... et il parlait comme s'il lui conférait une grande faveur, c'est que M. Dale ne me connaisse pas sous mon nom de Victor Carrington. »

Et il y eut dans l'expression de Mme Durski cette même vivacité soupçonneuse avec laquelle Mlle Brewer avait accueilli la même proposition.

« Pourquoi cette condition ? » demanda Pauline.

Victor lui fit alors la même version de l'histoire d'Honoria, la malheureuse femme que l'oncle de Reginald avait eu la folie d'élever au rang de grande dame, et il lui dit l'accusation absurde que cette misérable femme avait dirigée contre lui.

« M. Dale ne m'a jamais vu, dit Victor, et je ne sais pas s'il est complétement convaincu de la folie de cette accusation. Dans tous les cas, je ne désire pas lui rappeler un souvenir désagréable, c'est pourquoi j'ose vous proposer de m'admettre ici et de me présenter à lui sous le nom de M. Carton. Cette fraude ne peut faire de mal à personne, qu'en dites-vous ? »

Pauline était femme, le mystère et l'intrigue étaient assez de son goût, aussi donna-t-elle son plein consentement.

« Qu'importe le nom, se dit-elle, s'il est réellement nécessaire que cet homme soit ici ?

— Et il est une autre considération dont il faut tenir compte, dit Victor, c'est celle-ci : M. Dale peut ne pas trouver de son goût de rencontrer ici un homme dans les conditions d'intimité auxquelles vous voudrez bien m'admettre dans votre intérêt ; par conséquent je propose, avec votre permission, de passer pour un parent de Mlle Brewer, son cousin par exemple. Cela expliquera suffisamment mon intimité ici. Qu'en pensez-vous, madame ?

— Comme il vous plaira, dit Pauline avec indifférence. Je crois que vous avez raison, M. Carrington, Carton, voulais-je dire, et je suis convaincue de vos bonnes intentions à mon égard. Mais comme il va sembler étrange à Lucie et à moi, pauvres créatures solitaires, épaves abandonnées depuis si longtemps, d'avoir à invoquer les droits d'une parenté même feinte ! »

Elle parlait avec un mélange d'amertume et de légèreté qui eût paru pénible à tout homme imbu de sentiments réels, mais qui sembla seulement agréable à Victor, parce qu'il lui était clairement démontré qu'elle était abandonnée et ignorante et que son esprit était complétement affaissé. Quand leur entretien arriva à sa conclusion il avait été convenu que dès le lendemain M. Dale serait présenté à Hilton House à M. Carton, cousin de Mlle Lucie Brewer.

La présentation eut lieu. Très-peu d'instants employés à un examen attentif suffirent pour convaincre Victor que Douglas était assez épris pour commettre toutes les folies, et que Pauline s'était transformée au contact de ce sentiment qui, bien que moins violent chez elle, devait s'accroître de jour en jour à mesure qu'elle connaîtrait mieux les qualités morales et intellectuelles de celui qui l'aimait. Douglas fut très-charmé de Carton et celui-ci, en faisant tous ses efforts pour se rendre agréable, y réussit si bien qu'avant la fin de la soirée il était en fort bon chemin pour établir une véritable intimité entre lui et le cousin de Reginald.

Victor, toujours observateur, parut avoir tout particulièrement l'œil au guet pendant tout le dîner. Il remarqua tout ce que Pauline but et mangea, et il fit également attention aux préférences de Mlle Brewer et de Douglas quant aux mets et à la boisson. Mlle Brewer ne prenait pas de vin, Pauline n'en buvait que très-peu, et Douglas ne voulait que du bordeaux. Quand le dîner fut presque terminé on plaça une cave à liqueurs sur la table. C'était un des rares objets d'art qui fût resté en la possession de Pauline après ses désastres. Cette cave contenait des flacons en verre de Venise et des petits verres de couleur rouge et opale. Ces verres attirèrent l'admiration de Douglas, et Pauline en emplit un de curaçao. Elle fit seulement le simulacre d'y porter les lèvres en riant avant de le passer à son adorateur, mais Victor remarqua qu'elle n'avait pas touché à la liqueur.

« Vous n'aimez pas le curaçao, Madame? lui demanda-t-il d'un air indifférent.

— Non, je n'en prends jamais, ou plutôt, je ne bois jamais de liqueur.

— Et vous prenez à peine du vin.

— C'est vrai, répondit Pauline avec indifférence, je bois très-peu.

— En vérité! »

Ceci fut dit du ton le plus naturel par Victor. Il avait observé Mme Durski pendant le dîner et il avait remarqué de l'agitation dans ses manières, un éclat fébrile dans ses yeux, et une animation nerveuse dans tous ses mouvements, effets que produisent généralement les boissons alcooliques, et pourtant elle n'avait pas bu autre chose que de l'eau pendant le dîner, et il avait encore observé que cette gaîté presque fébrile existait déjà chez elle quand il était entré au salon. Ceci était une énigme physiologiste ou psychologique excessivement intéressante pour Carrington. Il ne fut pas long à trouver une solution satisfaisante à cette question.

« Cette femme sous une forme quelconque doit s'administrer de l'opium. »

Mlle Brewer ne prit aucune liqueur et son cousin accepta un verre de marasquin. Après un très-court intervalle, Douglas et son nouvel ami rejoignirent les dames au salon. Ils sortirent ensemble de la pièce où ils avaient dîné, mais arrivés devant la porte du salon, Carrington se rappela qu'il avait laissé tomber une lettre dans la salle à manger, et retourna la chercher, après toutefois avoir ouvert la porte du salon pour y laisser pénétrer Douglas.

Rien n'avait été dérangé dans la salle à manger ; la table était dans l'état où on l'avait laissée. Victor s'approcha de la table, prit le flacon contenant le curaçao et le mettant devant la lumière il y versa le contenu d'une petite fiole qu'il tenait cachée. Il examina le mélange du liquide versé avec la liqueur jusqu'à ce qu'il ne restât plus de traces de l'opération, et, remettant doucement le flacon dans le porte-liqueurs, il sortit de la salle à manger pour se rendre au salon.

XII

MANQUE D'ARGENT

Reginald était dans la plus complète ignorance des manœuvres de Victor, quand il reçut une lettre qui l'invitait à venir le voir en lui indiquant un jour et une heure. L'appréciation de Victor sur le caractère de Reginald était parfaitement exacte. Pendant tout ce temps sa vanité avait souffert du silence et de l'apparent oubli de Pauline.

Il n'avait reçu d'elle aucune lettre malgré la manie qu'elle avait d'écrire de longues missives désespérées, dans lesquelles elle exhalait ses plaintes contre le sort et parlait à chaque ligne de l'amour qu'elle éprouvait pour l'homme égoïste et lâche, dont elle avait soupçonné la bassesse avant même de s'attacher à lui.

Reginald avait l'habitude de recevoir ces lettres aussi

froidement que si elles eussent été le juste tribut payé à son mérite transcendant.

« Pauvre Pauline! murmurait-il quelquefois, en repliant ces épîtres parfumées et après en avoir parcouru le contenu d'un œil indifférent. Pauvre Pauline! comme elle m'aime. Et quel malheur qu'elle n'ait pas un sou vaillant! Si c'était une riche héritière, que son dévouement serait délicieux! Mais dans les circonstances présentes, ce n'est qu'un embarras, qu'un ennui! Malheureusement je ne suis pas assez brutal pour le lui dire nettement; et je crains bien que, malgré toutes les insinuations indirectes auxquelles je me livre, elle s'imagine encore que je lui sacrifierai mes espérances d'avenir. »

Voilà quels étaient les sentiments de Reginald, pendant que Pauline mettait à ses pieds tous les trésors de son affection désintéressée.

Il avait été présomptueux et égoïste dès l'enfance et ses vices s'étaient accrus avec les années; sa nature s'était endurcie et non améliorée par les dures épreuves et les désenchantements qu'il avait subis.

A l'heure de sa pauvreté et de sa déchéance il avait vu un triomphe pour lui dans la conquête de l'affection d'une femme que d'autres hommes, valant beaucoup mieux que lui, avaient vainement recherchée.

C'était un glorieux hommage rendu aux mérites de celui qui avait été l'irrésistible Reginald Eversleigh, le favori des salons à la mode.

C'est pourquoi, quand Pauline cessa tout à coup d'écrire, Reginald en fut à la fois mortifié et indigné. Il aurait pris sur lui d'obéir aux avis de Victor, ou plutôt à ses ordres, en s'abstenant de toute visite et de toute lettre à Pauline; mais il n'était pas préparé à ce qu'elle imitât sa conduite, et sa vanité en fut blessée.

Elle avait cessé de lui écrire, ne pouvait-elle pas aussi avoir cessé de songer à lui ? Un autre plus riche, plus désintéressé n'avait-il pas usurpé sa place dans son cœur.

Le baronnet se rappela ce que Victor lui avait dit à l'égard de Douglas, mais il ne pouvait croire un seul instant que son cousin, un homme qu'il considérait comme fort au-dessous de lui, ait pu gagner l'affection de Pauline.

« Elle l'encourage peut-être, se dit-il, surtout maintenant que ses revenus sont doublés. Elle pourrait même l'accepter pour mari ; les femmes sont si cupides ! Mais son cœur n'a jamais cessé d'être à moi. »

Reginald attendit huit jours, quinze jours, mais il ne reçut aucune lettre. Il se rendit au rendez-vous fixé par Victor, mais son ami avait changé d'idée ou de tactique et il ne lui donna aucune explication.

Victor s'était rendu chaque jour à Hilton House, durant la semaine qui s'était écoulée depuis le dîner où il avait été présenté à Douglas. Le résultat de ses observations l'avait décidé à accélérer la marche de son plan. L'empire que Pauline avait pris sur Douglas était incontestable. Il lui avait offert sa main beaucoup plus tôt qu'il ne l'avait espéré ; l'entente parfaite et la confiance existant entre eux rendaient inutile le jeu prudent qu'il avait eu l'intention de jouer et il lui importait peu que la rupture définitive entre Pauline et Reginald arrivât plus ou moins tôt. En réalité, pour deux raisons, la rivalité entre les deux cousins et les attaques graves à la réputation de Pauline, plus cette rupture serait hâtive et mieux cela vaudrait. C'est pourquoi Carrington affecta un ton de réserve et de mystère qui ne pouvait pas manquer d'exaspérer Reginald,

« Ne m'interrogez pas, Reginald, dit-il. Vous êtes affligé d'un manque absolu de courage moral et votre absence de fermeté ne pourrait qu'affaiblir mon bras. Contentez-vous de ne rien savoir, ne vous attendez à rien. Ceux qui travaillent pour vous, savent accomplir leur œuvre tranquillement. Ah! à propos, j'ai besoin de vous faire signer un petit acte, dans le genre de celui que vous m'avez fait au château de Raynham. »

Rien de plus indifférent que le ton dont Victor avait dit cela; mais le petit acte en question n'était autre chose qu'une donation par laquelle Reginald accordait à Carrington, à quelque somme qu'elle pût s'élever, la moitié du revenu des biens qui deviendraient sa propriété personnelle, à partir du premier juin suivant.

« Il faut que je vous donne la moitié de mon revenu?

— Oui, mon cher Reginald, à partir de juin prochain. Vous savez que je travaille activement à votre fortune. Vous ne pouvez pas supposer que je veuille travailler pour rien. S'il ne vous plaît pas de signer cet acte, il ne me plaît pas à moi de m'occuper plus longtemps de vos intérêts.

— Et si vous échouez?

— Si j'échoue, l'acte en question n'aura coûté que le prix du papier, puisque vous n'avez rien quant à présent et qu'il n'est pas probable que vous soyez plus riche au premier juin, à moins que ce ne soit par mon fait. »

Le résultat fut le même que d'habitude. Reginald signa l'acte, sans avoir même pris la peine d'en étudier les termes.

« Avez-vous vu Pauline depuis peu? demanda-t-il après.

— Non, pas depuis longtemps.

— Je ne sais ce qu'elle a, s'écria Reginald avec humeur. Elle ne m'a même pas écrit pour me demander l'explication de mon éloignement et de mon silence.

— Peut-être s'est-elle lassée d'écrire à quelqu'un qui fait si peu de cas de ses lettres.

— J'étais très-content de recevoir de ses nouvelles, répondit Reginald, mais elle ne pouvait espérer que je trouverais le temps de répondre à toutes ses lettres. Les femmes n'ont rien de mieux à faire que d'écrire du matin au soir.

— Peut-être madame Durski a-t-elle trouvé quelqu'un qui prend la peine de lui répondre, » dit Victor.

Sur ces mots, les deux hommes se séparèrent et Reginald se jeta dans un fiacre et se fit conduire à Hilton House.

Il aurait persévéré plus longtemps dans son obéissance intéressée envers Carrington, s'il avait été sûr de l'inébranlable dévouement de Pauline, mais il était piqué de son silence et il voulait découvrir s'il n'avait pas un rival.

Il connaissait les habitudes de Mme Durski et savait qu'on ne pouvait la voir qu'assez tard dans l'après-midi.

Il était près de six heures quand son fiacre s'arrêta à la porte de Hilton House. Carlo, en le conduisant au salon où Mme Durski avait coutume de recevoir, avait un regard scrutateur empreint d'une certaine gravité.

Reginald éprouva quelque surprise et une sorte de mortification en voyant ce qui se passait. Il s'attendait à trouver Pauline pensive, malheureuse, et peut-être malade. Il croyait qu'elle montrerait une grande émotion à sa vue. Il avait beaucoup réfléchi à l'interruption de sa correspondance et s'était dit qu'elle n'avait cessé d'écrire que parce qu'elle était irritée contre lui, et que la colère n'existe que là où il y a affection.

A sa grande surprise il la trouva brillante, radieuse, et habillée dans la perfection.

Jamais elle n'avait été plus belle et plus heureuse.

Il pressa tendrement la main de la belle veuve et la contempla en silence pendant quelques moments.

« Ma chère Pauline, dit-il enfin, jamais je ne vous ai vue plus charmante que ce soir. Et pourtant je craignais en venant de vous trouver malade.

— En vérité, et pourquoi ? » demanda-t-elle.

Son ton était naturel et il n'y avait aucune induction à en tirer.

« Parce qu'il y a bien longtemps que je n'ai reçu de vos nouvelles.

— J'ai été fatiguée d'écrire des lettres qu'on honorait si rarement d'une réponse.

— J'avais deviné juste, pensa Reginald, elle est blessée.

— A quoi dois-je cette visite ? demanda Mme Durski.

— Elle est décidément irritée, se dit le baronnet. Ma chère Pauline, reprit-il, comment avez-vous pu croire que vos lettres m'étaient indifférentes ? J'ai été fort occupé, et vous le savez, je me suis absenté de Londres.

— Oui, vous avez passé les fêtes de Noël fort agréablement, je crois.

— Pas du tout, je vous l'assure. Une réunion d'hommes dans un presbytère est certainement ce qu'on peut se représenter de plus ennuyeux sans parler de l'événement tragique qui a mis fin à ma visite, ajouta Reginald dont le visage pâlit en faisant cette allusion.

— Une réunion d'hommes ! répéta Pauline. Il n'y avait donc pas de dames, dans la maison de votre cousin ?

— Pas une seule.

— En vérité! »

La lèvre de Pauline se plissa d'un air méprisant, mais elle ne daigna pas convaincre Reginald de mensonge.

« Je suis heureuse que vous soyez venu, dit-elle alors, car j'ai un pressant besoin que vous me veniez en aide.

— Ma chère Pauline, croyez-moi.... commença le baronnet.

— Ne faites pas de protestations avant d'avoir entendu ce que j'ai à vous demander, dit Mme Durski. Vous savez combien mes créanciers étaient pressants avant les fêtes de Noël. Le moment est arrivé où il faut que je les paie, ou que..... »

Elle s'arrêta et regarda Reginald bien en face.

« Achevez, Pauline, quelle est l'autre alternative?...

— Je pense que vous la connaissez aussi bien que moi, répondit-elle. Il faut que je paie mes dettes ou que je me sauve de cette maison et de ce pays maudit. Je m'adresse à vous à l'heure cruelle du besoin. Ne pouvez-vous pas me venir en aide, vous qui prétendez m'aimer.

— Certainement, Pauline, vous ne pouvez mettre mon amour en doute, répliqua Reginald; malheureusement, il n'existe pas de puissance magique à l'aide de laquelle, l'amour le plus vrai et le plus sincère puisse se changer en lingot. Je ne possède pas vingt livres.

— En vérité! et les quatre cent cinquante livres que vous avez gagnées à Lord Caversham un peu avant Noël. Qu'avez-vous fait de cet argent?

— Il ne m'en reste pas un shilling, » répondit froidement Reginald.

Il avait plus de deux cents livres dans son bureau, mais il n'était pas homme à sacrifier l'argent dont il pouvait avoir besoin pour satisfaire à ses habitudes de luxe, d'ailleurs il était toujours criblé de dettes.

« Vous avez dépensé cet argent bien vite, Reginald, il doit vous en rester encore. Je pense que cent ou deux cents livres suffiraient pour faire patienter mes créanciers, du moins pendant quelque temps.

— Je vous dis qu'il ne me reste plus rien, Pauline, je vous ai donné une somme considérable à l'époque où j'ai gagné cet argent. Vous devez vous en souvenir.

— Oui, je m'en souviens parfaitement. Vous m'avez donné cinquante livres pour l'entretien de la maison où vous pouviez amener vos dupes, quand je savais les attirer à leur ruine. Oh ! vous avez été très-généreux et très-noble, et maintenant que vos dupes se sont lassées d'être dépouillées par vous, maintenant que votre habileté vous devient inutile, je n'ai plus qu'à quitter ce pays, parce que vous ne renonceriez pas pour moi à satisfaire un seul de vos désirs égoïstes, dussiez-vous me sauver de la honte.

— C'est absurde, Pauline, s'écria le baronnet avec impatience, vous débitez les niaiseries que trouve toujours une femme quand elle ne peut pas faire à sa tête. Il ne m'est pas possible de vous aider à payer vos dettes et ce que vous avez de mieux à faire, c'est de partir tranquillement pendant que vous en avez les moyens, et avant que vos créanciers n'attentent à votre liberté. Vous savez ce que dit Sheridan sur la folie qu'il y a à dissiper son argent pour payer ses dettes. Il n'y aura pas de raison pour que cela en finisse, si vous commencez sur ce pied.

— Vous voulez que je me sauve secrètement comme une voleuse !

— Il est inutile de s'arrêter à des mots déplaisants.

Les personnes les mieux posées en Angleterre ont été obligées de passer le détroit, pour des raisons semblables à celles qui rendent votre séjour ici difficile. Il n'y a rien à gagner si les sentiments se mêlent aux questions d'affaires, ma chère Pauline. Mes amis du club ont commencé à avoir des soupçons sur cette maison, et je ne pense pas qu'il me reste la chance de gagner une livre de plus dans ces salons. Pourquoi y resteriez-vous alors pour être uniquement tourmentée par vos créanciers? Retournez à Paris où vous avez deux fois plus d'amis et d'admirateurs que dans notre vilain pays. J'irai vous rejoindre aussitôt que j'aurai, moi aussi, arrangé mes affaires, et vous redeviendrez reine dans de nouveaux salons; tandis que moi...

— Tandis que vous, vous trouverez quelque nouveau moyen de dépouiller d'autres dupes, s'écria Pauline en laissant éclater tout son mépris. Puis elle dit avec véhémence et dans un élan de passion : Oh! Reginald, je remercie la providence de cet entretien! je vous connais enfin complétement! Je vous ai mis à l'épreuve, Reginald, j'ai sondé votre caractère; je me suis abaissée au point d'implorer votre secours afin de savoir sur quelle nature je m'appuyais; et maintenant je puis me rire de vous et vous mépriser à mon aise, Sir Reginald Eversleigh. Je suis ici chez moi et je vous prie d'en sortir, cette maison m'appartient, ce n'est plus une maison de jeu, un traquenard où vous attiriez vos riches amis. Je ne suis plus sans amis. Mes dettes sont payées, et payées par quelqu'un qui alors qu'il n'aurait qu'un écu me l'eût donné, heureux de rester sans ressource par amour pour moi. Je ne suis point dans la nécessité de me sauver la nuit comme une voleuse de la maison qui m'a abritée. Je puis m'en dire hautement maîtresse à présent, je n'ai plus une dette, je ne suis plus torturée par ces honteux secrets qui me rendaient la vie odieuse, et mon premier acte d'autorité, c'est de vous interdire ce seuil à tout jamais.

— En vérité, madame Durski, s'écria Reginald avec ironie, voilà un merveilleux changement.

— Vous avez cru peut-être que la folie d'une femme était sans bornes, dit Pauline, mais vous vous trompiez. Il y a un terme à tout. Et maintenant, Sir Reginald, je vous dis adieu, pour toujours.

— Est-ce une plaisanterie, Pauline? dit Reginald d'une voix étranglée par la rage.

— Non, Sir Reginald, c'est une sérieuse réalité, » dit Mme Durski en tirant le cordon de la sonnette.

Ce fut Carlo Toas qui à son appel répondit.

« Carlo, reconduisez monsieur, » dit-elle avec calme.

Le baronnet lui lança un regard sombre et menaçant, et quitta le salon suivi par l'Espagnol, qui le reconduisit jusqu'à sa voiture avec toutes les apparences du plus grand respect.

« Malédiction sur elle! dit Reginald entre ses dents, quand sa voiture s'éloigna de Hilton House. Ce doit être Douglas qui lui a fourni les moyens de m'insulter ainsi, mais il paiera cher l'insolence de cette femme. Pourquoi Victor les a-t-il réunis? Un mariage entre eux ne peut être que désastreux pour moi. Il faut que j'approfondisse les motifs de sa conduite qui jusque-là me semble incompréhensible. »

* * * * *

Reginald alla trouver son funeste allié, Carrington, dès le lendemain, et lui raconta courroucé la scène qui s'était passée à Hilton House.

« J'ai senti votre influence dans tout ceci, s'écria-t-il,

c'est vous qui avez amené une alliance entre cette femme et Douglas.

— En effet, répondit Victor avec froideur, M. Dale a offert sa main, sa fortune, son cœur, et son offre a été acceptée.

— Vous êtes en train de me trahir, Carrington.

— En vérité !

— Oui, s'il en était autrement, pourquoi prendriez-vous tant de peine pour conclure ce mariage ?

— Vous êtes fou, Reginald, et bien entêté dans votre folie pour revenir sur ce sujet après ce que je vous ai dit. Je vous ai déclaré que ce mariage tant redouté par vous, n'aurait pas lieu.

— Comment ferez-vous pour l'empêcher ?

— Aussi facilement que je pourrais en hâter la conclusion si telle était ma fantaisie ; mon cher ami, les gens simples et honnêtes ne sont que des marionnettes entre les mains de l'homme habile qui en tient les fils.

— Si ce mariage ne doit pas avoir lieu, pourquoi avoir favorisé un lien avec Pauline et Douglas ? demanda le baronnet, peu convaincu par ce que lui avait dit son complice.

— J'ai mes raisons, et de bonnes raisons, bien que votre intellect ne soit pas assez subtil pour les reconnaître, répliqua Victor avec un mouvement d'impatience. Votre cousin et vous avez été très-intimement liés, n'est-ce pas ?

— Oui.

— Ecoutez-moi, alors. S'il venait à mourir sans héritiers directs, vous êtes la seule personne qui auriez à profiter de sa mort, et si lui, un jeune homme d'une forte constitution, d'une santé robuste, sans aucune apparence de maladie venait à mourir, vous laissant en possession d'un revenu de dix mille livres, cette mort survenant dans un moment où vous aviez ensemble des rapports de chaque jour au milieu de votre plus grande intimité, ne serait-il pas possible que des gens malveillants et soupçonneux fissent courir des suppositions fâcheuses sur la cause de cette mort? Ne pourrait-on pas s'appuyer sur les motifs qui pouvaient vous faire désirer que Douglas vous fît le chemin libre? et qu'étant si souvent ensemble, il vous était facile d'employer certains moyens pouvant abréger cette existence unique qui se dressait entre vous et la fortune. Ne pourrait-on pas dire cela? qu'en pensez-vous?

— C'est vrai, répondit Reginald d'un air sombre, il y aurait des présomptions.

— Alors pour tenir compte de mon conseil, à partir d'aujourd'hui rompez toute relation avec votre cousin. Vous aurez soin de faire savoir à vos amis du club qu'il vous a supplanté dans les affections de la femme que vous aimiez, et que vous êtes dans des termes à ne plus vous revoir jamais. Vous romprez publiquement avec lui dans un de vos clubs, et de cette manière le refroidissement dans vos rapports sera suffisamment notoire. Quand vous aurez fait cela, vous pourrez partir et aller à l'étranger.

— Aller à l'étranger!.... et pourquoi?

— C'est mon secret. Souvenez-vous que vous m'avez promis de m'obéir aveuglément, répondit Victor. Vous partirez, vous vous arrangerez pour que le monde sache bien que vous avez mis la mer entre vous et Dale, vous le laisserez libre de faire sa cour à la femme qu'il a choisie et si pendant qu'ils ne sont encore que fiancés une mort prématurée frappait ce jeune homme, si comme son frère aîné il se trouvait écarté de votre route, les plus méchantes langues ne pourraient dire que vous avez été pour quelque chose dans sa triste destinée.

— Je comprends, murmura Reginald à voix basse, je comprends... »

Il ne dit rien de plus, il avait pâli jusqu'aux lèvres, et ses lèvres blanches étaient sèches et fiévreuses. Mais la conversation changea bientôt d'objet et le nom de Douglas ne fut plus prononcé.

Les nouveaux fiancés étaient très-heureux et cette entrevue que Pauline avait toujours redoutée, une fois passée, lui donnait plus de liberté pour effacer certains changements dans sa position et pour songer à l'avenir qui s'ouvrait devant elle. Elle était vraiment heureuse, mais il y avait un peu de fièvre dans cette joie et beaucoup d'excitation nerveuse. Ce n'était pas cette félicité calme qui couronne une vie dont rien n'a troublé le cours paisible; une longue carrière d'émotions factices, d'alternatives d'espoir et de crainte, les joies folles et les découragements plus extravagants qui assiégent un joueur, n'avaient pas préparé Pauline à cette calme tranquillité d'un esprit en repos. Elle aspirait à ce repos, mais l'ange du sommeil avait été chassé par elle par de longues nuits de dissipation, et il ne voulait plus répondre à son appel.

Carrington avait pénétré le mystère de cette gaîté fébrile et de ses moments d'apathie, qui allaient presque au désespoir. Au plus fort de sa misère elle avait cherché dans l'usage de l'opium un sommeil factice et maintenant que ses mauvais jours étaient passés, elle ne pouvait vivre sans avoir recours à ce poison.

« Il faut que l'amour de Douglas soit aveugle pour ne pas s'en être aperçu, se dit Victor, rien ne saurait être plus favorable à mes desseins. Un homme aveugle, sourd et complétement idiot par suite de son absurde passion, une femme dont le cerveau est paralysé par l'opium, et une autre femme qui vendrait son âme pour de l'argent.... Le diable favorise mes plans. »

* * * * *

Tous ces faits s'étaient produits en fort peu de temps. Un mois à peine s'était écoulé depuis la mort de Lionel, quand Reginald et Pauline eurent cet entretien dernier. Il semblait que la destinée se fût rangée du parti des conspirateurs, car la surveillance exercée par Larkspur avait été forcément interrompue, et la vengeance de Lady Eversleigh se trouvait éloignée. Quelques jours après son retour à Londres Larkspur tomba sérieusement malade, et pendant trois semaines il se trouva dans l'impossibilité de quitter le lit. Une bronchite aiguë le retenait dans son logement et Mme Even fut obligée d'attendre sa convalescence en faisant appel à toute sa patience.

Reginald peu de temps après sa rupture avec Pauline rencontra Douglas au club.

Douglas aborda son cousin avec une politesse froide mais sans le moindre sentiment hostile.

Il n'en fut pas de même de Reginald. Il se rappelait que Carrington lui avait fait comprendre ce qu'il y aurait de sage et de prudent à rompre publiquement avec son cousin et il eut grand soin de se conformer aux avis de son complice.

Ce parti était de tous celui qui lui était le plus agréable.

Il haïssait Douglas avec toute l'énergie de sa méchante nature, il voyait en lui l'innocent instrument de la justice de Sir Oswald contre le séducteur de Marie Godwin.

Les deux hommes se rencontrèrent dans le fumoir du club, à l'heure où tout le monde élégant se trouvait au cercle.

Rien de plus visible que la hautaine insolence du prodigue baronnet quand il salua son cousin.

« Comment se fait-il que vous ne soyez pas venu chez moi, à mon appartement du Temple, Eversleigh? demanda Douglas avec le calme d'une politesse étudiée.

— Parce que je n'ai aucune raison pour me rendre chez vous, et qu'alors même que j'eusse été pris du désir de vous voir je n'aurais pas eu grande chance de vous rencontrer à votre appartement du Temple, répondit Reginald. Si les bruits qui courent ne sont pas calomnieux, vous passez la plus grande partie de votre temps dans une certaine villa de Fulham.... »

Quoique les habitués du club fussent trop bien élevés pour prêter l'oreille à une conversation particulière, il était néanmoins évident que leur attention avait été plus ou moins éveillée par le ton et les manières du baronnet.

Douglas répondit sur le même ton et avec autant de hauteur que son cousin.

« Je n'accepte pas ces bruits comme étant calomnieux pour moi, dit-il, il n'y a pas dans toute ma vie un mystère pouvant fournir un élément à la médisance. Si par certaine villa de Fulham vous entendez parler de Hilton House, on ne vous a pas trompé. J'ai l'honneur d'aller souvent dans cette maison.

— C'est un honneur dont beaucoup de gens ont joui comme vous, répondit Reginald avec un sourire ironique.

— Un honneur que pour ma part j'ai trouvé diablement dispendieux, s'écria Lord Caversham qui se trouvait tout près de Douglas.

— C'était à une époque où Sir Reginald Eversleigh usurpait la position d'hôte dans la maison de Mme Durski. Vous trouveriez les choses singulièrement changées maintenant, Caversham, si cette dame vous honorait d'une invitation. Quand Mme Durski est arrivée en Angleterre elle a eu le malheur de tomber entre les mains de mauvais conseillers. Elle a appris depuis à discerner ses amis de ses ennemis.

— C'est une femme charmante, dit le vicomte d'un ton railleur, mais si vous voulez maintenir dans une balance raisonnable, votre compte chez vos banquiers, Dale, je vous conseille très-fort de fuir son hospitalité.

— Mme Durski sera très-prochainement ma femme, répliqua Douglas, en élevant suffisamment la voix pour être entendu de toutes les personnes présentes, et le moindre mot de nature à porter atteinte à sa réputation, serait pour moi une insulte personnelle, insulte que je saurais relever. »

Cette déclaration tomba comme un coup de foudre au milieu de cette réunion d'élégants oisifs. Tous connaissaient l'histoire de la maison de Fulham. Ils ne connaissaient Pauline que comme une de ces belles et dangereuses syrènes dont les sourires entraînent fatalement les hommes à leur perte. Douglas songeant à s'unir à une telle femme, ce fait leur semblait un acte de folie.

Il faut que l'amour soit réellement bien fort pour qu'un homme affronte le ridicule sans faiblir. Douglas savait qu'en arrachant Pauline à sa misérable situation et en l'élevant à une position que les femmes les plus pures et les mieux nées de l'Angleterre eussent acceptée avec bonheur, il accomplissait un sacrifice que les hommes de son milieu devaient considérer comme un acte de folie. Mais il était résolu à subir cette épreuve, quelque pénible qu'elle fût pour lui, par affection pour la femme de son choix.

« Mieux vaut encourir le dédain de ces cerveaux vides que de laisser se continuer la flétrissure qui s'attache à sa vie, se dit-il, quand elle sera ma femme nul n'osera mettre son honneur en doute ; nulle femme n'aura l'audace de lui faire un mauvais accueil, quand elle entrera dans un salon appuyée à mon bras. »

Après la première impression il se produisit un silence de mort, personne n'adressa à Douglas ces félicitations banales que provoque généralement une pareille déclaration. Si Douglas avait annoncé quelque grande infortune qui serait venu fondre sur lui, les visages de ceux qui l'entouraient n'auraient pu prendre une expression plus sérieuse; pas un sourire, pas une approbation; personne ne songea à le féliciter de la conquête d'une aussi belle fiancée.

Ce silence en dit beaucoup à Douglas sur la réprobation terrible dont le monde avait frappé celle qu'il aimait si follement. Il serait impossible de rendre l'angoisse qui déchira son cœur pendant ces courts moments. Après ce pénible silence, il se dirigea vers la table où il avait coutume de s'asseoir et se mit à lire les journaux. Reginald, après l'avoir observé pendant un certain temps, se décida à quitter le salon.

Les deux cousins se rencontrèrent souvent après cette sortie, mais sans se parler. Ils passaient l'un auprès de l'autre en échangeant le plus froid et le plus cérémonieux des saluts. Les habitués du club s'aperçurent de ce fait qu'ils commentèrent à leur façon.

« Dale et son cousin ne se parlent plus, dirent-ils, ils se sont querellés au sujet de cette Autrichienne, chez laquelle on jouait si gros jeu ! »

Douglas essaya d'oublier, auprès de Pauline, le discrédit jeté sur elle et qui laisserait une ombre cruelle sur son nom, et il s'efforçait de chasser de son esprit jusqu'au souvenir du verdict sévère que la société lui infligeait.

Mais dès qu'il s'éloignait il était torturé par le souvenir de la scène du club, tourmenté par la pensée que, quelque sacrifice qu'il pût faire, il ne parviendrait pas à effacer la tache que ces nuits passées au milieu d'une société de joueurs avaient faite à la réputation de sa future femme.

« Après notre mariage, nous quitterons l'Angleterre pour toujours, se disait-il quelquefois, nous irons nous établir dans quelque belle ville d'Italie, où ma Pauline sera respectée et admirée comme une reine et comme la plus belle et la meilleure des femmes. »

S'il demandait à Pauline comment ils passeraient leur vie, elle lui faisait toujours la même réponse.

« Dans quelque lieu que vous me meniez je serai contente, disait-elle, je ne me montrerai jamais assez reconnaissante pour votre bonté, je ne pourrai jamais m'acquitter envers vous. C'est à vous et non à moi à régler notre vie.

— Et vous n'avez pas un désir, pas une fantaisie que je puisse satisfaire, Pauline ?

— Non, dès ma plus tendre enfance je n'ai aspiré qu'à une vie tranquille et calme. Vous me l'avez donnée. Que puis-je demander de plus, Douglas ? Je crains que mon amour ne vous ait déjà coûté trop cher ! Le monde ne vous pardonnera jamais votre choix, car vous pouviez faire un si brillant mariage ! »

Ses généreux sentiments une fois éveillés, Pauline était susceptible de se montrer aussi noble que son fiancé, à plusieurs reprises elle le supplia de reprendre sa promesse, de la quitter, et de l'oublier.

« Croyez-moi, Douglas, notre union serait une erreur, dit-elle, réfléchissez avant qu'il soit trop tard. Vous avez une juste fierté de votre honneur et la vie passée de votre femme pourrait y porter atteinte : si je n'ai pas failli comme certaines femmes, je me suis abaissée à me faire la compagne de joueurs et de débauchés; j'ai souffert que ma maison devînt un lieu de réunion pour ces hommes dont la vie est inutile et dissipée. La société se venge cruellement de ceux qui transgressent ses lois. La société ne consentira jamais à oublier ou à pardonner mes fautes.

— Je ne vis pas pour le monde, mais pour vous, Pauline, répliqua Douglas avec passion, vous êtes mon univers. Ne revenez jamais sur ces arguments, si vous ne voulez pas me donner à penser que vous avez assez de moi et que vous ne cherchez qu'une excuse pour vous débarrasser de ma personne.

— Que dites-vous! s'écria Pauline, vous, mon ami, mon bienfaiteur! Comment pourrais-je jamais vous prouver ma reconnaissance pour vos bontés, pour votre dévouement?

— En apprenant à m'aimer un peu, répondit Douglas tendrement.

— Cela ne doit pas être difficile, » murmura Pauline. Pouvait-elle moins faire que d'aimer son ami, ce bon et noble cœur.

Il vint la voir un jour accompagné d'un notaire, mais avant de le lui présenter, il demanda à parler en particulier à Pauline, et dans cet entretien il lui donna une nouvelle preuve de son dévouement.

« En pensant à votre position, chère amie, j'ai été

pris d'une frayeur soudaine en songeant à l'incertitude de la vie. Quel serait votre sort, Pauline, s'il survenait quelque événement, si je venais à mourir subitement, comme cela arrive quelquefois, avant qu'un mariage n'ait lié nos intérêts? quelle serait votre destinée, seule, sans appui, assaillie de nouveau par tous les embarras de la pauvreté, et peut-être poursuivie par la rancune de mon cousin Reginald, qui ne me pardonnera jamais de lui avoir ravi sa place dans votre cœur, lui si indigne de votre amour?

— Oh ! Douglas, s'écria Pauline, pourquoi vous imaginer de pareilles choses ? Pourquoi la mort vous frapperait-elle ?

— Ma chère amie, reprit Douglas avec un sourire, ne pensez pas que je prévoie un aussi triste dénouement à l'engagement qui nous unit. Mais il est du devoir d'un homme d'écarter avec soin tout danger de la femme qu'il s'est engagé à protéger. Je suis homme de loi, songez-y, Pauline, et je contemple l'avenir avec les yeux d'un homme de loi. Tant qu'il me sera possible de vous sauver de toute éventualité de malheur, je m'efforcerai de le faire. J'ai amené avec moi un notaire afin qu'il vous donne lecture d'un testament que j'ai fait ce matin en votre faveur.

— Un testament ! répéta Mme Durski, vous êtes véritablement trop bon pour moi, mais il y a quelque chose d'horrible pour mon esprit dans ces formalités légales.

— C'est un simple préjugé de femme. Elles se figurent qu'il faut qu'un homme soit à l'article de la mort pour songer à faire un testament, mais laissez-moi vous expliquer la nature de ce testament, continua Douglas, Je vous ai dit déjà que si je venais à mourir sans héritiers directs, la fortune qui m'a été laissée par Sir Oswald Eversleigh, irait à mon cousin Reginald. La propriété qui représente mes revenus, je n'ai pas le droit de l'aliéner, je n'en ai que l'usufruit pendant ma vie, Mais mon revenu a été du double et quelquefois du triple de ma dépense, car mes habitudes sont très-simples et j'ai mené au Temple la vie d'un étudiant, ma seule folie a été ma bibliothèque. J'ai donc pu économiser douze mille livres, et cette somme j'en ai la libre disposition. J'ai fait un testament qui vous la lègue, Pauline, à la charge d'une faible rente en faveur d'un vieux serviteur, je vous lègue aussi tout ce qui m'appartient en propre, ce sont de vieux tableaux de l'école italienne, ma bibliothèque, composée de livres rares, et des marbres qui ornent mon appartement, ces objets d'art ont une certaine valeur. C'est tout ce qu'il m'est permis de vous donner, Pauline, mais ce legs, au moins, vous mettra à l'abri du besoin. »

Mme Durski essaya de parler, mais elle était trop profondément émue par cette nouvelle preuve de la générosité de son amant. Les larmes étouffèrent sa voix, elle prit la main de Douglas dans les siennes, la porta à ses lèvres, et cette muette expression de gratitude lui alla plus au cœur que n'eût pu le faire le plus éloquent discours.

Il la conduisit dans la chambre où le notaire attendait.

« M. Horley, fit-il en le présentant, un ami et un conseiller en qui j'ai une confiance sans bornes. Mon testament restera en sa possession, et si une mort prématurée venait me frapper, il défendrait vos intérêts. Et maintenant, M. Horley, voulez-vous être assez bon pour donner lecture de ce document à Mme Durski, afin qu'elle puisse bien comprendre sa position au cas où nos pires prévisions se réaliseraient. »

M. Horley lut le testament. Il était aussi simple et aussi concis que les formes légales le permettaient et il instituait Pauline légataire d'une somme de douze mille livres, et de valeurs mobilières qui augmentaient le legs principal de deux ou trois mille livres, dans le cas où Douglas viendrait à mourir.

XIII

HUMILIATION

Lydia et son frère furent très-longs à se remettre du désappointement que leur avait causé la fin malheureuse de Lionel. Mlle Graham s'efforçait de relever son moral affaibli par l'espoir que Douglas serait pour elle une plus riche conquête que son frère, mais Douglas était encore à se laisser subjuguer par des charmes qu'elle sentait elle-même à leur déclin, ayant exercé leur empire pendant douze ans dans la société la plus aristocratique et qui avaient fini par devenir sans effet, même sur les plus ardents admirateurs de la belle Lydia.

C'était véritablement cruel, la coupe avait été si près de ses lèvres, quand un sort contraire l'avait arraché à sa main ! Le chagrin de la jeune femme était des plus sincères. Elle ne se livrait pas à d'inutiles lamentations sur la triste destinée de son amour, mais elle regrettait amèrement la perte d'un riche parti.

Elle attendait et espérait chaque jour la visite promise par Douglas, mais il ne venait pas. Chaque jour, elle se parait de ses plus avantageux atours, disposant son petit salon avec le désordre étudié d'une élégante ; elle prenait les poses les plus gracieuses, chaque fois que le marteau de la porte de la rue annonçait une visite ; mais c'était peine perdue. La seule personne qu'elle désirait recevoir n'était pas au nombre de celles qui venaient lui rendre leurs devoirs, et Lydia commençait à se désespérer.

« Eh ! bien, Gordon, avez-vous entendu parler de M. Dale ? » demandait-elle chaque jour à son frère.

Un jour il arriva la mine allongée, et quand elle lui adressa sa question accoutumée, il lui répondit d'un ton lamentable :

« J'ai entendu dire une chose que je ne désirais guère savoir, car c'est le glas funèbre pour toutes vos espérances de ce côté. Vous savez que Douglas est du club du Phœnix, comme il est membre du Forum. Je ne suis pas du Phœnix, vous le savez, mais je rencontre quelquefois Douglas au Forum. Hier après avoir déjeuné avec Lord Caversham, l'un des membres du Phœnix, qui est en relation avec Dale, j'ai su par lui que Dale avait annoncé publiquement son prochain mariage avec Pauline Durski.

— Impossible ! » s'écria Lydia.

Elle avait entendu parler de Pauline et de la villa de Fulham par son frère et elle haïssait la belle Autrichienne pour sa beauté, son charme et sa grande célébrité parmi les fats et les prodigues des clubs.

« Cela est impossible, s'écria Mlle Graham en rougissant de colère. C'est une des absurdes histoires de Lord Caversham, et je crois pouvoir déclarer que cette nouvelle est dénuée de fondement. Je ne puis croire que Douglas voudrait se commettre avec une femme comme cette Mme Durski.

— Vous ne l'avez jamais vue ?

— Certainement non !

— Alors ne vous avancez pas tant, dit le capitaine qui semblait prendre un malicieux plaisir à la déception de sa sœur. Pauline Durski est une des plus belles femmes qu'on puisse voir, elle n'a pas plus de vingt-cinq ans, elle est élégante, séduisante, et très-patricienne, une femme pour l'amour de laquelle des hommes plus sages que Douglas auraient consenti à tout sacrifier.

— Je verrai M. Dale, s'écria Lydia, je saurai par lui si ce bruit a quelque fondement.

— Comment ferez-vous pour le voir ?

— Vous vous chargerez de cela pour moi. Vous pouvez l'inviter à dîner.

— Je puis l'inviter certainement, mais viendra-t-il ? Peut-être si vous lui écriviez un petit mot, peut-être serait-il plus flatté que d'une invitation verbale venant de moi. »

Lydia ne se fit pas prier pour se rendre à cette insinuation. Elle écrivit un de ces petits billets gracieux et charmants qu'une femme du monde s'entend si bien à rédiger. Elle exprima sa surprise et son regret de n'avoir pas vu M. Dale depuis son retour à Londres, ses craintes qu'il ne fût malade, et son espérance de le voir accepter l'invitation amicale qu'elle lui faisait de venir dîner avec elle et son frère, qui était également très-inquiet de lui.

Elle ne devait pas éprouver un nouveau mécompte. Le lendemain elle reçut un mot de Dale, disant qu'il acceptait l'invitation et qu'il en profiterait dès le lendemain.

Ce mot était sec et froid, mais Lydia attribua cette apparente froideur à la nature réservée de Douglas, et n'y voulut rien voir de défavorable à la réussite de ses projets.

Il avait accepté son invitation, ce qu'elle considéra comme une preuve de la fausseté du bruit de son prétendu mariage, et en conclut très-favorablement quant à ses projets.

Elle eut soin d'ordonner un dîner recherché malgré le triste état de ses finances et celui plus triste de celles de son frère, position qui menaçait de se prolonger encore pendant quelque temps. Elle invita une aimable veuve qui était sa voisine et son amie; celle-ci accepta avec obligeance et empressement le rôle de chaperon dans l'intérêt des convenances. Lydia était dans tout l'éclat de sa beauté quand Douglas fut introduit, mais elle ne se doutait guère de quel œil indifférent il contemplait sa brune et provocante beauté, et que même en la regardant sa pensée se reportait vers la belle Pauline qui était pour lui l'idéal rêvé de la beauté sur terre.

Le dîner eut toutes les apparences d'un triomphe. Rien de plus cordial et de plus amical que ce dîner en partie carrée devant une table élégamment dressée et servi par un domestique très au fait, sommelier et factotum de la veuve qui l'avait prêté pour la circonstance.

Mme Marmaduke, l'aimable veuve, se montra très-agréable et eut soin d'entretenir une conversation soutenue avec Graham, pendant toute la soirée, laissant Lydia libre d'accaparer toutes les attentions de Douglas.

La jeune femme fit un excellent usage de la liberté qui lui était laissée ; de jour en jour ses chances d'un brillant mariage devenaient moins grandes et son désir de se faire une position augmentait avec les chances perdues. Elle avait une très-piètre opinion de l'intelligence de Dale, elle ne croyait qu'à l'habileté de ces gens audacieux qui ne doutent de rien et savent se faire remarquer dans les réunions. Elle pensait trouver en lui un homme facile à prendre avec des paroles mielleuses et de séduisants sourires, et elle avait résolu de jouer hardiment ce jeu désespéré.

Pendant que Mme Marmaduke et le capitaine causaient dans le salon, Lydia réussit à retenir Douglas dans une petite pièce juste assez grande pour contenir un piano, un casier de musique et quelques chaises.

Mlle Graham s'assit au piano et joua quelques mesures d'un air distrait et quelque peu rêveur.

« Voilà une triste mélodie, dit Douglas, je ne crois pas l'avoir jamais entendue.

— En vérité ! s'écria Lydia, c'est pourtant un morceau fort connu, la musique en est jolie, n'est-ce pas ? mais les paroles en sont bien sentimentales. »

Et elle commença à chanter à demi-voix un chant d'amour.

« Je trouve ces paroles très-jolies, dit Douglas.

— Vraiment ? » murmura Mlle Graham.

Elle baissa les yeux en rougissant, car elle savait rougir à volonté.

Il y eut un silence, Douglas était debout devant le pupitre de musique tournant négligemment les pages d'un volume de romances.

« Pourquoi n'êtes-vous pas venu nous voir plus tôt, M. Dale ? demanda Lydia, vous m'aviez promis de venir.

— J'ai été trop occupé pour pouvoir tenir ma promesse, » répondit Douglas.

Cette réplique était un peu rude, mais pour Lydia ce manque de courtoisie n'était que le résultat d'une extrême timidité et en vérité l'embarras de Douglas lui semblait une preuve de l'influence qu'elle exerçait sur la victime qu'elle voulait enchaîner à son char.

Un éclair de triomphe brilla dans ses yeux.

« Je triompherai, se dit-elle, je triompherai.

— Avez-vous réellement éprouvé le désir de me voir? demanda Douglas après un nouveau silence.

— J'avais en effet le plus grand désir de vous voir, dit-elle d'une voix tremblante.

— En vérité! dit Douglas d'un ton qui pouvait exprimer la surprise, la joie, ou tout autre sentiment. Eh! bien, Mlle Graham, c'est véritablement fort aimable à vous. Je sors très-peu et je ne vais que chez des amis intimes.

— Bien certainement vous nous rangez, mon frère et moi, dans cette classe de privilégiés, dit Lydia en rougissant de nouveau de la façon la plus séduisante.

— Certainement, dit Douglas d'un ton de franchise si exempt d'embarras, qu'ayant été moins aveuglée par sa vanité, Lydia eût pu y voir un coup mortel porté aux espérances qu'elle avait conçues. Je n'oublierai jamais dans quelle haute estime vous tenait mon pauvre frère, mademoiselle Graham, et si vous me le permettez, je dirai que je crois qu'il nourrissait pour vous de plus tendres sentiments. »

Lydia ne savait comment prendre cette observation; dans un sens elle était flatteuse, mais décourageante dans un autre. Si cette croyance amenait Douglas à se mettre plus à l'aise avec elle, s'il y trouvait un lien d'amitié, cimenté par le souvenir du passé, c'était au mieux pour ses desseins, mais s'il croyait qu'elle avait répondu à l'amour de Lionel et s'il ne se proposait de cultiver sa connaissance que par sympathie et pour pleurer avec elle le défunt, ce n'était plus du tout son affaire. La position était réellement embarrassante même pour une personne ayant la force d'esprit de Mlle Graham et son expérience. Mais elle s'en tira sans parler, par un merveilleux clignement d'yeux et un léger mouvement d'épaules qui fit comprendre à Douglas, qui n'était pas un homme très-perspicace, quoique doué des meilleurs sentiments et d'un grand sens, aussi clairement que si elle avait exprimé sa pensée par des paroles, que Lionel avait en effet éprouvé pour elle un tendre sentiment, mais qu'elle n'y avait répondu que par une sincère amitié. C'était fort bien exécuté et les premières paroles que prononça Douglas étaient certainement de nature à entretenir les espérances de Lydia.

« S'il avait vécu il aurait eu alors à souffrir d'un terrible chagrin, et pendant bien longtemps, dit Douglas, mais je vois que ce sujet vous est pénible, Mlle Graham, et je n'y reviendrai plus. Mais peut-être permettrez-vous que ce souvenir, quelle que fût la nature de ses sentiments et de ses espérances, plaide au moins auprès de vous pour moi.

— Pour vous, M. Dale! »

Le sein de Lydia se souleva sous l'effet d'une réelle émotion et sa voix trembla sans que l'art y fût pour rien.

« Oui, mademoiselle Graham, pour moi. J'ai besoin d'une amie, d'une amie comme vous pourriez l'être pour moi, si vous consentiez à me conseiller et à me venir en aide. Mais pardonnez-moi, je vous retiens ici, et vous avez une autre invitée. (Oh ! comme Lydia aurait désiré n'avoir pas prié l'accommodante veuve, par respect pour les convenances !) Vous me permettrez de revenir vous voir très-prochainement et nous pourrons aborder un sujet qu'il nous est impossible de discuter maintenant. Puis-je revenir ? »

Lorsqu'il prononça ces mots, si bien faits pour faire naître des espérances, il y avait de l'émotion dans la voix de Douglas et ses yeux si pleins de franchise s'animèrent. Il n'y a donc pas lieu de s'étonner si Lydia prit en souverain mépris l'histoire que lui avait contée son frère, et si elle ressentit la joie anticipée d'un triomphe depuis si longtemps ajourné. Qu'aurait-elle dit si elle avait su que Douglas en lui faisant ces offres d'amitié n'avait en vue que d'assurer une amie à sa bien aimée Pauline, afin de la mettre sous la protection d'une femme dont la place dans la société était reconnue et inattaquable.

« Vous m'excuserez si je ne rejoins pas votre frère et votre amie, n'est-ce pas, Mlle Graham ? Je devais, dans tous les cas, prendre congé de vous de bonne heure, et cette conversation m'a donné beaucoup à réfléchir. Je vous reverrai bientôt ; bonsoir ! »

Il s'éloigna à la hâte, traversa la petite pièce qui ouvrait sur l'escalier et sortit. Lydia resta seule pendant quelques instants, toute à la joie de son triomphe, puis elle alla rejoindre Gordon et la séduisante veuve qui avait largement profité de l'occasion pour se livrer à une coquetterie absolue.

« J'ai triomphé ! se dit Lydia, et avec quelle facilité ! Pauvre garçon ! son agitation était véritablement pénible, et il ne s'est même pas arrêté pour me serrer la main. »

Mme Marmaduke prit congé de sa chère Lydia et du frère de sa très-chère Lydia, aussitôt après le départ de Douglas, Mlle Graham et le capitaine restèrent en tête à tête.

« Eh! bien, dit Gordon, d'un air assez maussade. Vous ne semblez pas avoir obtenu un bien grand résultat de votre dîner, ma chère sœur. Dale était bien pressé de partir, ce qui ne fait pas grand honneur à la puissance de vos séductions. »

Lydia secoua la tête d'un air triomphant en regardant son frère.

« Vous êtes remarquablement habile, mon cher Gordon, dit-elle, mais vous êtes susceptible de vous tromper quelquefois, malgré toute votre habileté. Que diriez-vous si je vous apprenais que M. Dale m'a presque fait, ce soir, l'offre de sa main ?

— Mais vous ne le dites pas ?

— Je le dis, répondit Lydia d'un air vainqueur, c'est un homme excentrique qui a sa manière à lui de faire les choses, qui n'aime pas à suivre les chemins battus, ou c'est une nature timide, ce qui le rend bizarre et maladroit dans sa façon de se déclarer.

— Qu'importe que sa façon d'offrir sa main soit maladroite pourvu qu'elle soit réelle, reprit le positif capitaine Graham, mais je n'aime pas les à peu près. D'ailleurs, il faut que vous songiez bien à ce que vous allez faire, Lydia, car je vous assure qu'il n'y a pas de doute sur ce fait : il est fiancé à une autre. Il l'a positivement déclaré lui-même.

— Eh! bien, supposons que ce soit, supposons qu'une femme de rien, dans une position équivoque, l'ait amené à lui faire l'offre de sa main, serait-il le premier qui se serait mis dans un embarras de ce genre et qui s'en serait tiré ? Il pensait que j'avais de l'amour pour Lionel et que par conséquent il n'y avait pas d'espoir pour lui. Je comprends facilement que dans ce cas il se soit mis dans ce guêpier. »

Gordon eut un sourire ironique très-irritant, et il fut très-heureux que Lydia ne l'ait pas vu. Il était parfaitement instruit de la vanité dévorante de sa sœur et il savait parfaitement que plus d'une fois trompée par cette vanité, elle s'était crue en plein paradis pour retomber dans un accablement cruel et désespéré. Il avait consenti à ce qu'elle se livrât à son expérience sur Douglas mais sans grand espoir de la voir réussir, et il n'avait pas une confiance explicite dans la déclaration qu'elle venait de lui faire. Si par ces mots « Douglas s'est presque proposé comme époux, » il fallait entendre qu'il serait heureux de rompre avec Pauline et de diriger ses vues du côté de Lydia, cela ne lui donnait pas une haute idée des chances de cette dernière. En homme du monde, dans la pire signification du mot, Gordon était porté à penser que Douglas n'avait en vue qu'un pur commerce de galanterie avec sa sœur, sous l'égide d'un lien plus sérieux. Le capitaine aurait bien voulu connaître les particularités de l'entretien de Douglas et de Lydia, pour y découvrir la justification de sa théorie, mais il connaissait trop bien sa sœur pour ajouter une foi explicite aux déclarations qu'il pourrait parvenir à tirer d'elle.

« Mais, dit-il, en supposant que vous soyez dans le vrai relativement au guêpier, dans lequel il s'est mis, comme vous dites, comment explique-t-il ou excuse-t-il sa conduite ? »

Lydia sourit d'un air dédaigneux et satisfait, elle ne haïssait pas Pauline, elle la méprisait.

« Il ne s'est pas excusé, il n'a donné aucune explication, il savait qu'il n'avait pas à attendre de moi une grande sévérité pour ces sortes de choses. Tout ce qu'il voulait c'était de connaître mon affection pour lui, quitte à écarter ensuite tous les obstacles. Ne craignez rien, Gordon, c'est une lourde chute, après les idées ambitieuses que j'ai nourries, après les espérances que j'ai conçues autrefois. Il ne s'agit plus de la conquête de Sir Oswald Eversleigh et du château de Raynham, mais je suis résignée à me contenter du sort qui s'offre à moi aujourd'hui. »

Lydia parlait avec une vertueuse résignation et une résolution infiniment rassurante pour son frère. Mais il était las de cette discussion et désireux d'y mettre un terme. Il voulait se débarrasser de sa sœur et était peu disposé pour le moment à se laisser ennuyer plus longtemps.

« C'est assez étrange, dit-il, vous voilà au moment d'avouer votre affection pour ce beau jeune homme qui, lui, doit rompre ses engagements avec une autre pour reconnaître votre attachement. Il fut un temps où l'orgueil de Mlle Graham se serait révolté d'une proposition qui a véritablement quelque chose d'humiliant. »

Lydia rougit et regarda son frère avec des yeux irrités. Elle avait ressenti ce qu'il y avait de méchant dans ces paroles et elle savait qu'il les avait dites avec l'intention de la blesser.

« Il y a longtemps que l'orgueil et moi ne marchons plus de compagnie, répondit-elle avec amertume. J'ai appris à souffrir l'humiliation avec autant de placidité que vous lorsque vous descendez à vous faire le parasite et le flatteur de gens plus riches que vous. »

Le capitaine Graham ne daigna pas s'émouvoir de

cette remarque, il rit de la colère de sa sœur comme un homme complétement indifférent à l'opinion des autres.

« Eh ! bien, ma chère Lydia, fit-il avec bonne humeur, tout ce que je puis dire, c'est que si vous avez réussi à faire tomber dans vos filets le frère de votre dernier adorateur, vous êtes véritablement très-chanceuse. Le dernier des écoliers sait assez d'arithmétique pour ne pas ignorer que dix mille livres de revenu sont juste le double de cinq. Et c'est une bonne fortune pour vous que de retrouver une chance qui semblait presque perdue quand nous avons quitté Hallgrove. N'épargnez rien pour l'enchaîner et le faire rompre avec la belle Pauline. Faut-il qu'un homme soit sot pour ne pas mieux savoir ce qu'il veut !

— Mme Durski a surpris cet engagement, dit Lydia d'un ton méprisant.

— Ah ! il est bien certain que les femmes connaissent la façon de tendre leurs filets matrimoniaux, vous le savez aussi bien que moi, ma chère Lydia. Et maintenant, bonsoir ! allez rêver à votre trousseau dans le silence de votre appartement. »

Lydia s'endormit certaine qu'elle touchait au but de sa vie, et que le moment n'était pas éloigné où Douglas serait à ses pieds.

Pendant un jour ou deux, l'air et la physionomie de Lydia eurent une expression de calme et de sérénité qui ne leur était pas habituelle ; elle donnait plus de soin que de coutume à sa toilette, elle s'occupait de l'arrangement de son petit salon avec une attention minutieuse, et elle restait chez elle toutes les après-midi, en dépit du beau temps et des nombreuses invitations qui lui arrivaient. Mais Douglas ne donnait pas signe de vie. Il ne venait pas, il n'écrivait pas, et toutes ses déclarations enthousiastes semblaient se réduire à rien. Pauline était malade et, dans son inquiétude, Douglas avait oublié jusqu'à l'existence de Lydia.

Une vague inquiétude commença à s'emparer de l'esprit de Lydia et elle voyait s'évanouir toutes les illusions de son beau rêve.

Mlle Graham n'était pas d'un caractère aimable après huit jours d'attente et d'incertitude, quand elle descendit dans la salle à manger, petite pièce misérablement meublée ayant ce cachet particulier aux appartements garnis de Londres dépourvus de toutes les conditions d'un intérieur confortable.

Gordon était déjà à table et déjeûnait.

Une lettre à l'adresse de Mlle Graham se trouvait à la place de Lydia; c'était une volumineuse lettre dont l'enveloppe portait quatre timbres-poste.

Lydia n'en connaissait que trop l'écriture. C'était celle de sa marchande de modes, Mlle Suzanne, à laquelle elle devait une somme qu'il lui serait impossible de jamais payer avec ses ressources personnelles. La pensée de cette dette était un cauchemar perpétuel pour elle. A cette époque la faillite pour les dames du monde n'existait pas, et Mlle Suzanne avait le droit de faire incarcérer sa noble débitrice et de la garder en prison jusqu'à ce qu'elle ait passé par la cour des insolvables.

Lydia ouvrit le paquet avec un serrement de cœur. Il contenait l'effroyable relevé des élégantes toilettes dont chacune avait été portée avec un espoir de conquête qui ne s'était jamais réalisé; et à la fin de cette longue liste s'alignait un effrayant total arrivant au chiffre de trois cents livres!

« Je ne pourrai jamais payer cela! murmura Lydia, jamais, jamais! »

Son exclamation involontaire retentit presque comme un cri de désespoir.

Gordon leva les yeux de son journal dont la lecture l'avait absorbé, et il regarda sa sœur.

« Qu'y a-t-il? s'écria le capitaine, ah! je vois, c'est une facture, celle de Suzanne, je présume? vous voulez être belles à tout prix, mesdames, et il faut vous attendre à payer tôt ou tard. Si vous êtes sûre de Douglas, un chèque de lui aura bientôt réglé vos comptes avec votre faiseuse, qui deviendra votre humble esclave. Mais qu'avez-vous, ma chère Lydia? votre front est bien sombre ce matin. N'avez-vous pas reçu des nouvelles de votre soupirant?

— Gordon, dit Lydia avec emportement, ne me taquinez pas. Je ne sais que penser. Mais j'ai joué un jeu désespéré, j'ai tout risqué sur un coup de dé, et si j'ai échoué, il ne me reste plus qu'à me soumettre à mon sort. Je ne saurais lutter plus longtemps; je suis absolument lasse d'une vie qui n'a pour moi que déceptions et défaites. »

XIV

RENCONTRE ET EXPLICATION

La jeune femme de George Jernam passait tristement ses jours dans le charmant village d'Allanbay. Si beau que fût le pays où s'écoulait sa vie, il semblait à la pauvre Rosemonde que la terre était enveloppée de nuages sombres, qu'aucun rayon de soleil ne pouvait pénétrer. L'affection qui s'était établie entre elle et Susan Jernam était grande et profonde, et la seule lueur de bonheur qui vint éclairer la mélancolique existence de Rosemonde, puisait sa source dans l'affectueuse tendresse de la tante de son mari.

Si la vie de Rosemonde n'était pas heureuse, au moins, en apparence était-elle paisible, mais le cœur de la femme abandonnée ne connaissait pas la paix. Elle réfléchissait sans cesse aux étranges circonstances du départ de George, et se demandait perpétuellement pourquoi il l'avait quittée.

A cette question, elle ne trouvait pas de réponse. Avait-il cessé de l'aimer? Non, c'était impossible, un changement même dans le cœur le plus inconstant s'opère graduellement. George avait changé en un jour, une heure !

Quelque raisonnement qu'elle pût faire, Rosemonde arrivait toujours à la même conviction. Elle attribuait le changement mystérieux qui s'était opéré chez ce mari qui l'idolâtrait, à un dérangement de ses facultés mentales, une monomanie subite, sorte d'hallucination du cerveau, que la science était impuissante à guérir.

Le cœur de l'épouse aimante était torturé par la pensée des périls qui entouraient son mari, périls d'autant plus terribles pour un homme dont le cerveau avait perdu son équilibre.

Elle observait chaque changement dans l'atmosphère, le moindre nuage qui se montrait au ciel avec une indicible anxiété. Quand l'automne fit place à l'hiver, et que le vent mugissait sur le vaste océan, dont les vagues se brisaient en masses blanches qu'elle voyait briller à la clarté de la lune, son cœur souffrait d'une crainte effroyable pour l'absent.

Nuit et jour elle adressait au ciel des prières dont la ferveur venait bien du cœur aimant d'une femme, qui tremblait pour l'objet de toutes ses pensées.

Pendant que Rosemonde habitait la demeure que le capitaine Jernam avait choisi pour elle, la maison du bord de l'eau était entièrement abandonnée aux soins de Mme Mugby et Suzanne Trott. Elle avait un air désolé, cette jolie maison pendant les tristes jours de l'automne et les sombres brouillards de l'hiver, en dépit du soin qu'avait Mme Mugby d'aérer les appartements chaque jour, d'essuyer les meubles, d'en chasser la poussière, avec autant d'attention que si elle avait été certaine que le capitaine dût rentrer dans la journée.

« Il peut venir ce soir, ou ne revenir que dans un an, disait-elle souvent à Suzanne, quand celle-ci était disposée à se relâcher un peu de ses devoirs quant à l'entretien des meubles. Mais rappelez-vous bien vos paroles, quand il reviendra ce sera par surprise, et sans nous prévenir par un mot d'avoir à lui tenir son dîner prêt. »

Le jour vint enfin où la digne gouvernante eut la joie de voir que sa peine n'avait pas été perdue. Duncombe revint comme elle l'avait prédit sans avoir annoncé son arrivée.

Un beau jour, il vint sonner à la grille, traversa le jardin pour se rendre à la maison, comme un homme qui vient de faire sa promenade du matin, au grand étonnement de Suzanne, qui était allée lui ouvrir, et qui restait à le regarder avec de grands yeux, quand il passa devant elle.

Il se rendit tout droit au salon où il avait coutume de

s'établir; un bon feu brûlait dans la grille d'acier bien poli et tout autour de lui respirait le plus grand confortable.

Le capitaine regarda autour de lui d'un air de satisfaction.

« Rien de tel qu'une excursion aux Indes, pour nous faire apprécier les douceurs de l'intérieur, s'écria-t-il. Comme tout ici a l'air joyeux, il faudrait qu'un homme fût insensé pour ne pas se plaire chez lui après avoir été ballotté pendant huit jours par la tempête. Mais où est votre maîtresse? s'écria Duncombe en se tournant tout à coup du côté de Suzanne stupéfaite. Où est Mme Jernam? où est ma fille? N'entend-elle pas la voix de son vieux grognon de père! Ne va-t-elle pas venir me féliciter de mon retour après tout ce que j'ai enduré pour lui gagner un peu d'argent? »

Avant que Suzanne ait eu le temps de répondre Mme Mugby avait reconnu la voix de son maître, et accourait pour lui apporter ses félicitations.

« Merci de votre réception cordiale, dit vivement le capitaine, mais où est ma fille? Est-elle sortie par ce temps froid pour courir les rues de Londres? comment diable n'est-elle pas là pour donner un baiser à son vieux père, et l'accueillir à son retour dans sa maison?

— Seigneur, Dieu, monsieur, s'écria Mme Mugby, n'avez-vous pas reçu de nouvelles de Mlle Rosa? excusez-moi, c'est Mme Jernam que je voulais dire, mais l'autre nom me vient plus naturellement.

— Si j'ai reçu de ses nouvelles! s'écria le capitaine, non, je n'ai pas reçu une seule ligne d'elle. Mais, comme cette femme me regarde! serait-il arrivé quelque malheur à ma fille! Elle se porte bien, n'est-ce pas? »

L'honnête visage du capitaine était devenu tout pâle,

quand cette crainte s'était éveillée dans son esprit.

« Ne me dites pas que ma fille est malade, murmura-t-il, ou pire que cela.

— Non, non, non, capitaine, s'écria Mme Mugby. J'ai reçu des nouvelles de Mme Jernam, il n'y a pas plus de huit jours, et elle allait tout à fait bien ; mais elle habite dans le comté de Devon où elle est allée s'établir avec son mari au mois de juillet dernier, et je croyais qu'elle vous avait fait part de ce changement de résidence.

— Quoi ! s'écria Duncombe, ma fille a abandonné la jolie maison que son père a fait bâtir pour elle, que j'ai embellie à son intention en dépensant l'argent que j'avais si durement gagné ! ainsi Rosa s'est lassée de ce cottage, n'est-ce pas? Il n'était pas assez beau pour elle, je suppose. Bien, bien, c'est un peu dur, oui, cela me semble un peu dur ! »

Le capitaine se laissa tomber lourdement sur un siége qui était près de lui. Il était profondément blessé que sa fille eût déserté la demeure qu'il avait arrangée pour elle.

« Je vous demande pardon, monsieur, fit observer Mme Mugby du ton le plus insinuant. Je sais qu'il ne convient pas de se mêler des affaires de famille, mais comme le mot adoration n'est pas assez fort pour exprimer les sentiments de Mme Jernam pour son cher papa, je ne puis me taire quand je vois son père se méprendre ainsi à son égard. Ce n'est pas de son fait qu'elle a quitté le cottage, capitaine, car cette habitation a toujours été très-chère à son cœur ; mais le capitaine Jernam s'est mis en tête tout d'un coup d'aller courir le monde sur son vaisseau l'*Albert*, et avant de partir il a insisté pour conduire Mme Jernam dans le comté de

Devon, où il l'a enterrée vivante, le mot n'est pas trop dur pour exprimer une pareille cruauté, voilà mon opinion.

— Comment! il a déserté son poste? s'écria le capitaine, il s'est enfui loin de sa jeune femme, après avoir promis de rester auprès d'elle jusqu'à mon retour! Ah! Je n'appelle pas cela se conduire en honnête homme! ajouta le capitaine avec indignation.

— Personne ne dirait autrement, monsieur, répondit la gouvernante. Une vie vagabonde à travers le monde c'est très-bien, mais quand un homme vient d'épouser une jeune et jolie femme, qui l'adore au point de baiser la place où il a marché, s'il ne peut pas se tenir tranquillement chez lui, je me demande, qui restera tranquille?

— Ainsi il a repris la mer et il a conduit sa femme dans le comté de Devon avant de s'embarquer, n'est-ce pas? dit le capitaine. Belle conduite, sur ma parole! Et Rosa a consenti à quitter la maison de son père sans un murmure? demanda-t-il avec colère.

— Je vous demande pardon, monsieur, fit observer Mme Mugby, Mlle Rosemonde n'était pas femme à exprimer une plainte devant ses domestiques, quelle que fût la douleur qu'elle eût au cœur. Je l'ai entendue pleurer et sangloter pendant une nuit, la pauvre chère enfant, et elle ne se doutait guère que quelqu'un l'entendait.

— Ne vous a-t-elle rien dit avant de partir?

— Rien, que le soir au moment de s'en aller; elle est venue alors dans ma cuisine et m'a dit : Mme Mugby, mon mari désire que j'aille habiter le comté de Devon pendant son voyage. Naturellement, je suis triste de quitter cette maison que mon père avait bâtie pour moi, où j'ai été si heureuse, et dans laquelle nous vivons si paisiblement ensemble; mais je suis forcée d'obéir à mon mari, quelle que soit sa volonté. J'écrirai à mon cher père et je lui exprimerai le chagrin que j'éprouve à quitter ma maison.

— A-t-elle dit cela? demanda le capitaine évidemment touché de cette preuve d'affection de son enfant. Alors je ne lui ferai pas l'injure de douter de son amour pour moi. Je n'ai jamais reçu sa lettre, et pourquoi Jernam a-t-il tourné les talons aussitôt après que j'ai été parti, pour aller au diable, voilà ce que je ne saurais dire. Je commence à croire que le meilleur marin ayant couru les mers est une mauvaise emplette comme mari. Je regrette d'avoir laissé ma fille épouser un de ces êtres vagabonds. Quoi qu'il en soit je vais régler mes affaires à Londres et partir pour voir ma pauvre petite Rosa. Je suppose qu'elle est allée habiter ce petit village sur la côte où vit la tante de Jernam?

— Oui, monsieur, Allandale ou Allanbay, je crois que c'est un nom comme cela.

— Oui, Allanbay, je me souviens, répondit le capitaine, je vais faire tout mon possible pour terminer ce soir même les affaires que j'ai à régler à Londres et demain je me mettrai en route. »

Mme Mugby ne négligea rien pour que le premier dîner du capitaine chez lui, fût un triomphe culinaire, mais le désappointement qu'il avait éprouvé, lui avait complétement ôté l'appétit. Il s'était promis tant de joie de son retour inattendu au cottage, il s'était fait une telle image du ravissement de sa fille, il avait cru l'entendre accourir à sa voix, l'illusion avait été si complète qu'il avait cru sentir ses bras autour de son cou et ses baisers sur son visage. Et au lieu de ce doux rêve, il n'avait trouvé qu'isolement et déception.

Dès que la nappe fut enlevée Suzanne Trott plaça sur la table tout ce qu'il fallait pour faire le punch favori du capitaine, mais Duncombe ne s'aperçut même pas de ces préparatifs qui formaient pour lui jadis le complément d'une bonne soirée ; il se leva de table, prit son chapeau, et sortit à la grande mortification de la digne Mme Mugby.

« Après tout le mal que je me suis donné dans cette fournaise qu'on nomme cuisine je trouve dur qu'on n'ait fait que retourner ma sole dans le plat comme un jouet, et que mon poulet me revienne sans avoir été touché, fit la gouvernante. Oh! Mlle Rosemonde, Mlle Rosemonde, c'est vous qui êtes cause de tout cela! »

Le capitaine suivit d'un pas rapide la sombre route qui conduisait de son cottage à la grande route de Ratcliff. Il eut bientôt atteint le brillant quartier où se réunissent les marins, et il se dirigea tout droit vers une honnête taverne fréquentée par les officiers de la marine marchande.

Il avait promis à un vieux camarade de venir le trouver dans cet établissement et il était heureux d'avoir une excuse pour passer la soirée hors de chez lui.

Il trouva l'ami qu'il espérait voir dans la petite salle réservée; les deux marins prirent un grog en causant amicalement et se séparèrent à une heure raisonnable. L'ami du capitaine était parti le premier, ayant une longue course à faire pour regagner sa demeure qui était à l'extrémité d'un des faubourgs de Londres.

Le capitaine était resté auprès du feu méditant et buvant à petites gorgées son dernier verre de grog quand, au bruit que fit la porte en s'ouvrant, il leva la tête pour voir la personne qui entrait dans la salle.

Duncombe tressaillit à l'entrée du nouveau venu, car

à son grand étonnement il venait de reconnaître George Jernam.

« Jernam ! s'écria-t-il, vous à Londres. Eh ! bien, cette surprise est la plus grande de toutes celles qui m'y attendaient.

— En vérité, capitaine Duncombe, répondit l'autre froidement. L'*Albatros* n'est arrivé dans le port de Londres qu'aujourd'hui dans l'après-midi, c'est la première maison dans laquelle j'entre, et vous êtes de tous les humains celui que je m'attendais le moins à rencontrer ici.

— Et à en juger d'après votre ton, mon jeune maître, il semblerait que cette surprise ne vous est nullement agréable, s'écria Duncombe. Puis-je demander comment il se fait que le mari de Rosemonde Duncombe parle au père de sa femme sur le ton que vous venez de prendre avec moi ?

— Vous êtes le père de Rosemonde, répondit George, cette raison suffit pour que le frère de Valentin Jernam reste éloigné de vous.

— Cet homme est fou, murmura le capitaine Duncombe, absolument fou !

— Non, répondit George, je ne suis pas fou, je n'ai que trop douloureusement conscience du malheur de ma position. J'aime votre fille, Duncombe, je l'aime avec autant d'idolâtrie et aussi sincèrement qu'il est donné à un homme d'aimer la femme de son choix. Et pourtant j'en suis arrivé à errer seul et misérablement dans Londres, quand je voudrais partir en toute hâte pour retourner auprès de celle que j'aime. Si chère qu'elle soit à mon cœur, si sincère que soit mon amour, je n'ose retourner auprès de ma femme, car entre Rosemonde et moi se dresse le fantôme de mon frère assassiné.

— Quel lien peut-il y avoir entre ma fille Rosemonde et la malheureuse fin de votre frère? demanda le capitaine.

— Aucun personnellement, mais le malheur veut qu'il y ait un lien entre elle et une personne qui s'était liguée avec l'assassin ou les assassins de mon malheureux frère.

— Au nom du ciel, que voulez-vous dire? demanda le capitaine du *Renardeau*, au comble de l'étonnement.

— Ne me pressez pas de m'expliquer, capitaine Duncombe, répondit George, vous êtes mon beau-père. Le hasard qui m'a révélé un des sombres secrets de votre vie en apparence honnête, ne s'est produit que trop tard pour prévenir une union entre nous, car lorsque la fatale vérité m'a été connue, déjà j'étais le mari de votre fille. Ce fait vous répond de mon silence. Ne m'imposez pas votre présence, je ferai mon devoir envers votre fille, comme si j'étais ignorant de votre crime. Mais nous ne pouvons plus nous rencontrer que comme ennemis. Le souvenir de mon frère est en quelque sorte une partie inhérente de mon être, et s'attaquer à lui c'est être doublement coupable envers moi. »

Le capitaine du *Renardeau* s'était levé de son siége et s'était redressé devant son gendre, la poitrine oppressée et le visage rouge de colère.

« Jernam, s'écria-t-il, votre intention est-elle que je vous étende raide mort à mes pieds? Sur ma foi, mon beau monsieur, vous devez vous considérer comme fort heureux que ce ne soit pas déjà fait. Que signifie tout le fatras que vous venez de me débiter? qu'est-ce que tout cela veut dire? je vous le demande encore? Êtes-vous ivre ou fou, ou bien êtes-vous ivre et fou?

— Capitaine Duncombe, dit George avec calme, désirez-vous vraiment que je vous parle d'une manière intelligible?...

— Si vous vous y refusiez, il n'en pourrait rien résulter de bon pour vous, répliqua le capitaine enflammé de fureur.

— Je vous dirai donc qu'au mois de juillet dernier, votre fille me pria de faire usage du contenu de votre pupitre, un jour où je manquais de papier pour ma correspondance.

— Eh! bien, qu'y a-t-il là d'extraordinaire?

— Attendez, ce fut malgré moi que je consentis à ouvrir votre pupitre, à l'aide d'une clé que Rosemonde avait en sa possession. Je ne me livrai à aucune indiscrétion quant à ce qu'il contenait, mais devant moi, dans un petit plateau sur lequel on jetait les plumes, j'aperçus un objet qui ne pouvait manquer d'attirer mon attention et sur lequel mes regards restèrent rivés comme s'ils avaient été fascinés par un serpent.

— Quel objet cela pouvait-il bien être? s'écria le capitaine. Je n'ai pas beaucoup de choses curieuses dans mon pupitre.

— Je vous montrerai l'objet que j'ai trouvé, mais à partir de ce jour ma vie a été brisée, répondit George, j'ai été forcé de fuir mon heureux intérieur pour me rejeter dans une existence inquiète et désolée.

— Cet homme est fou, pensa le capitaine. Il faut qu'il soit fou! »

Jernam tira de la poche de son gilet un petit objet enveloppé dans du papier, c'était une pièce d'or, de monnaie brézilienne, qu'il mit dans la main du capitaine.

« Si ce n'est pas l'argent du revenant! s'écria Duncombe, je veux que le diable m'emporte. »

L'étonnement était peint sur le visage du capitaine,

mais il n'avait rien de la confusion du coupable; George observait sa physionomie pendant qu'il contemplait l'objet qu'il venait de remettre entre ses mains, mais il fut obligé de s'avouer que rien dans son visage ne trahissait un criminel.

« Oh! capitaine, capitaine! s'écria-t-il avec un accent de remords, si c'était à tort que je vous eusse soupçonné pendant tout ce temps?

— Soupçonné de quoi?

— D'avoir trempé dans l'assassinat de mon frère. Cette pièce d'or que vous tenez dans votre main est un souvenir d'adieu que je lui ai donné. Vous pouvez y voir mes initiales grossièrement gravées. Eh bien, cette pièce d'or je l'ai trouvée dans votre pupitre.

— Et cette raison vous a paru suffisante pour me soupçonnée d'avoir été complice de voleurs et d'assassins! s'écria le capitaine du *Renardeau;* George, j'en rougis pour vous! »

Il y avait un monde de reproches dans ces simples mots.

George se cacha le visage dans ses mains et baissa la tête devant l'homme qu'il venait d'offenser aussi cruellement.

« Si j'avais quelque fierté, dit Duncombe, je ne m'abaisserais pas à vous donner des explications. Mais je ne suis pas fier, vous êtes le mari de ma fille, et je vous dirai comment cette pièce d'or est tombée en ma possession, et, quand je vous aurai dit cette histoire, je vous fournirai les témoignages irréfutables de la véracité de mon récit. Je ne vous demanderai pas de me croire sur parole, George, comment pourriez-vous croire à la parole d'un homme que vous avez jugé assez bas pour le croire capable de s'être fait le complice d'un assassinat ! Oh ! George, c'est trop cruel en vérité ! »

Il y eut un court silence, puis Duncombe raconta l'histoire de l'apparition du vieux Screwton et dit comment il avait trouvé la pièce d'or dans la cuisine, après le départ du revenant.

« J'ai affronté bien des dangers dans ma vie, George, dit Duncombe, je ne crois pas qu'il y ait un homme ayant marché sur le pont d'un navire, excepté moi, qui puisse dire que je suis un lâche, et pourtant j'avouerai que ce soir-là j'ai eu peur. Partout et dans quelque condition que ce soit, un homme de chair et d'os comme moi ne m'effraierait pas. Je défendrais ma vie s'il le fallait seul contre six, contre vingt assaillants, mais devant un visiteur de l'autre monde, Duncombe n'y est plus, et rentre dans sa coquille comme un simple mollusque.

— Et vous croyez réellement que l'homme que vous avez-vu cette nuit-là, revenait de l'autre monde?

— Quelle autre croyance voulez-vous que j'aie? J'avais entendu faire la description du revenant du vieux Screwton, et l'apparition que j'ai eue y répondait exactement.

— Les visiteurs de l'autre monde ne laissent pas derrière eux de preuve matérielle de leur présence, répondit George. L'homme qui a laissé tomber cette pièce d'or n'était pas un revenant. Il faudra que nous éclaircissions ce fait, Duncombe, nous en aurons le mot, si mystérieux que cela paraisse. J'attends Harker qui doit revenir de Ceylan dans un mois. C'est lui qui, à l'exception des misérables qui ont commis le crime, en sait le plus sur la fin de mon malheureux frère. Oui, je pénétrerai le secret de cette ténébreuse affaire, s'il est donné à un homme de pouvoir y réussir. Et maintenant, mon ami, mon père, trouvez-vous assez d'indulgence dans votre cœur pour répondre par un pardon à la cruelle injure que je vous ai faite ?

— George, répondit Duncombe d'un ton grave, je ne suis pas un homme inflexible, mais il y a certaines choses que l'homme le plus débonnaire trouve difficiles à digérer et celle-ci peut compter de ce nombre. Néanmoins, par affection pour ma petite Rosa, et en souvenir des longues nuits de veille que nous avons passées ensemble sur l'immensité des mers, je vous pardonne, voilà ma main, et mon cœur vous est encore ouvert. »

Les yeux de George se remplirent de larmes lorsqu'il prit dans la sienne la main vigoureuse du vieux capitaine.

« Que Dieu vous récompense ! murmura-t-il, je bénis le ciel qu'il a conduit mes pas ici ce soir ! Vous ne savez pas de quel poids mon cœur est soulagé, vous ne savez pas tout ce que j'ai souffert.

— Vous n'en avez été que plus fou, s'écria Duncombe, et maintenant plus un mot là-dessus. Nous partirons ensemble pour Allanbay demain matin dans la première diligence qui quittera Londres. »

XV

LA TRAHISON A ACCOMPLI SON ŒUVRE

Tom Milsom, sous le nom de Maunders, par l'intermédiaire de son ami Harwood dont il encourageait les visites en le traitant généreusement, et pour qui il se montrait toujours disposé à confectionner un excellent punch, était parvenu à exercer une surveillance absolue sur le château de Raynham.

Maunders montrait une excessive curiosité concernant la vie intime au château de Raynham et il aimait surtout à se faire raconter par Harwood tous les soins particuliers qu'on prenait de la jeune héritière, et les précautions observées conformément aux ordres de Lady Eversleigh. Un jour qu'il avait amené la conversation sur ce sujet, il conclut par cette réflexion :

« On dirait qu'on a peur que quelqu'un ne vole l'enfant !

— C'est votre idée, Maunders, mais, voyez-vous, toute position dans la vie a ses peines et ses épreuves et on n'est pas une riche héritière, sans avoir ses appréhensions. Étant assis un jour sur le siége de derrière d'une voiture découverte, j'entendis le capitaine Coplestone dire à Mme Morden, que l'enfant avait des ennemis, de cruels ennemis, qui pourraient chercher à lui faire du mal, si elle n'était pas bien surveillée.

— Je vous connais depuis longtemps, Harwood et vous avez pris un assez grand nombre de verres de punch au rhum dans ma boutique, dit Milsom, ou plutôt Maunders l'aubergiste, et pourtant il ne vous est pas encore venu à l'idée de me présenter à vos compagnons de service, et de m'inviter à venir prendre une tasse de thé à l'office avec les domestiques du château, pourquoi cet oubli ?

— Excusez-moi, M. Maunders, dit le groom du ton le plus insinuant, mais inviter un ami à venir prendre une tasse de thé, ou partager notre souper, sans en avoir obtenu la permission de Mme Smithson, la femme de charge, ce serait prendre un droit que je n'ai malheureusement pas.

— Mais vous pouvez demander cette permission, Harwood? répliqua Milsom, surtout quand votre ami est un honnête aubergiste capable d'offrir à l'occasion un bon verre de punch à vos camarades.

— Si j'avais pensé qu'une invitation à l'office vous fût agréable, j'aurais certainement pu demander cette permission depuis longtemps, répondit Harwood. Mais je ne croyais pas que vous consentiriez à prendre un verre de bière ou une tasse de thé ailleurs que dans l'appartement de la femme de charge, et Mme Smithson est une femme bien grincheuse.

— Je ne suis pas fier, dit Milsom, j'aime à passer une soirée en bonne société, et il m'importe peu que ce soit chez la gouvernante ou à l'office.

— Alors, je demanderai cette permission ce soir, » répondit Harwood.

Le lendemain il envoyait à Milsom par un des petits palefreniers un billet qui l'invitait à souper sans cérémonie le soir même à sept heures, dans la salle à manger des domestiques.

Passer quelques heures dans l'intérieur du château de Raynham, voilà ce que Milsom ambitionnait le plus, et un rire sinistre de triomphe fit grimacer son visage pendant qu'il déchiffrait le griffonnage de Harwood.

« Comme c'est facilement exécuté, pensa-t-il, comme tout est facile pour l'homme qui sait attendre ! »

La vie se passait assez agréablement dans la salle commune des domestiques, mais si la femme de charge n'était pas parcimonieuse, elle était stricte et sévère sur certains points, surtout pour l'exactitude qu'elle exigeait pour cadenasser les portes du château pendant la nuit. A dix heures et demi, le soir, il fallait que tout fût fermé.

Dans ces derniers temps, Mme Smithson avait plus d'une fois soupçonné quelqu'un d'une infraction à cette règle. Le coupable était Matthieu Brook, le premier cocher, un gros et joyeux Breton qui aimait le monde et qui préférait fumer sa pipe et boire son grog, en discutant les questions politiques du jour, à la taverne de *la Poule et ses Poussins*, que de passer la soirée à l'office au château de Raynham.

Il rentrait rarement avant dix heures, quelquefois dix heures et demie, et un soir, chose qu'elle ne pouvait oublier, Mme Smithson l'avait entendu rentrer au château à l'heure indue de onze heures vingt minutes.

Mais il y avait un fait terrible que Mme Smithson ignorait complétement, c'est qu'il arrivait souvent à Brook de rentrer au château par une petite porte vitrée, une heure ou deux après qu'on avait verrouillé avec solennité et sous les yeux vigilants de la femme de charge, toutes les grilles du château.

La petite porte en question donnait dans une chambre du rez-de-chaussée, laquelle était occupée par un des valets de pied, et rien n'était plus facile à cet homme que de se prêter aux méfaits de son camarade en lui permettant de rentrer au château par sa chambre, sans que personne de la maison pût en avoir connaissance.

Harwood était très-bavard de sorte qu'il avait fait part à son ami Maunders, autrement dit Tom Milsom, des frasques de son camarade. Maunders l'avait écouté avec un vif intérêt, comme chaque fois qu'il lui arrivait de l'entretenir de ce qui se passait au château.

C'est peu de temps après cette communication que Milson reçut son invitation à souper.

Mme Trimmer la cuisinière, Brook le cocher, Harwood et Milsom avaient fait plusieurs parties de whist.

Matthieu avait Milsom pour partenaire et quiconque ayant observé la partie aurait vu que Milsom donnait plus d'attention à son partenaire qu'à ses cartes, ce qui lui fit perdre l'avantage de se distinguer comme bon joueur de whist.

On fut obligé d'interrompre la partie pour mettre la nappe sur la grande table, afin de songer au souper, les hommes passèrent dans la grande cour carrée sur laquelle ouvrait l'office, Harwood, Milsom et deux des valets de pied se mirent à se promener de long en large et à fumer. Les appartements occupés par la famille donnaient tous sur les jardins, et il n'était pas interdit de fumer dans la cour, où l'odeur du tabac ne pouvait incommoder personne.

Milsom, qui jusqu'à ce moment s'était exclusivement occupé du cocher, s'arrangea alors pour se rapprocher de Harwood, pendant cette promenade des domestiques dans le corps de bâtiment qui leur était affecté.

« Où est donc cette petite porte vitrée par laquelle Brook rentre quand il est en retard ? demanda-t-il à Harwood, d'un air indifférent, mais en ayant bien soin de baisser la voix.

— Nous venons de passer devant, répondit James, c'est cette petite porte vitrée qui est là à gauche. Stephen est un bon garçon et il a toujours soin de laisser cette porte entr'ouverte afin que s'il arrivait au vieux Matthieu de n'être pas rentré à l'heure, il pût trouver une issue. Cette pièce où il couche servait autrefois d'antichambre, elle ouvre sur le corridor, ce qui est très-commode pour Brook. Tout le monde ici aime le vieux Brook, et personne ne voudrait lui causer un ennui.

— C'est un des plus gais compagnons qu'on puisse

trouver, dit Milsom qui semblait s'être pris d'une vive amitié pour le vieux cocher.

— Venez chez moi quand cela vous plaira, M. Brook, dit-il alors en passant son bras sous celui du cocher de la façon la plus amicale. Tout ce qui est à la maison est à votre service et vous pouvez en user en toute liberté. Je fais un certain punch au rhum, quand je veux m'en donner la peine, qui ne manque pas de charmes, n'est-ce pas, James? »

Harwood déclara que personne ne savait mieux faire le punch que le propriétaire de la taverne du *Chat et du Violon*.

Le souper fut très-gai, les grandes tranches de roastbeef disparaissaient comme par enchantement, et la consommation des pikles fut, au point de vue hygiénique, véritablement effrayante. Après le roastbeef et les pikles vint un fromage titanique avec des branches de céleri, et le broc pour la bière se promena si souvent de la table au fourneau, qu'il fut miraculeux de l'en voir revenir intact.

A dix heures un quart, Maunders souhaita le bonsoir à ses nouvelles connaissances, mais avant de partir il sollicita la faveur de jeter un coup d'œil sur la grande salle en chêne sculpté.

« Vous allez la voir, dit le bon Matthieu Brook. Elle mérite qu'on fasse plusieurs lieues pour venir l'admirer. De ce côté, suivez-moi. »

Il le guida à travers un long corridor jusqu'à l'entrée principale. Cette salle était vraiment splendide, Milsom resta quelque temps à la contempler en silence, avec une respectueuse admiration.

« Où est donc le petit escalier de service qui conduit à l'appartement de la jeune héritière ? demanda-t-il.

— Cette porte donne au bas de cet escalier, répondit le cocher. Le capitaine Copplestone couche dans la pièce d'entrée, au premier étage, et les appartements de Mademoiselle sont contigus à sa chambre. »

Gertrude Eversleigh, l'héritière de Raynham, était un de ces beaux et caressants enfants qui gagnent tous les cœurs à première vue et dont la présence est un charme pour tous ceux qui sont accessibles à la beauté des fleurs et au chant des oiseaux. Sa mère l'idolâtrait, comme nous le savons, bien qu'elle ait pu se résigner à se séparer d'elle, sacrifiant en cela ses affections au but absorbant de sa vie. Avant de quitter le château de Raynham, Honoria avait appelé auprès d'elle le seul ami sur lequel elle pût compter, le capitaine Copplestone, l'homme dont le seul témoignage l'avait sauvée du soupçon d'un meurtre, celui qui avait déclaré hardiment qu'il avait une foi entière en son innocence.

Elle lui écrivit qu'elle avait besoin de son amitié pour l'enfant de Sir Oswald, et il était accouru immédiatement, heureux à l'idée de voir l'enfant de son vieux camarade.

Il avait lu l'annonce de la naissance de cet enfant dans le journal, et il avait été heureux de voir que la Providence avait envoyé une consolation à la veuve à l'heure même de sa désolation.

« Elle ressemble à son père, dit-il avec douceur, quand il eut pris l'enfant dans ses bras et après avoir appuyé son épaisse moustache sur le front pur de l'innocente créature. Oui, cette enfant ressemble à mon vieux camarade. Elle a aussi de votre beauté, Lady Eversleigh, ces beaux yeux noirs, que mon pauvre ami admirait tant.

— Je voudrais qu'il ne les eût jamais vus! s'écria Honoria, ils ne lui ont apporté que le malheur et une mort prématurée.

— Allons, allons! s'écria gaiement le capitaine, pas de ces idées-là. Si les manœuvres de deux scélérats ont amené une brouille entre vous et mon pauvre ami et causé sa fin prématurée, la faute doit retomber sur les coupables et non vous être attribuée en rien.

— Et ce crime ne restera pas impuni, même sur cette terre! s'écria Honoria. Ma vie n'a qu'un but, capitaine Copplestone, je veux arracher le masque de ces deux hypocrites, de ces traîtres qui ont comploté ma honte et la mort de mon mari, et je vous supplie de me venir en aide pour l'exécution de ce projet.

— En quoi puis-je vous servir? s'écria le capitaine. Quand je vous ai demandé de me permettre de provoquer ce misérable Carrington et de me battre avec lui, au mépris de nos lâches habitudes modernes, qui proscrivent le duel, vous m'avez supplié de ne pas exposer ma vie. J'étais votre unique ami, disiez-vous, et si je succombais, vous resteriez seule au monde. J'ai renoncé à mon dessein pour vous obéir, malgré le désir que j'avais de loger une balle dans la tête de ce scélérat.

— Et je vous remercie de votre condescendance, répondit Lady Eversleigh. Ce n'est pas de la balle d'un brave soldat que Carringtond oit mourir. Je poursuivrai ces deux scélérats silencieusement dans l'ombre comme ils m'ont poursuivie. Et quand l'heure de mon triomphe sera venue ce sera celle du châtiment. Mais si je m'abaisse à porter un masque, je ne veux pas vous demander un pareil service, capitaine; je vous demande simplement de venir vous établir dans cette maison et de protéger mon enfant, pendant que je serai forcée de m'absenter.

— Vous allez partir?

— Oui et pour longtemps.

— Et vous ne voulez pas me dire la nature de vos projets ?

— Non, je ne ferai rien de mal, et je vais cependant entreprendre une campagne contre de tels scélérats que les lois ordinaires de l'honneur ne puissent leur être applicables en rien.

— Vous êtes résolue à donner suite à ce projet étrange?

— J'y suis résolue, rien ici bas ne pourrait changer ma détermination, rien, pas même l'affection que j'ai pour ma fille. »

Le capitaine Copplestone vit qu'il était inutile de soulever une discussion et d'essayer d'ébranler sa résolution. Il promit de veiller sur la fille de Sir Oswald et de la chérir aussi tendrement que si elle était sa fille pendant tout le temps que durerait l'absence de Lady Eversleigh.

Ce fut sur le conseil du capitaine que Mme Morden fut prise comme gouvernante de la jeune héritière pendant l'absence de sa mère. Elle était veuve d'un officier, c'était une femme fort instruite, pleine de bons sentiments et d'une haute moralité.

« Jamais créature humaine n'a eu un plus grand besoin de votre protection que ma fille, dit Honoria, cette jeune existence et la mienne sont le seul obstacle qui se dresse entre la fortune et Sir Reginald Eversleigh. Vous savez de quelle bassesse et de quelle perfidie lui et son complice sont capables. Vous ne vous étonnerez donc pas si je redoute tous les dangers pour mon enfant chérie.

— Je ne suis étonné que d'une chose, répondit le capitaine, c'est que vous consentiez à la quitter.

— Ah! vous ne me comprenez pas. Vous ne voyez donc pas que tant que ces hommes vivront, sans que leurs crimes soient découverts, et sans que leur véritable caractère ait même excité un soupçon du monde dans lequel ils vivent, il y aura un danger constant pour mon enfant? Je me suis imposé la tâche de surveiller ces deux hommes et je la remplirai sans faiblir. Quand l'heure du châtiment sera proche, il est possible que j'aie besoin de votre aide, jusque-là, laissez-moi poursuivre mon œuvre, seule et en secret. »

Voilà tout ce que Lady Eversleigh dit au capitaine sur les motifs de son absence du château. Elle confia sa fille à son affection, se fiant à lui et à la Providence du soin de protéger cette jeune existence, puis elle s'arracha aux caresses de son enfant et s'en alla résolue, mais la mort dans le cœur.

Rien ne saurait égaler les soins vigilants que le vieux soldat donnait à sa jeune pupille.

On comprend donc facilement que rien qu'une impérieuse nécessité aurait pu le décider à s'éloigner de Raynham pendant l'absence de Lady Eversleigh.

Malheureusement cette nécessité se présenta. Quinze jours environ après le jour où Milsom avait soupé à l'office avec les domestiques du château, le capitaine, pour la première fois, depuis le départ de Lady Eversleigh, quitta Raynham, pour un temps indéterminé.

Il était à déjeuner dans la petite salle à manger de l'aile du château qu'il occupait avec la jeune héritière et sa gouvernante, quand un domestique lui apporta une lettre.

« Simmonds vient d'apporter cette lettre de la taverne de *la Poule et ses Poussins,* dit le domestique, elle a été apporté par la malle-poste qui passe à Raynham à six heures du matin. »

Le capitaine regarda la suscription de cette lettre avec surprise, car c'était l'écriture de Lady Eversleigh et l'enveloppe portait ces mots : *pressante et importante.*

On ne connaissait pas le télégraphe alors, et une lettre arrivant dans ces conditions produisit le même effet sur l'esprit du capitaine que produirait de nos jours un télégramme. Il y avait là quelque chose d'extraordinaire, quelque chose qui sortait de la voie commune.

Il ouvrit l'enveloppe à la hâte. Elle ne contenait que quelques lignes tracées par la main d'Honoria, mais l'écriture était incertaine et la lettre était griffonnée et tachée d'encre comme si elle avait été écrite avec une extrême hâte, et dans un état de grande agitation.

« *Venez à l'instant, je vous en supplie. J'ai un besoin immédiat de votre assistance. Je vous en prie, venez, mon cher ami. Je ne vous retiendrai pas longtemps. Laissez ma fille au château pendant votre absence. Elle sera en sûreté auprès de Mme Morden.*

« *Hôtel Clarendon. Londres.* »

Ceci et la date, c'était tout.

Le capitaine resta quelques instants à examiner cette lettre d'un air excessivement perplexe.

« Je n'y puis rien comprendre, pensa-t-il, puis s'adressant à haute voix à Mme Morden, il lui dit : C'est vraiment pitié, que vos écritures, à vous autres femmes, se ressemblent tellement qu'il est très-difficile d'être sûr de la main dont elles émanent. Je suis embarrassé par cette lettre. Je ne m'explique pas bien qu'on m'appelle loin de ma petite chérie. Vous connaissez l'écriture de Lady Eversleigh, n'est-ce pas ?

— Oui, répondit la gouvernante, j'ai reçu deux lettres d'elle avant de venir ici, je ne crois pas pouvoir me tromper quant à son écriture.

— Ah ?.... Eh ! bien, veuillez me dire si ceci est de sa main, dit le capitaine en montrant à Mme Morden l'adresse de la lettre qu'il venait de recevoir.

— Je crois pouvoir dire positivement que c'est bien là son écriture.

— Hum ! murmura le capitaine. Elle m'a bien dit quelque chose qui annonçait qu'elle aurait besoin de moi, quand le moment du châtiment serait proche. Peut-être a-t-elle réussi dans ses desseins plus rapidement qu'elle ne l'espérait, et peut-être le moment est-il venu. »

La petite fille venait de quitter le salon avec sa nourrice qui allait l'habiller pour faire un tour dans le jardin, Mme Morden et le capitaine étaient seuls.

« Lady Eversleigh me demande de me rendre à Londres, dit-il enfin, et je suppose que je dois me conformer à son désir. Mais sur mon âme, j'ai veillé de si près sur la petite Gertrude, et je lui suis si follement attaché, que l'idée de la quitter, même pendant vingt-quatre heures, m'est pénible, bien que je sache que je la laisse entre bonnes mains.

— Quel danger a-t-elle à redouter ici ?

— Oh ! quel danger ! répliqua le capitaine d'un air pensif. Dans ces murs pourtant elle doit être en sûreté.

— L'enfant ne quittera pas le château et je ne la perdrai pas de vue un seul instant pendant votre absence, dit Mme Morden ; mais j'espère que cette absence ne sera pas de longue durée.

— Comptez sur moi, pour ne pas la prolonger une heure de plus que cela ne sera nécessaire, » répondit le capitaine.

Il partait sans seulement avoir été dire adieu à la petite Gertrude. Il ne se sentit pas le courage de la voir avant de s'éloigner.

Ce vieux soldat avait donné son cœur tout entier à l'enfant de son ami. Il fit le voyage de Londres aussi vite qu'il lui fut possible, se servant des relais de la poste, et le lendemain matin du jour où il avait reçu la lettre de Lady Eversleigh, une chaise de poste couverte de la poussière de la route, s'arrêtait devant l'hôtel Clarendon et un voyageur en descendait après une nuit passée dans une telle anxiété, qu'il ne lui avait pas été possible de sommeiller un seul instant.

« Conduisez-moi à l'appartement de Lady Eversleigh, dit-il à l'un des domestiques de l'hôtel réunis dans l'antichambre.

— Pardon, monsieur, dit l'homme, quel nom venez-vous de dire?

— Lady Eversleigh, une dame veuve qui réside dans cette maison.

— Il doit y avoir erreur, monsieur, nous n'avons personne de ce nom à l'hôtel, du moins pour le moment, » répondit le domestique.

L'intendant de l'hôtel, qui venait de sortir d'un salon et qui avait entendu cette conversation, s'avança et dit :

« Non, monsieur, nous n'avons personne ici de ce nom. »

Le visage basané du capitaine devint d'une pâleur mortelle.

« C'était un piége, murmura-t-il, un traquenard et cette lettre était fausse! »

Et sans dire un mot de plus aux gens de l'hôtel, il s'élança dans la rue et remonta dans sa chaise de poste en criant au postillon :

« Ne perdez pas une minute pour changer les chevaux. Il faut retourner sans perdre une minute à Raynham. »

* * * * *

L'intimité que Maunders avait établie avec la domesticité du château pendant ce fameux souper n'avait fait qu'augmenter avec le temps, et il n'y avait personne, parmi les gens, pour qui il ne montrât une plus chaleureuse amitié, que le cocher. Matthieu avait commencé à se partager entre les deux tavernes rivales à Raynham, il passait une partie de sa soirée au *Chat et au Violon,* et paraissait prendre beaucoup de plaisir dans cet établissement d'un ordre inférieur.

Quinze jours s'étaient écoulés depuis son entrée au château, quand Milsom se mit en tête de répondre à la politesse reçue par une invitation dans toutes les formes.

La soirée choisie pour cette petite fête fut justement celle qui suivit le départ du capitaine pour Londres.

Le souper était cuit à point et très-joliment servi, un grand pot d'ale flanquait le grand plat où fumait le rôti, et les gens du château se mirent en devoir de faire honneur au repas offert par Maunders.

Quand on eut nettoyé les plats et qu'il ne resta plus sur la table qu'un gros bol de punch et des verres, il n'y aura pas lieu de s'étonner si les convives étaient devenus bruyants et si leur joie se manifestait plus éclatante encore après chaque verre de l'excellent breuvage confectionné par Milsom.

Ils s'amusaient de leur mieux, ils avaient proposé de nombreux toasts, accueillis par de chaleureuses acclamations, et la joie était à son apogée quand l'horloge de l'église du village retentit dans les airs au milieu du silence de la nuit, et sonna dix heures.

Les trois hommes bondirent de leurs chaises en chancelant un peu.

« Il faut que nous nous en allions, Maunders, mon vieux camarade, dit le cocher qui avait une certaine difficulté à s'exprimer.

— Vous avez raison, Matthieu, dit Stephen. Vous avez assez copieusement bu de cet excellent punch, et moi aussi. Bonsoir, M. Maunders, et merci pour la bonne soirée que vous nous avez fait passer. Allons, Matthieu, en route, mon vieux camarade !

— Non, non, s'écria Maunders, je ne laisserai pas Matthieu me fausser compagnie ainsi à dix heures, quand il peut rester aussi longtemps que cela lui plaît. Vous m'avez battu au wisth tous les deux, mais je vais lui faire voir que je suis de force à me mesurer avec lui au piquet : nous ferons amicalement une partie en buvant quelques verres de punch et puis je le reconduirai jusqu'à la porte du château. Vous lui faciliterez les moyens de rentrer quand bon lui semblera, Stephen, je le sais. Puisqu'il reste plus tard dans d'autres maisons, il peut bien prolonger son séjour dans la mienne. Allons, Brock, dit Milsom, vous n'allez pas refuser à un ami ? »

Brook regarda Milsom et ses camarades de l'air stupide d'un homme à moitié ivre, se grattant la tête avec sa grosse main.

« Que je sois pendu, si je sais que faire, dit-il, j'avais promis à Stephen de ne plus m'attarder après l'heure, et...

— Il ne faut pas en faire une habitude, répondit

Milsom, mais une fois par hasard, c'est bien différent, et je suis sûr que Stephen serait le dernier à se montrer sévère.

— Certainement, répliqua le bon Stephen. Restez si cela vous plaît, Matthieu ; je laisserai ma porte entr'ouverte et vous pourrez rentrer quand vous voudrez. »

Les deux hommes prirent amicalement congé de leur hôte et s'en allèrent d'un pas assez mal assuré à travers les rues du village. Une sinistre expression de triomphe fit grimacer le visage de Milsom quand il referma sa porte derrière les deux hôtes qui le quittaient.

« Bonne nuit et bon débarras, murmura-t-il, et maintenant occupons-nous de Brook. Votre sommeil sera assez lourd cette nuit, Stephen, je vous le garantis. Si lourd que si le diable même se présentait dans votre chambre vous n'auriez guère conscience de sa venue. »

Il retourna à la petite salle où il avait laissé son ami le cocher. En s'y rendant il plongea sa main dans la poche de son gilet et y prit une petite fiole. Elle contenait une petite dose de laudanum qu'il avait acheté huit ou quinze jours auparavant chez l'apothicaire de Raynham, comme un remède contre le mal de dents.

Il trouva Matthieu accoudé sur la table les yeux fixés sur le tapis où étaient les cartes, il avait cet air hébété particulier à l'homme ivre.

« Il est déjà fort lancé, pensa Milsom, en examinant son hôte. Il ne faudra pas de grands efforts pour l'achever. Encore un verre de punch avant de commencer la partie, Matthieu? lui dit-il avec cet air de joyeuse camaraderie qui l'avait fait si bien venir des domestiques du château.

— Volontiers, s'écria Matthieu, un autre verre. Tant pis pour le punch, n'est-ce pas, mon vieux camarade. Tant pis pour le punch.... un autre punch..... une partie de piquet, joyeuse soirée, heureuse et belle soirée, vivat! un autre verre. »

Pendant que Brook essayait de battre les cartes en en laissant tomber la moitié sous la table, Milsom transporta le bol de punch et les verres sur une table derrière le cocher.

Là il remplit un verre pour Brook que le cocher vida d'un trait; mais après avoir bu il fit la grimace et regarda son hôte avec un air de reproche.

« Que diable m'avez-vous donné? demanda-t-il avec une certaine indignation.

— Mais du punch au rhum, répliqua Milsom, le même que celui que vous avez bu toute la soirée.

— Que je sois pendu si c'est vrai, dit Brook. Vous m'avez joué quelque tour de votre métier, Maunders, vous avez versé quelque fond de bouteille de porter dans le bol, ou quelque autre chose de ce genre. Ne recommencez plus, j'ai bon caractère, je prends bien la plaisanterie une fois, mais pas deux fois, ainsi ne recommencez plus. »

Ceci était dit du ton solennel d'un homme ivre, puis Brook se remit à battre les cartes qu'il laissait tomber, qu'il ramassait, mais sans pouvoir réussir à les réunir toutes dans ses mains.

« Voulez-vous que je vous dise ce qui en est, Maunders, dit-il enfin, je deviens vieux, ma vue n'est plus ce qu'elle était, le diable m'emporte si je puis distinguer un roi d'une dame. »

Avant que Brook eut réussi à mêler les cartes à sa satisfaction, ses paupières commencèrent à se fermer, puis tout d'un coup sa tête tomba sur la table au milieu des cartes éparses.

L'air de bonne humeur de Milsom disparut subitement, il se leva brusquement, s'approcha de son ami et le secoua, peut-être un peu rudement vu l'amitié qu'il lui témoignait.

Matthieu ne fit que ronfler plus fort, et continua à dormir.

« Il dort maintenant comme une souche, murmura Milsom, mais il faut que j'attende que Stephen dorme également d'un sommeil aussi profond que celui de cette brute. »

Milsom se rendit à la cuisine, et donna ordre à son unique domestique, un jeune lourdaud du village, d'aller se coucher immédiatement.

« J'ai un ami avec moi dans la petite salle, mais c'est moi qui le mettrai à la porte quand il s'en ira, dit Milsom, quant à vous, allez vous mettre au lit dès que vous aurez éteint toutes les lumières dans la boutique, et fermé la porte de derrière de la maison. »

Puis Milsom retourna dans la pièce où son hôte dormait.

La grande houppelande du cocher était posée sur le dos de la chaise où reposait le dormeur.

Milsom revêtit résolûment cette houppelande, et se coiffa du chapeau que Brook portait à son arrivée. A terre à côté du cocher, était un cache-nez en laine qu'il roula plusieurs fois autour de son cou de manière à cacher complétement le bas de son visage.

Il était à peu près de la même taille que Matthieu, et son épaisse houppelande lui donnait une rotondité presque analogue à celle du cocher.

Ainsi affublé, avec une lumière incertaine, il était facile de s'y tromper et de le prendre pour l'homme dont il portait les habits.

Milsom donna un dernier regard au cocher endormi et éteignit la lumière.

Le feu s'était éteint pendant qu'il était resté assis à fumer, et la chambre se trouva plongée dans une complète obscurité.

Il s'arrêta près de la porte pour jeter un regard autour de lui, tout était tranquille. Les rues du village n'auraient pas été plus silencieuses et plus solitaires alors que les deux rangées de maisons qui la bordaient eussent été des monuments funèbres élevés dans un cimetière.

Milsom parcourut rapidement la grande rue du village et pénétra dans les jardins du château par une petite grille de fer dont Brook avait la clef; Milsom lui avait souvent entendu parler de cette clef et il savait que Brook la portait toujours dans une petite poche de côté de sa houppelande.

Du jardin il se rendit rapidement, mais sans bruit, dans la cour carrée sur laquelle donnait la chambre de Stephen.

Là tout était sombre et silencieux.

Milsom se dirigea vers la petite porte vitrée servant en même temps de porte et de fenêtre à la petite chambre à coucher de Stephen.

Il ouvrit cette porte avec précaution et se glissa doucement dans la chambre, Stephen était couché le visage presque complétement enfoui sous sa couverture et un ronflement sonore résonnait dans la chambre.

« Le punch au rhum a fait son effet sur vous, cher ami, se dit Milsom, tant mieux, tout va bien. »

Il traversa la chambre à pas lents et sans bruit, ouvrit la porte donnant accès dans le reste de la maison, et s'engagea dans le corridor qui conduisait à la grande salle.

D'un pas furtif il gagna la porte qui ouvrait sur le petit escalier de service dont il gravit les marches recouvertes d'un épais tapis.

Une lampe y brûlait à petit feu toute la nuit et cette lampe lui permit de voir une porte rembourrée au haut de l'escalier du premier étage.

Milsom la tira à lui et vit qu'elle n'était pas fermée.

Cette porte que Milsom avait ouverte donnait accès dans le petit couloir pratiqué à travers l'appartement occupé par le capitaine Copplestone; dans cette chambre existait une pièce beaucoup plus petite, qui n'était autre chose qu'un petit cabinet dans lequel couchait le fidèle serviteur du capitaine, le vieux Salomon.

Les deux portes étaient ouvertes et Milsom entendit le souffle bruyant du vieillard, qui paraissait dormir d'un sommeil profond.

A l'extrémité du couloir se trouvait la porte du petit salon de la jeune héritière de Raynham.

Milsom n'eut qu'à la pousser pour l'ouvrir. Le bandit se glissa furtivement dans le salon, écarta la portière, et ouvrit une forte porte qui séparait le salon de la chambre à coucher.

Milsom avait eu soin de se familiariser avec les moindres détails intérieurs du château et il avait appris que Mme Morden avait coutume de dormir avec les rideaux de son lit hermétiquement fermés; il tenait ce détail de Harwood qui le tenait lui-même d'une femme de chambre.

Gertrude dormait dans un berceau garni de rideaux blancs placé à côté du lit de Mme Morden.

Milsom souleva le couvre-pieds qu'il rejeta sur le visage de l'enfant endormi et d'une main vigoureuse il l'enleva de son berceau, le visage toujours enveloppé dans l'épais couvre-pieds qui comprimait ses cris ; de l'autre main il saisit une couverture dont il entoura le corps de l'enfant, puis ainsi emmaillotée il emporta la petite fille.

Ce ne fut que lorsqu'il fut sur la route et qu'il eut laissé le château derrière lui qu'il dégagea l'enfant qui était à moitié suffoquée.

XVI

PRIS DANS SES PROPRES FILETS

Copplestone ne perdit pas une heure pour retourner de Londres à Raynham.

Rien ne saurait rendre son angoisse, les tortures de son esprit tandis qu'assis dans cette chaise de poste il comptait les bornes de la route, les heures et les minutes, mettant à tout instant la tête à la portière pour presser les postillons.

Il se haïssait lui-même pour s'être ainsi laissé duper par cette fausse lettre.

« Je ne devais pas quitter l'enfant, ne cessait-il de se répéter, pas même pour obéir à sa mère. Ma place était auprès de la petite Gertrude et j'ai été un sot de déserter mon poste. Si quelque malheur lui est arrivé en mon absence, que le ciel me le pardonne, mais je serais capable de me faire sauter la cervelle. »

Une fois certain que la prétendue lettre de Lady Eversleigh était l'œuvre d'un faussaire, il ne pouvait plus douter qu'il existât un complot contre l'héritière de Raynham.

Le capitaine savait à n'en pas douter que la vie de son ami avait été sacrifiée aux plans criminels d'un traître, aussi cette idée était-elle terrible pour lui à ce moment.

« Je connaissais les misérables auxquels j'avais affaire, j'étais prévenu que l'adresse et la ruse seraient mises en œuvre contre cette enfant, se disait-il, et pourtant je me suis laissé prendre au premier piége qui m'a été tendu par ces ennemis cachés. Oh ! ciel miséricordieux ! Permets que j'arrive à Raynham avant qu'on ait profité fatalement de mon absence. »

Le jour venait de paraître quand la chaise de poste du capitaine traversa le village de Raynham. Il murmura une action de grâce et une prière lorsqu'il aperçut les sombres tourelles se détacher sur un ciel qui commençait à s'éclairer des faibles lueurs du jour naissant.

La voiture gravit la montagne et s'arrêta devant l'entrée du château. Une vieille femme qui remplissait les fonctions de portière ouvrit la grille de fer ; il la regarda, mais sans lui adresser de question. Un mot d'elle aurait mis fin à son incertitude, mais en ce moment suprême le vieux soldat n'osait pas formuler cette question dont il craignait tant d'entendre la réponse : Gertrude est-elle saine et sauve ?

Le capitaine recevait une seconde après la réponse à cette question, elle était complète bien qu'un seul mot n'eût pas été prononcé.

La porte d'entrée principale du château était ouverte, deux hommes étaient sur le seuil.

C'était M. Ashburne, le magistrat, et Christophe Dimond, le constable de Raynham.

La présence de ces deux hommes apprit au capitaine que ses craintes n'étaient que trop justifiées, il était arrivé quelque chose d'extraordinaire et d'important, sans cela le magistrat ne serait pas là.

« L'enfant ! dit le capitaine d'une voix étranglée. Est-elle morte, est-elle assassinée ?

— Non, non, elle n'est pas morte, répondit M. Ashburne.

— Elle n'est pas morte ! Dieu soit loué ! s'écria le vieux soldat avec un élan de ferveur. Qu'y a-t-il alors ? qu'est-ce qui est arrivé ? demanda-t-il, incapable de s'exprimer distinctement. Par pitié, parlez. Qu'est-il arrivé à l'enfant ?

— Elle a disparu.

— Elle a disparu ! répéta le capitaine. J'avais donné des ordres sévères pour qu'elle ne sortît pas des murs du château. Qui a osé désobéir à ces ordres?

— Personne, répondit M. Ashburne, Mlle Eversleigh n'a pas quitté son appartement. Elle a été enlevée de son berceau pendant la nuit et le berceau était comme d'habitude à côté du lit de Mme Morden.

— Mais qui a pu pénétrer dans cette chambre ?... Les portes du château étaient fermées et ne devaient s'ouvrir pour personne. Où est Mme Morden ? Je veux la voir et réunir tous les domestiques de la maison dans la grande salle à manger. »

Le capitaine donna cet ordre au sommelier qui était sorti de la maison en entendant le bruit de la chaise de poste. Cet homme salua et alla exécuter les instructions qu'il venait de recevoir.

« Je crains bien que vos questions, aux gens de la

maison, ne vous servent à rien, dit M. Ashburne. Avec l'assistance de Dimond, je me suis livré à toutes les recherches et je n'ai pu obtenir le moindre renseignement pouvant jeter la plus faible lumière sur cette mystérieuse affaire.

— Je vous remercie, répondit le capitaine, je suis certain que vous avez fait tout ce que l'amitié a pu vous suggérer, mais je désire me livrer moi-même à l'interrogatoire des gens de la maison. Cette affaire est une question de vie ou de mort pour moi. »

Il se rendit dans la grande salle à manger, dans cette même pièce où avait eu lieu l'enquête lors de la mort de Sir Oswald. M. Ashburne et Christophe Dimond l'y accompagnèrent et les domestiques y arrivèrent tranquillement et successivement jusqu'à ce que la salle en fût remplie, Mme Morden ne vint qu'en dernier. Elle ne se livra à aucune démonstration de douleur ou de regrets, car elle ne songeait pas un seul moment que quelqu'un pût douter de son violent chagrin. Elle était debout devant le capitaine, calme, grave, prête à répondre aux questions avec la vivacité d'une conscience honnête.

Il interrogea un par un chaque serviteur, en commençant par Mme Smithson, la femme de charge, qui crut pouvoir déclarer que nulle créature vivante, à l'exception des domestiques de la maison, n'avait pu pénétrer dans le château pendant la nuit où Mlle Eversleigh avait disparu.

« Que quelqu'un ait pu entrer dans la maison ou en sortir pendant la nuit, c'est un fait que j'ignore et qui me semble moralement impossible, dit la femme de charge, les portes ont été fermées à dix heures et demie, et j'ai emporté les clés dans ma chambre. Vous voyez donc bien qu'il est impossible que quelqu'un ait pu entrer dans la maison ou en sortir avant le matin à l'heure où on ouvre les portes.

— A quelle heure s'est-on aperçu de la disparition de l'enfant?

— A cinq heures moins un quart du matin, répondit Mme Morden, avant que personne de la maison n'ait bougé. Ma petite chérie avait coutume de s'éveiller à cette heure pour prendre un peu de lait que je laissais dans un verre à côté de son berceau. En m'éveillant à l'heure accoutumée, je me levai pour lui donner son lait, et quand je regardai dans son berceau, il était vide! l'enfant n'était plus là. Le couvre-pied de soie et une couverture avaient été emportés avec elle. J'ai donné l'alarme tout de suite et en moins d'un quart d'heure toute la maison était sur pied.

— Et vous n'avez rien entendu pendant la nuit? demanda le capitaine se retournant et s'adressant vivement à Salomon qui était entré avec les autres domestiques.

— Rien, capitaine!

— Hum! murmura le vieux soldat, voilà un triste chien de garde!

— Une seule entrée du château est faiblement gardée, dit le magistrat, c'est une petite porte qui donne dans la chambre à coucher de l'un des valets de pied. Mais cet homme m'a dit qu'il était dans sa chambre cette nuit comme d'habitude, et que comme d'habitude la porte avait été fermée au verrou. »

En disant cela le magistrat regardait à l'extrémité de la salle où Stephen se trouvait au milieu de ses camarades. Le jeune homme avait eu la faiblesse coupable de se compromettre par une fausse déposition, premièrement, parce qu'il ne voulait pas trahir son camarade

Matthieu, ensuite, parce qu'il craignait de dévoiler sa négligence.

« Si je disais la vérité cela ne ramènerait pas l'enfant, se dit-il pour s'excuser vis-à-vis de lui-même, s'il en était autrement, je m'empresserais de parler.

— Vous prétendez qu'il est impossible que quelqu'un soit entré dans la maison ou en soit sorti pendant la nuit, dit le capitaine à la gouvernante, et pourtant, il faut que quelqu'un en soit sorti, en admettant que personne n'y soit entré, autrement il faudrait que Gertrude fût cachée quelque part dans la maison. Le château a-t-il été entièrement visité ? Il y a des enfants qui se sont cachés en jouant et qui ont trouvé un triste dénouement à leur amusement.

— Une perquisition a été faite dans tout le château de la cave au grenier, répondit Mme Morden ; Mme Smithson et moi nous avons visité toutes les pièces et ouvert toutes les armoires. »

Le capitaine renvoya tout le monde après de nombreuses questions demeurées sans résultat. Ceci fait, il se rendit dans la bibliothèque où il s'enferma et, assis devant une table avec de l'encre, des plumes et du papier devant lui, il se mit à méditer sur la première chose qu'il pouvait faire, dans la terrible position où il se trouvait.

Il ne s'agissait de rien moins que d'écrire à Lady Eversleigh pour l'informer du malheur qui était arrivé, c'est-à-dire de la réalisation de la plus terrible de ses craintes. La vie aventureuse du capitaine ne l'avait jamais mis en présence d'un aussi pénible devoir, mais il n'était pas homme à reculer devant une tâche, parce qu'elle était pénible et douloureuse.

La lettre écrite et expédiée par le courrier du soir, le

capitaine s'enferma dans sa chambre pour donner un libre cours au plus cruel chagrin qu'il eût jamais éprouvé.

Qui pourrait décrire la douleur de Lady Eversleigh quand elle reçut la lettre du capitaine ? Pendant les premiers moments, une sorte d'engourdissement s'était emparé de ses sens et elle était restée immobile et comme pétrifiée ; mais quand elle revint à elle, son premier mouvement fut d'envoyer chercher Larkspur qui relevait de maladie et dont la santé commençait à se rétablir.

Elle sonna pour appeler Jane.

« Il y a un homme de lois qui habite cette maison, M. André, dit-elle, montez chez lui immédiatement et demandez-lui, pour moi, la faveur d'une entrevue immédiate ; je désire le consulter sans retard.

— Oui, madame, répondit Jane en regardant d'un air observateur le visage pâle de sa maîtresse. Il y a du nouveau ce matin, » se dit-elle, en gravissant lestement l'escalier pour se conformer aux ordres de Milady.

Larkspur se présenta devant Lady Eversleigh quelques minutes après avoir reçu sa camériste. Il la trouva se promenant dans sa chambre en proie à une agitation fébrile.

« Mon Dieu ! madame, s'écria-t-il, serait-il arrivé quelque malheur ?

— Oui, » répondit-elle en lui tendant la lettre.

Larkspur la lut et relut d'un bout à l'autre.

« Voilà un vilain tour, dit-il avec calme, que faut-il faire ?

— Il faut m'accompagner au château de Raynham, il faut que vous m'aidiez à retrouver mon enfant ! s'écria Honoria avec une énergie farouche. Vous êtes mieux maintenant, monsieur Larkspur, vous pouvez supporter le voyage. Au nom du ciel, ne dites pas que vous ne pouvez me venir en aide. Il faut que vous veniez avec moi, M. Larkspur. Je ne vous offre pas de vous payer, je sais que vous viendrez ! rendez-moi mon enfant chérie et fixez vous-même votre récompense pour ce service sans prix.

— Non, non, dit Larkspur, je ne vous refuserai pas mon assistance. Je suis aussi bien que possible à présent. Mais où en sont nos petites affaires de Londres ?

— Ne m'en parlez pas, n'y pensez pas un instant. De quelle importance sont-elles à présent, pour moi ?

— Très-bien, Milady, répondit Larkspur, puisqu'il faut qu'il en soit ainsi, j'abandonnerai la plus belle affaire qu'un homme de police ait eu entre les mains juste au moment où elle devenait bien intéressante pour un esprit bien organisé.

— Et vous partirez avec moi.... ? tout de suite ?

— Donnez-moi une heure pour dresser mes plans et je suis votre homme, répondit Larkspur, je ferai mon sac de voyage, je le déposerai en bas, je prendrai une voiture pour me rendre dans Bow Street, je verrai mon agent, j'arrangerai avec lui quelques affaires et je serai prêt dans une heure, quand vous viendrez me prendre en chaise de poste ; n'oubliez pas, je vous prie, de prendre mon sac de nuit avec vous. Et maintenant, madame, soyez assez bonne pour vous calmer et vous montrer aussi héroïque qu'une Troyenne, j'ai entendu dire que les Troyennes avaient eu de bien mauvais jours à passer. Si l'enfant peut être retrouvé, André Larkspur est l'homme qu'il faut pour y parvenir, et quant à la récompense, nous n'en parlerons pas, si vous le voulez bien, madame. Je suis un peu âpre au gain, mais je ne suis pas homme à spéculer sur les sentiments d'une mère quand sa fille unique vient de lui être ravie. »

Sur ces mots, Larkspur partit, et deux heures ne s'étaient pas écoulées que lui et Lady Eversleigh étaient assis dans une chaise de poste attelée de quatre chevaux qui brûlaient le pavé entre Londres et Raynham.

C'est ainsi qu'un surcroît de danger venait favoriser les desseins de Carrington !

XVII

LARKSPUR A LA RESCOUSSE !

Le voyage de Lady Eversleigh et de son compagnon fut aussi rapide que l'avait été celui du capitaine. La chaise de poste qui contenait la mère au désespoir et son étrange allié volait sur cette même route du nord que le capitaine avait suivie quelques jours auparavant. Dans cette heure d'angoisse et de malheur Lady Eversleigh regardait le vieil agent de police, comme le meilleur ami qu'elle eût sur terre.

« Vous retrouverez mon enfant ? s'écriait-elle à plusieurs reprises pendant le voyage en s'adressant à Larkspur, les mains jointes, et les yeux baignés de larmes. Oh ! dites-moi que vous ferez cela pour moi. Par pitié donnez-moi quelque consolation, quelque espérance.

— Je vous donnerai toutes les espérances possibles, si vous voulez reprendre courage et vous fier à moi, répondit Larkspur, avec cette apathie que n'aurait pas troublée un tremblement de terre. Reprenez courage et ne vous laissez plus abattre par la douleur. Si la petite fille est vivante je vous la ramènerai saine et sauve. Si.... si.... elle est.... enfin dans le cas contraire, ajouta Larkspur alarmé par l'égarement qu'il avait remarqué dans les yeux de la mère quand il fut sur le point de prononcer ce mot terrible qu'elle craignait tant d'entendre, dans ce cas je trouverai ceux qui ont fait le coup et ils porteront la peine de leur crime.

— Oh ! rendez-la-moi ! s'écria Honoria, rendez-la-moi ! Que je la presse encore dans mes bras. J'abandonne toute idée de vengeance contre ceux qui m'ont si indignement torturée. Laissez à la Providence le soin de les punir. Il est possible que ceci soit un châtiment pour avoir voulu usurper son rôle. Ramenez-moi mon enfant chérie et je chasserai de mon cœur tous les sentiments que doit répudier une chrétienne. »

D'amers remords se mêlaient à cette heure terrible aux angoisses qui déchiraient le cœur de la mère. Ses yeux s'étaient ouverts sur ce qu'il y avait de profondément coupable dans cet acharnement vindicatif qu'elle nourrissait depuis si longtemps à l'exclusion de toutes les tendres émotions et de tous les instincts généreux.

Voilà ce que la mère se reprochait avec amertume, tandis qu'assise dans un coin de la voiture, les mains jointes, le visage tourné vers la portière, elle regardait la route d'un œil hagard, impatiente de voir apparaître chaque borne qui la rapprochait du terme de son voyage.

Elle s'était dit, naturellement, que la disparition de l'enfant devait être l'œuvre directe ou indirecte de Sir Reginald Eversleigh et elle exprima cette opinion à Larkspur. Mais, à sa grande surprise, sur ce point il ne fut pas de son avis.

« Si vous me demandez si Sir Reginald est dans cette affaire, je vous répondrai franchement, non, madame, je ne le crois pas. Je n'ai pas besoin de vous dire que j'ai acquis un peu d'expérience. Si cette expérience a la moindre valeur, je vous déclare que Sir Reginald n'est pour rien dans cet enlèvement.

— D'une façon directe, non peut-être, mais indirectement ? interrompit Honoria.

— Ni directement, ni indirectement, répondit le grand homme de Brow Street, j'ai eu l'œil sur le baronnet depuis le jour où vous m'avez chargé de le surveiller et il est furieusement difficile pour lui de rien faire sans que j'en aie connaissance. Je sais le nombre de lettres qu'il écrit et j'en connais plus ou moins le contenu. Je sais les personnes qu'il voit et je connais jusqu'à un certain point ses conversations, je ne vois pas comment il aurait pu conduire à bien l'enlèvement de la jeune demoiselle sans que j'en aie été instruit.

— Mais, son complice, son ami, son associé, son âme damné, Carrington... ne peut-il avoir commis cette nouvelle infamie ?

— Je ne le pense pas, madame, répondit Larkspur. J'ai également eu les yeux sur lui, comme de raison, car lorsque Larkspur se charge d'une chose il ne la fait pas à moitié. J'ai surveillé de près M. Carrington ; à l'exception de ses conciliabules avec cette fine mouche qui est la dame de compagnie de Mme Durski, il y a peu de ses actes dont je ne puisse me rendre un compte exact. Non, madame, il y a quelque autre individu dans cette affaire, et cet autre individu, il est de mon devoir de le découvrir. Mais je ne puis rien faire avant d'avoir étudié le terrain. Quand je serai sur les lieux, j'aurai le temps de regarder autour de moi et je pourrai me former une opinion. »

Honoria fut bien obligée de se montrer patiente en mettant sa confiance d'abord en la Providence et ensuite dans l'agent de police qui ressentait autant de compassion pour son chagrin que pouvait en éprouver un homme tellement blasé sur tous les crimes et toutes les iniquités, et dont le cœur s'était trop endurci au contact des mauvais côtés de l'humanité, pour pouvoir sympathiser avec les douleurs réelles de la vie. Elle fut obligée de se montrer patiente, et de feindre une tranquillité qui rassemblait à la patience, mais son cœur battait avec violence tant l'effort était grand pour maîtriser la tempête qui grondait intérieurement en elle.

Enfin ce voyage pénible arriva à son terme. Elle franchit la porte d'entrée du château de Raynham et par la portière de la voiture elle vit une affiche dont les grosses lettres noires ressortaient sur un fond blanc. Cette affiche offrait une récompense de trois cents livres à qui ferait retrouver l'enfant perdu.

Larkspur fit une moue dédaigneuse en apercevant l'affiche.

« Ce n'est pas cela qui la ramènera, murmura-t-il. Ceux qui l'ont enlevée jouent trop gros jeu pour la rendre à la première offre de récompense, je ne sais même pas si celles qui suivraient seraient plus heureuses. L'enfant ne pourra être retrouvée que par des gens de force à lutter contre le scélérat qui a osé la voler, mais peut-être celui-là trouvera-t-il son homme, avant qu'il soit bien longtemps, et si habile qu'il puisse être. »

L'entrevue entre Honoria et le capitaine fut très-calme. Elle était trop juste, trop noble, pour adresser un reproche à l'ami en qui elle avait placé sa confiance, alors même qu'il n'avait pas réussi à y répondre selon son attente.

Il avait entendu arriver la chaise de poste et il attendait Honoria sur le seuil. Il avait eu de rudes moments dans sa vie, mais jamais son cœur n'avait été mis à une aussi rude épreuve que lorsqu'il s'était vu contraint d'aller au-devant de Lady Eversleigh.

Elle lui tendit la main dès qu'elle fut près de lui.

« J'ai fait mon devoir, dit-il à voix basse et d'un ton solennel, j'ai fait mon devoir, comme homme et comme soldat, je vous le jure, Lady Eversleigh. J'ai fait mon devoir, si malheureux que soit le résultat obtenu.

— Je le crois, répondit Honoria avec gravité, je lis sur votre visage que vous n'avez pas de bonnes nouvelles à me donner. Elle n'est pas retrouvée ? »

Le capitaine secoua tristement la tête.

« Et vous n'en avez aucune nouvelle, pas un indice, pas une trace ?...

— Hélas non ! Le constable du pays et celui de la ville voisine ont fait tout ce qu'ils ont pu, mais jusqu'à présent le résultat s'est borné à des suppositions et à des conjectures.

— Et ils ne seraient arrivés à rien de plus alors qu'ils auraient eu vingt ans au lieu de trois jours à consacrer à leurs recherches, dit Larkspur. Peut-être ne savez-vous pas ce que sont les agents de police de province, je le sais, moi, et si vous comptez sur eux pour retrouver la jeune demoiselle, vous ferez tout aussi bien de regarder le ciel et d'attendre qu'elle en tombe, la chose serait encore plus probable que leur découverte. Je croirais aux miracles, au besoin, ajouta pieusement Larkspur, mais je ne croirais jamais aux constables de campagne. »

Le capitaine regarda avec étonnement celui qui prenait la parole, et Lady Eversleigh s'empressa d'expliquer la présence de son allié.

« Monsieur est M. Larkspur, l'un des agents les plus avantageusement connus de Brow Street, dit-elle, et je compte sur son aide pour retrouver mon bien le plus précieux. Je vous en prie, dites-nous tout ce qui a rapport à ce malheureux événement. C'est un homme fort habile et il peut indiquer une meilleure voie à suivre que tout ce qui a été tenté jusqu'à présent. »

Ils étaient passés dans un petit salon, sorte d'antichambre ou de cabinet qui attenait au grand vestibule, Larkspur avait pris un siége et s'était établi avec toute l'aisance d'un homme qui aurait passé la moitié de sa vie au château de Raynham. Il écouta avec la plus grande attention le récit circonstancié que fit le capitaine de la disparition de l'enfant, en ayant soin de ne pas même omettre le détail le plus indifférent en apparence se rattachant à ce triste événement.

De temps en temps Larkspur prenait quelques notes au crayon sur son agenda, mais il n'eut garde d'interrompre l'exposé du capitaine, par une seule observation.

Quand le capitaine eut cessé de parler, Lady Eversleigh regarda Larkspur. On eût dit qu'elle attendait que son arrêt sortît de sa bouche.

« Eh! bien, murmura-t-elle la poitrine oppressée, y a-t-il quelque espoir? Trouvez-vous quelque indice?

— Plus d'indices qu'il n'en faut, répondit-il, si l'on sait s'en servir avec habileté. La première chose à faire c'est de promettre une récompense à qui rapportera le couvre-pieds en soie qui a été emporté avec l'enfant.

— Pourquoi offrir une récompense pour le couvre-pieds? demanda le capitaine.

— Heureuse innocence! reprit Larkspur en regardant le vieux soldat avec compassion. Ne voyez-vous pas que si nous retrouvons le couvre-pieds, nous sommes presque sûrs de retrouver l'enfant. L'homme qui l'a enlevé a fait une faute en emportant l'enfant dans ce couvre-pieds, à moins qu'il n'ait eu l'adresse de le détruire sans l'emporter plus loin. S'il n'a pas fait cela, s'il a laissé le couvre-pieds quelque part derrière lui, je pourrais presque affirmer que son rapt sera découvert. Voilà précisément les indices à l'aide desquels un homme de police sait faire jaillir la lumière. Plus d'un meurtre, plus d'un vol ont été découverts à l'aide d'un vieil habit, d'une vieille paire de souliers, d'une canne ou autre objet de ce genre auxquels on n'avait pas songé. Il serait inutile en ce moment que je fisse un pas à la recherche de l'enfant, mais avant quarante-huit heures, nous aurons une affiche posée dans toutes les villes d'Angleterre, une annonce faite dans tous les journaux, promettant cent cinquante francs de récompense à qui rapportera ce couvre-pieds de soie bleue, bordé de rouge.

— Cette idée me paraît pleine de sagesse, dit le capitaine, d'un air pensif. Et je dois avouer qu'il ne me serait jamais venu à l'esprit d'offrir une récompense pour le couvre-pieds.

— Je le crois, dit Larkspur, avec une pointe d'ironie. Il m'a fallu trente ans pour apprendre mon métier, et il n'est pas à supposer que cette connaissance vienne aux autres tout naturellement.

— Vous avez raison, M. Larkspur, répliqua le capitaine, ne pouvant réprimer un sourire en voyant l'air de dignité offensée de l'homme de police. Et puisque vous semblez à la hauteur de toutes les difficultés de la situation, je crois que nous ne pouvons mieux faire que de nous remettre entièrement à votre discrétion.

— Je ne pense pas que vous aurez jamais sujet de vous repentir de votre confiance, dit Larkspur. Et maintenant, si j'osais me permettre une liberté, je vous dirais que je serais bien aise de manger un morceau quelconque pour dîner en l'arrosant d'un verre d'eau-de-vie avec de l'eau, après quoi j'irai faire un tour dans le village pour reconnaître les lieux. Un homme qui n'a pas ses yeux dans sa poche, et dont les oreilles sont bien ouvertes, doit y trouver quelque chose à glaner. »

Larkspur fut recommandé aux soins du sommelier qui le conduisit immédiatement à l'appartement de l'importante femme de charge. La digne Mme Smithson le reçut avec une condescendance presque royale.

Mme Smithson et le sommelier auraient bien voulu lier conversation avec Larkspur, et tirer de lui des renseignements sur sa personne, mais Larkspur n'était pas en disposition de se montrer communicatif. Il répondit poliment mais brièvement à toutes les civilités de Mme Smithson, et après avoir mangé tout le blanc d'un poulet froid, une livre de jambon, et bu une quantité considérable de cognac, il quitta l'appartement de la femme de charge et conduit par le sommelier, il se retira dans l'appartement qui lui était destiné et qui se composait d'un petit salon qui précédait une chambre à coucher. C'est là que Larkspur devait habiter durant son séjour au château.

Jusqu'au soir il s'occupa à écrire de courtes notes aux chefs des agents de police dans toutes les principales villes de l'Angleterre, leur demandant de faire imprimer et apposer les affiches dont il avait parlé à Lady Eversleigh et au capitaine. Quand ce travail fut fait, il mit son chapeau et sortit par la grande porte du château pour se rendre au village. Il y passa le reste de la soirée, et son temps ne fut pas perdu, bien qu'il en eût passé la plus grande partie dans la grande salle de *la Poule et ses Poussins*, où il était resté à boire des verres de grog très-léger, écoutant avec attention les conversations des habitués de la maison.

Parmi ces braves gens se trouvait Brook, le cocher.

« Voulez-vous que je vous dise une chose, Matthieu, fit un vigoureux gaillard au teint coloré, qui était sommelier dans une des maisons voisines du château de Raynham, eh bien ! depuis huit jours vous n'êtes plus reconnaissable... depuis que la petite demoiselle du château a été volée. Vous deviez bien aimer cette enfant ?

— Oh ! oui, je l'aimais bien, la chère petite, » répondit Matthieu.

Mais quoique cette assertion fût au fond parfaitement exacte, il y avait eu une certaine hésitation dans la manière dont elle avait été exprimée, une hésitation que Larkspur ne manqua pas de remarquer.

« Et vous avez perdu votre nouvel ami du *Chat et du Violon*, où vous commenciez à passer bien plus vos soirées qu'ici. Dites donc, Brook, qu'est devenu cet homme, ce Maunders ? demanda le sommelier, c'est tout de même assez étrange, qu'il ait si subitement quitté Raynham, laissant sa maison à l'abandon, ou confiée aux soins de lourdauds de village qui ne doivent rien entendre aux affaires. Savez-vous qui il était et où il est allé, Matthieu ?

— Non, je n'en sais rien, » répondit Brook, avec une certaine impatience et en rougissant.

L'agent de police regarda et écouta avec plus d'attention. A chaque instant la conversation devenait plus intéressante pour lui.

« Comment pourrais-je savoir où est allé Maunders ?

demanda Matthieu avec un peu d'aigreur en s'arrêtant de fumer pour rebourrer sa pipe. Comment saurais-je cela et le temps qu'il restera absent ? Je ne sais rien de lui, si ce n'est qu'il m'a fait l'effet d'un gai compagnon et d'un bon garçon malgré ses manières un peu rudes. C'est Harwood qui l'a amené un soir souper au château et faire une partie de whist, il a eu l'air de se prendre d'amitié pour quelques-uns de nous et nous a invités à venir de temps en temps vider un verre dans son établissement, ce que nous avons fait, voilà tout, et maintenant j'ai assez de tous ces interrogatoires.

— Mais, Brook, s'écria son ami le sommelier, que vous est-il arrivé ? Vous ne devriez répondre à personne de cette manière et encore moins à un vieil ami comme moi. »

Brook ne répliqua rien à ce reproche et continua à fumer tranquillement sa pipe.

« Dites donc, Harris, s'écria le sommelier quand l'aubergiste de *la Poule et ses Poussins* vint prendre les ordres de ses pratiques, savez-vous si le propriétaire du *Chat et du Violon* est de retour ?

— Non, il n'est pas revenu, répondit Harris, et les habitués se plaignent fort d'être servis par la bête de fille à laquelle il a laissé le soin de conduire sa maison. Beaucoup de ses pratiques sont venues chercher ici ce dont ils avaient besoin.

— Quelqu'un sait-il où il est allé ?

— Quelqu'un peut le savoir, répondit Harris. Mais moi je l'ignore absolument. Les uns disent qu'il est allé à Londres y passer une quinzaine pour son agrément. S'il en est ainsi, c'est un drôle d'homme pour les affaires, et je crois bien que lorsqu'il reviendra toute sa clientèle aura quitté sa maison.

— Ne pensez-vous pas qu'il pourrait bien avoir décampé?

— Dame, voyez-vous, il avait peut-être des dettes, et il se peut qu'il ait voulu se débarrasser de ses créanciers.

— Mais les gens du village disent qu'il ne devait pas cinq livres dans tout le pays, reprit l'aubergiste qui jouissait d'une grande autorité dans toutes les questions qui avaient un intérêt local. C'est réellement une drôle de chose que cet homme qui s'en va sans dire pourquoi, ni où il va, et juste au moment où la petite fille du château disparaît.

— Vous pensez donc qu'il pourrait être pour quelque chose dans cet événement, Harris? » demanda le sommelier.

Larkspur profita de l'occasion pour regarder Brook, à ce moment, et il vit que l'honnête visage du cocher était devenu tout à coup livide comme sous l'influence d'une secrète terreur.

« Croyez-vous que Maunders ait prêté la main à l'enlèvement de la petite fille, Harris? » répéta le sommelier.

L'aubergiste secoua la tête d'un air grave.

« Je ne pense rien et je ne crois rien, répondit-il d'un air mystérieux. Ce n'est pas mon affaire de donner mon opinion en pareille matière, on pourrait dire que je suis jaloux de mon confrère du *Chat et du Violon*, et que je cherche à lui jouer un mauvais tour. Tout ce que je puis dire, c'est qu'il est étrange que le propriétaire du *Chat et du Violon* disparaisse du village au moment même où la petite disparaît du château. Tirez-en telle déduction qu'il vous plaira, ajouta Harris d'un air solennel, laissez les choses suivre leur train, cela vous regarde.

— Je vous dirai une chose, reprit le sommelier, j'ai causé avec la vieille mère Smithson, depuis la disparition de la petite fille, et d'après ce que j'ai appris, il est parfaitement clair que l'affaire n'a pas été conduite par quelqu'un du dehors, c'est impossible. Quelqu'un dans la maison a dû faire le coup, je parierais une année de mes gages que je ne me trompe pas, et il ne faut pas vous trouver offensé, Matthieu, si je me prononce contre quelqu'un de vos camarades.

— Je ne suis pas plus offensé que satisfait, répondit Matthieu d'un air maussade. Tout ce que je puis dire, c'est que je n'aime pas toutes ces enquêtes. Il y a une sorte d'homme de police qui est arrivé aujourd'hui avec Milady, à ce que j'ai entendu dire, quoique je ne l'aie pas vu, et je pense qu'il saura bien tout découvrir. »

Il ne fut plus rien dit au sujet de la disparition de la jeune héritière, et du propriétaire de la taverne du *Chat et du Violon*.

Il était évident que ce sujet, pour une raison ou pour une autre, était peu agréable à Brook, et comme il était aimé de tout le monde, on changea la conversation.

Larkspur employa la matinée suivante à un examen minutieux de toutes les entrées de la maison. Quand il vit la petite porte vitrée ouvrant sur la chambre occupée par Stephen, le valet de pied, il fit entendre un long sifflement et se mit à sourire de l'air triomphant d'un homme qui a trouvé la clé d'un mystère qu'il désire résoudre.

Mme Smithson, la femme de charge, conduisit Larkspur de chambre en chambre, pendant toute sa minutieuse investigation des localités, et elle et Stephen étaient seuls présents, quand il examina cette porte vitrée.

« Vous fermez toujours votre porte au verrou pendant la nuit ? demanda Larkspur au valet.

— Toujours, monsieur. »

L'accent de l'homme et l'expression de son visage se combinèrent pour le trahir aux yeux de l'habile agent de police.

Larkspur savait que cet homme lui avait sciemment fait un mensonge.

« Êtes-vous bien certain d'avoir fermé et verrouillé la porte, pendant la nuit du rapt ?

— Oh ! parfaitement certain, monsieur. »

Larkspur examina le verrou, il était très-fort, mais il était si difficile à mouvoir, qu'il était évident qu'on en faisait rarement usage.

Mme Smithson ne remarqua pas ce fait, mais il n'échappa point à Larkspur. Son métier voulait qu'il prît note des faits les plus indifférents.

« Pouvez-vous vous rappeler ce que vous avez fait ce soir-là ? demanda-t-il encore en s'adressant à Stephen de plus en plus confus.

— Non, monsieur, je ne saurais me le rappeler exactement, balbutia le valet.

— Êtes-vous resté à la maison ?

— Dame, monsieur, je pense que je devais y être.

— Vous n'en êtes pas certain ?

— Dame, monsieur, peut-être puis-je m'aventurer à dire que j'en suis certain, » dit le malheureux jeune homme qui, dans son désir de dissimuler les méfaits de son camarade, se trouvait dans la nécessité d'entasser mensonge sur mensonge.

Il savait qu'il pouvait compter sur la discrétion des autres domestiques, et que nul ne parlerait du souper fait à la taverne du *Chat et du Violon*.

Après avoir terminé l'examen des lieux, Larkspur dîna fort bien dans l'appartement de la femme de charge, et sortit pour aller finir sa soirée au village. Mais cette fois c'est à la taverne du *Chat et du Violon*, et non à celle de *la Poule et ses Poussins* que l'agent de police porta ses pas. Il y trouva un petit nombre de marins et de paysans installés sur les bancs de bois de la salle publique, et buvant leur bière dans des pots de terre jaune au milieu d'une atmosphère suffocante de fumée de tabac.

Larkspur ne perdit pas son temps à écouter les conversations de ces hommes, il regarda dans la salle pendant quelques minutes, puis il retourna au comptoir où il demanda un verre d'eau-de-vie avec de l'eau, à la fille qui servait les pratiques en l'absence de Maunders.

« Ainsi votre maître est absent de sa maison, ma fille, dit-il du ton le plus insinuant en remuant tranquillement son grog.

— Oui, monsieur.

— Savez-vous quand il doit revenir ? demanda Larkspur.

— Mon Dieu, non, monsieur.

— Savez-vous au moins où il est allé?

— Je ne le sais pas plus. Mon maître est bon pour tenir sa langue. Il ne dit jamais rien à personne.

— Quand est-il parti? »

La fille indiqua le matin où l'on avait découvert la disparition de la fille de Sir Oswald.

« Il est parti de grand matin, je suppose? dit Larkspur avec indifférence.

— Il faut croire, monsieur, répondit la fille, car j'étais levée à six heures ce matin-là, et mon maître avait déjà quitté la maison, quand je suis descendue. Je n'ai pas trouvé trace de lui.

— Il a dû partir de très-bonne heure!

— Oui, et ce qu'il y a de plus étrange, c'est qu'il s'était couché très-tard la veille, ajouta la fille qui était du nombre des personnes qui n'aiment rien tant que de dire tout ce qu'elles savent sur tout et sur tous.

— Oh! dit Larkspur, il était encore sur pied fort tard la nuit précédente, dites-vous?

— Oui, il était onze heures quand il m'a envoyé me mettre au lit et cela assez durement selon son habitude. Il ne doit pas être allé se coucher avant une heure, car je suis restée éveillée, écoutant et me demandant pourquoi il restait si longtemps en bas. Je suis restée sans dormir pendant une heure environ et je ne l'ai pas entendu monter. Ainsi Dieu sait à quelle heure il s'est mis au lit! Du reste il avait de la compagnie ce soir-là.

— Ah! il avait de la compagnie? fit l'agent de police qui vit qu'il n'avait pas besoin d'interroger une jeune personne si bien disposée à lui dire tout ce qu'elle savait.

— Oui, monsieur, ses amis étaient venus faire une partie de cartes et manger un souper que j'avais eu assez de mal à préparer. C'est que, voyez-vous, les amis de mon maître, c'est quelques-uns de ces messieurs du château, et ils vivent si bien là-haut, qu'il fallait faire attention à ce qu'on leur donnait à manger. Il faut tout ce qu'il y a de meilleur et de mieux soigné, m'avait dit mon maître. Je puis me flatter que le morceau de viande était rôti dans la perfection quand je l'ai mis sur le plat, et que les oignons frits avaient une belle teinte d'un brun doré qui aurait fait honneur au chef des cuisines de la Reine. Je ne devrais peut-être pas dire cela, ajouta modestement la donzelle.

— Et quels messieurs du château sont venus souper avec votre maître ce soir-là? demanda alors Larkspur.

— Dame, monsieur, voyez-vous, ils étaient trois : M. Brook, le cocher, l'homme le plus aimable et le plus poli que vous puissiez rencontrer, mais il aime un peu trop boire, à ce qu'on dit ; et puis il y avait Harwood, le groom, et Stephen, le valet de pied, un jeune homme bien gentil, qui a de belles couleurs fraîches ; mais peut-être le connaissez-vous? »

Larkspur et la fille de comptoir continuèrent leur conversation pendant un assez long temps, mais sans aucun nouveau détail d'un intérêt particulier. L'agent de police quitta la taverne du *Chat et du Violon*, très-satisfait du résultat de sa soirée et arriva assez à temps au château pour prendre une bonne tasse de thé chez la femme de charge.

Il était complétement fixé sur l'identité de celui qui s'était rendu coupable du vol de l'enfant.

Le premier point à éclaircir était celui-ci : comment le propriétaire de l'établissement du *Chat et du Violon* avait-il quitté Raynham ? Il devait lui avoir été de toute impossibilité de partir dans une voiture publique avec l'enfant volé ; il n'aurait pu le faire sans attirer l'attention de ses compagnons de voyage. Larkspur avait eu soin de se renseigner sur les habitudes de cet homme, auprès de la communicative fille de comptoir, et il savait qu'il n'avait à lui ni cheval ni voiture. Il fallait donc qu'il fût parti dans une voiture publique, ou à pied.

S'il avait quitté le village à pied, protégé par l'obscurité de la nuit, il pouvait avoir réussi à n'être pas vu. Mais il avait dû arriver dans quelque autre village au point du jour, il devait à un moment quelconque s'être procuré un moyen de transport. En quelque lieu qu'il fût allé portant l'enfant avec lui, sa vue devait avoir attiré l'attention.

Après avoir pris ses renseignements, l'astucieux Larkspur eût bientôt acquis la certitude que Maunders n'avait pris aucune des voitures publiques, pour quitter le village.

Il était tard quand Larkspur revint au château, après s'être assuré du fait. Il apprit que Lady Eversleigh avait demandé après lui et qu'on le priait de se rendre à son appartement, quelle que fût l'heure à laquelle il reviendrait.

Conformément à ce désir il suivit le domestique qui le conduisit à l'appartement occupé par la maîtresse du château de Raynham.

« Eh ! bien, M. Larkspur, demanda-t-elle avec empressement, nous apportez-vous quelque espoir ?

— Je ne sais encore si je puis rien assurer de positif, dit le prudent Larkspur ; mais je pense que je puis m'aventurer à dire que les choses marchent très-bien. Je n'ai pas perdu mon temps, soyez-en bien convaincue, madame, et dans un ou deux jours j'espère avoir quelque chose d'encourageant à vous annoncer.

— Mais ne pouvez vous rien me dire encore ?... murmura Honoria avec un soupir de désespoir.

— Non, Milady, pas encore. »

Lady Eversleigh fut obligée de se contenter de ce faible espoir.

Le lendemain matin, de bonne heure, Larkspur se mit en route pour son voyage de découvertes, et il gagna les villages qui étaient à deux, trois, quatre, et cinq heures de marche de Raynham.

XVIII

SUR LA PISTE

Larkspur passa sa journée du lendemain de la même manière et revint au château assez tard dans la soirée et tout-à-fait désorienté. Il avait été gâté dans ces derniers temps pas de trop faciles triomphes et son insuccès lui était fort désagréable.

Chaque soir Lady Eversleigh l'avait fait appeler dans son appartement, mais chaque fois il avait refusé de s'y rendre. Il lui faisait dire respectueusement que n'ayant rien à communiquer à Sa Seigneurie, il était inutile qu'il se rendît auprès d'elle.

Mais le lendemain, de grand matin, après deux jours de peine perdue, le courrier apporta à Larkspur une communication qui lui rendit toute sa bonne humeur.

Ce n'était ni plus ni moins qu'une courte lettre émanant du bureau de police de Murford, et qui informait Larkspur qu'une vieille femme avait apporté le couvre-pieds de soie pour lequel on avait fait promettre une récompense.

Larkspur envoya un domestique demander à Lady Eversleigh si elle voulait lui accorder la faveur de quelques minutes de conversation. L'homme revint tout aussitôt avec une réponse affirmative :

« Milady sera heureux de recevoir M. Larkspur.

— Oh ! monsieur Larkspur ! s'écria Honoria lorsque

l'agent de police entra, je suis sûre que vous m'apportez de bonnes nouvelles, je le lis sur votre visage.

— Eh ! bien, oui, madame, j'ai reçu d'assez bonnes nouvelles ce matin.

— Vous avez retrouvé la trace de mon enfant.

— J'ai retrouvé la couverture, répondit André, et pour moi c'est un point important. Elle a été jusqu'à Murford, à quarante milles d'ici. Comment l'homme qui a enlevé Mlle Eversleigh a-t-il pu parvenir jusque-là sans laisser de traces derrière lui ?.... voilà ce que je ne puis m'expliquer.

— A Murford !.... ma chérie a été emmenée à Murford !.... s'écria Honoria.

— C'est ce que je conclus de ce fait que le couvre-pieds se trouve à cet endroit, répondit Larkspur. Je vous avais dit que les affiches produiraient leur effet. Murford est une grande ville manufacturière et précisément le lieu qu'un homme qui a intérêt à se soustraire aux yeux de la police, devait naturellement choisir. Maintenant, avec votre permission, Milady, je partirai pour Murford aussitôt que je pourrai me procurer une chaise de poste.

— Et j'irai avec vous, s'écria Lady Eversleigh. Il me semblera que je suis plus près de mon enfant quand je serai dans la ville où vous espérez trouver un indice qui vous mette sur la trace du lieu où on la cache.

— Moi aussi je vous accompagnerai, dit le capitaine Copplestone.

— Pardonnez-moi, capitaine, fit observer Larkspur, si nous partons tous trois, avec une dame, nous attirerons l'attention, même dans une ville aussi affairée que Murford ; et si ceux qui ont enlevé la petite demoiselle entendaient parler de notre arrivée, ils pourraient flairer un piége. Non, Milady, vous me laisserez partir seul, je suis habitué à ce genre de travail qui n'est ni votre affaire ni celle du capitaine. Je puis me glisser partout furtivement comme une anguille, j'ai des yeux habitués à tout voir, des oreilles faites à tout entendre ; vous pouvez vous reposer sur moi, et compter que je ferai mon devoir. J'ai un indice, et un indice, c'est tout ce qu'il me fallait. Restez ici, madame, avec le capitaine, car il peut arriver des nouvelles en mon absence et vous pouvez agir sans moi. Je ne perdrai pas de temps, vous pouvez en être certaine, et tout ce que vous avez à faire, c'est de vous fier à moi et d'espérer que je vous rapporterai de bonnes nouvelles de Murford. »

L'entretien ne se prolongea pas beaucoup, et une demi-heure après, l'agent de police quittait Raynham dans une chaise de poste, dans la direction de Murford.

Les mots seraient trop faibles pour rendre les souffrances de la mère de l'enfant perdue et des amis auxquels elle était également chère. Ils attendirent avec toutes les apparences extérieures du calme, mais leur peine et leur anxiété n'en étaient pas moins vives. Ils restaient assis, inoccupés, silencieux, comptant les heures, les minutes qui devaient s'écouler jusqu'au retour de l'agent de police.

Il arriva plus tôt qu'Honoria n'avait osé l'espérer, et il lui rapportait tant de sujets de consolation qu'elle se serait presque jetée à ses genoux, comme Thétis aux pieds de Jupiter, dans l'immensité de sa gratitude pour ses services.

« J'ai reconquis le couvre-pieds, dit Larkspur en tirant cette petite couverture de soie de son sac de voyage et en la dépliant aux yeux de ceux auxquels sa vue était si familière. C'est bien cela, je pense, Milady? Oui, j'en étais sûr. J'ai trouvé une vieille sorcière qui réclamait la récompense promise, car, voyez-vous, les agents de police de Murford avaient réussi à la faire patienter, en lui disant : « revenez dans une heure, » pour que je puisse être là pour l'interroger. C'est une mauvaise pratique, un vrai gibier de potence, je le parierais. Je l'ai eu bien vite jugée et j'étais certain que, quoi qu'elle sût, elle s'empresserait de le dire, pourvu qu'on y mît le prix. Aussi, après un peu d'hésitation, quand j'eus fais miroiter à ses yeux l'appât de vingt livres en belles pièces d'or, lui faisant observer qu'il n'était pas sain de se jouer d'un agent de Bow Street, elle consentit à me dire tout ce qu'elle savait. L'homme qui a volé la jeune demoiselle s'est présenté dans son taudis et la vieille mère Brimstone lui a procuré des vêtements pour la petite fille. Comme gage de sa sincérité et moyennant une livre que je lui ai donnée, la vieille femme m'a remis les vêtements que portait l'enfant, et les voici. »

Tout en parlant Larkspur avait tiré des profondeurs de son sac de nuit les élégants vêtements garnis de dentelle que portait l'héritière de Raynham. Ah! qui pourrait décrire l'angoisse de la mère à la vue de ces objets qui s'associaient si étroitement au souvenir de l'enfant qu'elle avait perdue.

« Eh! bien, dit avec effort Honoria, continuez, je vous en supplie. Elle vous a dit qu'elle avait vu l'enfant, mais avec qui?.... vous l'a-t-elle dit?

— Elle me l'a dit, répondit Larkspur. Elle m'a dit que le misérable qui détient la petite demoiselle n'est autre qu'un homme soupçonné de nombreux crimes, un homme que je surveille depuis longtemps, un homme bien connu parmi les criminels de Londres.., c'est un nommé Tom Milsom. »

Tom Milsom!... Le visage déjà si pâle de Lady Eversleigh devint livide en entendant prononcer ce nom qui retentit comme un glas funèbre à ses oreilles.

« Tom Milsom! s'écria-t-elle enfin, si ma fille est entre les mains de cet homme elle est perdue!

— Vous le connaissez, Milady, s'écria Larkspur avec surprise. Ah! je me rappelle, vous sembliez familière avec les détails de l'assassinat de Jernam. Vous connaissez ce Milsom ?

— Je le connais, répondit Honoria avec le plus profond désespoir, ne me demandez pas où et quand cet homme et moi nous nous sommes rencontrés. Qu'il vous suffise de savoir que je le connais. Mon enfant chérie ne pouvait pas tomber en de pires mains.

— Il ne peut avoir qu'un but, et ce but c'est d'extorquer de l'argent, dit Copplestone. La vie de notre enfant ne court pas de dangers. Vous avez lieu de vous réjouir que l'enfant ne soit pas tombée entre les mains de Sir Reginald Eversleigh.

— Continuez, dit Honoria à Larkspur, dites-moi tout ce que vous avez découvert.

— Tout ce que j'ai pu découvrir, c'est que cet homme est parti pour Londres avec l'enfant par une certaine diligence. J'ai été à l'auberge d'où part cette diligence, et là, après quelques démarches et quelques délais, j'ai été assez heureux pour voir le conducteur. J'ai tiré de lui quelques renseignements précieux, ou plutôt des renseignements que je pense pouvoir faire tourner à notre avantage. Il s'est rappelé parfaitement Milsom d'après la description que je lui en ai faite, description qui m'avait été fournie par la vieille mère Brimstone; il s'est rappelé aussi la petite fille parce qu'elle avait un peu pleuré et que les voyageurs avaient eu compassion d'elle, et que, séduits par son joli visage, ils avaient essayé de la consoler. Le conducteur lui-même avait beaucoup regardé l'enfant en se disant que l'homme qui l'accompagnait n'avait pas trop bonne mine; et arrivé à Londres, il avait eu la curiosité, me dit-il, de voir où ils allaient tous deux et ce qu'ils devenaient.

— Et a-t-il réussi à découvrir quelque chose?... demanda Lady Eversleigh.

— Par une heureuse chance pour nous, oui, il y a réussi. L'homme est monté dans une voiture de place et le conducteur lui a entendu dire au cocher, de se rendre à la grande route de Ratcliff.

— Alors, je le trouverai, s'écria Honoria avec une excitation fébrile, je connais trop bien ce lieu! J'irai avec vous à Londres, monsieur Larkspur, et je vous aiderai moi-même à retrouver mon trésor. »

Dans son agitation elle ne s'inquiétait pas des secrets qu'elle révélait. Elle n'avait qu'une pensée, qu'une idée fixe, et c'était pour elle une question de vie ou de mort.

« Ne m'interrogez pas, dit-elle à Copplestone qui la regardait avec étonnement. Ma jeunesse s'est passée dans une caverne de voleurs. Quand j'ai été femme, mon existence a été un long combat contre des ennemis sans pitié; je lutterai bravement jusqu'au bout. Et maintenant, dans cette épreuve, la plus cruelle de ma vie, l'expérience de ma malheureuse jeunesse me servira pour combattre ce scélérat. »

Elle ne voulait rien entendre, rien expliquer.

« Ne m'interrogez pas, répéta-t-elle, vous m'avez conseillé de me fier en l'expérience de M. Larkspur et je mettrai ma confiance en sa sagesse; mais je dois, je veux l'accompagner dans ses recherches pour retrouver mon enfant. Commandez une chaise de poste à l'instant. Pouvez-vous vous priver de repos et dîner à la hâte avant de partir, M. Larkspur? ajouta-t-elle en se tournant vers son allié.

— Me priver de repos?... Ah! vous ne me connaissez pas, Milady. Je ne sais plus ce que c'est que le repos, quand les affaires me commandent; et quant au dîner, une sandwich, un verre d'eau-de-vie, c'est tout ce qu'il me faut quand je suis dans l'action.

— Vous serez récompensé de vos peines.

— Je vous remercie de votre bonté, Milady, la promesse d'une récompense est fort encourageante, comme de juste, mais je vous affirme que je suis intéressé de cœur à cette affaire, et il me semble que je suis capable d'accomplir des miracles. »

Larkspur se hâta d'aller faire un aussi bon dîner que possible pendant les dix minutes qu'il prit pour cela et Honoria gagna sa chambre à coucher pour mettre un costume de voyage.

« Priez pour moi, mon bon et fidèle ami, » dit-elle d'un ton sérieux en faisant ses adieux au capitaine.

Quelques minutes après, elle roulait sur la route qu'elle avait si souvent parcourue dans des circonstances et sous l'impression de sentiments si différents. Elle se rappelait la première fois qu'elle avait traversé ces villages, ces plaines, ces bois, ces montagnes. Jeune épouse, aimée et honorée, elle avait à ses côtés un mari plein d'adoration pour elle, un avenir heureux s'offrait à elle! et l'horizon était alors sans nuage pour elle.

Une seule ombre s'élevait entre elle et ce soleil radieux ; cette ombre était un cruel souvenir : le souvenir de ce forfait accompli sous le voile de la nuit dans cette maison du bord de l'eau. Aujourd'hui encore, quand son cœur était tout à la douce image de son enfant, ce sombre souvenir la poursuivait ; il lui semblait qu'une mystérieuse influence l'obligeait à se rappeler les horreurs de cette nuit terrible.

« La malédiction du sang innocent est sur moi, se disait-elle, je ne connaîtrai le repos et la paix que quand le meurtre de Valentin Jernam aura été vengé ! »

Lady Eversleigh se rendit directement à son logement de Percy Street et Larkspur alla visiter certains repaires dans lesquels il espérait récolter quelques renseignements. Ces démarches ne furent pas complètement sans résultats.

Après une absence, assez courte en réalité, mais qui parut interminable à l'impatiente anxiété d'Honoria, Larkspur se présenta devant elle.

« Eh ! bien, M. Larkspur, quelles nouvelles ? s'écria-t-elle vivement à son entrée dans sa chambre.

— Peu de chose, Milady, cependant j'ai découvert quelque chose.

— Quoi ?

— C'est que la petite demoiselle n'a pas quitté la province. Mais puisque vous semblez connaître ce Tom Milsom, Milady, avez-vous quelque idée de l'endroit où il aurait pu la conduire ? »

Honoria garda le silence pendant quelques minutes, évidemment absorbée dans ses pensées.

« Oui, dit-elle enfin, je sais quelque chose de la vie passée de cet homme, j'en sais assez pour que son nom seul me donne un frisson d'horreur. Oui, M. Larkspur, j'ai eu le malheur de ne connaître que trop ce

Milsom, à une époque bien cruelle de mon passé.

— Si Votre Seigneurie ne considérait pas cela comme une trop grande liberté, dit l'agent de police avec une certaine hésitation, j'aimerais à lui adresser une question.

— Vous êtes libre de me faire toutes les questions qu'il vous plaira de m'adresser.

— Quand et où vous est-il arrivé de vous rencontrer avec ce Tom Milsom? reprit Larkspur. Si vous étiez assez bonne pour me le dire avec franchise, cela pourrait m'être d'un grand secours pour l'affaire que j'ai en mains. »

Honoria ne répondit pas pendant quelques instants; elle s'était levée de son siége et marchait dans la chambre, toujours absorbée dans ses réflexions.

« Cela vous aidera-t-il pour retrouver mon enfant? dit-elle enfin. S'il en est ainsi, je vous dirai tout ce que je sais.

— Sachez, Milady, que cela peut me servir, mais que je ne puis vous en dire davantage.

— Si cela peut vous donner l'ombre d'une chance de retrouver mon enfant, mon devoir est de parler, » reprit Honoria.

Et se laissant tomber sur un siége, ses yeux graves et sérieux se fixèrent sur le visage de son compagnon.

« Pour vous dire tout ce que je sais de Tom Milson, il faut que je remonte aux jours de mon enfance. Mes premiers souvenirs sont brillants mais ils sont si vagues que je puis à peine distinguer les réalités des rêves, et cependant il semble que mes souvenirs soient empreints d'une certaine réalité. Je vois encore une belle figure brune qui se penchait sur moi, quand je dormais dans un berceau plus moelleux et plus élégant que ceux où je reposai bien des années après. Je me rappelle une voix caressante et douce qui chantait pour m'endormir. Je me souviens de cette demeure qui était la mienne.... tout y était luxe et richesse.

— Et vos souvenirs ne peuvent pas dire où était située cette demeure?

— Je ne connais rien des localités. J'étais trop jeune pour me rappeler les noms des personnes ou des lieux. Mais j'ai toujours pensé que c'était en Italie.

— En Italie?

— Oui, car la première habitation dont je me souvienne d'une manière positive, est une cabane de pêcheur dans un petit village à quelques lieues de Naples. J'étais l'unique enfant de ce misérable logis, solitaire et désolé, et j'étais au pouvoir de deux misérables dont la présence ne m'inspirait qu'horreur et dégoût.

— Et c'était?

— Une vieille femme nommée Andrinetta, que j'appelais ma nourrice quand elle était avec moi dans cette riche demeure dont je n'ai qu'un souvenir confus, et l'homme que vous connaissez sous le nom de Tom Milsom.

— Est-ce qu'il est Italien? demanda Larkspur étonné.

— Je ne sais; en Angleterre il se dit Anglais, mais en Italie on le croyait Italien. Quelle était sa profession à cette époque, je l'ignore, mais je suis certaine que son existence ne devait pas être alors plus honorable que celle qu'il a menée depuis. Il prétendait gagner sa vie comme tous les autres pêcheurs du voisinage, mais il restait souvent sans rien faire, pendant des semaines entières, et s'absentait souvent pendant un laps de temps plus considérable. Je l'avais vu étaler de l'or et des bijoux devant Andrinetta au retour de quelques-unes de ces expéditions. Il était dur et cruel pour moi, je le haïssais et il savait que je le haïssais. Il m'ordonnait de l'appeler mon père et plus d'une fois j'ai été battue pour m'y être refusée. Soumise à de tels traitements, dans un aussi misérable logis, privée de toute société d'enfant de mon âge, je devins d'un caractère bizarre et sauvage. Ma volonté était aussi inflexible que celle de mon tyran et plus d'une fois je lui résistai hardiment. Il m'arrivait de me sauver et d'errer dans les montagnes et dans les bois du voisinage, mais je revenais toujours tôt ou tard à mon misérable abri, car je ne savais où aller. Ma vie solitaire me faisait fuir toutes les créatures humaines, à l'exception des deux misérables avec lesquels je vivais ; et lorsque quelques voisins auraient été disposés à me porter quelque bonté, je me sauvai d'eux prise d'une terreur irréfléchie et sauvage.

— C'est étrange, murmura l'agent de police.

— Oui, c'est une étrange histoire, n'est-ce pas ? reprit Lady Eversleigh. Et vous vous étonnez sans doute d'entendre le récit d'une telle enfance, sortir de la bouche de la veuve de Sir Oswald. Un jour j'entendis un voisin reprocher à Milsom les cruels traitements qu'il me faisait souffrir. « — N'est-ce pas assez d'avoir volé l'enfant, » disait-il, « faut-il encore la battre comme vous le faites ? » A partir de cette heure, je sus que j'étais un enfant volé. Je le lui dis un soir, et le lendemain matin, il me conduisit à Naples dans la partie la plus sombre et la plus populeuse de la ville, où je vécus pendant quelques années. « — Personne ne se donnera la peine de venir te chercher ici, ma jeune princesse, me dit mon tyran. Les enfants grouillent par centaines dans toutes les rues, tu seras aussi perdue ici qu'une goutte d'eau tombée dans l'Océan. »

Il y eut une pause pendant laquelle Honoria resta dans une attitude méditative, les yeux errant dans le vague. Il semblait qu'elle cherchait à voir dans l'ombre épaisse du passé.

« Je ne saurais vous dire combien ma vie fut misérable pendant quelque temps. Andrinetta nous avait accompagnés à Naples et bientôt je vis qu'elle était très-malade et qu'elle avait des accès de violence qui frisaient la folie. C'était ma seule compagne dans cet intérieur. L'homme ne paraissait à la maison que pour dormir et de temps en temps il s'absentait pendant des mois. Comment gagnait-il sa vie ? je ne le savais pas plus que je ne l'avais su lorsque nous habitions le petit village au bord de la mer. Je voyais rarement alors des bijoux et de l'or en sa possession, mais pendant la nuit, quand il était retiré dans sa chambre, j'entendais souvent, à travers la mince cloison qui séparait ma chambre de la sienne, le bruit de pièces d'or qu'il comptait. Je crois qu'à cette époque j'aurais péri corps et âme si la Providence ne m'avait pas envoyé un ami, dans la personne d'un bon prêtre, un noble et saint vieillard, qui visitait les misérables repaires du crime et de la pauvreté et qui découvrit mon état désolé. Je n'ai pas besoin de m'étendre sur les bontés de cet homme pour moi, elles n'ont pas été sans doute oubliées dans le ciel où il a dû prendre place depuis longtemps. Il m'instruisit, il me consola, et il me secourut dans l'abîme de misère où j'étais tombée. Il prit soin de cacher ses visites à mon tyran, car il savait que son cœur pervers se révolterait contre ma rédemption de l'ignorance et de la misère. Quand j'eus atteint l'âge de quinze ans, Andrinetta mourut. Un jour, peu de temps après sa mort, Tomasso, c'est ainsi qu'on appelait Milsom en

Italie, me dit qu'il allait m'emmener en Angleterre. Je partis et pendant deux ans je restai avec lui. Je ne vous parlerai pas de cette époque de ma vie. Je vous ai dit maintenant tout ce que je pouvais dire.

— Mais l'assassinat de Valentin Jernam, s'écria André. Les soupçons s'étaient portés sur cet homme et vous, vous savez quelque chose sur ce meurtre.

— Je n'en parlerai pas en ce moment, répliqua Honoria. j'en ai dit assez. Un jour peut venir où je m'expliquerai plus librement, mais il n'est pas venu encore. Croyez que je n'entraverai pas le cours de la justice dans ses poursuites contre cet homme. Et maintenant, la révélation que je viens de vous faire a-t-elle jeté quelque lumière pouvant vous aider à dissiper l'obscurité qui enveloppe le sort de ma Gertrude adorée ?

— Non, je ne saurais le dire. Je ne trouve rien qui indique qu'elle ait été emmenée au loin. Je suis sûr qu'elle est en Angleterre et qu'un ami de Milsom, un nommé Wayman... »

Lady Eversleigh tressaillit et s'écria :

« Je le connais, continuez, continuez ! »

Larkspur dirigea un regard pénétrant et curieux sur Lady Eversleigh :

« Vous connaissez Wayman ? dit-il.

— Oui.... oui.... répéta-t-elle, je le connais, c'est un scélérat sans scrupules. S'il sait où est mon enfant, il vendra le secret pour de l'argent et nous lui donnerons de l'argent, quelque somme qu'il puisse exiger. Croyez-vous que je regarderai au prix quand il s'agira de la sauver ?

— Non.... non.... dit Larspur, mais il ne faut pas vous exalter ainsi ; calmez-vous. Dites-moi tout ce que vous savez sur Wayman et alors nous verrons ce que nous devons faire. »

A ce point de la conversation, Jane frappa à la porte du salon et l'entretien avec l'agent de police fut interrompu.

XIX

« OH! TROP DE PERFIDIE! »

Carrington était fort content de l'état de choses à Hilton House sauf sur un point. La réalisation de ses plans ne marchait pas avec une rapidité suffisante. Le riche mariage pour Reginald dont il avait parlé était de pure invention. Le vertueux marchand de fer, sa fille, sa dot, n'existaient que dans son cerveau inventif, et le besoin d'argent se faisait de plus en plus sentir. Il avait beaucoup fait mais il restait encore plus à faire, et il fallait se presser d'agir. De plus il s'était trompé sur un point d'une assez grande importance quant au succès de ses projets. La constitution robuste de Douglas n'était entrée pour rien dans ses calculs. Les jours où il dînait chez Pauline, et il était rare qu'il n'y dînât pas, Douglas ne buvait qu'une très-petite quantité de ce curaçao dans lequel Carrington avait introduit un poison lent, mais sûr. Quand le petit carafon qui le contenait était vidé, Victor ne trouvait aucune difficulté à opérer sur la liqueur dont on le remplissait de nouveau.

Le porte-liqueurs, dont la verrerie sortait des anciennes fabriques vénitiennes, était toujours placé sur un dressoir de la salle à manger et n'était jamais fermé. Pauline avait pour habitude de perdre tout ce qui passait par ses mains et la clé du porte-liqueurs manquait depuis longtemps.

Mais le temps s'écoulait et les ravages du poison n'étaient pas encore assez apparents pour que l'empoisonneur pût en suivre les effets sur le visage de Douglas. Il ne se plaignait jamais d'être malade, et sauf certaine lassitude dont il souffrait quelquefois, les effets du poison semblaient à peu près nuls. Cela ne faisait pas l'affaire de Carrington et il lui importait d'imprimer une marche plus rapide aux événements. Il avait résolu la mort de Douglas par le poison, et il s'était arrangé au cas où cette mort éveillerait des soupçons pour qu'ils retombassent sur Pauline. Dans ce but il avait habilement fait circuler les bruits les plus injurieux pour elle, si bien que si Douglas n'avait pas été aveuglé par son amour, il n'aurait pas manqué de remarquer que ceux qui se rencontraient avec lui le regardaient avec une froideur et une curiosité encore plus marquées, que lorsqu'il avait annoncé son mariage avec Mme Durski. Il fit savoir que Douglas avait fait un testament par lequel il léguait tout ce dont il pouvait disposer à Pauline, en ayant soin de répandre le bruit que ce mariage était antipathique à l'Autrichienne, qu'il froissait ses sentiments, et qu'elle n'y consentait que poussée par des motifs d'intérêt.

Si Dale disparaissait et que sa fortune fît retour à son héritier, elle préférerait sûrement de beaucoup épouser Reginald ; voilà l'opinion qu'avaient tous ceux qui connaissaient la dame et son prétendu, et on ne se doutait guère que tous ces bruits étaient habilement répandus par Carrington. En supposant que Dale vînt à mourir empoisonné, que le fait fût prouvé, qui pourrait-on soupçonner, si ce n'est la femme qui avait tout à gagner à sa mort, dont l'amant connu était l'héritier du défunt, et qui, en vertu d'un testament, héritait elle-même de tous les biens qui ne revenaient pas de droit à son amant? Le plan était donc admirablement conçu, il n'offrait aucun danger et il ne restait plus à Carrington que d'en accélérer l'exécution. Il continuait à se tenir sur la réserve vis-à-vis de Reginald qui venait lui rendre visite et prolongeait à dessein son séjour chez son ami, mais sans oser interroger celui dont l'esprit puissant avait complètement subjugué sa nature faible et lâche.

Pauline et Douglas étaient fiancés depuis deux mois quand un nuage vint obscurcir leur ciel jusqu'alors si brillant.

Mme Durski prit de l'inquiétude du changement physique qu'elle remarquait chez son fiancé et dont elle fut frappée un jour qu'il vint à la ville. Depuis plusieurs semaines elle ne l'avait vu que le soir et les lampes et les bougies donnent souvent un éclat menteur.

Mais quand elle vit le froid soleil d'hiver éclairer son visage elle remarqua pour la première fois l'énorme changement qui s'était opéré en lui en peu de temps.

« Douglas ! s'écria-t-elle vivement, vous avez l'air malade ?

— Vous croyez !

— Oui, je m'en aperçois aujourd'hui pour la première fois et je m'étonne d'une chose c'est de ne pas l'avoir remarqué plus tôt. Vous êtes étrangement pâle et vous avez beaucoup maigri depuis quelques semaines. Je suis sûre que vous êtes souffrant.

— Ma chère Pauline, je vous en prie, ne me regardez pas avec ces yeux inquiets, dit Douglas avec douceur.

Croyez-moi, je n'ai rien de grave. Je ne me sens pas très-bien depuis quelque temps, je le reconnais, c'est comme une fièvre lente qui me mine, mais il n'y a pas là de quoi vous inquiéter.

— Oh! Douglas, s'écria Pauline, comment pouvez-vous parler avec cette légèreté d'une chose d'un intérêt si puissant pour moi? Je vous en supplie, allez consulter un médecin tout de suite.

— Je vous assure, ma chère amie, que cela n'est pas nécessaire et que je n'ai rien de sérieux.

— Douglas, je vous prie, je vous supplie de voir un médecin sans perdre de temps, je vous le demande comme une grâce.

— Ma chère Pauline, vous me trouverez toujours prêt à me rendre à vos désirs.

— Alors promettez-moi de voir un médecin digne de votre confiance, et cela sans aucun retard.

— Je vous le promets, répondit Douglas. Ah! Pauline, quelle joie pour moi de voir celle que j'aime avec tant d'idolâtrie attacher quelque prix à ma vie! »

Il ne fut rien dit de plus sur ce sujet, mais pendant le dîner, et durant toute la soirée, les yeux de Pauline se fixaient à chaque instant avec anxiété sur le visage de son amant.

Quand il se fut retiré, elle fit part de ses craintes à sa confidente, Mlle Brewer.

« N'avez-vous pas remarqué le changement qui s'est opéré chez M. Dale? demanda-t-elle.

— Quel changement?

— Ne vous êtes-vous pas aperçue d'une altération dans sa physionomie. Enfin pour m'exprimer en termes plus clairs, ne pensez-vous pas qu'il ait l'air malade? »

Mlle Brewer, ordinairement si impassible, tressaillit

et regarda sa maîtresse avec un air visiblement alarmé.

Elle avait beaucoup risqué pour amener ce mariage entre Douglas et Pauline, qu'en résulterait-il si la mort, cette cruelle ennemie, venait renverser tous ses projets ?

« Malade ! s'écria-t-elle, vous pensez que M. Dale est malade ?

— Oui, et il l'a avoué lui-même, bien qu'il traitât la chose légèrement. Il parle d'une fièvre lente. Je ne saurais vous dire la crainte qu'il m'a fait éprouver.

— Il se peut qu'il n'y ait rien de sérieux dans son état, dit Mlle Brewer avec une certaine hésitation. On est si porté à s'alarmer pour des bagatelles qui font rire un médecin ! M. Dale n'a peut-être besoin que d'un changement d'air ; l'air de Londres n'est favorable à la santé de personne.

— Peut-être est-ce la cause de l'altération que j'ai remarquée dans ses traits, dit Pauline, trop heureuse d'être rassurée sur le compte de son fiancé. Je le supplierai de changer d'air. Mais il m'a promis de voir un médecin demain, et quand il viendra, dans l'après-midi, je saurai ce qu'il lui a dit. »

Douglas était fort disposé à traiter les symptômes de malaise qu'il avait ressenti depuis quelque temps, avec assez de légèreté. Il éprouvait une sorte de langueur, accompagnée de soif et de fièvre, dont les effets le fatiguaient, mais qu'il attribuait aux alternatives d'émotion et d'agitation par lesquelles il avait passé dans ces derniers temps.

Néanmoins il était trop sévère sur les questions d'honneur pour manquer à la promesse qu'il avait faite à Pauline.

Le lendemain matin il se rendit dans Saville Row, chez le Docteur Harley Westbrook, médecin distingué, auquel il donna un détail minutieux des symptômes dont il s'était plaint à Pauline.

« Je ne me considère pas comme sérieusement malade, dit-il en finissant, mais je suis venu pour obéir au désir d'un ami.

— Je suis très-heureux que vous soyez venu me trouver, répondit gravement le Docteur Westbrook.

— Vraiment!.... Regarderiez-vous ces symptômes comme alarmants?

— Non, quant à présent; mais je crois pouvoir dire, au moins, que vous avez agi sagement en vous soumettant à un traitement. C'est un cas des plus intéressants, » ajouta le docteur avec un air de satisfaction étrange.

Il adressa alors à son malade une foule de questions dont quelques-unes parurent futiles, et même absurdes, à Douglas, des questions sur son régime, sur ses habitudes, sur les gens qu'il fréquentait, sur les domestiques qui le servaient.

Ces dernières questions auraient même paru impertinentes, si la position éminente du Docteur Westbrook n'avait pas exclu toute idée d'une curiosité indiscrète.

« Dînez-vous à votre club ou chez vous, M. Dale? demanda-t-il.

— Ni à mon club, ni chez moi; je dîne tous les jours chez un ami?

— En vérité! et toujours chez le même ami?

— Oui.

— Et où déjeunez-vous?

— Chez moi. »

Ici il fit plusieurs questions sur la nature du déjeûner.

« Dans ces sortes d'indispositions le régime a une

grande importance, dit-il pour justifier la minutie de ses questions. Votre domestique prépare votre déjeuner, comme de raison; c'est une personne dans laquelle vous pouvez avoir confiance?

— Oui, c'est un vieux serviteur de mon père. Je pourrais me fier à lui pour des choses plus importantes que la préparation de mon déjeuner.

— En vérité! voudriez-vous me pardonner une question un peu étrange?

— Certainement, si elle est nécessaire.

— Voilà qui est répondre en homme de lois, M. Dale, répliqua le docteur en souriant. Je vous demanderai si ce vieux et fidèle serviteur aurait un intérêt à votre mort.

— Un intérêt à ma mort!....

— Enfin, pour parler en termes plus précis, s'il a lieu de penser qu'il figure dans votre testament, en supposant que vous ayez fait un testament, ce qui n'est pas probable, vu votre âge.

— Oui, répondit Douglas d'un air pensif. J'ai fait un testament il y a quelques mois, et Jarvis, mon vieux serviteur, sait que j'ai pensé à lui au cas où il me survivrait, ce qui n'est guère vraisemblable, d'après le cours ordinaire des événements, mais un homme sage doit prévoir toutes les éventualités.

— Vous avez dit à votre domestique que vous aviez songé à lui?

— Oui, j'ai toujours trouvé en lui un tel dévouement, qu'il était tout naturel à moi de lui assurer une existence tranquille, au cas où je viendrais à mourir.

— Certainement, dit le médecin d'un air un peu distrait. Et maintenant je ne vous fatiguerai pas ce matin avec d'autres questions. Venez me voir dans quelques jours, et en attendant prenez la potion que je vais vous prescrire. »

Le médecin fit une ordonnance et Dale partit, très-intrigué par l'entretien qu'il venait d'avoir avec le célèbre docteur.

Douglas se rendit à Fulham le soir même comme d'habitude, et Pauline le questionna tout de suite sur le résultat de son entrevue avec le médecin.

« Vous avez vu le docteur ? demanda-t-elle.

— Oui, et vous pouvez vous tranquilliser, chère amie. Il assure qu'il n'y a rien de sérieux dans mon état. »

Pauline fut soulagée d'un grand poids, et durant toute la soirée elle se montra plus gaie et plus heureuse dans la société de son amant, plus belle et plus séduisante que jamais, du moins aux yeux de Douglas.

Huit jours se passèrent avant qu'il songeât à retourner chez le médecin, et peut-être aurait-il tardé plus longtemps, s'il n'avait senti que la fièvre dont il souffrait, avait plutôt augmenté que diminué.

Cette fois le Docteur Westbrook sembla plus grave et plus embarrassé que lors de sa première visite. Il lui adressa un plus grand nombre de questions, et enfin après avoir attentivement examiné son malade, il lui dit très-sérieusement :

« Monsieur Dale, je dois vous dire très-franchement que je n'aime pas du tout les symptômes que je remarque en vous.

— Vous les considérez comme inquiétants ?

— Je les considère comme plus embarrassants qu'alarmants. Et comme vous n'êtes pas un homme nerveux, je pense pouvoir vous parler avec franchise.

— Vous pouvez vous fier à la force de mon caractère, si c'est cela que vous voulez dire.

— Je le crois, et je vais mettre votre courage moral et la force de votre caractère à une grande épreuve.

— Je vous en prie, soyez bref, dit Douglas avec un léger sourire. Je devine presque ce que vous allez me dire. Vous allez m'apprendre que j'ai en moi le germe d'une maladie mortelle, que la main de la mort est déjà étendue sur moi pour me saisir dans sa fatale étreinte !

— Je n'ai rien à vous dire de semblable, répondit le Docteur Westbrook. Je ne découvre en vous aucun symptôme de maladie. Vous avez un long bail d'existence, monsieur Dale, et vous pourrez jouir d'une belle vieillesse, si d'autres vous le permettent.

— Que voulez-vous dire ?

— Je veux dire que, si je puis m'en rapporter à mon jugement dans une matière qui défie quelquefois toutes les investigations de la science, les symptômes dont vous souffrez sont ceux produits par un poison lent.

— Un poison lent! répéta Douglas à voix basse. C'est impossible ! s'écria-t-il après un silence, pendant lequel le médecin attendit patiemment qu'il eût repris le calme de son esprit. C'est de toute impossibilité ; j'ai toute confiance en votre savoir, en votre science, mais dans le cas présent, docteur, je suis sûr que vous vous trompez.

— Je serais heureux qu'il en fût ainsi, monsieur Dale, reprit gravement le docteur, mais je ne puis le croire. J'ai mûrement réfléchi sur votre cas, et je ne puis arriver qu'à une conclusion, c'est que vous luttez contre les effets d'un poison lent.

— Connaissez-vous la nature de ce poison ?

— Non, mais ce que je sais, c'est qu'il a dû être administré avec une prudence presque diabolique, si lentement, et par doses si imperceptibles que c'est à peine si vous avez pu vous apercevoir des changements qui s'opéraient dans votre organisme. C'est une circonstance presque providentielle qui vous a amené chez moi et qui m'a permis de reconnaître la perfidie dont vous êtes la victime, alors qu'il était temps encore de conjurer le mal. Un bon averti en vaut deux, vous le savez, monsieur Dale, la main cachée du mytérieux empoisonneur est à l'œuvre, c'est à vous qu'il appartient de le découvrir. Avez-vous quelqu'un, parmi ceux qui vous entourent, que vous puissiez soupçonner de ce crime hideux?

— Personne! personne!... Je répète qu'une telle chose est impossible.

— Quelle est la personne la plus intéressée à votre mort? demanda Westbrook avec calme.

— Mon cousin germain, Sir Reginald Eversleigh, qu'un pareil événement ferait hériter d'un beau revenu, mais je ne me suis pas rencontré avec lui depuis plus de deux mois. Et d'ailleurs je ne croirais pas un seul instant qu'il soit capable d'une telle infamie.

— Si vous n'avez pas été dans des rapports intimes avec lui depuis deux mois, vous pouvez l'absoudre de tout soupçon, répondit le docteur. Vous m'avez dit l'autre jour que vous dîniez fréquemment avec un ami. Est-ce une personne à laquelle vous puissiez vous fier?

— Un ami auquel je confierais cent existences si je les avais à perdre, » répondit Douglas avec chaleur.

Le docteur regarda son malade d'un air pensif. Il était homme du monde, et la chaleur de M. Dale lui avait appris que cet ami était une femme.

« Et cette personne en qui vous avez une confiance aussi absolue, a-t-elle un intérêt à votre mort? demanda-t-il.

— Jusqu'à un certain point.... mais cette personne aurait plus à gagner à me voir vivre longtemps.

— Vraiment! alors il faut nécessairement que j'en revienne à ma première idée, quelque pénible qu'elle soit. C'est votre vieux serviteur sur qui doivent se porter vos soupçons.

— Je ne puis croire.....

— Allons, allons, monsieur Dale, interrompit le docteur, il faut envisager les choses en homme du monde. Il est de votre devoir de savoir par qui le poison vous a été administré, pour vous protéger contre les attaques de votre habile assassin. Si vous voulez suivre mon conseil vous agirez.... si vous préférez fermer les yeux sur le danger qui vous menace, je vous dirai simplement que c'est une folie que vous paierez indubitablement de votre vie.

— Que dois-je faire? demanda Douglas.

— Vous dites que votre vie est soumise à une régularité presque rigide. Vous déjeunez toujours dans votre appartement, vous dînez toujours et vous prenez votre café dans la demeure de votre ami, sauf un biscuit et un verre de sherry que vous prenez quelquefois au club; vous ne prenez que ces deux repas chaque jour. Il est donc indiscutable que le poison vous a été administré à l'un de ces deux repas. Votre vieux serviteur prépare le premier, l'autre est préparé par les gens de votre ami : chez vous, ou chez votre ami, vous avez un ennemi caché, c'est à vous à découvrir où cet ennemi se cache.

— Ce n'est pas chez *elle*, murmura Douglas, sans avoir conscience que par cette exclamation, il trahissait la vivacité de ses sentiments et le sexe de son ami; non, ce n'est pas chez elle. Ce doit être Jarvis qu'il me faut redouter, et pourtant non, je ne puis le croire; le vieux serviteur de mon père, un homme qui me portait dans ses bras quand j'étais enfant!

— Vous pouvez facilement résoudre la question de sa culpabilité ou de son innocence, reprit le docteur. Arrangez-vous pour vous séparer de lui pendant quelque temps. Si pendant ce temps vous trouvez que les symptômes cessent, vous aurez la preuve la plus convaincante de sa culpabilité; s'ils continuent vous aurez à chercher ailleurs.

— Je suivrai votre avis, dit Douglas avec un soupir, tout vaut mieux que l'incertitude. »

C'est ainsi que finit la consultation.

Pendant que Douglas se rendait, à pas lents, de la maison du docteur au club du Phœnix, il médita profondément sur l'entretien qu'il venait d'avoir avec le docteur Westbrook.

« Quel est le traître? se demandait-il. Qui?.... malheureusement il ne peut y avoir de doute; c'est Jarvis qui est le coupable. »

C'était avec une peine inexprimable que Douglas s'arrêtait à l'idée de la culpabilité de son vieux domestique, ancien serviteur qui lui avait toujours semblé le modèle de la fidélité et du dévouement!

Cet homme avait assisté au lit de mort du recteur, le père de Douglas; celui-ci l'avait recommandé à ses deux fils, et il avait montré toutes les apparences d'un chagrin profond à la mort de son maître.

Que pouvait-il penser, si ce n'est que Jarvis était le coupable? Il n'y avait qu'une seule autre direction dans laquelle il pouvait chercher un coupable, et ce n'était certainement pas de ce côté qu'il le trouverait.

Qui donc avait le moindre intérêt à sa mort à Hilton

House excepté la personne qui, pour lui, était au-dessus de tout soupçon ?

Il se mit à table, le lendemain du jour de son entretien avec le médecin, et commença son déjeuner solitaire tout en observant Jarvis qui allait et venait, pour servir son maître, avec toutes les apparences d'une attention affectueuse.

Douglas mangea peu. Le manque d'appétit était un des symptômes qui accompagnait la fièvre lente dont il souffrait depuis quelque temps.

Un accablement d'esprit le rendait, ce jour-là, encore moins disposé à manger.

Il pensait à Jarvis et au passé, aux jours de son heureuse et insouciante enfance, alors que cet homme venait en second après ses parents, dans ses affections d'enfant.

Pendant qu'il méditait sur ce pénible sujet, cherchant comment il entamerait une conversation qui allait probablement devenir sérieuse, en levant les yeux il s'aperçut qu'il était observé par celui qu'il épiait lui-même quelques instants auparavant. Son regard rencontra celui du vieux serviteur et il y surprit une expression grave et profonde.

Le regard du vieux serviteur ne se baissa pas devant celui de son maître.

« Je vous demande pardon de vous regarder avec tant d'attention, M. Douglas, dit-il, mais vous occupiez sérieusement ma pensée, monsieur, quand vous m'avez regardé.

— En vérité, Jarvis, et pourquoi ?

— Eh ! bien, voyez-vous, monsieur, c'était à votre appétit que je pensais. Il est effroyablement tombé depuis quelques semaines. Le pauvre déjeuner que vous faites est bien fait pour briser le cœur d'un homme. Et vous ne savez pas, monsieur, la peine que je me donne pour trouver quelque chose qui vous tente à vos déjeuners. Ce poisson, je l'ai été chercher moi-même chez Grove ce matin. Il l'apporte dans de l'eau de mer amassée dans la cale de son bateau, et le poisson y vit comme s'il était encore dans son élément naturel. Mais ce serait un hareng salé qu'il en serait de même, pour ce que vous y prenez garde. Vous n'êtes pas dans votre état ordinaire, M. Douglas, et vous devriez voir un médecin. Pardonnez-moi, si je me permets de vous faire cette observation, mais si un vieux serviteur de la famille qui vous a fait sauter sur ses genoux, ne peut pas vous parler librement, qui donc oserait le faire ?

— C'est vrai, répondit Douglas en poussant un soupir, j'étais tout petit garçon quand vous me portiez sur vos épaules aux foires des villages, et vous étiez bien bon pour moi, Jarvis.

— Je ne faisais que mon devoir, murmura le vieillard.

— Vous avez raison quant à ma santé, je suis malade.

— Alors vous allez certainement envoyer chercher un médecin, M. Douglas.

— J'ai déjà vu un docteur.

— Et que vous a-t-il dit, monsieur ?

— Il m'a dit que mon cas était sérieux.

— Oh ! M. Douglas, ne dites pas cela. Ne dites pas cela, s'écria le vieillard vivement alarmé.

— Je ne puis que vous dire la vérité, Jarvis, répondit Douglas, mais il n'y a pas lieu de se désespérer. Le médecin dit que mon état est grave, mais il ne dit pas qu'il ne laisse plus d'espoir.

— Pourquoi ne consultez-vous pas un autre médecin, M. Douglas ? dit Jarvis. Peut-être celui-là n'est-il pas à la hauteur de sa tâche? Si votre cas est un cas difficile, il faut voir les meilleurs médecins de Londres, jusqu'à ce que vous en trouviez un qui vous guérisse. Avec un beau et vigoureux jeune homme comme vous, cela ne doit pas être si difficile, et je ne vois pas que votre mal puisse être très-sérieux.

— Je n'en sais rien, Jarvis, mais dans tous les cas j'ai résolu de faire quelque chose pour vous.

— Pour moi ! Que Dieu récompense votre générosité, monsieur, mais je n'ai besoin de rien sur cette terre.

— Mais il se peut que ce besoin se fasse sentir, répliqua Douglas. Je vous ai déjà dit que j'avais pris des dispositions en votre faveur, dans le cas où vous viendriez à me survivre.

— Oui, monsieur, vous m'avez dit que vous aviez été assez bon pour me laisser une pension. Cela a été bien bon de votre part d'en avoir eu la pensée et je vous en suis reconnaissant comme je le dois. Mais voyez-vous, monsieur, je ne puis envisager cela que comme une plaisanterie, car il n'est pas conforme aux lois de la nature, qu'un vieux bonhomme comme moi survive à un jeune homme comme vous ; et que le ciel nous préserve qu'il soit dans les lois de la nature qu'un pareil événement arrive.

— Nous ne pouvons prévoir les décrets de la Providence, Jarvis. Aussi ai-je voulu pourvoir à toutes les éventualités. Mais vous devenez vieux et vous avez beaucoup travaillé toute votre vie, je crois que vous devez avoir besoin de repos. Aussi au lieu de vous faire attendre ce repos jusqu'à ma mort, suis-je décidé à vous servir cette rente immédiatement. Vous pouvez donc vous retirer dans une petite habitation qui sera la vôtre, pour y vivre honnêtement de votre petit revenu, et cela quand il vous plaira. »

A la grande surprise de Dale, la physionomie du vieillard, à l'annonce d'une nouvelle que son maître supposait ne pouvoir que lui être agréable, n'exprimait que le chagrin et la mortification.

« Pardonnez-moi la question que je vais vous adresser, monsieur, mais auriez-vous trouvé un jeune domestique vous convenant mieux et pouvant vous servir avec plus de dévouement que le pauvre vieux Jarvis ?

— Non, certe, répondit Douglas. Je n'ai personne en vue et j'ajouterai que je ne crois pas qu'il existe au monde quelqu'un dont le service me serait aussi agréable que le vôtre

— Alors, quel besoin monsieur a-t-il de changer ?

— Je n'éprouve pas le besoin de changer, je voudrais seulement vous voir heureux, Jarvis.

— Alors, laissez-moi auprès de vous, monsieur, c'est mon seul bonheur, répondit le vieux serviteur d'un ton suppliant. Laissez-moi près de vous, monsieur, ne me parlez pas de rentes, je ne demande que le plaisir de servir le fils de mon vieux maître. J'éprouve autant de joie à vous servir maintenant, que j'en éprouvais, il y a vingt ans, à vous porter sur mes épaules, aux fêtes des villages. Ah! c'était le bon temps ! Gardez-moi auprès de vous, et quand je mourrai faites-moi enterrer non loin du lieu que vous habiterez pour que s'il vous arrivait de passer près du cimetière où reposeront mes restes, vous puissiez vous dire avec regret : — « Pauvre vieux Jarvis! » Ce sera la plus belle récompense pour celui qui vous a tant aimé depuis votre plus tendre enfance, la plus belle récompense que vous puissiez lui accorder. »

Etait-ce une comédie, une scène jouée dans la perfection, par le plus accompli des hypocrites ?.... Non, non, Douglas Dale ne pouvait le croire.

Des larmes emplirent ses yeux, il saisit la main de son vieux serviteur en s'écriant :

« Vous resterez avec moi, Jarvis, car j'ai en vous une foi sainte et tendre. »

Peu d'instants après cette conversation, Douglas sortait et se rendait en toute hâte chez le Docteur Westbrook auquel il raconta dans tous ses détails l'entretien qui venait d'avoir lieu.

« J'ai éprouvé ce vieux serviteur de la manière la plus complète, dit-il, et je crois à sa fidélité.

— Vous l'avez éprouvé, monsieur Dale. Quelle folie ! s'écria le sceptique médecin. Vous n'avez pas la prétention de traiter d'épreuve une conversation sentimentale ? Si cet homme est capable d'administrer un poison lent à son maître, il est naturellement capable de jouer la comédie et de pleurer des larmes de crocodile pour attester de son dévouement envers celui dont il détruit l'organisme en lui administrant de l'antimoine ou de l'aconit. Si vous voulez éprouver cet homme d'une façon complète, employez mon moyen. Arrangez-vous pour déjeuner ailleurs que chez vous pendant huit ou quinze jours, ne prenez rien chez vous, pas même un verre d'eau, et si, à l'expiration de ce temps, les symptômes ont cessé, vous saurez à quoi vous en tenir sur ce modèle de fidélité que vous avez à votre service. »

Douglas promit de suivre le conseil du docteur. Il était convaincu de l'innocence de Jarvis, mais il voulait qu'il ne fût même pas possible de la mettre en doute.

Mais si Jarvis était réellement innocent, où trouver le coupable ?

Douglas dîna à Hilton House après son entrevue du matin avec le Docteur Westbrook, comme il avait coutume de le faire sans manquer un seul jour, depuis plusieurs semaines. Il trouva Pauline tendre et affectueuse comme toujours, car le respect et l'estime qu'elle éprouvait pour Douglas avaient développé en elle de plus tendres sentiments.

A un moment de la soirée ils se trouvaient seuls après le dîner, et elle lui dit :

« Douglas, le traitement de votre médecin n'a pas amélioré votre santé autant que je l'aurais souhaité, je voudrais vous voir en consulter un autre. »

Elle n'avait abordé ce sujet qu'avec une apparence insouciante, dans la crainte d'alarmer le malade en lui laissant voir son inquiétude. Elle savait combien un malaise physique peut s'augmenter alors que l'imagination est frappée, aussi avait-elle affecté un ton d'indifférence bien loin de son cœur.

L'esprit de Douglas était ce soir-là tout particulièrement impressionnable. Le ton affecté de Pauline sonna désagréablement à son oreille. Pour la première fois depuis qu'il la connaissait, il remarqua comme une fausse note dans le timbre clair et argentin de la voix de celle qu'il aimait.

Une terreur mortelle s'empara tout-à-coup de son esprit.

Si cette femme, celle qu'il aimait d'une affection aussi absolue, n'était pas ce qu'il se l'était représentée ?... Si son cœur n'avait jamais été à lui ?... s'il était resté tout entier au réprouvé à qui il avait appartenu ?... Et ses tendres regards, ses paroles affectueuses, ses manières gracieuses et caressantes, si tout cela n'était qu'une comédie dont il était l'aveugle dupe?

« Je suis victime d'une trahison, se dit-il. Mais le traître ne peut être ici. Oh! non, Dieu veuille que je trouve le traître partout..... mais pas dans cette maison!..... »

Pauline observait son amant pendant que, les yeux fixés à terre, il semblait absorbé dans ses pensées.

Tout-à-coup il releva la tête et lui dit :

« Je vais faire un voyage, Pauline, un voyage nécessaire pour des affaires que seul je puis traiter. Je serai donc obligé de rester loin de vous pendant huit jours et peut-être davantage. Serait-ce un grand chagrin pour vous que de ne plus me revoir?

— Douglas, s'écria Pauline, comme vos paroles sont étranges ce soir! Si c'est une plaisanterie, elle est cruelle.

— Ce n'est pas une plaisanterie, Pauline, répondit Douglas. La vie est très-précaire et depuis quelques jours j'ai acquis la conviction que mon existence était menacée d'un péril imminent.

— Vous êtes malade, Douglas, dit Pauline, et la maladie vous ôte votre énergie; je vous en prie, ne vous laissez pas aller à ces décourageantes pensées, consultez quelque autre médecin que celui qui vous conseille en ce moment.

— Oui, oui, répondit Douglas avec un soudain changement de ton, vous avez raison, Pauline. Je ne veux pas être assez faible pour me laisser abattre par de sombres idées, de noirs pressentiments. Qu'ai-je à craindre? La mort n'est pas un mal si terrible! C'est le sort commun. Je sais envisager cet arrêt commun à l'humanité, avec le calme d'un chrétien. Mais le mensonge, la perfidie, la fausseté de ceux que j'aime, ce sont là des maux plus terribles que la mort. Oh! Pauline, dites-moi que je n'ai rien de semblable à craindre.

— Douglas, de qui pourriez-vous avoir à les redouter ?

— De qui.... c'est là la question.... Pas de vous, Pauline?...

— De moi !.... répéta-t-elle avec une expression d'étonnement. Êtes-vous fou ?

— Jurez-moi que votre cœur est loyal, que vous m'aimez aussi sincèrement que vous m'avez appris à le croire ; que vous ne m'avez pas charmé par des paroles mensongères, aussi fausses qu'elles m'étaient douces au cœur ? s'écria le jeune homme, dans un état de violente agitation.

— Mon cher Douglas, c'est de la folie ! s'écria Mme Durski. Une folie trop exaltée pour que je vous en fasse un reproche. Cette excitation ardente est sûrement un effet de la fièvre. Que puis-je vous dire, si ce n'est que je vous aime plus sincèrement de jour en jour ; que je n'ai pas maintenant une seule pensée qui ne vous soit connue, pas une espérance qui ne s'appuie sur votre amour. Vous devez me croire, car dans chacune de mes paroles, dans chacun de mes regards la sincérité doit se faire jour, et il n'est pas nécessaire de revenir sur les protestations comme celles que je viens d'exprimer ; l'idée que vous puissiez douter de moi est trop pénible, épargnez-moi.

— Si je vous ai fait injure, je suis un misérable, » dit Douglas à voix basse.

Le lendemain de bonne heure il alla faire une autre visite au Docteur Westbrook.

« Je n'abuserai pas de votre temps ce matin, dit-il

après avoir serré la main du médecin. Je ne suis venu que pour vous adresser une question. Si l'absorption du poison s'arrêtait pendant huit jours, y aurait-il cessation des symptômes morbides ?

— Certainement, dit le docteur. La nature reprend vite ses droits. Mais si vous avez l'intention de mettre à l'épreuve votre domestique, je vous conseillerais de prolonger cette absence au moins d'une quinzaine de jours. »

Ce n'était pas pour mettre son domestique à l'épreuve que Douglas voulait s'absenter de Londres, quoiqu'il eût laissé le médecin dans cette croyance. Il partit le soir même pour Paris, mais il emmena Jarvis avec lui.

Sa santé s'améliora de jour en jour, d'heure en heure, dès qu'il se fut éloigné de Pauline. Il n'était pas à Paris depuis dix jours que la fièvre lente l'avait quitté, cette soif inextinguible qui le tourmentait, cette fatigue qui l'accablait avaient également disparu. Il commençait à se retrouver lui-même, et pour lui ce rétablissement était plus terrible que les plus fâcheux symptômes de maladie, car il lui disait clairement que c'était à Hilton House qu'il fallait chercher l'ennemi qui s'attaquait à ses forces et à sa santé.

Une seule personne, dans cette maison, avait intérêt à sa mort, et un intérêt considérable.

« Elle ne m'a jamais aimé, pensait-il, elle aime encore Eversleigh.... ma mort leur donnerait la fortune et la liberté, en permettant à Pauline d'épouser l'homme qu'elle aime réellement. »

Il n'avait plus foi dans son propre amour. Il croyait avoir été dupe de la perfidie d'une femme, et que cette main qu'il avait si souvent pressée contre ses lèvres était celle qui chaque jour avait versé le poison dans son verre, pour saper lentement sa vie. Il avait opposé à l'expérience de ses amis l'aveugle instinct de son amour, et maintenant que tous les événements conspiraient pour condamner cette femme, il se demandait comment il avait pu avoir confiance en elle.

A l'expiration de la quinzaine, Douglas quitta Paris et se rendit immédiatement chez Pauline. Il était convaincu qu'il avait été la dupe d'une comédienne accomplie, d'une femme vile et sans cœur, et il avait résolu de jouer un rôle à son tour pour sonder les profondeurs de son iniquité.

« Je veux la voir dans toute son abjection, se dit-il, je veux être à même de lui prouver son crime, et alors bien certainement, je parviendrai à arracher ce fol amour de mon cœur et je retrouverai le calme et la paix, loin de la sirène dont les sortiléges ont empoisonné ma vie. »

Douglas avait reçu plusieurs lettres de Pauline durant son séjour à Paris, des lettres respirant l'amour le plus dévoué et le plus désintéressé ; mais pour lui, chaque mot semblait étudié, chaque expression cachait une fausseté. Ces mêmes lettres, il les aurait considérées quelques semaines auparavant comme l'expression la plus pure de la vérité.

Il revint en Angleterre et son rétablissement était merveilleux ! Jarvis l'avait entouré de soins constants ; chaque matin, il lui avait apporté une tasse de café qu'il avait préparée de lui-même.

A son logis du Temple, il trouva une lettre de Pauline qui lui disait qu'il était attendu à tout instant à Hilton House.

Il ne perdit pas de temps pour s'y présenter. Il s'efforça d'étouffer toute émotion, de vaincre l'impatience qui le possédait, mais il ne put y parvenir.

Mme Durski était assise près d'une des fenêtres du salon, quand on annonça M. Dale.

Elle reçut son amant avec toutes les apparences de l'affection, et avec une émotion qu'elle cherchait à dissimuler.

Mais, pour l'esprit prévenu de Douglas, cette émotion contenue ne sembla que le triomphe de l'art de la comédienne et pourtant, lorsqu'il regarda sa fiancée, qui se tenait debout devant lui, dans toute la perfection de sa beauté sans égale, son cœur se sentit combattu entre l'amour et la haine. Il haïssait le crime dont il la croyait coupable, mais il l'aimait encore en dépit de son crime.

« Vous êtes bien pâle, Douglas, dit-elle après les premières effusions. Mais, grâce au ciel, il y a une merveilleuse amélioration dans votre état, le retour à la santé se lit sur votre visage. La fièvre vous a quitté, vos yeux n'ont plus cet éclat qui n'était pas naturel. Oh ! cher Douglas, que je suis heureuse de ce changement ! Vous ne saurez jamais ce que j'ai souffert en vous voyant ainsi décliner de jour en jour !

— Oui, jour par jour, Pauline, répondit le jeune homme gravement. C'était une décadence graduelle de ma santé et de mes forces, ma vie s'en allait lentement, presque imperceptiblement, mais le résultat n'en était pas moins sûr.

— Et vous êtes mieux, Douglas ?... Vous sentez, et vous savez qu'il est survenu un changement ?

— Oui, Pauline, mon rétablissement a commencé à partir du jour où j'ai quitté Londres, ma santé s'est constamment améliorée à partir de ce moment.

— Vous aviez besoin de changer d'air, sans doute, oh ! comme il faut que votre médecin ait été simple, pour ne pas vous l'avoir conseillé dès le premier moment! Et maintenant que vous voilà de retour, puis-je espérer de vous voir aussi souvent que par le passé?... Reprendrons-nous nos anciennes habitudes et reviendrons-nous à nos délicieuses soirées?

— Ces soirées vous étaient-elles réellement agréables, Pauline? demanda Douglas d'un ton sérieux.

— Ah! Douglas, vous le savez bien!

— Je ne puis connaître les secrets de votre cœur, Pauline, répliqua-t-il avec une indicible tristesse. Pour moi vous étiez tout ce qu'il y avait de beau, de pur et de sincère. Mais comment puis-je savoir si tout cela n'est pas qu'un faux semblant? comment puis-je savoir si l'image de Reginald n'occupe pas toujours une place dans votre cœur?

— Vous m'insultez, Douglas! s'écria Mme Durski, avec dignité, mais je ne me laisserai pas aller à un sentiment de colère contre vous, le jour même de votre retour. Je vois que votre santé n'est pas encore complétement rétablie, puisque vous nourrissez encore ces tristes pensées et ces injustes soupçons. »

Malgré toute son attention il ne put apercevoir aucune trace de culpabilité sur ce beau visage qu'il observait avec tant d'anxiété. Ses soupçons s'endormirent pendant un moment. Cette douce main blanche aux doigts de laquelle brillaient les diamants qu'il lui avait donnés, ne pouvait être la main d'un assassin.

Il commença à sentir la douce influence de l'espoir. Nuit et jour il priait le ciel de lui faire découvrir l'innocence de celle qu'il aimait avec tant d'idolâtrie. Mais juste au moment où il commençait à s'abandonner à cette douce influence le désespoir s'empara de nouveau de lui. Tous les anciens symptômes reparurent, la fièvre, la faiblesse, la soif ardente, le feu qui lui brûlait et lui desséchait la gorge, et cette fois Jarvis était loin, son maître l'avait envoyé passer quelque temps chez une de ses filles, qui était mariée et bien établie au fond du comté de Devon.

Douglas avait résolu de consulter un autre médecin pour voir si l'opinion de ce conseiller se rapporterait à celle du Docteur Harley Westbrook.

Le Docteur Chippendale, le nouveau médecin, lui fit toutes les questions qui lui avaient été antérieurement adressées par Westbrook, et après mûre délibération, il informa son client, avec toutes les précautions possibles, qu'il subissait les effets d'un poison lent.

« Ma vie est-elle en danger? demanda-t-il.

— Non, le danger n'est pas immédiat. Le poison a été évidemment administré à des doses infinitésimales. Mais vous ne sauriez trop tôt vous arracher du milieu dans lequel vous vivez et de ceux qui vous entourent. Il ne faut pas plaisanter avec la vie. L'idée peut venir à l'empoisonneur d'augmenter les doses. »

Douglas quitta le médecin après une longue conversation. Puis il alla faire une dernière visite à Pauline.

Il ne restait plus l'ombre d'un doute dans son esprit. L'horrible certitude n'était que trop claire pour lui. L'amour devait être arraché pour toujours de son cœur et le mépris et le dégoût devaient désormais remplacer le sentiment divin qui y avait régné sans partage.

Depuis son entrevue avec le médecin, il avait soigneusement rappelé à sa mémoire tous les détails de sa vie dans la société de Pauline.

Elle lui avait administré chaque jour une quantité déterminée de poison.

Comment le lui avait-elle administré?

C'était la question qu'il cherchait maintenant à résoudre, car il ne se demandait plus si Pauline était innocente ou coupable. Il se rappela que chaque soir, après le dîner, il avait pris, conformément à la mode adoptée à l'étranger, un simple verre de liqueur, et qu'il l'avait pris des mains de Pauline. Il prenait plaisir à recevoir ce petit verre fragile et délicat de ses longs doigts effilés. La liqueur lui paraissait plus douce, parce que c'était Pauline qui la lui avait versée!

Il était intimement convaincu maintenant que c'était ce verre de liqueur qui contenait le poison.

Plus d'une fois il avait refusé de le prendre, mais Pauline l'avait toujours poussé à le boire par quelques douces paroles, quelque petit manége plein d'une coquetterie caressante.

Il trouva Pauline l'attendant comme d'habitude, dans une toilette parfaite, sa beauté encore rehaussée par les soins qu'elle avait pris pour paraître charmante à ses yeux. Elle disait en plaisantant que c'était un tribut qu'elle payait à son bienfaiteur.

Ils dînèrent ensemble, avec Mlle Brewer pour toute compagnie. Pauline semblait maîtresse d'elle-même et aussi impassible que d'habitude; mais si Douglas n'avait pas été aussi absorbé par ses pensées il aurait pu s'apercevoir qu'elle lançait de temps en temps sur lui des regards furtifs et scrutateurs.

On parla peu pendant le dîner qui fut triste. Douglas était sombre et préoccupé, c'est à peine s'il mangea, mais la soif ardente qui le dévorait l'obligea à boire de grands verres d'eau.

Après le dîner, Mlle Brewer apporta les verres et les liqueurs à Mme Durski comme elle en avait l'habitude.

Pauline remplit un verre de curaçao et le présenta à son ami.

« Non, Pauline, je ne prendrai pas de liqueur ce soir.

— Pourquoi, Douglas?

— Parce que je ne suis pas bien, répondit-il, et que je commence à me lasser du curaçao.

— Comme il vous plaira, » dit Pauline en replaçant le petit verre sur le porte-liqueurs où elle l'avait pris.

Mlle Brewer avait quitté la salle à manger et les deux amants étaient seuls. Ils étaient assis en face l'un de l'autre devant la table élégamment servie. Douglas avait au cœur un désespoir profond.

« Dois-je vous dire pourquoi j'ai refusé ce petit verre de liqueur que vous m'offriez tout à l'heure, Pauline?... demanda Douglas, après un moment de silence et en se levant de table; ou voulez-vous m'épargner la douleur de prononcer des paroles qui seraient pour vous une honte?

— Je ne vous comprends pas, murmura Pauline en le regardant avec des yeux où se peignait un mélange de terreur et d'étonnement.

— Oh! Pauline, s'écria Douglas, pourquoi chercher encore à porter un masque que j'ai fait tomber? Je sais tout...

— Que savez-vous? s'écria la malheureuse femme au comble de l'étonnement.

— Votre crime, votre bassesse. Oh! Pauline, avouez cette trahison qui tendait à m'ôter la vie, et qui, tout en manquant son but, m'a ravi pour toujours la paix et le bonheur. Si vous avez quelques sentiments humains, laissez quelques mots de remords, quelques expressions de regrets tardifs attester qu'il vous reste encore quelque chose de la femme.

— Il est fou ! murmura Pauline en regardant son accusateur avec des yeux étonnés.

— Pauline, n'ayez pas l'air de ne pas comprendre.

— Vos paroles sont celles d'un fou, répliqua Mme Durski, par pitié, calmez-vous et parlez clairement.

— Je pensais avoir parlé assez clairement.

— Je ne puis découvrir aucun sens à vos paroles. Que dois-je regretter ?... De quel crime m'accusez-vous ?...

— Du plus grand et du plus noir de tous les crimes, répliqua Douglas, d'assassinat !

— D'assassinat.

— Oui, en vous servant d'un poison lent.

— Douglas ! s'écria Pauline, en étouffant un cri de terreur, puis en s'éloignant de lui elle alla tomber à moitié évanouie sur un fauteuil. Oh ! pourquoi essayer de raisonner avec lui ? se dit-elle, il est fou ! mon pauvre Douglas ! continua Pauline en sanglotant. Vous êtes fou et vous me rendrez folle. Ne me parlez pas, laissez-moi seule, vous m'avez terrifiée par vos accusations. Laissez-moi, Douglas ; par pitié, laissez-moi.

— Je vais vous quitter, Pauline, répondit Douglas d'un ton grave et triste, et ce sera pour toujours. Vous ne pouvez nier votre crime et vous ne pouvez plus me tromper désormais.

— Comme il vous plaira, répliqua Mme Durski dont l'indignation passionnée s'était tout-à-coup changée en un calme de glace. Vous m'avez fait une injure si profonde, vous m'avez insultée si lâchement, que je deviens insensible à toutes autres insultes que je pourrais avoir à souffrir de vous. Pour ma justification, je me bornerai à dire que je suis aussi incapable du crime dont vous m'accusez, que je le suis de comprendre une accusation aussi folle, aussi dénuée de fondement, venant de vous, mon fiancé, de l'homme que j'aimais et que je respectais, car je le croyais un modèle d'honneur et de générosité. Peut-être est-ce un effet de la folie?... mais je ne suis pas obligée d'endurer les divagations d'un fou. Vous avez dit que notre dernier adieu devait être dit ce soir, soit. Je ne pourrais supporter une autre scène de ce genre. Je regrette amèrement que votre générosité me lie à vous par des obligations d'argent dont je ne pourrai jamais m'acquitter, et qui, dans une certaine mesure, me ravissent mon indépendance. Mais, au risque même de vous paraître ingrate, je dois vous dire que je compte ne jamais vous revoir. »

Nul ne saurait dire l'angoisse qu'éprouvait Pauline en prononçant ces paroles avec froideur et d'un ton mesuré. C'était le suprême effort d'une femme d'un esprit fier et généreux et il y avait une sorte d'héroïsme dans cet empire exercé sur un cœur aimant mais cruellement blessé.

« Soit, Pauline, répondit Douglas avec émotion. Je n'ai pas le désir de revoir votre beau mais perfide visage. Mon cœur a été brisé par votre trahison, et je n'ai plus qu'un espoir, c'est que votre main ait déjà accompli son œuvre criminelle et que je paye de ma vie la confiance que j'ai eue en votre affection. Que la pensée de mes dons ne vous inquiète pas. La fortune que je voulais partager avec vous est maintenant incapable de me procurer un instant de bonheur. Quant aux lois que vous avez outragées, vous n'avez rien à craindre, jamais votre secret ne sera révélé par moi à aucun mortel. Nulle investigation ne rendra publics les détails de votre crime.

— Vous pouvez ne pas faire d'investigations, Douglas, s'écria Pauline avec une soudaine énergie, mais j'en ferai moi, et sur-le-champ. Vous m'avez accusée d'un crime odieux. Sur quelles bases? je l'ignore. C'est à moi de prouver que je suis innocente de cette iniquité, et si l'intelligence humaine peut approfondir ce mystère, il sera approfondi. Je vous ramènerai à mes pieds, oui, à mes pieds, et vous me demanderez pardon de la sanglante injure que vous m'avez faite. Mais rien ne me fera revenir sur cette rupture toute de votre fait et qui sera éternelle. Je pourrai vous pardonner, Douglas, mais je ne pourrai jamais vous rendre ma confiance. Et maintenant, partez. »

Elle lui montrait la porte d'un geste impérieux. Il y avait une tranquille dignité dans son ton et dans ses manières, dont son accusateur ne put s'empêcher d'être impressionné.

Il salua et sans ajouter un mot il quitta la femme qui depuis si longtemps était l'idole de son cœur.

Il s'arracha à sa présence abattu par un chagrin trop profond pour qu'il pût être soulagé par des larmes.

« C'est une comédienne accomplie, se dit-il, et jusqu'au dernier moment, sa politique a été l'audace et le défi. Le rêve de ma vie est fini et je m'éveille n'ayant plus devant moi qu'une existence vide et sans but. Une étrange fatalité semble avoir poursuivi Sir Oswald Eversleigh et les héritiers de sa fortune. Il est mort le cœur brisé par la perfidie d'une femme; mon frère Lionel avait donné ses plus tendres affections à cette coquette de Lydia Graham qui était prête à accepter un nouvel adorateur quelques semaines après la mort de celui qu'elle prétendait aimer, et voilà les misères qui m'attendaient entre les mains d'une aventurière et d'une criminelle. »

Douglas résolut de quitter Londres ; il retourna à son appartement du Temple bien décidé à partir pour l'étranger le lendemain matin.

Mais quand le lendemain arriva il ne mit pas son projet à exécution. Il se trouva peu disposé à un changement de lieu dans lequel il sentait ne devoir trouver aucun soulagement d'esprit. En quelque endroit qu'il allât il savait bien qu'il ne pourrait chasser l'amer souvenir des quelques mois qui venaient de se passer.

Il se décida à rester à Londres, car pour l'homme qui désire éviter la société de ses semblables, il n'est pas d'ermitage plus sûr qu'un appartement au cœur de cette ville affairée et égoïste. Il se décida à rester à Londres, où il pourrait être informé de la conduite de Pauline.

Que ferait-elle, maintenant que la comédie était finie et qu'elle n'avait plus personne à tromper? Reprendrait-elle ses anciennes habitudes? rouvrirait-elle ses salons aux joueurs élégants et chercherait-elle, dans la folle ivresse du jeu, le moyen d'étouffer les remords de sa conscience et l'oubli de son crime?

Reginald reprendrait-il son ancienne position dans sa maison? Elle avait affecté de le mépriser, mais cela pouvait faire partie de l'odieuse comédie dont il avait été la victime.

Telles furent les questions que se posa cet homme dont le cœur était brisé, pendant cette soirée qu'il passa à son foyer solitaire, incapable de prendre plaisir aux graves études qui naguère avaient pour lui tant d'attraits!

Comme il aimait profondément cette femme, pour que le souvenir de son crime empoisonnât sa vie! Comme il pensait encore à elle! Comme il désirait pénétrer les secrets de sa vie!...

XX

« TON JOUR EST VENU! »

« Qu'y a-t-il, Jane? demanda Lady Eversleigh avec un peu d'impatience quand sa femme de chambre, en frappant à sa porte, vint interrompre la conversation si pénible et si intéressante qu'elle avait avec l'agent de police.

— Madame, c'est une personne qui veut voir M. André, et qui refuse de se retirer avant de lui avoir parlé.

— En vérité, dit Larkspur, c'est étrange, je ne me sais aucune affaire pour laquelle on pourrait venir me relancer jusqu'ici. Je crois pourtant que ce que j'ai de mieux à faire c'est de voir cette personne; où est elle?

— Dans l'antichambre, » répondit Jane.

Mais Lady Eversleigh intervint pour s'opposer au départ de Larkspur.

« Je vous en prie, ne vous en allez pas, dit-elle, à moins que cela ne se rapporte à notre affaire, à moins que ce ne soit pour avoir des nouvelles de ma fille. S'il s'agit de quelque chose qui puisse me faire tort d'une heure de votre temps et de vos soins, rappelez-vous que seule j'ai droit à vos services.

— Je ne l'ai pas oublié, Milady, dit Larkspur, et c'est justement ce qui m'étonne. Un seul homme sait où j'habite et le nom sous lequel je suis connu. Il sait aussi que je ne m'occuperai d'aucune affaire avant d'avoir terminé celle qui vous intéresse et qu'on ne doit me dépêcher personne, à moins que ce ne soit pour une chose se rattachant d'une manière quelconque à l'affaire qui m'occupe. »

Lady Eversleigh se montra alors aussi désireuse que Larkspur vît cette personne inconnue, qu'elle s'était déclarée opposée à ce qu'il allât la trouver.

« Je vous en prie, allez voir cette personne tout de suite, s'écria-t-elle, ne perdez pas un instant. »

Larkspur sortit du salon, Lady Eversleigh renvoya Jane et attendit le retour de l'agent de police avec une indicible impatience. Après une attente d'une heure, Larkspur reparut, une légère trace d'émotion se lisait alors sur son visage et son nez de vautour avait singulièrement pâli. Il était suivi par un homme grand, vigoureux, au visage épanoui, qui avait l'air et la tournure d'un marin. Voyant que Lady Eversleigh le regardait avec étonnement, Larkspur lui dit :

« Je ne crois généralement à la Providence que dans une certaine mesure, mais bien certainement la Providence joue un rôle dans tout ceci. Milady, monsieur est le capitaine George Jernam. »

* * * * *

Le temps s'était écoulé pénible et long pour Rosemonde et tous les efforts de la tante de son mari, qui l'aimait plus à mesure qu'elle la connaissait davantage et qui la déchargeait de tout blâme dans la mystérieuse affaire qui avait divisé le jeune couple, échouèrent complétement et ne purent lui rendre sa gaîté. Elle avait coutume d'errer pendant des heures sur la côte solitaire, donnant un libre cours à sa tristesse et tout occupée de l'être cher à son cœur. Rosemonde avait tellement changé depuis peu, que Suzanne commençait à concevoir de vives inquiétudes à son sujet. Elle avait perdu ses fraîches couleurs, ses traits étaient tirés et fatigués, il était évident pour tous qu'un chagrin secret torturait son esprit. Mme Jernam, dont les habitudes étaient tranquilles, et qui, toute aux travaux de son intérieur, avait néanmoins quelques vieilles amies, confia à l'une d'elles ses inquiétudes au sujet de sa nièce. Cette confidente était une certaine Mme Miller, une personne très-respectable, mais d'une condition moindre que Mme Jernam dans l'échelle sociale. Elle était veuve et vivait dans une petite chaumière tout près de la plage d'Allanbay. Elle n'avait pas de domestique, mais sa demeure était un modèle d'ordre et de propreté; sans être morose, elle était peu causeuse. Il était connu que c'était la femme d'un marin qui s'était noyé quelques années avant celle où elle était venue s'établir à Allanbay. Elle n'avait ni parents ni amis dans ce paisible pays, et si elle avait appartenu à une classe plus relevée, à ce milieu de la société qui exige la formalité des présentations, elle aurait été exposée à vivre dans une solitude absolue. Dans cet état de choses, ses voisins se firent peu à peu ses amis, et la vie de la pauvre veuve ne fut ni malheureuse ni solitaire. Mme Jernam avait bien vite connu sa position, et une franche amitié s'était établie entre elle et Mme Miller, qui sut apprécier la condescendance qu'il y avait dans sa conduite.

Un jour Mme Jernam alla voir son humble amie pour lui porter quelques petites douceurs, et à sa grande surprise, elle ne la trouva pas seule comme de coutume, mais en train de prendre congé d'un homme dont l'extérieur n'avait rien qui prévînt en sa faveur, et qui parut fort déconcerté par l'arrivée de Mme Jernam. Celle-ci voulut se retirer en promettant de revenir dans un autre moment, mais l'homme qui n'avait pas entendu prononcer son nom, lui dit d'un air maussade :

« Ne vous en allez pas, madame, c'est inutile, je m'en vais. Adieu, Polly, rappelez-vous ce que vous avez à faire et faites-le. »

Puis il franchit la porte de la chaumière, et fut bientôt hors de vue.

Mme Miller resta pendant quelques instants à regarder sa visiteuse d'un air quelque peu gêné, mais elle lui dit enfin :

« Je vous en prie, asseyez-vous, madame. C'est mon frère, le seul parent qui me reste au monde. »

Elle soupira comme si la possession d'un tel parent n'était pas pour elle un bien grand bonheur.

« Est-ce qu'il était ici depuis longtemps? demanda Mme Jernam.

— Non, madame, il est arrivé hier au soir seulement et le voilà déjà parti. Il m'a amené un enfant dont je dois prendre soin et c'est une grande charge pour moi.

— Un enfant!.... dit Mme Jernam. L'enfant de qui?

— Vous m'en demandez plus que je n'en puis dire, madame, répliqua Mme Miller et plus qu'il ne m'a été dit. C'est une orpheline, m'a dit mon frère, et son père était un marin comme votre neveu, d'après ce que je vous ai entendu dire. Elle doit rester à ma charge pendant un an, moyennant une somme de trente livres; c'est assez beau, je ne le nie pas, mais il sait que j'aurai bien soin de l'enfant; c'est une jolie petite fille, à dire vrai, la plus douce et la plus charmante créature qui soit au monde. Elle ne parle pas encore bien distinctement et elle dit, autant que j'ai pu le comprendre, que son nom est Gerty. »

Puis Mme Miller invita Mme Jernam à entrer dans

sa chambre et elle lui montra couchée dans un lit bien propre, et soigneusement couverte d'un couvre-pieds bien blanc, et plongée dans le profond sommeil de l'enfance, l'héritière de Raynham! Si l'une ou l'autre de ces femmes avait su ce qu'elle était, quand elles examinaient le beau visage de l'enfant, parlant de sa beauté et de son innocence les larmes aux yeux, et leurs yeux se détachant de l'enfant endormie pour regarder d'un air compatissant le petit paquet de vêtements noirs qui était déposé sur une chaise à côté du lit de l'enfant!....

« Je suppose qu'elle est fille d'un des anciens compagnons de mon frère, qui avait mieux fait son chemin que lui dans la marine. Car elle parlait d'un capitaine et elle pleurait beaucoup en priant qu'on la ramenât auprès de lui, quand je l'ai mise au lit. »

Puis les deux femmes repassèrent dans l'autre pièce et causèrent sérieusement de l'enfant, de la nécessité où se trouvait Mme Miller de prendre une fille à son service, et ce sujet épuisé, la conversation roula sur Rosemonde.

Rosemonde fut ravie de l'enfant laissée aux soins de Mme Miller. La petite fille l'intéressait considérablement et chaque jour elle passait plusieurs heures auprès d'elle, soit chez Mme Miller, soit chez elle. La grâce et la beauté de l'enfant étaient remarquables, et avec l'heureuse facilité de l'enfance, elle commençait à oublier ce qu'il y avait d'étrange dans sa position, et revenant de ses frayeurs, la petite créature se trouva bientôt heureuse dans sa nouvelle et humble demeure. Elle était trop jeune pour apprécier le changement survenu dans son sort; et comme elle était bien nourrie, bien soignée, et traitée avec la plus caressante affection, elle finit par se considérer comme parfaitement heureuse. Rosemonde se reprit à l'espérance sous l'influence des sourires et du joyeux babil de l'enfant.

« Le temps passera, se dit-elle, mon mari reviendra, et bientôt nous aurons un ange semblable à celui-ci qui ramènera le calme et le bonheur dans notre intérieur. »

L'étonnement de Mme Jernam et de Rosemonde était grand quant à cette belle enfant, nommée Gerty Smith. Non-seulement son air, mais ses petites manières étaient en contradiction avec le thème de Mme Miller, relativement à sa naissance, et tout en croyant implicitement à ce que disait la vieille femme qu'elles supposaient être aussi ignorante qu'elles de la vérité, elles en étaient arrivées à la conviction qu'il y avait quelque mystère se rattachant à cette enfant. Mme Miller n'avait jamais parlé de son frère avant le séjour très-court et très-inopiné qu'il avait fait à Allanbay, et bien que Mme Jernam fût très-simple et sans expérience du monde, elle s'était bien aperçue que cet homme appartenait aux classes douteuses et suspectes de la société. Mme Miller n'avait en réalité rien pu dire de son frère, si ce n'est que ce n'était pas grand'chose de bon. Elle avait rarement entendu parler de lui, depuis qu'il avait quitté l'honnête demeure de son père, et c'était un vaurien incorrigible, alors que tout enfant il s'était enfui de la maison paternelle pour commencer sa carrière de marin. Jamais elle n'avait rien appris de bon sur son compte, et des années s'étaient passées sans qu'elle sût ce qu'il était devenu. Mais même chez ce Tom Milsom, tout voleur, tout assassin qu'il était, une sorte de lien affectueux avait certaines racines. Il pensait quelquefois à sa sœur, et lorsqu'il lui arrivait une bonne aubaine dans sa carrière criminelle, il lui envoyait quelque petite somme, dont heureusement elle ignorait la provenance, car il espérait que la vieille Polly ne découvrirait jamais la vie criminelle qu'il avait menée. Mme Miller était simple et confiante par nature, et elle ne cherchait pas beaucoup à approfondir les actions de son frère. Elle était heureuse d'avoir la charge de l'enfant, et elle s'acquittait de son mieux des devoirs qu'elle lui imposait, mais ces signes, ces indices d'une origine plus élevée que Suzanne et Rosemonde avaient découverts, échappèrent complétement à l'intelligence de la pauvre sœur de l'assassin.

Un beau jour Mme Jernam et sa bonne furent éveillées en sursaut, par un violent coup de marteau frappé à la porte. Mme Jernam fut debout la première, et en ouvrant la porte, sa surprise fut grande en trouvant Mme Miller qui portait dans ses bras la petite Gerty enveloppé dans un châle de laine. Les explications que Jernam put obtenir sur l'événement qui avait forcé Mme Miller à venir l'éveiller si matin, furent d'abord assez incohérentes, mais elle finit par comprendre qu'elle venait la prier de prendre soin de l'enfant pendant un jour ou deux, attendu qu'elle était obligée de partir immédiatement pour Plymouth.

« Vous partez pour Plymouth ! dit Mme Jernam, et pourquoi ?.... mais entrez, entrez donc.... »

Elles pénétrèrent dans le joli petit salon de Mme Jernam, cette même pièce où Valentin avait obtenu la permission de fumer en racontant ses aventures et ses voyages, ne se doutant guère que sa fin fût si proche. Dès qu'elles furent au salon, Mme Miller mit la petite Gerty à terre, et l'enfant toute étourdie d'avoir été éveillée de si bonne heure et exposée à l'air froid du matin, grimpa sur le canapé où elle se pelotonna dans un coin et resta immobile. C'est alors que Mme Miller put dire à Mme Jernam ce qui était arrivé.

Le jour commençait à poindre, lorsqu'un dog-cart conduit par un domestique, s'était arrêté à sa porte.... ce dog-cart stationnait actuellement à quelques pas de la demeure de Mme Jernam.... Le domestique avait demandé Mme Miller et lui avait dit qu'il venait la chercher pour la conduire aussi vite que possible à Plymouth. Il paraît que son frère, qui après avoir déposé l'enfant chez elle, s'était rendu à Plymouth, avait été renversé dans la rue par une voiture de charbon, et avait été dangereusement blessé. On l'avait transporté à l'hôpital, où il était resté assez longtemps sans connaissance. Quand il put parler, il avait le délire et les médecins le déclarèrent dans un état désespéré. Il était mourant, mais il avait repris ses sens et avait reçu la visite d'un ecclésiastique nommé Colburne. C'était le maître du domestique qui était venu chercher Mme Miller. Ce prêtre l'avait amené au repentir de sa vie passée et à réparer autant que possible le mal qu'il avait fait. Le premier pas à faire pour arriver à cette réparation, à ce qu'il avait dit à M. Colburne, était de faire en sorte qu'il vît sa sœur. Il n'y avait pas de temps à perdre, la vie de cet homme déclinait rapidement, il ne lui restait plus que quelques heures, et le bon ecclésiastique qui avait passé une partie de la nuit auprès du mourant, avant de l'amener au point où il était arrivé, se hâta de rentrer chez lui afin d'expédier son domestique à Allanbay, et cela avant le jour.

Ces explications prirent peu de temps. Quelques paroles de sympathie de Mme Jernam, la promesse qu'elle fit de prendre soin de l'enfant suffirent, et Mme Miller quitta la maison, traversa la route pour rejoindre le dog-cart, dans lequel elle prit place, et le véhicule s'éloigna rapidement.

Rosemonde vint de bonne heure rendre visite à sa tante et après le premier moment de surprise et de plaisir qu'elle éprouva, à la vue de l'enfant, les deux femmes se mirent à faire des suppositions sur la nature des révélations qui attendaient Mme Miller.

« Soyez-en certaine, ma tante, dit Rosemonde, nous allons savoir la vérité sur la petite Gerty. »

* * * * *

Les heures s'écoulaient lentement dans le grand bâtiment consacré à ceux qui souffrent et au soulagement de leur souffrance. Milsom gisait sur ce lit d'hôpital, il était mourant. Sa sœur était agenouillée auprès de lui pendant que le bon ecclésiastique qui avait eu pitié de l'âme du pécheur, se tenait gravement de l'autre côté du lit les contemplant tous deux. L'entrevue entre le frère et la sœur avait été très-douloureuse et l'angoisse qui avait serré le cœur de la pauvre femme en apprenant que son frère avait été un scélérat de la pire espèce, avait été affreuse. Un calme plein de stupeur avait succédé à l'expression violente de sa douleur et l'ecclésiastique avait fait entendre des paroles de consolation et d'espoir pour le mourant et pour celle qui était appelée à lui survivre. Les chirurgiens avaient vu le blessé pour la dernière fois, ils ne pouvaient plus rien pour lui, il n'y avait qu'à faire place à la mort qui s'avançait d'un pas égal et inflexible.

C'était une effroyable succession de crimes dont le Révérend Philippe Colburne venait d'entendre le récit et dont il avait dressé la liste sous la dictée du mourant. Rarement de telles révélations avaient été faites à des oreilles humaines et les deux personnes qui les avaient entendues, le ministre chrétien et la sœur tremblante et affolée d'horreur, sentaient qu'ils venaient d'assister à une scène qui ne s'effacerait jamais de leur esprit.

Deux faits seulement de cette longue liste de crimes avaient trait à notre histoire.

Le premier était l'assassinat de Valentin Jernam. Quand elle entendit la voix défaillante de son frère raconter cette histoire, son cœur se serra dans sa poitrine. Elle la connaissait bien. Qui n'avait entendu parler à Allanbay de l'assassinat du neveu de Mme Jernam, de ce beau et bon marin dont l'arrivée avait été une joie pour tout le monde dans ce petit port, et dont la disparition avait causé une si pénible sensation? Elle avait entendu raconter cette histoire par la tante de la victime et Rosemonde lui avait dit que son mari vivait dans l'espoir de découvrir et de faire punir l'assassin de son frère. Il était trouvé maintenant, cet assassin, ce voleur, ce sombre criminel, c'était son frère, à elle, et il était mourant! Ah! du moins Valentin Jernam était vengé. La Providence s'était chargée de la vengeance de George Jernam, la colère humaine n'avait plus rien à faire.

Le second remontait à une date ancienne, c'était un des premiers qui eût marqué l'horrible carrière de Milsom. Le misérable raconta au Révérend Colburne, qu'à la tête d'une bande de voleurs, composés principalement de marins qui avaient déserté leurs navires, il avait, il y a vingt-deux ans, dévalisé la maison d'une dame anglaise qui habitait Florence. Ce crime avait été commis de connivence avec une femme qui était la nourrice de l'enfant de la dame, et sur ses indications, Milsom, alors assez beau garçon, s'était proposé comme mari à cette femme. Cette offre avait été acceptée et elle avait mis pour condition à sa coopération au vol, qu'il l'emmènerait, elle et l'enfant, car rien ne pouvait la décider à s'en séparer. Il tint sa promesse, mais les dures conditions de sa nouvelle vie eurent bientôt tué l'Italienne, et l'enfant resta à la merci de Milsom et d'une vieille sorcière, qui était sa servante et sa complice. Quelle pitié pouvait-elle attendre en de pareilles mains, le lecteur le sait, car cette enfant devait devenir l'épouse de Sir Oswald Eversleigh. Le Révérend Colburne écouta cette partie de la confession de Milsom avec un très-vif intérêt.

« Le nom?.... demanda-t-il. Le nom de la dame qui vivait à Florence?... Le nom de la mère de l'enfant?.... Dites-moi son nom!

— Verner, dit le mourant d'une voix éteinte, Lady Verner. Le nom de l'enfant était Anna. »

Il était très-près de sa fin, quand il arriva au bout de cette terrible histoire, pendant que le Révérend Colburne essayait de calmer par des paroles de paix cette pauvre âme effrayée et criminelle, Mme Miller s'était jetée à genoux et sanglotait convulsivement. Tout à coup, elle se rappela l'enfant confiée à ses soins. La déclaration qu'il lui avait faite n'était-elle point mensongère? N'était-elle pas aussi la victime d'un crime! Elle attendit, avec une impatience désespérée, mais avec le respect habituel aux gens de sa classe, que le ministre de Dieu eût fini de parler. Puis rapprochant ses lèvres de l'oreille du mourant elle lui dit :

« Thomas.... Thomas.... au nom du ciel, dis-moi la vérité sur l'enfant.... qui est-elle? Ce que tu m'as dit ne doit pas être vrai, il en est temps encore.... dis la vérité. Oh! mon frère, mon frère, répare encore cette faute avant qu'il ne soit trop tard. »

L'accent suppliant de sa voix parvint aux oreilles de son frère, un léger spasme trahit l'effort qu'il faisait pour parler, mais la parole expira sur ses lèvres livides, et sa tête défigurée entourée de bandages resta immobile, son bras qui reposait sur la couverture ne fit aucun geste. Dans sa terreur et son désespoir, la sœur se redressa et regarda de près son visage. Ses lèvres s'entr'ouvrirent, ses paupières s'agitèrent, un frisson secoua sa large poitrine, puis l'immobilité devint complète, Tom Milsom n'était plus !

Le lendemain matin, le Révérend Colburne ramena Mme Miller à Allanbay après lui avoir fait prendre une nuit de repos dans son hospitalière demeure. Il la laissa dans sa chaumière et se rendit au cottage de Mme Jernam ainsi qu'il l'avait promis à la pauvre affligée pour lui sauver cette dernière douleur d'avoir à raconter ce drame terrible qui devait éclaircir le mystère qui entourait la mort de Valentin. Quand le ministre de Dieu fut arrivé devant la maison, il entendit le bruit de voix joyeuses, qui s'éteignit lorsqu'il eut frappé à la porte.

Immédiatement la porte lui fut ouverte par la jeune servante à qui il demanda s'il pouvait voir Mme Jernam, et si elle était seule, car ce qu'il avait à lui dire était confidentiel.

« Ma maîtresse est à la maison, monsieur, dit la servante, mais elle n'est pas seule, le capitaine George et le père de Mme George sont arrivés. Il n'y a pas plus d'une demi-heure.

* * * * *

Ainsi donc la tâche que Harker s'était imposée était accomplie et George n'avait plus à méditer sur le triste sort de son frère. Un silence solennel s'établit au milieu de l'heureuse société réunie à Allanbay et les pleurs de Rosemonde tombaient sur la petite Gerty qui dormait sur son sein, sur ce sein où l'enfant de George devait bientôt dormir. M. Colburne ne fit pas de question au sujet de l'enfant, Mme Miller ne lui avait pas parlé de l'enfant confiée à ses soins, et la mort de Milsom survenue immédiatement l'avait empêchée de remarquer la question qu'elle lui avait adressée. George, sa femme et le capitaine Duncombe partirent pour Londres le lendemain de bonne heure. Après avoir tenu conseil avec Mme Miller, ils étaient tous arrivés à cette conclusion unanime, qu'il y avait un mystère concernant l'enfant et que le meilleur parti à prendre était d'en faire part à la police immédiatement.

« En outre, dit George, il faut que je voie Larkspur pour lui dire de ne plus s'occuper de l'affaire dont nous l'avions chargé, puisque le hasard, ou plutôt la Providence a fait pour nous ce que sa science n'avait pu faire. »

Quand George se présenta au bureau de Larkspur il eut à subir une sévère inspection de la part de son représentant, mais ayant, par quelques mots sur l'affaire qui l'amenait, fait pressentir à cet astucieux personnage que sa visite avait un lien étroit avec la recherche à laquelle il se livrait pour le moment, celui-ci lui confia l'adresse de M. André, dans Percy Street.

* * * * *

« Ainsi, vous le voyez, je n'ai pas gagné mes cinq cents livres, parce que je n'ai pas trouvé l'assassin de Valentin Jernam, dit Larkspur après de longues explications, qui avaient mis Lady Eversleigh au courant de tous les faits rapportés plus haut, et voici que le frère du capitaine me joue le tour de retrouver la jeune demoiselle sans que j'y sois pour rien, ce qui rend mon affaire bien simple et bien claire, je ne suis plus utile à rien.

— Mais je ne savais pas que je marchais à ce résultat, dit George, je ne savais pas que la petite demoiselle dont ma Rosemonde a tant de chagrin de se séparer, était Mlle Eversleigh, c'est vous qui l'avez découvert, d'après ce que je vous ai dit.

— Comme si le premier imbécile venu n'aurait pas fait cette découverte, » dit Larkspur avec bonne humeur.

Il avait la ferme conviction que, ni l'abandon des desseins nourris par Lady Eversleigh pour arriver au châtiment de ses ennemis, ni le fait que la jeune héritière avait été retrouvée en dehors de son intervention, ne lui causerait aucun préjudice; conviction qui devait se trouver amplement justifiée.

« Mon bon ami, dit Lady Eversleigh, si je n'ai plus besoin de votre aide pour retrouver mon enfant, j'en ai besoin pour que vous me rendiez à ma mère. Je ne puis dire d'une manière positive que j'ai une mère, mais j'en ai l'intuition. Je puis me faire une idée de ce qu'elle a souffert en me rappelant mes propres angoisses. Et les siennes, comme elles ont dû être cruelles pendant ces longues années dénuées de tout espoir! Voudrez-vous vous mettre tout de suite à cette nouvelle recherche pendant que je me rendrai auprès de mon enfant.

— Grâce au ciel, Milady, dit Larkspur gaiement, je n'aurai pas besoin de chercher bien loin. Vous n'avez pas oublié la dame qui mène une existence si retirée bien que brillante, près de Richmond, et que Sir Reginald Eversleigh entoure de tant d'attentions? Vous vous rappelez tout ce que je vous ai dit à son sujet et comment j'avais découvert qu'elle était la tante de M. Dale qui, lui, n'a pas entendu parler d'elle ?

— Oui, oui, dit Lady Eversleigh, la respiration oppressée, je me souviens.

— Eh ! bien, Milady, cette dame près de Richmond est Lady Verner, la mère de Votre Seigneurie. »

Lady Eversleigh se sentit près de succomber à la violence des émotions qui venaient l'accabler. Elle, une pauvre fille en dehors de la société, cousine germaine de l'homme qui l'avait méprisée, alliée à la grande famille dans laquelle elle était entrée par un mariage d'amour, comme rang et comme fortune elle était l'égale de son mari ! Elle, dont la beauté avait servi d'appât pour attirer Valentin dans ce lieu où il avait trouvé la mort, elle qui avait été presque témoin de ce meurtre ; c'était au frère de Valentin qu'elle devait la découverte de sa famille, la honte de ses calomniateurs, sa restitution d'un haut rang dans la société et dans ses liens de famille, la destruction des desseins de Reginald sur la fortune de Lady Verner, et le bienfait le plus grand, le premier de tous, le retour de son enfant. Ses entreprises, son opiniâtreté à poursuivre le but qu'elle avait donné à sa vie n'avaient réussi qu'à lui créer des dangers, qu'à lui occasionner le plus cruel des chagrins ; mais la Providence avait accompli de grandes choses en sa faveur par l'entremise de cet étranger qui n'avait de commun avec elle que le lien sinistre qui existait entre eux.

« Pourrez-vous jamais me pardonner, capitaine Jernam, dit-elle, la part que j'ai eue dans la triste destinée de votre frère ?... Dois-je toujours paraître haïssable à vos yeux ?... Mme Jernam me permettra-t-elle de la remercier de sa bonté pour mon enfant ? »

Pour toute réponse, George s'inclina et baisa sa main avec toute la grâce naturelle inspirée par un bon sentiment, et Lady Eversleigh comprit qu'elle avait conquis un ami là où elle craignait de ne trouver qu'un implacable ennemi. On se consulta longtemps et il fut décidé que rien ne serait fait du côté de Lady Verner, avant que Lady Eversleigh ne fût rentrée en possession de son enfant. George la supplia de lui permettre d'aller à Allanbay et de ramener la petite fille à sa mère, mais elle ne voulut pas y consentir. Elle insista pour que George lui amenât sa femme immédiatement, vu que les préparatifs de son voyage ne lui permettaient pas d'aller, elle-même, rendre visite à Mme Jernam. La douce et heureuse Rosemonde y consentit volontiers et Lady Eversleigh fit si complétement la conquête du cœur de la jeune femme, qu'après quelques moments passés ensemble, Rosemonde proposa que George accompagnât Lady Eversleigh à Allanbay. Ce fut avec un ton d'autorité charmant qu'elle imposa silence aux scrupules de Lady Eversleigh, et le résultat fut que tous deux partirent le soir même pour Allanbay, qu'ils voyagèrent aussi vite que les chevaux de poste purent les emporter, et qu'ils arrivèrent avant que l'impatience de Lady Eversleigh lui ait fait trouver le voyage long. Suzanne Jernam avait gardé l'enfant chez elle et ce fut elle qui eut le plaisir de remettre la petite Gerty dans les bras de sa mère. Rarement dans sa vie Lady Eversleigh ne s'était endormie avec le cœur aussi tranquille que pendant la nuit qu'elle passa sous l'humble toit de la tante du capitaine Jernam.

XXI

CONFUSION PIRE QUE LA MORT

Reginald avait fait une longue visite à Carrington le jour où avait eu lieu l'entretien pénible de Douglas et de Mme Durski, entretien qui avait été suivi de leur séparation. Ils avaient beaucoup parlé et Reginald avait été frappé par l'agitation étrange et l'exaltation fébrile de Carrington. Il n'avait pas été plus communicatif que de coutume à l'égard de ses plans, mais il avait exprimé son espoir du triomphe plus ouvertement qu'il ne l'avait fait précédemment.

« Vous semblez bien joyeux aujourd'hui, Victor, dit Reginald. Notez que je ne vous fais pas de questions. Mais êtes-vous bien sûr que tout aille au gré de vos désirs ?

— Nos affaires marchent, mon ami. Vous continuez à bien jouer votre partie avec la vieille dame de Richmond, n'est-ce pas ?

— Cela va à merveille, et en vérité, je mérite bien de réussir, car c'est une bien ennuyeuse besogne, je puis le dire, surtout quand elle se met à parler de l'enfant qui lui a été volé, il y a des siècles, et de l'espoir qu'elle a de le retrouver dans un monde meilleur. C'est horriblement assommant et monotone, mais il faut savoir tout supporter, quand cela doit rapporter de bel et bon argent. Cela me fera du bien de voir du véritable argent, en billets de banque et en or, car depuis que j'ai atteint l'âge de raison je n'ai jamais vécu que d'expédients. Comme nous serons heureux quand tous deux nous aurons réussi, vous dans votre jeu, et moi dans le mien, continua le baronnet. Mes plans sont bien simples, je ne ferai que changer mon affreux logement du Strand pour un bel appartement dans Piccadilly, ayant vue sur le Parc, comme de raison. Je reprendrai mon rang parmi les gens de mon monde, et je jouirai de la vie à ma façon. Une fois en possession d'une belle fortune, il ne me sera pas difficile de faire un riche mariage. Et vous, Victor, comment emploierez-vous vos richesses?

— A la restauration de mon nom, répondit le Prussien avec une énergie contenue. Oui, Reginald, le but de ma vie entière se résume dans ces mots : J'ai été un paria, un aventurier sans famille et sans le sou, mais je descends d'une noble maison, et depuis que je suis en état de comprendre, mon unique rêve a été de rendre à cette vieille maison son ancienne splendeur. Je n'aime pas beaucoup à parler de ce qui me tient au cœur, et jamais, jusqu'à ce jour, je ne vous avais révélé mon unique ambition, mais vous qui m'avez vu suivre mon chemin péniblement à travers les terrains fangeux du crime, vous avez certainement dû deviner que je devais poursuivre un brillant idéal pour ne pas m'être découragé sur ce hideux chemin. Je touche enfin au but du voyage et maintenant, je puis parler franchement. Mon nom n'est pas Carrington. Je suis le comte Von Braumberg, de Braumberg. Mon nom est un des plus illustres de toute l'Allemagne, mais nous avons été dépouillés de nos biens et de notre fortune, et quatre tours en ruines, voilà tout ce qui reste du splendide château qui s'élevait fièrement au milieu des bois de Braumberg semblable à un dessin de Gilbert. Restaurer ce nom, rebâtir ce château, voilà le rêve absorbant de ma vie. »

Surexcité par cette expansion inaccoutumée de ses sentiments et par l'espérance anticipée de la réalisation de toutes ses espérances, le Prussien se leva de son siége et se mit à marcher rapidement à travers la chambre.

« J'irai à Braumberg. Je verrai ces tours écroulées destinées à se relever fièrement et à reprendre leur grandeur primitive. »

Reginald l'observait avec étonnement. Cet enthousiasme pour un vieux nom dépassait les bornes de sa compréhension. Lui aussi portait un nom qui avait été honorablement porté pendant des siècles et ce nom il l'avait déshonoré sans en prendre le moindre souci. Il avait commencé la vie avec tous les dons de la fortune et il avait tout jeté au vent.

« J'apprends que votre cousin Douglas est très-malade, dit Carrington, en comprimant son exaltation et en changeant si subitement de conversation qu'un frisson passa par tout le corps de Reginald. Je vous conseillerais d'aller lui faire une visite chez lui. Ne vous inquiétez pas du froid qui s'est établi dans vos rapports. Vous n'aviez pas besoin de le voir, jusqu'ici, et en réalité il valait mieux l'éviter. Mais maintenant allez prendre de ses nouvelles. Je suis positivement anxieux de savoir au juste son état. »

Eversleigh jeta sur le Prussien un regard où se peignaient le soupçon et l'horreur, un regard comme celui que Faust dut jeter sur Méphistophélès lorsque le jeune soldat, frère de Marguerite, tomba frappé par l'invisible épée du démon.

« Je vais vous dire ce qui en est, Victor, dit-il après

un moment de silence. Si la chance ne change pas et très-vite, un beau matin j'abandonnerai la partie et je me ferai sauter la cervelle. L'état de mes affaires est depuis longtemps désespéré, et tous vos projets ne m'ont pas enrichi d'un sou. Je commence à penser, qu'en dépit de toute votre habileté, vous n'êtes qu'un maladroit.

— Je penserais comme vous, répondit Victor entre ses dents, si le succès ne venait promptement couronner mes efforts. Nous avons travaillé sous terre, et le travail a été lent et fatigant, mais nous ne devons pas être loin du but, ajouta-t-il avec un profond soupir. Allez vous informer de l'état de santé de votre cousin. »

C'est ainsi que Reginald s'efforça de chasser de son esprit toute pensée importune. Il s'entendait si bien à se tromper lui-même, qu'il était presque arrivé à se persuader qu'il n'avait pris aucune part aux trames de Carrington, qu'il ignorait le but auquel il visait, et qu'il s'absolvait ainsi de toute participitation au crime accompli par Carrington au cas où il y aurait crime, ce dont il efforçait de douter.

Après que Reginald l'eut quitté, Carrington se laissa tomber sur un siége tout à fait accablé. Ayant cédé pendant quelques instants à cette disposition d'esprit, il secoua cette terreur et songea à ce qu'il avait à faire dans la journée. La veille il avait vu Mlle Brewer. Il avait appris combien l'inquiétude de Pauline était grande relativement à la santé de son amant et cette inquiétude n'était que trop motivée. Carrington en vint à se dire qu'il ne s'agissait plus de temporiser, qu'il fallait agir, et que ce jour même il devait frapper un coup décisif. Il prit dans l'armoire où il serrait toutes ses drogues, une fiole qu'il mit dans sa poche et se rendit dans le petit salon de sa mère. La veuve était assise, comme d'habitude, devant son métier à broder. Elle compta quelques points avant de relever la tête et de regarder son fils. Mais quand ses yeux s'arrêtèrent sur lui, l'expression de son visage changea subitement et elle lui dit :

« Victor, tu es malade, je le vois. Tu as l'air très-malade... tu es très-changé. Qu'as-tu, mon fils ?

— Rien, mère, répliqua Victor, ce n'est qu'un léger malaise que l'air et l'exercice dissiperont. J'ai été un peu surexcité, voilà tout. J'ai pensé à la vieille demeure qu'on rachèterait pour rien maintenant et à laquelle au moyen de quelques milliers de livres judicieusement dépensés, on pourrait rendre quelque chose de son ancienne splendeur. Mère, je veux te dire un secret aujourd'hui : depuis que j'existe je n'ai eu qu'un désir, un but incessant dans toute ma vie, restaurer la demeure de mes ancêtres et reprendre leur nom. Ce désir j'espère qu'il s'accomplira bientôt, mère, très-prochainement.

— Victor, ce sont là les discours d'un fou ! s'écria Mme Carrington alarmée par la véhémence inaccoutumée avec laquelle s'exprima son fils.

— Non, mère, ce sont les discours d'un homme, qui sont à la veille d'un grand succès ou d'une défaite accablante.

— Je ne comprends pas.

— Il est inutile que tu me comprennes davantage, j'ai joué un jeu hardi, et je crois au gain de la partie.

— Et ce jeu est un jeu honnête, Victor ?

— Honnête, oh oui ! répliqua le médecin avec un rire sarcastique. Pourquoi ne serait-il pas honnête ? Le monde n'apprend-il pas à un homme à être honnête ? Voyez les belles récompenses qui attendent l'honnêteté ! »

Il prit, tout en parlant, une lettre froissée dans sa poche et la jeta sur la table de sa mère.

« Tiens, lis cela, mère, c'est ma récompense pour dix années d'un travail honnête dans ma profession laborieuse. Le capitaine Halkard, le promoteur d'une expédition scientifique au pôle arctique, m'écrit pour m'inviter à me joindre à lui comme médecin de son navire. Il a entendu parler de mes recherches consciencieuses, de mes talents exceptionnels, ce sont ses expressions textuelles, et il m'offre le poste de médecin aux appointements de cinquante livres. Le voyage est supposé devoir durer six mois; il est plus que probable qu'il prendra toute une année; ce qui est encore plus probable c'est qu'il puisse être éternel, car toutes les chances sont pour qu'il n'en revienne pas un homme. Et pour ces durs travaux, pour le risque de ma vie, pour mes rares talents dont il parle et mes recherches consciencieuses il m'offre cinquante livres. Voilà, mère, ce qu'est cotée l'honnêteté dans le grand marché de la vie!

— Mais cela peut mener à quelque chose, Victor, murmura la mère en replaçant la lettre sur la table, flattée de l'appréciation élogieuse de son fils qu'elle contenait.

— Oh! oui cela peut mener à quelques mots de recommandation dans un journal, à l'admission honorifique comme membre de quelques sociétés savantes, ou a être enseveli sous les glaces avec un ours gris pour sacristain. . . . .

— Tu n'accepteras pas cette offre?

— Non, à moins que mon grand dessein n'échoue au dernier moment, et il ne peut pas échouer; non, cela ne se peut pas! » repartit-il de l'air d'un homme qui ne peut admettre une éventualité aussi épouvantable.

* * * * *

Il était fort tard quand Pauline, épuisée par les émotions qu'elle avait éprouvées, put se décider à se retirer dans sa chambre. Après que Douglas l'eut quittée, toute sa fermeté l'abandonna, tout son orgueil tomba. Un inexprimable désespoir s'empara d'elle. Avec lui s'était envolé son dernier espoir, sa dernière chance de bonheur. Elle se jeta sur son canapé le visage enfoui dans les coussins et laissa un libre cours à toute la violence de son chagrin. C'est ainsi que Mlle Brewer la trouva ; elle l'interrogea avec une grande sollicitude sur les causes de son désespoir. Mais elle ne put obtenir aucune explication de Pauline qui se bornait à lui répondre : une autre fois, une autre fois, ne m'interrogez pas maintenant. Mlle Brewer fut donc obligée au silence et ce n'est qu'après de longs efforts qu'elle parvint à décider Pauline à se mettre au lit.

C'est de ses propres mains que la fidèle amie disposa toutes choses pour Mme Durski et elle ne voulut consentir à se retirer que lorsque celle-ci fut au lit et parut plus calme. La malheureuse femme avait eu le courage de souhaiter le bonsoir à son amie d'une voix qu'elle s'était efforcée de rendre calme, mais avant que Mlle Brewer fût arrivée au seuil de la porte, elle entendit Pauline éclater en sanglots et elle la vit couvrir son visage de ses mains et le cacher dans son oreiller.

* * * * *

La matinée était assez avancée quand Mlle Brewer entra dans la chambre de Pauline et après avoir ouvert les volets, elle s'approcha du lit avec précaution. Les couvertures habituellement rejetées de côté pendant le sommeil agité de la dormeuse, ne semblaient pas avoir été dérangées, jamais Mlle Brewer n'avait vu son amie dans une attitude exprimant un aussi complet repos.

« Pauvre créature! Malgré tout elle a passé une bonne nuit... » se dit-elle.

Elle se pencha sur le pâle visage de Pauline dont les lignes avaient un calme sculptural, et elle toucha légèrement sa main blanche et immobile.

Oui, c'était en effet un repos complet; mais c'était le repos de la mort. Le flacon dont elle prenait chaque soir une légère dose d'opium était tombé à terre, à côté du lit, et il était vide!

La malheureuse femme, succombant à l'horreur de sa destinée qui semblait lui interdire toute espérance de paix et de bonheur, avait-elle mis fin à ses jours par un suicide, ou dans l'inconsciente indifférence de son désespoir, avait-elle voulu seulement forcer la dose du dangereux narcotique auquel elle demandait le sommeil et l'oubli de ses peines?... C'est ce que nul ne put dire.

Elle était morte; la vie avait été pour elle une longue humiliation et une lutte sans fin, puis quand la coupe du bonheur avait été présentée à ses lèvres, une main cruelle l'en avait arrachée?

* * * * *

Quand Mlle Brewer eut repris ses sens et la force d'agir, elle envoya chercher Douglas. La fatale nouvelle avait été ébruitée au dehors par les domestiques terrifiés, et deux docteurs et un policeman étaient déjà dans la maison. On trouva facilement un messager qui se rendit bien vite au Temple dans une voiture. Au moment où cet homme montait l'escalier de la maison du Docteur Johnson dans laquelle était le nouvel appartement de Dale, il rencontra deux dames sur le palier du premier étage.

« Pardon, dit-il, en les écartant d'une manière assez décidée, il faut que je vois M. Dale, ne me retenez pas, c'est très-important. »

Les deux dames lui firent place, en échangeant des regards aussi effrayés que curieux, mais sans essayer de faire connaître leur présence à Dale, qui sortit de sa chambre quelques minutes après, suivi par le messager, et qui passa devant elles sans paraître les apercevoir et le visage bouleversé. L'expression de ce visage les avait frappées de stupeur et ce ne fut qu'après que Jarvis leur eut demandé deux fois leur nom et ce qu'elles désiraient que la plus âgée des deux dames répondit :

« Nous reviendrons. »

En disant cela elle lui remit des cartes portant les noms de Lady Verner et de Lady Eversleigh.

* * * * *

Carrington vint à Hilton House dans l'après-midi. Il avait calculé que son œuvre devait approcher de son dénouement et il arrivait préparé à apprendre la maladie mortelle de Douglas.

Le coup qui l'attendait était imprévu. Mlle Brewer avait tout dit à Douglas : les mensonges, les artifices à l'aide desquels l'homme qu'il connaissait sous le nom de Carton avait réussi à se faire admettre comme un constant visiteur dans la maison. En un moment, sans que le nom réel de cet homme eût été prononcé, la lumière céleste avait éclairé tout le mystère, la sombre énigme était résolue, et la femme si tendrement aimée et si injustement accusée était complétement justifiée.

Trop tard !... trop tard !... Ce fut la réflexion navrante qui frappa Douglas au cœur d'un coup plus douloureux que les angoisses de la mort.

« J'ai brisé son cœur ! s'écria-t-il, j'ai brisé ce cœur si sincère et si dévoué ! »

La vue de Carrington fut le signal d'une explosion

de rage et de fureur devant laquelle cette nature de fer elle-même se sentit troublée.

« Misérable!... démon!... monstre d'iniquité!... s'écria Douglas en se jetant sur Carrington qu'il saisit au collet, vous avez tenté de m'assassiner et c'est elle que vous avez tuée. J'aurais pu vous pardonner le premier de ces crimes, mais pour le second je serai inflexible, je vous traînerai à la potence et je ne me sentirai que pauvrement vengé quand la populace hurlera aux pieds de votre échafaud! »

Il était heureux pour Carrington que les effets du poison aient réduit sa victime à un état de faiblesse excessif, son étreinte convulsive se relâcha, sa voix irritée s'éteignit.... Douglas s'évanouit comme une femme.

« Qu'est-ce que cela veut dire? demanda Victor. Cet homme est-il fou?

— Nous avons tous été fous! répliqua Mlle Brewer avec véhémence. Nous avons été les aveugles, les stupides dupes de votre méchanceté infernale! Pauline est morte!

— Morte!

— Oui! Il y a eu une discussion hier entre elle et M. Dale à la suite de laquelle il l'avait quittée. Ce matin je l'ai trouvée morte! J'ai tout dit à M. Dale, le rôle que j'ai joué d'après vos ordres, je répéterai mes paroles devant une cour de justice, et Dieu nous vengera de vous!

— Vous pourrez les répéter où bon vous semblera, répliqua Victor avec un calme horrible. Je ne serai pas là pour vous entendre. »

Il sortit de la maison. Douglas n'avait pas encore repris connaissance et il n'y avait personne pour s'opposer à son départ.

Pendant quelque temps il marcha sans savoir où il allait, incapable de se rendre compte des événements qui venaient de fondre sur lui, mais à la fin quelques lueurs sinistres vinrent éclairer le chaos qui s'était fait dans son esprit.

Il allait y avoir un procès!... et quel procès!... Douglas ne pouvait manquer d'être vengé, la justice lui donnerait satisfaction, son crime serait prouvé! Une tentative d'assassinat! la tentative la plus lâche, la plus hideuse, la plus révoltante. Quelle espérance pouvait-il avoir d'émouvoir la pitié?... Lui, si complétement impitoyable, pouvait-il s'attendre à trouver cette faiblesse chez ses juges?

Mais, à cette heure suprême de la défaite, ses pensées ne s'arrêtaient pas sur les hasards de l'avenir ; ce qu'il ressentait plus cruellement c'était l'angoisse de la déception, l'écroulement de ses espérances, c'était le sentiment de sa dégradante humiliation. Il s'était cru invincible, il avait cru dominer le monde par la puissante supériorité de son intelligence et sa froide cruauté. Qu'était-il en réalité? Un joueur maladroit dont chaque mouvement sur le grand échiquier de la vie avait été une succession de fautes qui le conduisaient fatalement à sa perte.

Les tours crénelées du château de Braumberg semblaient alors se détacher en noir sur un ciel couleur de sang.

« Je comprends à présent, dit-il, ces diables incarnés de 93, je comprends ces appels à la guillotine, ces noyades, ces incendies, ces orgies sanguinaires par des hommes rendus ivres par le sang. Ces hommes avaient rêvé, comme j'ai rêvé; travaillé, comme j'ai travaillé; attendu, comme j'ai attendu, pour échouer misérablement comme j'échoue aujourd'hui. »

Il avait marché bien au delà du West End jusqu'à une route solitaire vers l'est de la cité, choisissant par instinct les rues les plus désertes et attendant qu'il fût plus calme pour réfléchir aux dangers de sa position et décider du parti qu'il devait prendre.

Après quelques minutes de réflexion il comprit qu'il ne lui restait qu'à fuir, car Douglas allait probablement le pourchasser comme une bête fauve. Où devait-il aller? Où trouverait-il dans la vaste cité de Londres un lieu assez caché pour le soustraire à la vengeance de l'homme qu'il avait si cruellement frappé et outragé?

Il se rappela la lettre du capitaine Halkard. Il la chercha dans sa poche, elle était toute froissée, en lut quelques lignes, oui, c'était bien ce qu'il avait pensé. Le *Pandion* devait quitter Gravesend à cinq heures du matin, le lendemain.

« J'irai chercher un tombeau dans les glaces au milieu des ours, qu'ils viennent me traquer jusque-là! »

Avec cette même énergie qui ne faiblissait pas à cette heure suprême du désespoir, il se dirigea vers le quartier des marins et sacrifia les quelques pièces d'or qui lui restaient à l'organisation d'un mince bagage de voyage. Ceci fait il fit un repas frugal dans une modeste taverne et prit le steamer qui devait le conduire à Gravesend.

Il coucha à bord du *Pandion;* la place qui lui avait été offerte n'avait été acceptée par aucun autre. Ce n'était pas un poste tentant, ni une expédition sans périls. L'équipage se composait d'enthousiastes, animés par cette ardeur fiévreuse des explorateurs qui a fait tant de martyrs depuis le temps des Cabots jusqu'à celui de Franklin.

Le *Pandion* mit à la voile par une sombre et triste

matinée, ses voiles blanches glissèrent à travers le brouillard qui couvrait la rivière et Carrington échappa ainsi aux regards de tous les hommes, sauf de ceux que le navire emportait avec lui. Le sort de l'expédition ne fut jamais connu. Sous quelles glaces le *Pandion* alla-t-il s'engloutir, nul ne le sait. De nobles et braves cœurs périrent avec lui, et mourir en compagnie de ces braves gens fut un sort trop honorable pour un misérable tel que Victor Carrington.

XXII

« TU RÉCOLTERAS CE QUE TU AS SEMÉ. »

Peu de chose nous reste à dire pour compléter cette histoire de crimes et de châtiments, de souffrances et de compensations. Mlle Brewer raconta tout ce qu'elle savait avec une entière sincérité, et son témoignage joint à celui du pharmacien qui avait fourni à Pauline le fatal consolateur de toutes ses peines et de tous ses chagrins, prouvèrent clairement que la malheureuse femme qui reposait tranquillement dans la sombre chambre de Hilton House avait succombé des suites d'une trop forte dose d'opium.

Douglas ne put assister à l'enquête. Il avait été pris de fièvre. La triste fin de la femme qu'il avait tant aimée et si injustement accusée lui coûta presque la vie et quand il fut suffisamment rétabli pour supporter le voyage, il quitta l'Angleterre et en resta éloigné pendant trois ans. Avant son départ il vit Lady Eversleigh et sa mère et il s'établit entre eux de véritables liens d'amitié et de parenté. Il pourvut généreusement aux besoins de Mlle Brewer, mais bien qu'à l'abri de la pauvreté elle ne trouva pas le bonheur, car elle avait le cœur brisé.

La mère de Carrington se retira dans un couvent et fut probablement plus heureuse qu'elle ne l'avait jamais été. Elle n'avait aimé que modérément celui dont la seule vertu avait été de l'aimer beaucoup.

La joie du capitaine Copplestone ne connut plus de bornes quand il serra la petite Gertrude dans ses bras. Il fut presque jaloux de Rosemonde lorsqu'il vit la grande place qu'elle avait conquise dans le cœur de sa pupille, mais sa jalousie était mêlée de reconnaissance, et il se joignit à Lady Eversleigh pour témoigner son amitié à la jeune et excellente femme qui avait protégé et aimé l'héritière de Raynham, à l'heure de la désolation.

Il n'est pas à supposer que le monde resta dans l'ignorance de cet épisode romanesque au milieu des histoires sans intérêt qui défrayent les conversations de chaque jour.

Des articles se glissèrent dans les journaux, sans qu'on sût comment et la société fut émerveillée de la bonne fortune de la veuve de Sir Oswald.

« La richesse de cette femme doit être colossale, s'écrièrent quelques aristocratiques douairières, qui avaient senti la dure étreinte de la pauvreté. Son mari lui a laissé un magnifique domaine et un énorme capital en argent placé, et maintenant il lui tombe une mère des nues, une mère qui est, à ce qu'on rapporte, au moins aussi riche qu'elle ! »

* * * * *

Parmi ceux qui voyaient avec envie la bonne fortune de Lady Eversleigh, nul n'était plus cruellement torturé par ces méchants instincts que le neveu de son mari.

Cette femme s'était dressée entre Reginald et la fortune et c'eût été un bonheur pour lui de la voir tomber dans la misère, mendiant son pain et repoussée par tous. Au lieu de cela il apprit son triomphe, et sa haine impuissante s'exalta jusqu'à la rage.

Il trouva bientôt sa vie misérable sans son mauvais conseiller. La confiance imperturbable du Prussien dans le succès qui devait couronner ses efforts l'avait soutenu pendant les plus mauvais jours. Mais maintenant il se voyait absolument seul et n'ayant plus personne pour lui promettre le triomphe. Il savait qu'il avait joué son jeu jusqu'à la dernière carte et que la partie était irrévocablement perdue.

Son caractère faible le rendait incapable de supporter le fardeau de la pauvreté et du désespoir.

Il n'osait plus se montrer dans les clubs dont il avait été l'un des membres les plus distingués, car il savait que l'opinion publique était contre lui.

Sans espérances, sans amis, abandonné par sa famille, Reginald eut recours au plus vulgaire moyen de consolation. Il s'enfuit d'un pays où son nom était devenu odieux, et il alla se fixer à Paris où il trouva un misérable logement dans la rue la plus étroite de celles qui avoisinent le Luxembourg, qui alors était entouré d'un labyrinthe de rues sombres et étroites.

Là, il pouvait se procurer de l'eau-de-vie, car à cette époque l'eau-de-vie était moins chère qu'elle ne l'est aujourd'hui. Il pouvait se livrer, autant que le lui permettaient ses moyens, à son goût pour les boissons alcooliques qui s'était très-développé, il pouvait y noyer ses chagrins et boire à la destruction de ses ennemis.

Pendant quelques années il habita le même grenier malpropre, gardant sur lui la clef de sa misérable chambre, montant et descendant le vieil escalier en ruines sans que personne fît attention à lui. Peu de gens de ceux qui l'avaient connu autrefois, auraient été capables de reconnaître dans ce qu'il était alors, le jeune élégant des anciens jours : ses traits, son teint et l'expression de son visage, tout en lui avait subi la même dégradation. Les vêtements qu'il portait et qui avaient été faits par les premiers tailleurs du West End étaient maintenant hideux et déformés. L'ancien dandy était devenu une masse de haillons ambulants.

Chaque jour, quand le soleil brillait, il boutonnait sa redingote graisseuse et se rendait au jardin du Luxembourg où il traînait ses savattes dans les allées les mieux exposées au soleil ; il était devenu un objet d'aversion et de dégoût pour les bonnes d'enfants et les grisettes, et le sujet des railleries des étudiants du quartier latin.

Avait-il conscience de sa dégradation ?

Oui, c'était le vautour immortel qui dévorait ses entrailles, le feu toujours brûlant que rien ne pouvait éteindre.

Chaque jour, pendant le court espace de temps où il n'était pas encore ivre, Reginald réfléchissait au passé, il savait son infamie et quand sa pensée le reportait au point de départ de son existence il ne pouvait s'empêcher de se dire combien sa carrière eût été différente, s'il avait voulu être honnête homme.

Pendant ces heures de sombres méditations, des larmes coulaient sur ses joues dévastées, des larmes de remords, d'un vain repentir, qui venait trop tard pour cette terre, mais non peut-être pour le ciel, puisque le plus grand des pécheurs peut encore tout espérer de la miséricorde céleste.

Ainsi s'écoulait sa vie monotone, sans une joie, même passagère, sans une visite amie, sans un signe, un souvenir qui vînt montrer qu'il existait encore un lien entre lui et le reste de l'humanité.

Un jour le portier qui habitait un antre obscur au pied de l'escalier de la maison garnie, s'aperçut qu'il ne voyait plus le misérable locataire qu'il était habitué à voir passer chaque jour devant lui depuis six années, ce visage hébété dont les yeux se fixaient sur lui matin et soir avec ce regard vague que donne l'habitude de l'ivresse.

« Qu'est devenu le vieil ivrogne, qui loge là haut au milieu des tuyaux de cheminées ? dit tout à coup le vieux portier à sa femme ; je ne l'ai vu ni aujourd'hui, ni hier, ni les jours précédents, il doit être malade. Je monterai là haut pour m'informer de lui, quand j'en aurai le temps. »

Le portier attendit jusqu'à la nuit pour trouver ce moment de loisir, puis il monta l'escalier, une chandelle à la main pour avoir des nouvelles de son locataire. Il aurait pu attendre encore plus longtemps sans que Reginald eût à souffrir de sa négligence.

Le baronnet était mort depuis plusieurs jours, étouffé par la fumée de son pauvre petit poêle ; une trappe, pratiquée dans le toit et qu'il avait coutume d'ouvrir pour ventiler son misérable grenier, s'était refermée par suite d'un coup de vent, et le baronnet, sans en avoir conscience, avait passé du sommeil terrestre à celui de la mort.

Il était mort et personne n'en avait rien su, les gens de la maison ne connaissaient ni son nom, ni son pays. Son enterrement fut celui des pauvres et les os du dernier descendant mâle de la maison d'Eversleigh allèrent se confondre avec ceux des pauvres de Paris, dans le cimetière Montparnasse.

Pendant que Reginald terminait sa misérable existence dans un grenier de Paris, c'est au milieu d'une paix parfaite et d'un tranquille bonheur que s'écoulait la vie de la femme contre la réputation de laquelle lui et Victor avaient si lâchement conspiré.

Oui, Anna vivait en paix, entourée d'amis et suivant avec ravissement le développement de la beauté de l'aimable et gracieuse Gertrude Eversleigh, l'héritière idolâtrée de Raynham. Lorsque Lady Eversleigh se promenait sur la terrasse du château entre sa mère et Gertrude, lorsque sa vue s'étendait sur le vaste domaine qui était sa propriété, il semblait que la fortune eût voulu prodiguer ses plus riches dons à la pauvre abandonnée qui chantait autrefois dans les tavernes de Wapping.

Les transitions par lesquelles elle avait passée étaient miraculeuses en effet, mais en ce moment même où l'horizon qui s'ouvrait devant elle, semblait si beau et si radieux, le passé, dans une certaine mesure, assombrissait le présent de son ombre et ôtait du brillant à l'avenir.

Elle ne pouvait oublier la nuit d'angoisse qu'elle avait passée dans la maison du bord de l'eau, au delà de la grande route de Ratcliff, et elle ne pouvait cesser de déplorer la perte du noble et généreux ami qui était venu à son secours à l'heure du désespoir.

Le monde s'étonnait du veuvage prolongé de la maîtresse du domaine de Raynham ; on était surpris qu'une femme dans la fleur de l'âge et de la beauté restât fidèle à la mémoire d'un époux qui eût été assez vieux pour être son père. Mais, avec le temps, la société en vint à accepter ce veuvage et Lady Eversleigh cessa d'être l'objet des espérances et des spéculations des gens à marier.

Sa reconnaissance et son amitié pour Jernam ne se refroidirent pas avec les années. La différence qui existait entre leurs positions n'était rien pour elle et il n'y avait pas d'hôtes qui vinssent plus fréquemment au château de Raynham et qui y fussent mieux reçus que le capitaine Duncombe, sa fille, son gendre et l'honnête Harker. Lady Eversleigh avait une estime toute particulière pour cet homme si loyal et si fidèle et elle aimait à s'entretenir souvent avec lui, mais jamais il n'était fait allusion à cette malheureuse soirée où il l'avait vue à la taverne de Wapping. Ce sujet était soigneusement évité par tous deux. Une douleur trop grande, un souvenir trop sombre, se rattachaient à cette période de leur existence.

Ainsi finit notre histoire, ce n'est pas au son joyeux des cloches annonçant un mariage que nous avons à clore notre récit. N'est-il pas dans la destinée de l'innocent de souffrir dans cette vie, pour les crimes des méchants? Le veuvage de Lady Eversleigh, la vie solitaire de Douglas, sont l'œuvre de Carrington, œuvre irréparable sur cette terre. S'il a échoué sur tous les autres points, il a du moins réussi à détruire à jamais le bonheur de deux existences.

Le temps a apporté la tranquillité et des joies paisibles qui ne sont pas sans charme à ses deux victimes. L'une a l'affection de son enfant, d'une enfant dont les grâces, l'esprit, la beauté croissent chaque jour, mais ce bonheur est encore assombri, par moments, par le souvenir des chagrins du passé; mais dans le cœur de Douglas, il est resté une place vide, que rien sur cette terre ne devait plus remplir.

« L'Être éternel qui voit tout me pardonnera-t-il ma vie insouciante et inutile, et la retrouverai-je dans le ciel au milieu des bienheureux ? » se demandait-il quelquefois.

Il se rappelait les saintes paroles si pleines de consolation : « Venez à moi vous qui êtes fatigués et qui succombez sous un lourd fardeau, je vous donnerai le repos. »

Pauline n'avait-elle pas succombé sous le poids d'un lourd fardeau, écrasée par une injuste accusation, n'avait-elle pas été sans amis et sans espérances dès le berceau ?

Il pensait à la miséricorde infinie et il espérait retrouver dans un monde meilleur celle qu'il avait si absolument aimée !...

FIN.

TABLE DES MATIÈRES

FIN DE LA TABLE DU SECOND ET DERNIER VOLUME.

Coulommiers. — Typogr. A. MOUSSIN.

PUBLICATIONS GÉOGRAPHIQUES

DE

LA LIBRAIRIE

HACHETTE ET CIE

79, BOULEVARD SAINT-GERMAIN, 79

A PARIS

TABLE DES MATIÈRES

PUBLICATIONS GÉOGRAPHIQUES

1° OUVRAGES D'ENSEIGNEMENT

§ 1. LIVRES.

Ansart (F.) : *Petite géographie moderne.* Nouvelle édition, revue et corrigée par M. Ansart fils, professeur d'histoire et de géographie. 1 volume in-18 de 216 pages, avec de nombreuses vignettes, cartonné. 80 c.

Belin de Launay : *Petite géographie de la France.* 1 vol. grand in-18 de 36 pages, broché. 15 c.

Le cartonnage se paye en sus 5 c.

Cortambert : *Petite géographie du premier âge*, à l'usage des écoles et des familles, présentée sous forme d'entretiens, avec 88 vignettes ou cartes. 1 vol. in-18, cartonné en percaline anglaise. 80 c.

— *Petite géographie illustrée de la France*, à l'usage des écoles primaires, avec plus de 70 gravures et une carte en couleur. 1 volume in-18, cartonné en toile. 80 c.

— *Petite géographie* à l'usage des écoles primaires. 1 volume in-18, avec gravures, cartonné. 60 c.

— *Petit cours de géographie moderne* avec de nombreuses gravures. 1 vol. in-12, cartonné. 1 fr. 50

— *Le globe illustré*, géographie générale à l'usage des écoles et des familles. 1 volume in-4, avec de nombreuses gravures intercalées dans le texte et accompagné de 19 cartes tirées en couleur, cart. 4 fr.

— *Petite géographie générale.* 1 vol. grand in-18 de 36 pages, br. 15 c.

— *Éléments de géographie physique.* 1 vol. in-12 de texte et atlas de 20 planches coloriées. 5 fr.

Chaque partie se vend séparément. 2 fr. 50

— *Physiographie* ou description générale de la nature. 1 vol. in-12. 1 fr.

Nouveau Cours complet de géographie rédigé conformément aux programmes de 1872, à l'usage des lycées et des colléges. 12 vol. in-12, cartonné; avec gravures dans le texte.

Notions préliminaires. Géographie élémentaire de la France physique et de la Terre Sainte (Classe Préparatoire). 1 vol. 80 c.

Géographie élémentaire des cinq parties du monde (classe de huitième). 1 vol. 80 c.

Géographie élémentaire de la France (classe de septième). 1 vol. 1 20

Géographie générale de l'Asie, de l'Afrique, de l'Amérique et de l'Océanie (classe de sixième). 1 vol. 1 50

Géographie générale physique et politique de l'Europe (classe de cinquième). 1 vol. 1 50

Géographie physique et politique de la France (classe de quatrième). 1 vol. 1 50

Géographie de l'Europe (classe de troisième). 1 vol. 2 fr.

Description particulière de l'Asie, de l'Afrique, de l'Amérique et de l'Océanie (classe de seconde). 1 vol. 3 fr.

Géographie de la France et de ses possessions coloniales (classe de rhétorique). 1 vol. 3 fr.

Résumé de géographie générale suivi des études complémentaires de géographie pour les changements politiques survenus de 1848 à 1873 (classe de philosophie). 1 vol. 3 fr.

Éléments de géographie générale (classe de mathématiques préparatoires). 1 vol. 1 50

Géographie générale (classe de mathématiques élémentaires). 1 vol. 5 fr.

Voir pour les atlas, page 6.

Cours de géographie, rédigé conformément aux programmes de l'enseignement spécial. 4 vol. in-12, cartonnés, accompagnés de pareil nombre d'atlas, format in-8.

Géographie générale de la France (année préparatoire). 1 vol. 90 c.

Géographie des cinq parties du monde (1re année). 1 vol. 1 50

Géographie agricole, industrielle et commerciale de la France et de ses colonies (2e année). 1 vol. 2 fr.

Géographie commerciale des cinq parties du monde (3e année). 1 vol. 3 fr.

Voir pour les atlas, page 6.

— *Cours de géographie*, comprenant la description physique et politique, et la géographie historique des diverses contrées du globe; 8e édition, illustrée de nombreuses vignettes. 1 vol. in-12, broché. 3 fr. 75

Cartonné. 4 fr.

Joanne (Adolphe) : *Géographie des départements de la France, avec la liste complète des communes du département et un dictionnaire alphabétique des localités les plus remarquables.*

Chaque département, accompagné d'une carte et de vignettes intercalées dans le texte, forme un volume in-12 élégamment cartonné et se vend séparément.

EN VENTE :

1re série à 1 fr. 50 le volume.

Bouches-du-Rhône; Charente; Charente-Inférieure; Doubs; Gironde; Isère; Landes; Loir-et-Cher; Loiret; Meurthe; Rhône; Seine-et-Marne; Somme.

Deuxième série a 90 c. le volume.

Aisne; Allier; Aube; Côte-d'Or; Indre-et-Loire; Loire; Loire-Inférieure; Nord; Pas-de-Calais; Saône-et-Loire; Seine-Inférieure; Seine-et-Oise.

EN PRÉPARATION.

Deux-Sèvres; Jura; Maine-et-Loire; Oise; Puy-de-Dôme.

Meissas et Michelot : *Petite géographie méthodique*, à l'usage des jeunes enfants. 1 vol. in-18, cartonné. 60 c.

— *Géographie sacrée*, avec un plan de Jérusalem. 1 vol. in-18 cart. 1 fr. 25

— *Tableaux de géographie*, 28 tableaux de 49 cent. de hauteur sur 34 cent. de largeur. 3 fr.

— *Manuel de géographie*, reproduisant les tableaux. In-18, cartonné. 75 c.

— *Géographie ancienne*, comparée avec la géographie moderne; 4e édition. 1 vol. in-12, cartonné. 2 fr. 50

— *Petite géographie ancienne*, comparée avec la géographie moderne; 4e édition. 1 vol. in-18, cart. 1 fr.

— *Nouvelle géographie méthodique*, suivie d'un petit traité sur la construction des cartes. 1 volume in-12, cartonné. 2 fr. 50

Pape-Carpantier (Mme) : *Premières notions de géographie et d'histoire naturelle* (Cours d'éducation et d'instruction primaire; 1re année préparatoire). 1 vol. in-18, cartonné. 75 c.

— *Géographie* : premières notions sur quelques phénomènes naturels (2e année préparatoire). 1 vol. in-18, cartonné. 75 c.

— *Premiers éléments de cosmographie; géographie* (période élémentaire). 1 vol. in-18, cart. 1 fr. 50

Sardou : *Abrégé de géographie commerciale et industrielle*; 5e édition. 1 vol. in-12, broché. 1 fr.

§ 2. ATLAS

Bouillet : *Atlas universel d'histoire et de géographie*. Ouvrage faisant suite au *Dictionnaire d'histoire et de géographie* du même auteur, et comprenant : 1. LA CHRONOLOGIE : la concordance des principales ères avec les années avant et après Jésus-Christ, et des tables chronologiques universelles; 2. LA GÉNÉALOGIE : des tableaux généalogiques des dieux et de toutes les familles historiques, et un traité élémentaire de l'art héraldique qui comprend 12 planches coloriées ; 3. LA GÉOGRAPHIE : 88 cartes de géographie ancienne et moderne, avec un texte explicatif indiquant les ressources et les divisions de chaque pays ; nouvelle édition. 1 vol. grand in-8, br. 30 fr.

Le cartonnage en percaline gaufrée se paye en sus 2 fr. 75 c., et la demi-reliure en chagrin 5 fr.

Le même ouvrage, sans les 12 planches de l'art héraldique, br. 21 fr.

Le cartonnage en percaline gaufrée se paye en sus 2 fr. 75 c., et la demi-reliure en chagrin 4 fr. 50 c.

Cortambert : *Petit atlas primaire*, composé de 15 cartes tirées en couleurs. Petit in-8, br. 50 c.

— *Petit atlas élémentaire de géographie moderne*, à l'usage des écoles et des familles, composé de 22 cartes tirées en couleur : 1. Planisphère; 2. Europe physique; 3. Europe politique; 4. France physique; 5. Chemins de fer de la France; 6. France politique; 7. France par provinces; 8. France agricole; 9. France industrielle et commerciale; 10. Algérie; 11. Colonies françaises; 12. Iles britanniques; 13. Espagne et Portugal ; 14. Belgique et Pays-Bas; 15. Europe centrale et Allemagne; 16. Italie, Turquie, Grèce ; 17. Asie ; 18. Afrique; 19. Amérique du Nord ; 20. Amérique du Sud; 21. Océanie ; 22. Carte de l'histoire sainte. 1 vol. in-4 broché. 90 c.

Ouvrage adopté pour les écoles communales de la ville de Paris, et couronné par la Société pour l'instruction élémentaire.

Le même ouvrage, accompagné d'un texte explicatif en regard de chaque carte. 1 vol. in-4, br. 1 fr. 10

L'Atlas, avec texte, suivi d'une carte du département demandé. 1 fr. 15

L'Atlas, sans texte, suivi d'une carte du département demandé. 1 fr. 35

— *Petit atlas géographique du premier âge*, contenant 9 cartes coloriées : 1. Notions cosmographiques et géographiques; 2. Mappemonde; 3. Europe; 4. Asie; 5. Afrique; 6. Amérique; 7. Océanie; 8. France physique; 9. France par départements; et précédé d'un texte explicatif. 1 vol. grand in-18, cartonné. 80 c.

— *Petit atlas de géographie moderne*, contenant 20 cartes, format 1/4 de jésus, imprimées en couleur, savoir : 1. Cosmographie; 2. Mappemonde et Termes géographiques; 3. Planisphère; 4. Europe physique ; 5. Europe politique; 6. Asie physique et politique; 7. Afrique physique et politique; 8. Amérique méridionale et septentrionale; 9. Océanie; 10. France physique; 11. France par anciennes provinces comparées aux départements actuels; 12. France par départements ; 13. France : Versant de la mer du Nord; 14. Versant de la Manche ; 15. Versant de la mer de France ; 16. Versant de la Méditerranée; 17. Algérie; 18. Colonies; 19. Carte des chemins de fer de la France, de l'Allemagne et des pays limitrophes ; 20. France géologique. Grand in-8, cart. 2 fr. 50

Chaque carte séparément, 15 c.

— ATLAS A L'USAGE DES CLASSES DE GRAMMAIRE ET D'HUMANITÉS.

Atlas (petit) *de géographie ancienne*, composé de 15 cartes. 1 vol. grand in-8, cartonné. 2 fr. 50

Atlas (petit) *de géographie du moyen âge*, composé de 15 cartes. 1 vol. grand in-8, cartonné. 2 fr. 50

Atlas (petit) *de géographie moderne*,

composé de 20 cartes. 1 vol. grand in-8, cartonné. 2 fr. 50

Atlas (petit) *de géographie ancienne et moderne*, composé de 32 cartes. 1 vol. grand in-8, cartonné. 5 fr.

Atlas (petit) *de géographie ancienne, du moyen âge et moderne*, composé de 47 cartes. 1 vol. grand in-8, cartonné. 7 fr. 50

Atlas (nouvel) *de géographie moderne*, contenant 66 cartes. 1 vol. in-4, cartonné. 10 fr.

Atlas complet de géographie, contenant en 98 cartes la géographie ancienne, la géographie du moyen âge, la cosmographie et la géographie moderne 1 vol. grand in-4, cartonné. 15 fr

Chaque carte se vend séparément, 15 c.

— ATLAS DRESSÉS CONFORMÉMENT AUX PROGRAMMES DE 1872, POUR L'ENSEIGNEMENT SECONDAIRE CLASSIQUE, à l'usage des lycées et des colléges, format in-8, cartonnés :

Classe préparatoire (9 cartes). 1 vol. 1 fr. 50

Classe de huitième (10 cartes). 1 vol. 1 fr. 50

Classe de septième (18 cartes). 1 vol. 2 fr. 50

Classe de sixième (26 cartes). 1 vol. 4 fr.

Classe de cinquième (20 cartes). 1 vol. 3 fr.

Classe de quatrième (23 cartes). 1 vol. 3 fr.

Classe de troisième (25 cartes). 1 vol. 3 fr. 50

Classe de seconde (26 cartes). 1 vol. 4 fr.

Classe de rhétorique (30 cartes). 1 vol. 4 fr. 50

Classe de philosophie (98 cartes). 15 fr.

Classe de mathématiques préparatoires (22 cartes). 90 c.

Classe de mathématiques élémentaires (66 cartes). 10 fr.

— ATLAS DRESSÉS CONFORMÉMENT AUX PROGRAMMES DE L'ENSEIGNEMENT SECONDAIRE SPÉCIAL, format in-8, cartonné :

Année préparatoire (12 cartes). 1 vol. 2 fr. 50

Première année (37 cartes). 1 vol. 6 fr.

Deuxième année (22 cartes). 1 vol. 4 fr.

Troisième et quatrième années en préparation.

Henry (Gervais), instituteur primaire à Paris : *Cartographie de l'enseignement*, méthode pour apprendre la géographie de la France à l'aide de nouvelles cartes muettes à écrire :

1° Carte des bassins physiques, format quart grand jésus : 1. Bassin du Rhin ; 2. Bassin de la Seine ; 3. Bassin de la Loire ; 4. Bassin de la Garonne ; 5. Bassin du Rhône.

Prix de chaque carte : en noir, 6 centimes ; coloriée, 10 centimes.

2° Carte d'ensemble des bassins physiques, format grand raisin : en noir, 30 cent. ; coloriée, 35 centimes.

3° Cartes des bassins politiques, comprenant les bassins du Rhin, de la Seine, de la Loire, de la Garonne et du Rhône. 5 cartes, format quart jésus ; chaque carte en bistre, 6 centimes ; coloriée, 10 centimes.

4° Carte d'ensemble des bassins politiques, format grand raisin : en noir, 30 centimes ; coloriée, 35 centimes.

5° France physique écrite ; France politique écrite ; chaque carte, grand raisin, coloriée, 60 centimes.

Joanne : *Atlas de la France*, contenant 95 cartes (1 carte générale de la France, 89 cartes départementales, 1 carte de l'Algérie et 4 cartes des Colonies) tirées en 4 couleurs et 94 notices géographiques et statistiques ; nouvelle édition revue et complétée. 1 beau volume in-folio, cart. 40 fr.

Chaque carte se vend séparément. 50 c.

Meissas et Michelot :

1° PETITS ATLAS FORMAT IN-OCTAVO.

Ces atlas sont autorisés par le Conseil de l'instruction publique.

A. *Atlas* (petit) *élémentaire* de géographie moderne, composé de 8 cartes écrites. 2 fr. 50

B. *Le même*, avec 8 cartes muettes (16 cartes). 3 fr. 50

C. *Atlas* (petit) *universel de géogra-*

phie moderne, composé de 17 cartes écrites. 5 fr.

D. *Le même*, avec 8 cartes muettes (25 cartes). 6 fr.

E. *Atlas* (petit) *de géographie ancienne et moderne*, composé de 36 cartes écrites, sur 30 planches. 9 fr.

F. *Le même*, avec 8 cartes muettes (44 cartes). 10 fr.

G. *Atlas* (petit) *universel de géographie ancienne, du moyen âge et moderne, et de géographie sacrée*, composé de 54 cartes écrites. 14 fr.

H. *Le même*, avec 8 cartes muettes (62 cartes). 15 fr.

Atlas (petit) *de géographie ancienne*, composé de 19 cartes écrites, sur 14 planches. 5 fr.

Atlas (petit) *de géographie du moyen âge* et des principales époques des temps modernes, pour servir à l'histoire de l'Europe depuis l'invasion des Barbares jusqu'à nos jours. 10 cartes écrites précédées de notices historiques. 3 fr. 50

Atlas de géographie sacrée. 8 cartes écrites, sur 6 planches. 2 fr.

Chacune des cartes écrites séparément. 35 c.

2° Grands atlas format in-folio.

A. *Atlas élémentaire pour la nouvelle géographie méthodique*, composé de 8 cartes écrites. 6 fr.

B. *Le même*, avec 8 cartes muettes (16 cartes). 11 fr. 50

C. *Atlas universel pour la nouvelle géographie méthodique*, composé de 12 cartes écrites. 10 fr. 50

D. *Le même*, avec 8 cartes muettes (20 cartes). 15 fr.

E. *Atlas universel pour la nouvelle géographie méthodique*, composé de 19 cartes écrites. 15 fr.

F. *Le même*, avec 8 cartes muettes (27 cartes). 21 fr.

Chaque carte se vend séparément. 1 fr.

Vivien de Saint-Martin : *Atlas élémentaire* à l'usage des écoles primaires ; 8 cartes imprimées en couleur avec texte explicatif et questionnaire. Grand in-8 avec couverture coloriée, cartonné. 30 c.

§ 3. CARTES MURALES

Heuzé : *Carte murale de la France agricole*, imprimée en chromolithographie sur quatre feuilles colombier, ayant ensemble $1^m,10$ de hauteur sur $1^m,45$ de largeur. 6 fr.

Le collage sur toile avec gorge et rouleau et le vernissage se payent en sus, 7 fr.

Meissas et Michelot : *Grandes cartes murales muettes ou écrites.*

Ces cartes, imprimées sur 16 ou 20 feuilles grand raisin, sont enluminées à teintes plates :

Les cartes en 16 feuilles ont 1 mètre 80 centimètres de hauteur sur 2 mètres 30 centimètres de largeur. Celles en 20 feuilles ont 1 mètre 80 centimètres de hauteur sur 2 mètres 80 centimètres de largeur.

Le collage sur toile avec gorge et rouleau et le vernissage se payent en sus : 1° pour les cartes en 16 feuilles, 12 fr. ; 2° pour les cartes en 20 feuilles ; 14 fr.

Chaque carte murale est accompagnée d'un questionnaire qui est donné gratuitement aux acquéreurs de la carte à laquelle il se réfère. Chaque questionnaire se vend en outre séparément 30 c.

GÉOGRAPHIE ANCIENNE.

Empire romain écrit. 16 feuill. 10 fr.

Italie et Grèce anciennes écrites. 16 feuilles. 10 fr.

Palestine écrite, avec un plan de Jérusalem. 16 feuilles. 10 fr.

GÉOGRAPHIE MODERNE.

Afrique écrite. 16 feuilles. 10 fr.

Amériques septentrionale et méridionale écrites. 20 feuilles. 12 fr.

L'Amérique septentrionale séparément : 12 feuilles, 8 fr.

L'Amérique méridionale sép. 8 feuill. 6 fr.

Asie écrite. 16 feuilles. 10 fr.

Europe écrite. 16 feuilles. 9 fr.

Europe muette. 16 feuilles. 7 fr. 50

France écrite en 89 départements, *Belgique et Suisse*; nouvelle édition, où l'on a ajouté, dans deux cartouches, la division de la France en bassins et la division en gouvernements avant 1789. 16 feuilles. 9 fr.

Mappemonde écrite. 20 feuil. 12 fr.

Mappemonde muette. 20 feuil. 10 fr.

— *Nouvelle carte murale écrite de la France, par départements*, avec le relief du terrain, tirée en chromolithographie sur 12 feuilles jésus, mesurant 1m95 de largeur sur 2 m. de hauteur. 15 fr.

La même carte, muette. 15 fr.

Le collage sur toile avec gorge et rouleau et le vernissage se payent en sus 12 fr.

— *Cartes murales muettes sur toile cirée noire.*

Ces cartes sont destinées à servir de cadre et de base aux démonstrations et tracés du professeur ou aux exercices qu'il fera faire par ses élèves sous ses yeux.

Elles ont 1 mètre 10 centimètres de hauteur sur 1 mètre 70 de largeur.

Elles se vendent avec gorge et rouleau :

France. 20 fr.

Europe. 20 fr.

Meissas (Achille) : *Petites cartes murales écrites.*

Les petites cartes murales conviennent aux classes dans lesquelles les grandes cartes murales ne peuvent être placées à cause de leur dimension. Elles sont enluminées à teintes plates.

La *France*, l'*Europe*, l'*Asie* et l'*Afrique* ont 1 mètre de hauteur sur 1 mètre 30 centimètres de largeur ; la *Mappemonde* a 1 mètre 10 centimètres de hauteur sur 1 mètre 70 c. de largeur ; l'*Amérique* a 1 mètre de hauteur sur 1 mètre 95 centimètres de largeur.

Le collage sur toile avec gorge et rouleau et le vernissage se payent en sus : 1° pour la *France*, l'*Europe*, l'*Asie*, l'*Afrique*, 5 fr. 2° pour la *Mappemonde* et l'*Amérique*, 7 fr.

Les questionnaires des grandes cartes peuvent être utilisés pour les petites.

Afrique. 4 feuilles jésus. 5 fr.

Amériques septentrionale et méridionale. 6 feuilles jésus. 6 fr.

Asie. 4 feuilles jésus. 5 fr.

France en 89 départements, *Belgique et Suisse*. 4 feuilles jésus. 4 fr. 50

Europe. 4 feuilles jésus. 4 fr. 50

Mappemonde. 8 feuil. gr. raisin. 6 fr.

2° NOUVEAUX GLOBES TERRESTRES

POUR L'ENSEIGNEMENT DE LA GÉOGRAPHIE DANS LES ÉCOLES ET DANS LES FAMILLES

	Montés sur pied.	Avec demi-méridien.	Montés sur pied, cercle et méridien.
Globe terrestre de 8 centimètres.....	1 80	3 75	» »
Idem. de 12 *idem*........	3 50	6 25	» »
Idem. de 16 *idem*........	7 50	11 25	30 »
Idem. de 25 *idem*........	12 50	20 »	37 50
Idem. de 33 *idem*........	17 50	27 50	50 »
Idem. de 50 *idem*........	60 »	80 »	120 »
Idem. de 33 *idem*, en relief.	35 »	45 »	70 »
Idem. de 45 *idem*, en relief.	55 »	75 »	100 »

3° DICTIONNAIRES GÉOGRAPHIQUES

Bouillet : *Dictionnaire universel d'histoire et de géographie*, contenant : 1° l'histoire proprement dite ; 2° la biographie universelle ; 3° la mythologie ; 4° la géographie ancienne et moderne. Vingt-troisième édition, entièrement refondue. 1 beau volume de plus de 2000 pages grand in-8 à 2 colonnes, broché. 21 fr.

Le cartonnage en percaline gaufrée se paye en sus 2 fr. 75 c.; la demi-reliure en chagrin, tranches jaspées, 4 fr. 50 c.; la demi-reliure en chagrin, avec tranches et gardes peignes, 5 fr.

Voir pour l'*atlas* qui fait suite au dictionnaire, page 1.

Joanne (A.) : *Dictionnaire géographique, administratif, postal, statistique et archéologique de la France, de l'Algérie et des colonies*, contenant pour chaque commune la condition administrative, la population ; la situation géographique, l'altitude ; la distance des chefs-lieux de canton, d'arrondissement et de département ; les bureaux de poste, les stations et correspondances des chemins de fer et le bureau de télégraphie ; la cure ou succursale ; l'indication de tous les établissements d'utilité publique ou de bienfaisance ; tous les renseignements administratifs, judiciaires, ecclésiastiques, militaires, maritimes ; le commerce ; l'industrie ; l'agriculture ; les richesses minérales ; la nature du terrain ; enfin les curiosités naturelles ou archéologiques ; les collections d'objets d'art ou de sciences ; avec la description détaillée de tous les cours d'eau, de tous les canaux, de tous les phares, de toutes les montagnes, et des notices géographiques, administratives, statistiques sur les 89 départements, une introduction sur la France, etc. ; 2e édition entièrement refondue, suivie d'un *supplément* contenant les communes qui ont cessé de faire partie du territoire français. 1 volume grand in-8, imprimé sur deux colonnes (2700 pages), br. 25 fr.

Le cartonnage en percaline gaufrée se paye en sus 3 fr. 25, et la demi-reliure en chagrin 5 francs.

— *Petit dictionnaire géographique de la France*, ouvrage abrégé du précédent. 1 vol. in-12, cart. 6 fr.

Meissas et Michelot : *Dictionnaire de géographie ancienne et moderne*, contenant tout ce qu'il est important de connaître en géographie physique, politique, commerciale et industrielle, et les notions indispensables pour l'étude de l'histoire. 1 vol. grand in-8, contenant 8 cartes coloriées ; nouvelle édit. 1 vol. grand in-8, broché. 7 fr. 50

Le cartonnage en percaline se paye 1 fr. 50 c. en sus.

Vivien de Saint-Martin : *Dictionnaire universel de géographie*, contenant la description de toutes les contrées et de tous les peuples du monde, d'après les documents officiels, les relations anciennes et récentes des époques terrestres et maritimes et les travaux modernes de topographie, d'archéologie, d'histoire naturelle, d'hydrographie et de statistique. (*Sous presse.*)

4° GÉOGRAPHIE DE LA FRANCE

LIVRES ET ATLAS

Belin de Launay : *Petite géographie de la France*, 1 vol. grand in-18 de 36 pages, broché, 15 c., cartonné, 20 c.

Cortambert : *Petite géographie illustrée de la France*, à l'usage des écoles primaires; ouvrage contenant de nombreuses vignettes dans le texte. 1 vol. in-18, cartonné en toile. 80 c.

— *Géographie élémentaire de la France* (classe de septième du cours d'enseignement classique). 1 vol. in-12, avec vignettes, cart. 1 fr. 20

Atlas correspondant (9 cartes). 1 vol. in-8, cart. 1 fr. 50

— *Géographie physique et politique de la France* (classe de quatrième du cours d'enseignement classique). 1 vol. in-12, avec vignettes, cart. 1 fr. 50

Atlas correspondant (23 cartes). 1 vol. in-8, cart. 3 fr.

— *Géographie de la France et de ses possessions coloniales* (classe de rhétorique du cours d'enseignement classique). 1 vol. in-12 avec vignettes, cart. 3 fr.

Atlas correspondant (30 cartes). 1 vol. in-8, cart. 4 fr.

— *Géographie de la France* (année préparatoire du cours d'enseignement spécial). 1 vol. in-12, cart. 90 c.

Atlas correspondant (12 cartes). Grand in-8, cart. 2 fr. 50

—*Géographie agricole, industrielle et administrative de la France et de ses colonies* (deuxième année du cours d'enseignement spécial). 1 vol. in-12, cartonné. 2 fr.

Atlas correspondant (22 cartes). Grand in-8, cart. 4 fr.

Heuzé, adjoint à l'inspection générale de l'agriculture : *La France agricole*, notions générales sur le sol, le climat, les engrais, les instruments, les cultures, les plantes, les assolements, les animaux, les agriculteurs célèbres, les concours et les fermes-écoles des différentes régions agricoles de la France :

Région du sud : Pyrénées-Orientales, Aude, Hérault, Gard, Ardèche, Drôme, Vaucluse, Basses-Alpes, Bouches-du-Rhône, Var, Alpes-Maritimes. 1 vol., cart. 1 fr. 25

Région du sud-ouest : Ariége, Haute-Garonne, Hautes-Pyrénées, Basses-Pyrénées, Landes, Gers, Tarn-et-Garonne, Tarn, Lot, Lot-et-Garonne, Dordogne, Charente, Charente-Inférieure, Gironde. 1 v. cart. 1 fr. 25

Région de l'ouest : Vendée, Loire-Inférieure, Côtes-du-Nord, Ille-et-Vilaine, Mayenne, Morbihan, Finistère, Maine-et-Loire, Deux-Sèvres, Vienne. 1 volume, cart. 1 fr. 25

— *Carte murale de la France agricole*.

Voir page 7.

Joanne : *Dictionnaire géographique, administratif, postal, statistique et archéologique de la France et des colonies* : 1 fort volume grand in-8, broché. 21 fr.

— *Petit dictionnaire géographique de la France*; ouvrage abrégé du précédent. 1 vol. in-18, cart. 6 fr.

Voir *Dictionnaires géographiques*, p. 9.

— *Atlas de la France*, contenant 95 cartes tirées en quatre couleurs (1 carte générale de la France, 89 cartes départementales, 1 carte de l'Algérie, 4 cartes des colonies) et 94 notices géographiques, 1 vol. in-folio, cart. 40 fr.

Chaque carte se vend séparément. 50 c.

— GÉOGRAPHIE DES DÉPARTEMENTS DE LA FRANCE, contenant la liste complète des communes du département et un dictionnaire alphabétique des localités les plus remarquables.

Chaque département forme un volume in-12 cartonné, contenant des vignettes intercalées dans le texte et une carte imprimée en quatre couleurs.

EN VENTE :

PREMIÈRE SÉRIE, A 1 FR. 50 LE VOLUME.

Bouches-du-Rhône, avec 38 gravures et 1 carte.
Charente, avec 28 gravures et une carte.
Charente-Inférieure, avec 30 grav. et 1 carte.
Doubs, avec 20 gravures et 1 carte.
Gironde, avec 40 gravures et une carte.
Indre-et-Loire, avec 35 gravures et 1 carte.
Landes, avec 16 gravures et 1 carte.
Loir-et-Cher, avec 27 gravures et 1 carte.
Loiret, avec 36 gravures et 1 carte.
Meurthe, avec 31 gravures et une carte.
Rhône, avec 23 gravures et 1 carte.
Seine-et-Marne, avec 22 gravures et 1 carte.
Somme, avec 27 gravures et 1 carte.

DEUXIÈME SÉRIE A 90 C. LE VOLUME.

Aisne; *Allier*; *Aube*; *Côte-d'Or*; *Indre-et-Loire*; *Loire*; *Loire-Inférieure*; *Nord*; *Pas-de-Calais*; *Saône-et-Loire*; *Seine-Inférieure*; *Seine-et-Oise*.

EN PRÉPARATION :

Deux-Sèvres; *Jura*; *Maine-et-Loire*; *Oise*; *Puy-de-Dôme*.

— ITINÉRAIRE GÉNÉRAL DE LA FRANCE :

Paris illustré. Nouveau guide de l'étranger et du Parisien, contenant 442 vignettes et 15 plans. 1 beau vol. in-18 jésus, 3e édit. Relié. 12 fr.

Environs de Paris illustrés. Itinéraire descriptif et historique. 1 vol. in-18 jésus de 722 pages, contenant 242 gravures, une grande carte des environs de Paris et 7 autres cartes et plans. 1 vol. relié. 9 fr.

Bourgogne, Franche-Comté, Savoie. 1 vol. in-18 jésus de 586 pages, contenant 14 cartes, 5 plans et 1 panorama. Relié. 8 fr.

Auvergne; *Dauphiné*, *Provence*. 1 volume in-18 jésus de 892 pages, contenant 12 cartes, 11 plans de villes et 1 panorama. Relié. 10 fr.

Loire et Centre. 1 fort vol. in-18 jésus de 730 pages, contenant 26 cartes et 10 plans. Relié. 12 fr.

Pyrénées. 1 fort vol. in-18 jésus de 780 pages, contenant 7 cartes, 1 plan et 10 panoramas, 3e édit. Rel. 12 fr.

Bretagne. 1 vol. in-18 jésus de 672 pages, contenant 10 cartes et 7 plans. Relié. 10 fr.

Normandie. 1 vol. in-18 jésus de 696 pages, contenant 7 cartes et 4 plans. Relié. 10 fr.

Nord. 1 volume in-18 jésus de 444 pages, contenant 7 cartes et 8 plans. Relié. 8 fr.

Vosges et Ardennes. 1 fort vol. in-18 jésus de 764 pages, contenant 14 cartes et 7 plans. Relié. 11 fr.

— *La France.* 1 vol. in-32, cartonné, avec 8 cartes. Relié. 6 fr.

Piesse (L.) : *Itinéraire historique et descriptif de l'Algérie*, comprenant le Tell et le Sahara. Ouvrage accompagné d'une carte générale de l'Algérie, d'une carte spéciale de chacune des trois provinces, et d'une carte spéciale de la Mitidja ; nouvelle édition. 1 volume in-18 jésus, relié. 12 fr.

Richard : *Guide du voyageur en France*; 27e édition, entièrement refondue. 1 vol. in-18 jésus, relié. 12 fr.

5° GUIDES ET ITINÉRAIRES POUR LES VOYAGEURS

Cette collection, qui comprend **160 volumes**, est constamment tenue à jour et continuée sous la direction de M. **Adolphe Joanne**.

I. GUIDES DIAMANT

In-32 jésus.

Nouvelle série de guides portatifs, contenant dans un petit format tous les renseignements nécessaires aux voyageurs.

Chaque volume, élégamment cartonné en percaline gaufrée, est accompagné de cartes et de gravures.

FRANCE

Biarritz et autour de Biarritz, par *Germond de Lavigne*. 1 vol. 2 fr. 50

Bordeaux, Arcachon, Royan, par *Ad. Joanne*. 1 vol. 2 fr. 50

Boulogne, Calais, Dunkerque, par *Michelant*. 1 vol. 3 fr.

Bretagne, par *Ad. Joanne*. 1 vol. 4 fr.

Dauphiné et Savoie, par le même. 1 vol. avec 70 grav. et 8 cartes. 5 fr.

Dieppe et le Tréport, par le même. 1 vol. 2 fr. 50

France, par le même. 1 vol. 6 fr.

Hyères et Toulon, par le même. 1 vol. 2 fr. 50

Le Havre, Étretat, Fécamp, Saint-Valery-en-Caux, par le même. 1 volume. 3 fr.

Lyon et ses environs, par le même. 1 vol. 3 fr.

Marseille et ses environs, par *Alfred Saurel*. 1 vol. 3 fr.

Mont-Dore (Le) et ses environs, par *Louis Piesse*, avec 50 gravures et 2 cartes. 1 vol. 3 fr.

Nice, Cannes, Monaco, Menton, San Remo, par *Élisée Reclus*. 1 volume. 2 fr. 50

Normandie, par *Ad. Joanne*. 1 volume. 4 fr.

Paris, en français, par le même. 1 volume. 2 fr. 50

Paris, en anglais, par le même. 1 volume. 3 fr.

Paris, en espagnol, par le même. 1 volume. 3 fr.

Paris, en allemand, par le même. 1 volume. 3 fr.

Pyrénées, par le même. 1 vol. 3 fr.

Trouville et les bains de mer du Calvados, par le même. 1 vol. 3 fr.

Vichy et ses environs, par *Louis Piesse*. 1 vol. 2 fr. 50

Vosges et Ardennes, par *Ad. Joanne*. 1 vol. 3 fr.

ÉTRANGER.

Bade et la Forêt-Noire, par *Ad. Joanne*. 1 vol. 3 fr.

Baden and the Black Forest, par le même. 1 volume. 3 fr.

Belgique et Hollande, par *A.-J. Du Pays*. 1 vol. 5 fr.

Espagne et Portugal, par *Germond de Lavigne*. 1 vol. 4 fr.

Italie et Sicile, par *A.-J. Du Pays*. 1 vol. 4 fr.

Londres et ses environs, par *L. Rousselet*. 1 vol. 5 fr.

Paris à Vienne (de), par *P. Joanne*. 1 vol. 4 fr.

Rome et ses environs, par *A.-J. Du Pays*. 1 vol. 5 fr.

Spa et ses environs, par *Ad. Joanne*. 1 vol. 2 fr. 50

Suisse, par le même. 1 vol. 4 fr.

II. GUIDES ET ITINÉRAIRES POUR LA FRANCE ET L'ALGÉRIE.

Format in-18 jésus.

Chaque volume, relié en percaline gaufrée, est accompagné de cartes et de gravures.

(Voir aussi aux *Guides diamant*, page 12.)

GUIDES POUR PARIS ET SES ENVIRONS.

Paris illustré, nouveau guide de l'étranger et du Parisien, par *Ad. Joanne*. 1 beau vol. relié. 12 fr.

Liste alphabétique des rues de Paris. 1 vol. cartonné. 60 c.

Paris (nouveau plan de), dressé par *A. Vuillemin*, et tiré en taille-douce sur une feuille grand monde (1872).

Le plan seul en feuille. 1 fr. 50
Le plan en feuille, avec la liste alphab. 2 fr. »
Cartonné, avec la liste alphabétique, 2 fr. 50
Collé sur toile et relié en percaline, 4 fr. 50

Environs de Paris illustrés, par *Ad. Joanne*. 1 vol. relié. 9 fr.

Versailles, son palais, son jardin, son musée, ses eaux, les deux Trianons, par *Ad. Joanne*. 1 vol. relié. 3 fr.

Versailles et les deux Trianons, extrait du précédent. 1 vol. in-32, relié. 1 fr.

Le parc et les grandes eaux de Versailles. 1 vol. extrait du précédent, broché. 50 c.

Guide to Versailles, by *Ad. Joanne*, translated into english. With numerous illustrations and three plans. 1 volume relié. 3 fr.

Fontainebleau, son palais, sa forêt et ses environs, par *Ad. Joanne*. 1 volume relié. 3 fr.

GUIDES GÉNÉRAUX POUR LA FRANCE.

ITINÉRAIRE GÉNÉRAL DE LA FRANCE,

par *Ad. Joanne*.

I. **Paris illustré**. 1 vol. relié. 12 fr.

II. **Environs de Paris illustrés.** 1 volume relié. 9 fr.

III. **Bourgogne, Franche-Comté, Savoie.** 1 vol. relié. 8 fr.

IV. **Auvergne, Dauphiné, Provence.** 1 vol. relié. 10 fr.

V. **Loire et Centre.** 1 fort volume relié. 12 fr.

VI. **Pyrénées.** 1 fort vol. relié. 12 fr.

VII. **Bretagne.** 1 vol. relié. 10 fr.

VIII. **Normandie.** 1 vol. relié. 10 fr.

IX. **Nord.** 1 vol. relié. 8 fr.

X. **Vosges et Ardennes.** 1 fort volume relié. 11 fr.

Guide du voyageur en France, par *Richard*. Nouvelle édition, revue et complétée. 1 fort vol. 12 fr.

Guide du voyageur dans la France monumentale, par *Richard* et *E. Hocquart*. 1 vol. 9 fr.

GUIDES SPÉCIAUX POUR UNE PROVINCE OU POUR UNE VILLE.

Pau, Eaux-Bonnes, Eaux-Chaudes: bains, séjour, excursions. 1 vol. in-12, broché, 2 fr.

Plombières, par *Édouard Lemoine* et le docteur *Lhéritier*. 1 vol. 4 fr. 50

Ports militaires de la France (Les), par *E. Neuville*. 1 vol. br. 1 fr.

Villes d'hiver (les) de la Méditerranée et les Alpes-Maritimes (Hyères, Cannes, Nice, Monaco, Menton, San Remo), par *Élisée Reclus*. 1 volume relié. 7 fr.

ITINÉRAIRES ILLUSTRÉS DES CHEMINS DE FER FRANÇAIS.

LIGNES DE L'EST :

De Paris à Strasbourg, par *Moléri*. 1 vol. relié. 4 fr. 50

De Strasbourg à Bâle, par *Moléri*. 1 vol. br. 1 fr.

De Paris à Strasbourg et à Bâle, par *Moléri*. 1 vol. relié. 5 fr.

De Paris à Mulhouse et à Bâle, par *G. Héquet*. 1 vol. 4 fr. 50

LIGNES DE LYON ET DE LA MÉDITERRANÉE :

De Paris à Lyon, par *Ad. Joanne.* 1 vol. 5 fr.

De Paris en Suisse, par Dijon, Dôle et Besançon, par *Ad. Joanne.* 1 vol. 4 fr. 50

De Dijon en Suisse, par Dôle et Besançon, par *Ad. Joanne.* 1 volume 3 fr. 50

De Lyon à la Méditerranée, par *Ad. Joanne* et *J. Ferrand.* 1 volume relié. 5 fr.

De Paris à la Méditerranée, comprenant de Paris à Lyon, par *Ad. Joanne*, et de Lyon à la Méditerranée, par *Ad. Joanne* et *J. Ferrand.* 1 fort volume relié. 9 fr.

LIGNES DU MIDI :

De Bordeaux à Toulouse, à Cette et à Perpignan, par *Ad. Joanne.* 1 volume relié. 4 fr. 50

De Bordeaux à Bayonne, à Biarritz, à Arcachon, à Saint-Sébastien, à Mont-de-Marsan et à Pau, par *Ad. Joanne.* 1 vol. relié. 3 fr. 50

LIGNES DU NORD :

De Paris à Boulogne, à Saint-Valery, au Tréport, à Calais, à Dunkerque, à Valenciennes et à Beauvais, par *Eugène Pénel.* 1 vol. relié. 5 fr.

De Paris à Bruxelles, à Cologne, à Senlis, à Laon, à Dinant, à Givet, à Namur, à Luxembourg, à Liége, à Verviers, à Spa, à Trèves, à Maestricht, par *A. Morel.* 1 vol. relié. 3 fr. 50

LIGNE D'ORLÉANS ET PROLONGEMENTS :

De Paris à Bordeaux, par *Ad. Joanne.* 1 vol. relié. 4 fr. 50

De Paris à Nantes et à Saint-Nazaire, (par Orléans, Blois et Tours), par *Ad. Joanne.* 1 vol. relié. 5 fr.

De Paris à Nantes, par le Mans, Sablé et Angers.

Voir *lignes de l'Ouest.*

De Paris à Agen (par Vierzon, Limoges et Périgueux), par *Célestin Port.* 1 vol. relié. 5 fr.

De Nantes à Brest, à Saint-Nazaire, à Rennes et à Pontivy, par *Pol de Courcy.* 1 vol. relié. 4 fr. 50

De Poitiers à la Rochelle, à Rochefort et à Royan, par *Ad. Joanne.* 1 volume relié. 3 fr. 50

De Paris à Sceaux et à Orsay, par *Ad. Joanne.* 1 vol. 1 fr. 25

LIGNES DE L'OUEST :

De Paris à Rouen et au Havre, par *Eugène Chapus.* 1 v. relié. 4 fr. 50

De Paris à Rennes et à Alençon, par *A. Moutié.* 1 vol. relié. 4 fr. 50

De Paris à Cherbourg, par *L. Énault.* 1 vol. relié. 4 fr. 50

De Paris à Nantes, par le Mans, Sablé et Angers, par *D. Moutié, E. L.* et *Ad. Joanne.* 1 vol. relié. 4 fr. 50

De Paris à Saint-Germain, à Poissy et à Argenteuil, par *Ad. Joanne.* 1 vol. relié. 2 fr. 50

De Rennes à Brest et à Saint-Malo, par *Pol de Courcy.* 1 volume relié. 4 fr. 50

GUIDES POUR L'ALGÉRIE.

Itinéraire historique et descriptif pour l'Algérie, par *L. Piesse.* 1 vol. relié de 720 pages, avec 6 cartes. 12 fr.

III. GUIDES ET ITINÉRAIRES POUR LES PAYS ÉTRANGERS.

Format in-18 jésus.

Chaque volume, relié en percaline gaufrée, est accompagné de cartes, plans ou gravures.

(Voir aussi aux *Guides diamant*, page 12.)

ALLEMAGNE ET BORDS DU RHIN.

Itinéraire historique et descriptif de l'Allemagne du Nord, 3e édition, par *Ad. Joanne* : comprenant Strasbourg, Bade, Carlsruhe, Heidelberg, Darmstadt, Francfort, Hombourg, Mayence, Wiesbade, Creuznach, Luxenbourg, Trèves, Coblentz, Ems, Bonn, Cologne, Aix-la-Chapelle, Dusseldorf, Hanovre, Brunswick, Münster, Brême, Hambourg, Rostock, Schwerin, Magdebourg, Pyrmont, Gœttingen, Cassel, Gotha, Erfurth, Weimar, Kissingen, Cobourg, Bamberg, Iéna, Nuremberg, Leipzig, Berlin, Postdam, Stettin, Posen, Dantzig, Tilsit, Kœnigsberg, Breslau, Dresde, Tœplitz. 1 beau vol. 12 fr.

Les bords du Rhin illustrés, par le même auteur. 1 fort vol. relié. 7 fr.

Les trains de plaisir des bords du Rhin ou de Paris à Paris, par Strasbourg, Bade, Carlsruhe, Heildelberg, Manheim, Francfort, Mayence, Coblentz, Cologne, Aix-la-Chapelle, Spa, Liége et Bruxelles, par le même auteur. 1 joli vol. relié. 4 fr.

ANGLETERRE, ÉCOSSE ET IRLANDE.

Itinéraire descriptif et historique de la Grande-Bretagne, comprenant l'Angleterre, l'Écosse et l'Irlande, par *Alphonse Esquiros*. 1 vol. relié. 16 fr.

Itinéraire descriptif et historique de l'Écosse, par *Ad. Joanne*. 1 volume relié. 7 fr. 50

HOLLANDE.

Itinéraire descriptif, historique et artistique de la Hollande, par *A. Du Pays*. 1 vol. relié. 6 fr.

ESPAGNE ET PORTUGAL.

Itinéraire descriptif, historique et artistique de l'Espagne et du Portugal, par *A. Germond de Lavigne*. 1 fort vol. relié. 18 fr.

EUROPE.

Guide du voyageur en Europe, par *Ad. Joanne*. 1 fort vol. relié. 22 fr.

Les bains d'Europe, guide descriptif et médical des eaux d'Allemagne, d'Angleterre, de Belgique, d'Espagne, de France, d'Italie et de Suisse, par *Ad. Joanne* et le docteur *A. Le Pileur*. 1 vol. relié. 10 fr.

ITALIE.

Itinéraire descriptif, historique et artistique de l'Italie et de la Sicile, par *A.-G. Du Pays*. 2 forts vol.

Italie du Nord. 1 vol. relié. 12 fr.
Italie du Sud. 1 vol. relié. 12 fr.

De Paris à Venise : notes au crayon, par *Charles Blanc*. 1 volume in-16, broché. 3 fr.

ORIENT.

Itinéraire descriptif, historique et archéologique de l'Orient, par le docteur *Émile Isambert*. 2 forts volumes :

Grèce et Turquie. 1 vol. br. 22 fr.
Relié. 25 fr.

Égypte, Syrie, Palestine et Turquie d'Asie. 1 vol. (Sous presse.)

Trois ans en Judée, par *Gérardy Saintine*. 1 vol. in-18, broché. 2 fr.

SUISSE.

Itinéraire descriptif et historique de la Suisse, du Mont-Blanc, de la vallée de Chamonix et des vallées du Piémont, par *Ad. Joanne*. 1 vol. relié. 12 fr.

Guide illustré du voyageur en Suisse et à Chamonix, par *A. Joanne*. 1 volume relié. 5 fr.

Manuel du voyageur en Suisse et à Chamonix, nouvel Ébel, revu et complété, par *Ad. Joanne*. 1 fort vol. 6 fr.

6° VOYAGES

Abbadie (Arnaud d') : *Douze ans de séjour dans la Haute-Ethiopie (Abyssinie)*. Tome Ier. 1 vol. in-8, 7 fr. 50

Agassiz (M. et Mme) : *Voyage au Brésil*, traduit de l'anglais, par F. Vogeli. 1 vol. in-8, avec 54 gravures et 5 cartes, 10 fr.

Le même ouvrage, abrégé. 1 vol. in-18 jésus, avec 16 gravures et 1 carte, 2 fr. 25

Le même, sans les gravures, 1 fr. 25

Aunet (Mme L. d') : *Voyage d'une femme au Spitzberg*. 1 vol. in-18 jésus, avec 34 vignettes, 2 fr. 25

Le même ouvrage, abrégé. 1 vol. in-18 jésus, avec 34 vignettes, 2 fr. 25

Le même, sans les vignettes, 1 fr. 25

Baines (Thomas) : *Voyages dans le sud-ouest de l'Afrique*, traduits et abrégés par J. Belin de Launay. 1 vol. in-18 jésus, avec 1 carte et 22 gravures, 2 fr. 25

Le même ouvrage, sans les gravures, 1 fr. 25

Baker (Sir Samuel White) : *Découverte de l'Albert N'yanza*, traduit de l'anglais par Gustave Masson. 1 vol. in-8, avec 8 gravures et 2 cartes, 10 fr.

Le même ouvrage, abrégé par J. Belin de Launay. 1 vol. in-18 jésus, avec 20 vignettes et 2 cartes, 2 fr. 25

Le même, sans vignettes. 1 fr.

Baldwin : *Du Natal au Zambèse*. 1860-1861. Récits de chasse. Traduction de Mme Henriette Loreau, abrégée par J. Belin de Launay. 1 volume in-18 jésus, avec 24 gravures et 1 carte, 2 fr. 25

Le même ouvrage, sans vignettes. 1 fr. 25.

Biard : *Deux ans au Brésil*. 1 vol. in-8, avec 200 vignettes par Riou, 10 fr.

Bouyer (Frédéric), capitaine de frégate : *La Guyane française*, notes et souvenirs d'un voyage exécuté en 1862-1863. 1 vol in-4, tiré sur papier teinté avec 100 gravures par Riou, Rapine et Delahaye, et 3 cartes, 10 fr.

Burton (le capitaine) : *Voyage aux grands lacs de l'Afrique orientale*, traduit de l'anglais par Mme H. Loreau. 1 vol. in-8 avec 37 vignettes, 10 fr.

— *Voyage à la Mecque, aux grands lacs d'Afrique et chez les Mormons*, abrégés par J. Belin de Launay. 1 volume in-18 jésus, avec gravures et 3 cartes, 2 fr. 25

Le même ouvrage, sans gravures, 1 fr. 25

Davillier (le baron Ch.) : *L'Espagne*. 1 magnifique vol. in-4, avec 300 gravures sur bois, d'après les dessins de G. Doré, 50 fr.

Relié avec fers spéciaux, 65 fr.

Deville (L.) : *Excursions dans l'Inde*. 1 vol. in-18 jésus, 3 fr. 50

Duruy (Victor) : *Causeries de voyage: De Paris à Vienne*. 1 vol. in-18 jésus, 3 fr. 50

Énault (L.) : *Constantinople et la Turquie*. 1 vol. in-18 jésus, 3 fr. 50

Forbin (comte de) : *Voyage à Siam*. 1 vol. in-18 jésus, 50 c.

Garnier (F.) : *Voyage d'exploration en Indo-Chine*. 2 vol. in-4, avec atlas in-folio, 200 fr.

Gobineau (comte A. de) : *Trois ans en Asie* (1856-1858). 1 vol. in-8, 8 fr.

Hayes (le docteur J.-J.) : *La mer libre du pôle*, voyages et découvertes dans les mers Arctiques (1860-1861), traduit de l'anglais et accompagné de notes complémentaires par M. E. de Lanoye, avec 70 gravures et 5 cartes. 1 vol. in-8, 10 fr.

Le même ouvrage, abrégé par J. Belin de Launay. 1 vol. in-18 jésus, avec 14 gravures et 1 carte, 2 fr. 25.

Le même, sans gravures, 1 fr. 25

— *La terre de désolation*, excursion d'été au Groënland, traduit de l'anglais par J.-M.-L. Reclus. 1 vol. in-8, avec 43 gravures et une carte, 10 fr.

Hepworth Dixon : *La Russie libre*. Ouvrage traduit de l'anglais par Ém. Jonveaux, avec 75 gravures et une carte par Bayard, de Neuville, Thérond, Hubert-Clerget, Moynet, 10 fr.

Hervé et de Lanoye : *Voyages dans les glaces du pôle arctique*. 1 vol. in-18 jésus, avec 40 vignettes, 2 fr. 25

Hugo (Victor) : *Le Rhin*. 3 vol. in-18 jésus, 10 fr. 50

Hubner (le baron de) : *Promenade autour du monde*. 2 vol. in-18 jésus, 7 fr.

Humbert (Aimé) : *Le Japon illustré*. 2 magnifiques volumes in-4, avec 500 gravures sur bois, d'après Bayard, de Neuville, E. Thérond, Hubert-Clerget, etc., 1 carte du Japon et 2 plans, 50 fr.

Lacour (Raoul) : *L'Égypte, d'Alexandrie à la seconde cataracte*. 1 vol. in-8 avec gravures sur bois et cartes d'Égypte et de Nubie, 7 fr. 50

Lamartine : *Voyage en Orient*. 2 vol. in-8, avec gravures sur acier, 15 fr.

Le même ouvrage. 2 vol. in-18 jésus, sans gravures, 7 fr.

Lanoye (Fr. de) : *L'Inde contemporaine* ; 2e édition. 1 vol. in-18 jésus, 1 fr. 25

— *Le Niger et les explorations de l'Afrique centrale depuis Mungo-Park jusqu'au docteur Barth* ; 2e éd. 1 vol. in-18 jésus, 1 fr. 25

— *Le Nil et ses sources*. 1 vol. in-18 jésus, avec 32 vignettes et cartes, 2 fr. 25

Le même ouvrage, sans vignettes. 1 fr. 25

— *La Sibérie*. 1 vol. in-18 jésus, avec 10 vignettes, 2 fr. 25

— *La mer polaire*, voyage de l'*Érèbe* et de la *Terreur*, et expédition à la recherche de Franklin. 1 vol. in-18 jésus, avec 26 vignettes, et cartes, 2 fr. 25

Laporte (Laurent) : *L'Égypte à la voile*. 1 vol. in-18 jésus, 3 fr.

Le Tour du monde. (Voyez page 22.)

— *Table décennale du Tour du monde* (1860-1869). Brochure in-4, 1 fr.

Lejean (Guillaume) : *Voyage en Abyssinie*. 1 vol. in-4 et atlas, 20 fr.

Léouzon-Leduc : *La Baltique*. 1 vol. in-18 jésus, 1 fr. 25

— *Les îles d'Aland*. 1 vol. in-18 jésus, 1 fr. 25

Livingstone (David) : *Explorations dans l'intérieur de l'Afrique australe*. Ouvrage traduit de l'anglais par Mme H. Loreau. 1 vol. in-8, avec 45 gravures et 2 cartes, 20 fr.

Livingstone (David et Charles) : *Exploration du Zambèse et de ses affluents*, et découverte des lacs Chiroua et Nyassa (1858-1864). Ouvrage traduit de l'anglais par Mme H. Loreau. 1 vol. in-18 jésus, avec 47 gravures et 4 cartes, 10 fr.

— *Voyages dans l'Afrique australe*, abrégés par J. Belin de Launay. 1 volume in-18 jésus, avec 20 gravures et une carte, 2 fr. 25

Le même ouvrage, sans gravures. 1 fr. 25

Mage (le lieutenant E.) : *Voyage dans le Soudan occidental* (Sénégambie et Niger, 1863-1866). 1 vol. in-8, avec 60 gravures d'après les dessins de l'auteur, par E. Bayard, de Neuville et Tournois, et 8 cartes et plans.

L'édition illustrée est épuisée ; il reste seulement treize exemplaires sur papier de Chine du prix de 25 fr.

Le même ouvrage, abrégé, avec 25 gravures et 1 carte. 1 vol. in-18 jésus, 2 fr. 25

Le même, sans gravures, 1 fr. 25

Marcoy (Paul) : *Voyage à travers l'Amérique du Sud*, de l'océan Atlantique à l'océan Pacifique. Deux magnifiques volumes in-4, avec 400 gravures sur bois par Riou, et 20 cartes, 50 fr.

— *Scènes et paysages dans les Andes.* 2 vol. in-18 jésus, br. 2 fr. 50

Marmier (X.), de l'Académie française : *Lettres sur le Nord*. 5e édition. 1 vol. in-18 jésus, 3 fr. 50

— *Un été au bord de la Baltique et de la mer du Nord*. 1 vol. in-18 jésus, 3 fr. 50

— *De l'Est à l'Ouest*. 1 vol. in-18 jésus, 3 fr. 50

Martin de Moussy (V.) : *Description géographique et statistique de la Confédération Argentine*. 3 vol. in-8 brochés et *atlas* in-folio de 30 cartes, cartonné, 75 fr.

Les 3 volumes se vendent séparément, 30 fr.
L'atlas, 45 fr.

Milton (le vicomte) et le Dr **Cheadle** : *Voyage de l'Atlantique au Pacifique*, à travers le Canada, les montagnes Rocheuses et la Colombie anglaise. Ouvrage traduit de l'anglais par J. Belin de Launay. 1 vol. in-8, avec 22 vignettes et 2 cartes. 10 fr.

Le même ouvrage, abrégé, avec 16 gravures et 2 cartes. 1 vol. in-18 jésus, 2 fr. 25

Le même ouvrage, sans gravures. 1 fr. 25

Moges (le marquis de) : *Souvenirs d'une ambassade en Chine et au Japon*. 1 vol. in-18 jésus, 1 fr. 25

Montégut (Émile) : *Tableaux de la France. Souvenirs de Bourgogne.* 1 vol. in-18 jésus, 3 fr. 50

Mouhot (Charles) : *Voyage dans le royaume de Siam, le Cambodge et le Laos*. 1 vol. in-18 jésus, avec 28 gravures et une carte, 2 fr. 25

Le même ouvrage, sans gravures. 1 fr. 25

Palgrave (William Gifford) : *Une année de voyage dans l'Arabie centrale* (1862-1863). Ouvrage traduit de l'anglais par E. Jonveaux. 2 vol. in-8, avec 1 carte et 4 plans, 10 fr.

— *Le même ouvrage*, abrégé par J. Belin de Launay. 1 vol. in-18 jésus, avec 12 gravures et 1 carte. 2 fr. 25

Le même ouvrage, sans gravures. 1 fr. 25

Pascal (L.) : *La Cange, voyage en Égypte*. 1 vol. in-18 jésus, 2 fr.

Perron d'Arc : *Aventures d'un voyageur en Australie*. 2e édition. 1 vol. in-18 jésus avec 25 gravures, 2 fr. 25

Le même ouvrage, sans gravures. 1 fr. 25

Perrot (Georges) : *L'île de Crète*, souvenirs de voyage. 1 vol. in-18 jésus, 2 fr. 25

Pfeiffer (Mme Ida) : *Voyage d'une femme autour du monde*, traduit de l'allemand, par W. de Suckau; 3e édition. 1 vol. in-18 jésus, avec carte, 3 fr. 50

— *Mon second voyage autour du monde*, traduit de l'allemand par W. de Suckau; 2e édition. 1 vol. in-18 jésus, avec carte, 3 fr. 50

— *Voyage à Madagascar*, traduit de l'allemand par W. de Suckau, et précédé d'une notice sur Madagascar, par Fr. Riaux. 1 vol. in-18 jésus, avec carte, 3 fr. 50

— *Voyages autour du monde*, abrégés par J. Belin de Launay; 2e édition. 1 vol. in-18 jésus, avec 16 gravures et une carte, 2 fr. 25

Le même ouvrage, sans gravures. 1 fr. 25

Raynal (F.-E.) : *Les naufragés ou vingt mois sur un récif des îles Auckland*, récit authentique. 1 vol. in-8, avec 40 gravures, par A. de Neuville, 10 fr.

Speke (le capitaine) : *Journal de la découverte des sources du Nil*, 2e édition. 1 vol. in-8, avec 3 cartes et

78 gravures d'après les dessins du capitaine Grant, 10 fr.

Le même ouvrage, édition abrégée par J. Belin de Launay; 2e édition. 1 vol. in-18 jésus, avec 24 gravures et 3 cartes, 2 fr. 25

Le même ouvrage, sans les gravures, 1 fr. 25

Stanley (H.) : *Comment j'ai retrouvé Livingstone*, traduit de l'anglais par Mme E. Loreau. 1 vol. in-8, avec 60 gravures et 5 cartes, 10 fr.

Taine (H.) : *Voyage aux Pyrénées*; 2e édition. Magnifique volume in-8, tiré sur papier teinté, avec 350 vignettes par Gustave Doré, 10 fr

Le même ouvrage, sans illustrations. 1 vol. in-18 jésus, 3 fr. 50

— *Voyage en Italie*. 2 vol. in-8, qui se vendent séparément :

Tome I : *Naples et Rome*, 6 fr.
Tome II : *Florence et Venise*. 6 fr.

— *Notes sur l'Angleterre*. 1 vol. in-18 jésus, 3 fr. 50

Trémaux (P.) : *Voyage dans la Nigritie, au Soudan oriental et dans l'Afrique septentrionale*. Grand atlas de 61 planches in-folio, avec textes, cartes, etc. 120 fr.

— *Exploration archéologique en Asie Mineure*, comprenant les restes non connus de quarante cités antiques.

Formera 48 livraisons de 5 planches in-folio et texte. Les 10 premières livraisons sont en vente. Prix de chaque livraison, 10 fr.

— *Voyage au Soudan*. 1 vol. in-8, 4 fr.

Vambéry (Arminius) : *Voyages d'un faux Derviche dans l'Asie centrale*, de Téhéran à Khiva, à Bokhara et à Samarcand. Ouvrage traduit de l'anglais par M. E.-D. Forgues. 1 vol. in-8, avec 34 gravures et une carte, 10 fr.

— *Le même ouvrage*, abrégé par J. Belin de Launay, 2e édition. 1 vol. in-18 jésus, avec 16 vignettes et une carte, 2 fr. 25

Le même ouvrage sans vignettes, 1 fr. 25

Varigny (C. de) : *Quatorze ans aux îles Sandwich*. 1 vol. in-18 jésus, 3 fr. 50

Vivien de Saint-Martin : *Histoire de la géographie* et des découvertes géographiques, depuis les temps les plus reculés jusqu'à nos jours. 1 vol. in-8 et 1 atlas in-folio de 12 cartes en couleurs. 20 fr.

Wey (Fr.) : *Rome, descriptions et souvenirs*. 1 magnifique vol. in-4, avec 400 gravures et 1 carte, 50 fr.

Relié avec fers spéciaux, 65 fr.

— *La Haute Savoie*. 1 vol. in-18 jésus, br. 3 fr. 50

Whymper (E.) : *Escalades dans les Alpes*. Ouvrage traduit de l'anglais par Ad. Joanne. 1 beau vol. in-8 jésus, avec 75 gravures d'après les croquis de l'auteur, 10 fr.

Whymper (Fr.): *Voyages et aventures dans l'Alaska*. Ouvrage traduit de l'anglais par M. E. Jonveaux. 1 vol. avec 37 gravures et 1 carte, 10 fr.

7° OUVRAGES DIVERS

Desjardins (Ernest), professeur d'histoire au lycée Condorcet : *Atlas géographique de l'Italie ancienne*, composé de 7 cartes et d'un dictionnaire de tous les noms qui y sont contenus, avec l'indication de leurs positions et les renvois aux cartes de l'atlas. In-fol. demi-reliure. 2 fr.

— *Table de Peutinger*, d'après l'original conservé à Vienne, précédée d'une introduction historique et critique, et accompagnée : 1. d'un index alphabétique des noms et de la carte originale avec les lectures des éditions précédentes ; 2. d'un texte donnant, pour chaque nom, le dépouillement géographique des auteurs anciens, des inscriptions, des médailles et le résumé des discussions touchant son emplacement ; 3. d'une carte de redressement, comprenant tous les noms à leur place et identifiés, quand cela est possible, avec les localités modernes correspondantes ; 4. d'une seconde carte rétablissant la conformité des indications générales de la table avec les connaissances présumées des Romains sous Auguste (*Orbis pictus d'Agrippa*). L'ouvrage complet formera 18 livraisons in-fol. du prix de 10 fr. Les 13 premières livraisons sont en vente.

La *Table de Peutinger*, dont l'original unique est conservé à la bibliothèque impériale de Vienne, est la copie faite au treizième siècle d'un document beaucoup plus ancien remontant même, très-certainement, à l'époque de l'empire romain et à la période comprise entre Auguste et les fils de Constantin. Cette carte représente l'*Orbis Romanus*. La copie du treizième siècle est exécutée sur onze feuilles de parchemin. Elle représente les régions provinciales, les provinces, les peuples et le réseau des routes de l'empire au quatrième siècle, avec les distances qui les séparent, distances exprimées en lieues gauloises.

— *Géographie de la Gaule*, d'après la table de Peutinger. 1 vol. grand in-8, avec cartes, 25 fr.

Duval (Jules) : *Notre planète*. 1 vol. in-18 jésus, 3 fr. 50

— *Notre pays*. 1 volume in-18 jésus, 1 fr. 25

Maury (Alfred), membre de l'Institut : *La terre et l'homme*, ou aperçu de géologie, de géographie et d'ethnologie générale ; 3e édition. 1 vol. in-18 jésus, 5 fr.

Reclus (Élisée) : *La terre*, description des phénomènes de la vie du globe ; 2e édition :

Première partie : Les Continents. Un magnifique volume grand in-8, avec 250 figures et 24 cartes tirées en couleur, 15 fr.

Deuxième et dernière partie : L'Océan, l'Atmosphère, la Vie. Un magnifique volume grand in-8, contenant 230 cartes ou figures intercalées dans le texte et 2 grandes cartes tirées en couleur, 15 fr.

— *Les phénomènes terrestres*. 2 vol. in-18 jésus :

I. *Les continents*. 1 vol.
II. *La mer, les météores*. 1 vol.

Chaque volume séparément, 1 fr. 25

Strabon : *Géographie*, traduction nouvelle par M. Amédée Tardieu, sous-bibliothécaire de l'Institut. Tomes Ier et IIe.

Prix de chaque volume, 3 fr. 50

L'ouvrage formera trois volumes.

Vivien de Saint-Martin, vice-président de la Société géographique de Paris, membre correspondant de l'Académie de Berlin, des sociétés géographiques de Berlin, de Saint-Pétersbourg, de Vienne, de Darmstadt, de Dresde, de Genève, de Rio-Janeiro et de Leipzig : *L'année géographique*, revue annuelle des voyages de terre et de mer, ainsi que des explorations, missions, relations et publications diverses relatives aux sciences géographiques et ethnographiques. Douze années (1862-1873) formant onze volumes in-18 jésus.

Chaque volume séparément, 3 fr. 50

Les années 1870-1871 ne forment qu'un volume.

LE TOUR DU MONDE

NOUVEAU JOURNAL HEBDOMADAIRE DES VOYAGES

Publié sous la direction de M. Édouard Charton

et très-richement illustré par nos plus célèbres artistes.

Les quatorze premières années sont en vente (1860-1873).

Les années 1870 *et* 1871 *ne formant qu'un seul volume, la collection comprend actuellement treize volumes.*

Les treize premiers volumes contiennent près de 7,000 gravures, et comprennent notamment : Les voyages de KANE à la mer polaire, de MAC CLINTOCK dans les déserts glacés où a péri Franklin, de BARTH au lac Tchad et à Tombouctou, de M. GUILLAUME LEJEAN dans l'Afrique orientale, au Pandjab et au Cachemire, de Mme IDA PFEIFFER à Madagascar, de M. PAUL MARCOY à travers l'Amérique du Sud, de M. VICTOR DURUY en Allemagne, de M. MARC MONNIER dans l'Italie Méridionale, de MM. GUSTAVE DORÉ et DAVILLIERS en Espagne, du capitaine BURTON chez les Mormons, de M. RENAN en Syrie, de M. MOUHOT dans les royaumes de Siam, de Cambodge et de Laos ; de sir BALDWIN dans l'Afrique australe, du capitaine SPEKE aux sources du Nil, de M. FERDINAND DE HOCHSTETTER à la Nouvelle-Zélande, de M. CHARLES MARTINS au Spitzberg, de M. ARMINIUS VAMBERY dans l'Asie centrale, de MM. DAVID et CHARLES LIVINGSTONE sur les rives du Zambèse, du capitaine BOUYER dans la Guyane française, de M. ELISÉE RECLUS dans la Sicile, de M. AIMÉ HUMBERT au Japon, de M. TRÉMAUX au Soudan oriental, de MM. SHLAGINTWELT dans la Haute-Asie, du vicomte MILTON de l'Atlantique au Pacifique (Amérique du Nord), de M. MAGE dans le Soudan occidental, du docteur J.-J. HAYES à la mer libre du Pôle arctique, de M. VERESCHAGUINE dans le Caucase, de M. FRANCIS WEY à Rome, de M. J. GARNIER à la Nouvelle-Calédonie, de M. de NOUGARET en Islande, de M. et Mme AGASSIZ au Brésil, de M. RAYNAL aux îles Auckland, de M. FR. WHYMPER au territoire d'Alaska et de M. ED. WHYMPER dans les Alpes, de M. HEPWORTH DIXON en Russie, de M. FLEURIOT DE LANGLE sur les côtes d'Afrique, de M. FRANCIS GARNIER en Indo-Chine, de M. WALLACE dans l'archipel de Malaisie, de STANLEY à la recherche de LIVINGSTONE, du docteur SAFFRAY à la Nouvelle-Grenade, de M. ZUBER dans la Corée, de M. de VARIGNY aux îles Sandwich, etc.

CONDITIONS DE VENTE ET D'ABONNEMENT

Un numéro, comprenant 16 pages in-4°, plus une couverture réservée aux nouvelles géographiques, paraît le samedi de chaque semaine. — Prix du numéro : 50 centimes. — Les 52 numéros publiés dans une année forment deux volumes, qui peuvent être reliés en un seul. Prix de chaque année brochée en un ou deux volumes, 25 fr. Prix de l'abonnement pour Paris et les départements : un an, 26 fr. ; six mois, 14 fr. — Les abonnements se prennent à partir du 1er de chaque mois. Le prix d'abonnement pour les pays étrangers varie selon les conditions postales.

Table décennale du TOUR DU MONDE (1860-1869)

Brochure in-4 : 1 fr.

PARIS. — IMPRIMERIE VIÉVILLE ET CAPIOMONT
6, rue des Poitevins

ÉDITIONS A 1 FRANC 25 C. LE VOLUME

FORMAT IN-18 JÉSUS

BIBLIOTHÈQUE DES MEILLEURS ROMANS ÉTRANGERS

Ainsworth (W. Harrisson) : Abigail. 1 vol. — Crichton. 2 vol. — La Tour de Londres. 1 v.
Anonymes : César Borgia, ou l'Italie en 1500. 1 vol. — Les Pilleurs d'épaves. 1 vol. — Paul Ferroll. 1 vol. — Violette. 1 vol. — Whitehall. 2 vol. — Whitefriars. 1 vol.
Beecher-Stowe (Mrs) : La Case de l'oncle Tom. 1 vol. — La Fiancée du ministre. 1 vol.
Bersezio (V.) : Nouvelles piémontaises. 1 vol.
Braddon (miss M. C.) : OEuvres. 25 vol. — Aurora Floyd. 2 vol. — Henry Dunbar. 2 vol. — Lady Lisle. 1 vol. — La Trace du Serpent. 2 vol. — Le Capitaine du Vautour. 1 vol. — Le Secret de lady Audley. 2 vol. — Le Testament de John Marchmont. 2 vol. — Le Triomphe d'Eléanor. 2 vol. — Ralph, l'intendant. 1 vol. — La Femme du Docteur. 2 vol. — Le Locataire de sir Gaspard. 2 vol. — L'Allée des Dames. 2 vol. — Rupert Godwin. 2 vol. — Le Brosseur du Lieutenant. 2 vol.
Bulwer-Lytton (Sir Edward) : OEuvres. 19 vol. — Devereux. 2 vol. — Ernest Maltravers. 1 v. — Le Dernier des Barons. 2 vol. — Le Désavoué. 2 vol. — Les Derniers jours de Pompéi. 1 vol. — Mémoires de Pisistrate Caxton. 2 vol. — Mon roman. 2 vol. — Paul Clifford. 2 vol. — Qu'en fera-t-il? 2 vol. — Rienzi. 2 v. — Zanoni. 1 vol.
Caballero (F.) : Nouvelles andalouses. 1 vol.
Cervantes : Nouvelles. Trad. 1 vol.
Chodzko (A) : Contes Slaves. 1 vol.
Cummins (miss) : L'Allumeur de réverbères. 1 vol. — Mabel Vaughan. 1 vol. — La Rose du Liban. 1 vol.
Currer-Bell (miss Bronte) : Jane Eyre. 1 vol. — Le Professeur. 1 vol. — Shirley. 2 vol.
Dickens (Charles) : OEuvres. 25 vol. — Aventures de M. Pickwick. 2 vol. — Barnabé Rudge. 2 vol. — Bleak House. 2 vol. — Contes de Noël. 1 vol. — David Copperfield. 2 vol. — Dombey et fils. 3 vol. — La petite Dorrit. 2 vol. — Le magasin d'antiquités. 2 vol. — Les Temps difficiles. 1 vol. — Nicolas Nickleby. 2 vol. — Olivier Twist. 1 vol. — Paris et Londres en 1793. 1 vol. — Vie et Aventures de Martin Chuzzlewit. 2 vol. — Les grandes Espérances. 2 vol. — L'Abîme. 1 v.
Disraeli : Sybil. 1 vol.
Douglas Jerrold : Sous les rideaux. 1 vol.
Forgues (E.-D.) : Sandra Belloni. 1 vol.
Freytag (G.) : Doit et Avoir. 3 vol.
Fullerton (lady) : L'Oiseau du bon Dieu. 1 vol.
Fullon (S.-W.) : La comtesse de Mirandole. 1 v.
Gaskell (Mrs) : OEuvres. 8 vol. — Autour du sofa. 1 vol. — Marie Barton. 1 vol. — Cranford. 1 vol. — Marguerite Hale (Nord et Sud). 2 vol. — Ruth. 1 vol. — Les Amoureux de Sylvia. 1 vol. — Cousine Phillis. 1 vol.
Gerstaecker : Les deux Convicts. 1 vol. — Les Pirates du Mississipi. 1 vol. — Aventures d'une colonie d'émigrants en Amérique. 1 v.
Goethe : Werther. 1 vol.
Gogol (N.) : Les âmes mortes. 2 vol.
Grant (J.) : Les Mousquetaires écossais. 2 vol.
Hacklander : Boutique et Comptoir. 1 vol. — Le Moment du bonheur. 1 vol. — La vie militaire en Prusse. 4 séries.
Chaque série se vend séparément.
Hauff (W.) : Nouv. 1 vol. — Lichtenstein. 1 v.
Hawthorne (N.) : La Lettre rouge. 1 vol. — La Maison aux sept pignons. 1 vol.
Heiberg (L.) : Nouvelles danoises. 1 vol.
Hildreth : L'Esclave blanc. 1 vol.
Immermann : Les Paysans de Westphalie. 1 vol.
James : Léonora d'Orco. 1 vol.
Kavanagh (J.) : Tuteur et Pupille. 1 vol.
Kingley : Il y a deux ans. 2 vol.
Lennep (J. Van) : La Rose de Dekama. 2 vol. — Les Aventures de Ferdinand Huyck. 2 vol.
Lever (Ch.) : Harry Lorrequer. 2 vol. — L'Homme du jour. 1 vol.
Ludwig (O.) : Entre ciel et terre. 1 vol.
Lutfullah : Mémoires d'un gentilhomme mahométan. 1 vol.
Marvel (I.) : Le Rêve de la vie. 1 vol.
Mathews : Légendes indiennes. 1 vol.
Mayne-Reid : La Piste de guerre. 1 vol. — La Quarteronne. 1 vol.
Mugge (Th.) : Afraja. 2 vol.
Pouchkine : La Fille du capitaine. 1 vol.
Smith (J.-F.) : La Femme et son maître. 3 vol. — L'Héritage (Dick Tarleton). 2 vol.
Sollohoub (comte) : Nouvelles choisies. 1 vol.
Stephens (miss A.-S.) : Opulence et Misère. 1 v.
Thackeray : OEuvres. 8 vol. — Henry Esmond. 1 vol. — Histoire de Pendennis. 3 vol. — La Foire aux vanités. 2 vol. — Le Livre des Snobs. 1 vol. — Mémoires de Barry Lyndon. 1 vol.
Tourgueneff : Scènes de la vie russe. 2 vol. — Mémoires d'un seigneur russe. 1 vol.
Trollope (Mrs) : La Pupille. 1 vol.
Wieland (C.-M.) : Oberon, poëme hist. 1 vol.
Wilkie Collins : Le Secret. 1 vol.
Zschokke : Addrich des Mousses. 1 vol. — Le Château d'Aarau. 1 vol.

Coulommiers. — Typog. A. MOUSSIN.

www.ingramcontent.com/pod-product-compliance
Lightning Source LLC
Chambersburg PA
CBHW050320030726
47505CB00003B/791

* 9 7 8 2 0 1 9 5 5 3 5 7 9 *